응시와 성찰

장경렬 비평집
응시와 성찰

펴 낸 날 2008년 7월 11일
지 은 이 장경렬
펴 낸 이 채호기
펴 낸 곳 ㈜문학과지성사
등록번호 제10-918호(1993. 12. 16)
주   소 121-840 서울 마포구 서교동 395-2
전   화 02)338-7224
팩   스 02)323-4180(편집)   02)338-7221(영업)
전자우편 moonji@moonji.com
홈페이지 www.moonji.com

ⓒ 장경렬, 2008. Printed in Seoul, Korea

ISBN 978-89-320-1878-2

: : **장경렬** 비평집

응시와 성찰

문학과지성사
2008

책머리에

잊을 만하면 다시 만나 새롭고 즐겁게 우정을 나누는 오랜 세월의 친구가 있는가 하면, 기억 속에 선연하게 남아 그리움을 일깨우나 지금은 어느 하늘 아래 살고 있는지조차 모르는 친구도 있다. 책과의 만남도 그렇다. 한때 소중히 간직했다가 이런저런 이유로 떠나보낸 뒤 문득 그리운 마음으로 떠올리는 책도 있지만, 평소에 잊고 지내다 이따금 서가의 한 모퉁이에서 발견해내고는 반가운 마음으로 다시 펼쳐 드는 책도 있다. 나의 경우 후자에 해당하는 책들 가운데 하나가 김수영의 시집 『달나라의 장난』(춘조사, 1959)이다.

1960년대 중후반 누군가가 버린 것을 줍다시피 하여 이 시집을 소유하게 되었는데, 당시 10대 소년이던 나는 시인 김수영에 대해 아는 바가 전혀 없었다. 하지만 호기심에 시집을 들척이게 되었다. 그런데 김수영의 시가 당시 학교에서 배우던 시와 너무도 달라서 당황하지 않을 수 없었다. 그리고 이런 종류의 시도 있을 수 있음에 놀라기도 했다. 당황하고 놀라면서도 나는 이 시집에 수록된 낯설기 짝이 없는 시들을 읽고 또 읽었다. 낯선 구절 한마디 한마디에 끌렸고 또 편안함을 느꼈기 때문이었다. 특히 「헬리콥터」라든가 「달나라의 장난」과 같은 시에서 느꼈던 당시의 이끌림과 편안함은 지금까지도 기억에 새롭다.

어쩌다 오랜만에 이 시집을 다시 펼쳐 든다. 그리고 예전에도 그랬듯 이 시집 구석구석에 전 소유주들이 남긴 삶의 흔적들을 주의 깊게 둘러본다. 전 소유주들이라니? 책에 남긴 필체가 한결같지 않다는 뜻에서다. 각기 다른 필체로 "울려고 내가 왔나"로 시작되는 유행가 가사가 적혀 있기도 하고, "인내는 쓰다"로 시작되는 경구가 담겨 있기도 하다. 어떤 흔적은 까만색의 펜으로 지워놓았기에 자세히 보아야 겨우 보인다. 또 시집 군데군데 누군가가 정성스럽게 붙여놓은 그림도 있고 그림을 떼어버린 흔적도 있다. 심지어 시집 안의 한자 단어 하나하나에 누군가가 우리말 표음을 달아놓은 것까지 자세히 보면 보인다. 이 역시 까만색의 펜으로 지워놓았기 때문이다. 사람들이 남겨놓은 삶의 흔적을 지우려 했던 것은 누구일까. 그것은 바로 나, 어릴 적의 나였다. 이전 소유주들의 남루한 삶의 흔적을 될 수 있는 한 지우려 했던 그 옛날의 나였다. 하지만 그 옛날의 나는 왜 깨닫지 못했을까. 남의 흔적을 지우려 했던 나의 마음이 이처럼 흔적으로 남아 역시 지워버려야 할 또 다른 흔적이 되어 있음을! 내가 남긴 부끄러운 흔적은 이처럼 엄연하게 남아 나를 빤히 응시하고 있는 것이다. 그 누구의 흔적보다도 더 흉물스러운 모습으로 남아 나의 눈을 어지럽히고 있는 것이다.

발간되고 50여 년의 세월이 지난 지금, 『달나라의 장난』은 펼쳐 들 때마다 조금씩 부서지고 무너진다. 그냥 내버려두지 않으면 제 모습을 유지하기 힘들다고 책이 비명을 지르는 듯도 하다. 더 이상 괴롭히지 말라고 애원하는 듯한 이 시집을 다시 펼쳐 보는 가운데 문득 떠오르는 시가 있다. 월러스 스티븐스의 「아이스크림 황제」. 이 시에서 시적 화자는 영혼을 떠나보낸 어느 한 가난한 여인의 차가운 몸을 낡은 서랍장에 그녀가 보관하고 있던 천으로 덮어줄 것을 사람들에게 권한다. 그런데 그 천에는 그녀가 수놓은 공작 비둘기 무늬가 선명하다. 아름다움에 대한 꿈이 어찌 풍요로운 사람들만이 누리는 사치일 수 있겠는가. 혹시 아름다움을 꿈꾸며 가난한 여인이 수놓은 그 공작 비둘기 무늬와도 같은 것이 지금 내가 소유하고 있는 이 시집의 전 소유주들이 남겨놓은 삶의 흔적들, 또한 내가 애써 지웠던 흔적들은 아닐는지? 그리고 그 흔적들을 지우려 했던 과거의 내 행위와 크게 다를 바 없는 것이 문학 작품 주변을 어지럽히는 나의 부끄러운 글쓰기는 아닐는지? 아, 이 부끄러움을 어찌할 것인가!

　지난날 여러 지면을 빌려 문학 작품을 '응시'하고 문학 작품에 대한 나 자신의 반응을 '성찰'해보겠다는 소박한 마음으로 썼던 문학에 관한 글들—또는 문학의 한가운데로 자신을 내몰아가려는 헛되고 헛된 안간힘이 언뜻언뜻 짚이는 글들—이 문득 『달나라의 장난』에 내가 남겨놓은 부끄러운 흔적처럼 느껴지기도 한다. 그럼에도 불구하고 이 부끄러운 흔적들을 모아 또 한 권의 책으로 묶는다. 다듬고 손질할 기회를 가짐으로써 부끄러움의 흔적들을 조금이나마 덜 부끄러운 것으로 만들기 위해서다. 아니, 이전의 서투른 기록을 지우고 그 자리를 새로운 기록으로 채우기 위해서다. 표현 하나에, 맞춤법 하나에 신경을 쓰며 이전 글들을 다시 읽고 다듬고자 했던 것은 바로 그런

마음에서다. 이 같은 작업이 부끄러움의 흔적들을 더욱 부끄러운 것
으로 만들 수도 있음을 모르는 바 아니다. 그럼에도 불구하고, 어찌
다듬고 손질하는 일을 포기할 수 있겠는가. 바라건대, 또 한 권의 책
을 묶는 이 기회를 통해 무망(無望)한 것일지도 모르는 나의 작업에
최소한의 보람이 있기를.

　이 자리를 빌려 출판을 허락해주신 문학과지성사의 채호기 사장님,
밝은 눈으로 글을 읽고 교정을 보아주신 문학과지성사 편집부의 유희
경님께 감사의 마음을 전한다. 그리고 단 한 번도 귀찮아하지 않고
언제나 성의를 다하여 내 글을, 그것도 초고 상태의 글을 읽고 아낌
없는 조언을 베풀어주신 이성원 선생님, 늘 그래 왔듯 비평집을 발간
할 때마다 책의 제목과 체제를 정하는 데 지혜와 경험을 빌려주신 오
생근 선생님께 깊은 감사의 마음을 전한다.

2008년 6월 관악산 기슭에서

장경렬

제1부 반성과 모색

위기, 언어, 그리고 문학 비평

1. 문학 비평과 위기 의식

작가나 시인의 창작 행위와 문학비평가의 비평 행위 사이에는 어떤 차이가 있을까. 작가나 시인의 창작 행위에서 일차적으로 문제되는 것이 그가 몸담고 있는 현실 세계라면 문학비평가의 비평 행위에서 일차적으로 문제되는 것은 작가나 시인이 창작해낸 문학 작품이라는 점에서, 양자의 행위는 범주를 달리하는 작업이라는 사실에 초점을 맞출 수도 있다. 하지만 작가나 시인의 창작 행위 역시 주어진 세계에 대한 비평적 이해를 지향하는 것이라는 점에서 그들의 작업과 비평가의 작업이 근원적으로 다른 것일 수는 없다. 말하자면, 일차적 관심 대상이 다르더라도 지향하는 바는 하나—즉, 비평 행위—라고 할 수 있다. 그렇다면, 작가든 시인이든 비평가든 그들이 지향하는 이른바 '비평 행위'란 구체적으로 무엇을 가리키는 것일까. 극도의 단순화가 허락된다면, 비평 행위란 문제의 상황을 분석하거나 그 상황을 판단하는 일이 될 것이다. 문제는 바로 이러한 분석과 판단을 하지 않으면 안 되도록 유도하는 요인이 있다면 그것이 무엇인가다. 여기에서 우리는 서양의 경우 '비평criticism'이라는 말은 '분리, 결정, 판단하다'를 뜻하는 희랍어의 '크리네인krinein'에서 나온 것이며, 바로 이 '크리네인'이라는 희랍어 단어에서 '위기crisis'라는 말이 유래되었다는 사실에 유의해야 할 것이다.[1] 즉, '비평'과 '위기'는 동일한 어원을 갖는 말이며, 각각의 단어는 서로의 의미를 담고 있다고 볼 수 있다. 그런 의미에서 '비평'이란 위기를 자각하는 행위, 위기 속에서 자신의 입장을 결정하고 이에 따라 상황을 판단하는 행위로 유추 할 수 있을 것이다. 이런 맥락에서 비평이라는 개념을 문제삼는 경우, 무엇보다도 먼저 작가나 시인에게, 또한 문학비평가에게 위기를 의식하게 하는 상황이 문제되지 않을 수 없다. 동어 반복으로 들릴지 모르지만, 작가나 시인에게 위기를 의식하게 하는 것이 그들이 몸담고 있는 현실 세계라면, 비평가에게 위기를 의식하게 하는 것은 다름 아닌 작가나 시인이 창작한 문학 작품이라고 할 수 있다.

작가나 시인이 창작한 문학 작품이 어떤 면에서 문학비평가에게 위기의 원인인가. 물론 이를 파악하는 관점은 비평가마다 다를 수 있겠

---

1) *Online Etymology Dictionary*(http://www.etymonline.com/c10etym.htm)에 나오는 crisis와 critic 항목에 대한 다음 설명 참조.

　　crisis-c.1425, from Gk. krisis "turning point in a disease" (used as such by Hippocrates and Galen), lit. "judgement," from krinein "to separate, decide, judge." Transfered non-medical sense is 1627.

　　critic-1583, from L. criticus, from Gk. kritikos "able to make judgements," from krinein "to separate, decide." The Eng. word always had overtones of "censurer, faultfinder." Critical in this sense is from 1590; meaning "of the nature of a crisis" is 1649 (see crisis).

지만, 지극히 일반화하는 경우 문학비평가에게 위기 의식을 일깨우는 것은 바로 문학 작품의 언어다. 너무도 자명한 사실이긴 하지만, 문학 작품은 언어 텍스트로 존재하며, 따라서 비평가의 위기 의식은 바로 이 언어 텍스트의 세계로 들어가는 가운데 구체화되기 시작한다. 아니, 언어 텍스트로 들어가 언어와 만나는 가운데 비평가의 위기 의식은 구체화되기 시작한다.

작가나 시인이 현실 세계로 들어가는 것도 만만치 않은 일이겠지만, 비평가나 문학 텍스트에 들어가 언어와 만나는 것은 이보다 훨씬 더 만만치 않은 일이다. 언어 텍스트로 들어가는 일이 뭐 그리 대단한 일인가. 작가나 시인이 '현실 세계로 들어가는 일'과 크게 다를 바 없는 일 아닌가. 작가나 시인이 잠에서 깨어 세상사로 들어가듯 비평가도 의식의 잠에서 깨어 문학 텍스트로 들어가면 되는 일 아닌가. 물론 이 같은 비유적 표현에서 보듯 현실 세계와 언어 세계는 동일한 차원의 것일 수 있다. 아울러, 우리의 관념과 의식 속에서 현실 세계와 언어 세계는 동일한 것일 수 있다. 일찍이 마르틴 하이데거는 "우리가 샘물 쪽으로 가거나 숲 쪽으로 갈 때 우리는 항상 '샘물'이라는 말 또는 '숲'이라는 말을 통과하게 되며, 이는 우리가 이 말을 발설하지 않는 경우에도 또한 언어적인 것에 대해 생각하지 않는 경우에도 사실"[2]이라고 말한 바 있는데, 이 말은 인식론적으로 볼 때 언어 세계와 현실 세계가 동일한 것일 수 있음을 역설하는 대표적 발언이라고 할 수 있겠다. 하지만 존재론적으로 보면 언어 세계와 현실 세계는 결코 같은 것일 수 없다. 현실 세계에 존재하는 '샘물'이나 '숲'은

---

2) Martin Heidegger, *Holzwege* (Frankfurt am Main: Vittorio Klostermann, 1957), 286면.

다가가서 물을 떠먹는 일이나 그 안으로 들어가 거니는 일을 가능케 할 수 있다. 하지만 언어적 표현으로서의 '샘물'이나 '숲'은 그와 같은 일 자체를 가능케 하지 않는다. 언어적 표현은 다만 언어적 표현일 따름이기 때문이다. 말하자면, 시인이나 작가가 마주하거나 탐구하는 현실과 그들의 작품 속에 언어로 표현된 현실 사이에는 명백한 차이가 존재한다. 그럼에도 불구하고 사람들은 현실과 언어 사이에 존재하는 불연속선을 보지 못하고, 언어와 현실은 인식론적으로는 물론 존재론적으로도 정합의 관계에 있는 것으로 믿는 경향이 있다. 이처럼 실재하는 현실과 언어화된 현실을 동일한 것인 양 착각하는 경향이 문학비평가들의 의식을 지배하는 데에서 문학 비평의 근원적 위기가 존재하는 것이리라. 즉, 문학 비평의 위기가 '이미' 그리고 '항상' 존재하는 이유는 문학 비평이란 '언어적 실체linguistic entity'—달리 표현하면, 언어 예술 작품—를 대상으로 하여 수행하는 작업이기 때문이다. 문학 비평의 위기는 여기에서 끝나지 않는데, 문학 비평 자체가 다름 아닌 언어를 '통해' 이루어지는 작업이기 때문이다.

이처럼 문학 비평의 근원적 위기가 언어를 통해 '언어적 실체'와 만나야 하는 데서 나오는 것이라는 논리에 기대는 경우, 하필이면 오늘날 그 어느 때보다도 더 첨예하게 문학 비평에서 언어가 논란의 중심부에 놓이게 되었는가에 대한 해명이 수월해진다. 언어가 논란의 핵심부를 차지하게 된 것은 물론 현실과 언어는 '하나'로 인식될 수 있지만 동시에 '하나'로 존재할 수 없다는 모순을 그 어느 때보다도 예민하게 의식하지 않을 수 없게 된 것이 오늘날 비평이 처한 상황이기 때문이다. 이와 관련하여 우리는 페르디낭 드 소쉬르Ferdinand de Saussure와 함께 시작된 현대의 언어 철학을 문제삼을 수 있을 것이다. 소쉬르에 의하면, 언어란 사회 구성원들 사이에 맺어진 약속 체계일 뿐, 언어를 이루는 두 요소인 '기표signifiant'와 '기의signifié'의 관계는 임의적인 것이다. 물론 소쉬르는 '기표'와 '기의'는 안정된 관계를 유지할 수 있음을, 이로 인해 언어는 의사 소통 수단으로서의 역할을 훌륭하게 수행할 수 있음을 주장한다. 하지만 언어를 이루는 두 요소 사이의 분리 가능성을 상정함으로써 그는 사실상 언어의 역할과 관련하여 근본적 문제 제기를 한 셈이 된다. 그 문제가 무엇인가를 파악하기 위해, 소쉬르의 가정을 극단화하여 언어의 의사 소통 기능 자체에 대해 회의를 품었던 자크 데리다Jacques Derrida까지 들먹일 필요는 없을 것이다. 다만 '의미'와 '기호'가 존재론적으로 결합되어 있는 언어—즉, 양자의 분리가 불가능한 언어—의 존재 가능성에 대한 회의가 일게 되었다는 점만 지적하기로 하자. 사실, 이같은 언어의 존재 가능성을 회의하는 경우, 언어와 현실이 '하나'인가 아닌가의 문제를 뛰어넘어 과연 언어를 통해 비평가가 인식하는 바가 객관적 의미를 가질 수 있는가의 문제까지 제기될 정도로 쟁점 자체가 그 어느 때보다 심각한 것이 될 수 있다.

말할 것도 없이, 의미와 기호 사이에 간극이 전혀 존재하지 않는 투명한 언어가 존재할 때, 비로소 진리나 객관적 지식의 세계가 그 언어를 통해 우리에게 드러날 수 있다. 아울러, 그러한 언어가 존재할 때 진리든 지식이든 이에 대한 객관적인 표현과 전달이 가능할 것이다. 만일 진리나 지식에 도달할 수도 없을 뿐만 아니라 이를 객관적으로 전달하기도 불가능하다면, 문학 비평은 자체의 존재 근거를 상실할지도 모른다. 그 이유는 이제까지 문학 비평이 정도의 차이는 있을지언정 객관적 언어와 이 언어를 통해 전달될 수 있는 진리와 지식이 자기편에 있다는 믿음 아래 구축되어왔기 때문이다. 물론 무엇이 진리고 무엇이 객관적 지식인가에 대한 논란은 이제까지 있어왔고, 논란의 과정에서 발흥하거나 쇠퇴한 주장과 학파는 얼마든지 있다. 하지만 이제까지의 논란이 '국지적(局地的)'인 것이었다면, 소쉬르의 가정에 따라 제기된 언어에 대한 회의(懷疑)는 '총체적'인 것이라고 할 수 있다. 인간의 언어와 관련하여 진리나 객관적 지식을 전할 수 있을 가능성 자체가 회의된다면, '언어적 실체'를 대상으로 하는 문학 비평이 마주해야 할 위기가 무엇인지는 자명해진다. 즉, 언어와 현실은 '하나'가 아닌 동시에 언어적 기호도 의미와 '하나'가 아니라는 이중의 아포리아와의 싸움을 문학 비평은 감당하지 않을 수 없게 되었다.

2. 믿음 또는 이데올로기의 벽을 넘어

우리의 논의가 언어를, 그것도 일상적 의사 소통 과정에서 아무런 문제도 야기하지 않는 언어를 필요 이상의 논란거리로 만들고 있다는 비판이 있을 수도 있다. 따지고 보면, 그 어떤 논란에도 불구하고 언어를 통한 인간들 사이의 의사 소통은 별다른 어려움 없이 이루어지고 있지 않은가. 비록 전달과 수용에 문제가 있을 수 있지만, 이로 인해 언어 자체가 불신임과 폐기의 대상이 된 적은 없지 않은가. 아울러, 언어를 불신임하거나 폐기하자는 주장이나 논리 역시 언어를 통해서만 가능하지 않은가. 어찌 언어만을 문제삼을 수 있겠는가. 물론이 같은 반문들은 상식과 경험에 바탕을 둔 정당한 것들이다. 하지만 상식과 경험은 종종 실상(實相)을 은폐하기도 한다. 그리고 이 은폐된 실상을 드러내는 것이 어떤 종류와 형태의 비평 작업이든 이에 관여하는 사람들의 의무일 수 있다. 문학 비평과 관련하여 언어의 문제를 폭넓게 탐구하기 위한 우리의 작업을 수행하기에 앞서, 우리가 의미 전달 및 수용의 측면에서 언어가 수행하는 역할과 기능에 대해 꼼꼼히 살펴보고자 함은 바로 이 때문이다. 우리는 언어를 통해 의미의 전달과 수용이 이루어지는 지극히 일반적인 상황을 상정함으로써 논의를 시작하기로 한다.

먼저 삶의 진리가 있고 이것이 자기편에 있다고 믿는 사람의 존재를 가정해보기로 하자. 그리고 그가 명석한 두뇌와 빈틈없는 논리의 소유자라서 완벽하게 누군가를 설득하여 이를 상대에게 받아들이도록 했다고 하자. 그렇다면, 그에게 설득된 상대방이 받아들인 것은 과연 무엇일까. 이 물음과 관련하여 우리는 의미 전달자와 의미 수용자 양쪽 입장이 암시하는 바가 무엇인지 검토해보지 않을 수 없다. 이때 '설득'이라는 표현이 마땅치 않다면, 삶의 진리를 소유하고 있는 누군가가 상대에게 그 진리를 문자 그대로 '전이(轉移)'했다고 가정해보기로 하자. 과연 그것이 가능할까.

여기에서 우선 수용자의 경우를 문제삼기로 하자. 누군가에게 설득된다는 것은, 그것이 유혹에 의한 것이든 증거에 의한 것이든, 태도나 믿음의 변화를 의미한다. 따라서 이는 진리가 한쪽에서 다른 한쪽으로 '전이'되는 과정일 수 없다. '설득'의 언어란 본질적으로 수사적 언어로, 이른바 진리를 '전이'하기 위한 투명한 언어가 아니기 때문이다. 전통적으로 수사적 언어가 철학의 언어 또는 진리의 언어와 대립되는 개념으로 이해되어왔던 이유는 바로 여기에 있다. 말하자면, 철학의 언어 또는 진리의 언어의 투명성에 대비되어 수사적 언어의 불투명성이 문제되었던 것이다. 문제는 철학의 언어 또는 투명한 진리의 언어가 따로 있을 수 있는가에 있다. 이 같은 언어가 존재할 수 있다는 믿음이 허구적인 것임은 손쉽게 부각할 수 있는데, 철학의 근원으로 일컬어지는 소크라테스가 과연 투명한 언어의 소유자였던가를 묻는 것이 하나의 예가 될 수 있다. 소크라테스는 수사학자들이었던 소피스트들을 논박할 때 이른바 문답법이란 전략을 사용했음은 널리 알려진 사실이다. 그가 문답법을 통해 구사했던 언어는 어떤 것인가. 다름 아닌 수사적 언어가 아니었던가. 그는 소피스트들을 '설득'하는 데 수사적 언어를 사용했던 것이다. 소크라테스의 설득이 무언가 미덕을 지니고 있다면, 그의 설득이 유혹에 의한 것이 아니라 증거에 의한 것이었다는 데 있었을 것이다. 그럼에도 불구하고 그의 문답법은 여전히 진리의 '전이'를 위한 것이 아니라 소피스트들을 '설득'하기 위한 것이라는 사실은 바뀌지 않는다. 요컨대, 누군가가 진리를 정말로 소유하고 있더라도, 그 진리를 믿게 할 수는 있을지언정 '전이'할 수는 없다. 믿음을 벗어나서 존재하는 진리는 따로 있을 수 없고 이를 전달할 방도 역시 따로 있을 수 없기 때문이다.

이제 논의의 초점을 진리가 자기편에 있다고 주장하는 사람에게 돌려보자. 우리는 먼저 그에게 진리가 정말로 당신 편에 '있는가,' 아니면 '있다고 믿는가'라는 질문을 던질 수 있을 것이다. 이 물음에 대해 그가 나의 믿음에 선행하여 진리는 진실로 나의 편에 있다고 대답했다고 하자. 이런 답변을 듣고 그에게 그렇게 믿게 된 이유가 무엇인가 물었다고 하자. 그가 만일 신비주의자거나 종교적 영감에 따라 움직이는 사람이 아니라면, 아마도 이러저러한 타당한 방법에 의해 진리에 도달하게 되었다고 답할 것이다. 그러면 우리는 또다시 '그 방법의 타당성을 믿기 때문에 타당한 것인가, 아니면 당신의 믿음과 관계없이 타당한 것인가'라고 물을 수 있을 것이다. 그는 아마도 타당성이 자신의 '믿음'에 선행하여 실재로 존재하는 것이라는 점을 증명하려 할지 모른다. 하지만 그가 어떠한 논리를 전개하더라도 우리는 그의 논리 자체가 그 자신의 믿음에서 나온 것이라는 사실을 끊임없이 상기시킬 수 있을 것이다. 마치 앞선 질문에 우리가 '그렇게 믿게 된 이유'를 묻듯. 요컨대, 진리가 자기편에 있다는 투의 주장은 다만 '믿음'에서 나온 것일 뿐이며, 그가 진리라고 주장하는 것도 역시 하나의 '믿음'일 뿐이다. 만일 논리학에서 말하듯 그의 믿음이 '참'된 것이라면 그의 '믿음'은 진실로 '진리'일 것이다. 즉, '참된 믿음'은 곧 '진리'다. 하지만 '참된 믿음'이 무슨 이유로 '참된 믿음'인지 증명해야 하나, 이를 증명하기 위해 우리는 역설적으로 다시 '믿음'의 세계로 되돌아가지 않을 수 없다.

아마도 실제 세계에서는 이처럼 희화화(戲畫化)된 질문과 응답의 상황이 벌어지지 않을 것이다. 하지만 이러한 상황을 가정해봄으로써 우리는 진리의 객관성은 주관적으로 결정된 것일 수 있음을 인정하지 않을 수 없게 된다. 미국의 인문학자 스탠리 피시가 『이번 학기 강의에 정해진 텍스트가 있나요?』에서 "누군가가 자신이 믿고 있는 것을 믿는다면, 자신이 믿고 있는 것이 '옳은 것'이라고 믿는 것이며, 자신이 믿고 있지 않는 것은 옳은 것이 아니라고 믿는 것"[3]이라고 말했을 때, 그는 아무도 믿음에서 벗어날 수 없는 엄연한 현실에 주의를 환

---

3) Stanley Fish, *Is There a Text in This Class?* (Cambridge, MA: Harvard UP, 1980), 361면.

기하고자 했던 것이리라. 문제는 어떠한 믿음도 믿음으로 의식되지 않는다는 사실이다. 믿음의 '옳음'에 대한 믿음 자체가 그 믿음에 대한 어떠한 회의 제기도 사전에 방지하기 때문이다. 즉, 믿음의 '옳음'에 대한 믿음은 회의의 대상이 되지 않는다. 믿음의 '옳음'에 대한 믿음으로 인해, 사람들은 믿음에 선행하여, 또는 믿음과 관계없이, 진리라는 것이 존재한다고 믿게 마련이다. 믿음을 뛰어넘어 존재하는 진리에 대한 믿음이 없이는 무언가에 대한 믿음 자체를 가질 수 없기 때문이다. 하지만 만에 하나 그와 같은 믿음의 '옳음'에 대한 믿음이 회의의 대상이 되는 경우를 상정해보자. 이 경우 남는 것이라고는 햄릿이 말하는 "침묵silence"뿐이리라.

이런 입장에서 보면, 이 같은 침묵을 허락하지 않는 언어 행위란 본질적으로 '믿음'—아니, 좀더 일반화된 표현을 사용하자면, '이데올로기' 또는 '이념'—을 바탕으로 하여 이루어지는 것이라고 할 수 있다. 말하자면, 시대와 상황에 따라 바뀔 수 있는 것임에도 불구하고 결코 문제시되지 않은 채 절대적인 것으로 여겨지는 특정 개인·사회·시대의 믿음 체계인 이데올로기를 기반으로 하여 언어는 제 목소리를 갖게 되며, 나아가 그 목소리 안에 진리라는 환상을 담는다. 바로 이 이데올로기라는 것은 시력이 형편없는 사람에게 주어진 안경과 같은 것이어서, 일단 어떤 이데올로기라는 안경을 착용하게 되면 세상의 참의미가 보이는 듯한 착각에 빠져들게 마련이다. 이처럼 이데올로기란 그 이데올로기를 받아들인 사람에게는 더없이 편리하고 유용한 것이다. 심지어, 우리가 안경을 쓰고서도 안경을 의식하지 않는 것처럼, 이데올로기는 너무도 당연한 것으로 받아들여지기도 한다. 일단 수용된 이데올로기는 결코 관찰이나 비판의 대상이 되지 않는 것은 이 때문이다. 바꿔 말해, 이데올로기란 문제삼는 것이 금기(禁忌)로 되어 있는 믿음과 같은 것이다. 이런 의미에서 이데올로기란 우리가 숨 쉬는 공기와 같은 것이기도 하다. 보이지도 않고 전혀 의식되지도 않지만 이를 제거해보라. 어찌 우리의 삶이 가능하겠는가. 물론 일정한 시간이 흐른 다음 뒤돌아보는 경우 이데올로기의 정체는 드러나게 되고 그 이데올로기에 의해 구축된 가치의 정치적 주관성 또는 편협성을 확인할 수 있게 된다.

이 같은 이데올로기의 주관성 또는 편협성이 그 어느 시대에서보다 더 우리 시대에 문제적인problematic 것으로 인식되는 이유는 무엇일까. 이는 시대의 이데올로기를 보이지 않게 하고, 그리하여 이데올로기가 이데올로기로서의 역할을 수행하도록 하던 언어에 대한 회의가 그 어느 때보다도 적극적인 것이 되었기 때문이리라. 일찍이 폴 발레리는 인간의 언어란 "길을 잘못 들어 몸을 드러낸 신Le dieu dans la chair égaré"[4]이라고 말한 바 있거니와, 이처럼 '신'과도 같은 절대적 존재라고 간주되었던 것이 인간의 언어였다. 이미 앞에서 소쉬르와 데리다에 기대어 말한 바와 같이, 바로 이 언어라는 '신'이 발하던 신성에 적극적으로 의문을 제기하고 있는 것이 오늘날이 아닌가. 즉, 이제까지 당연시되었던 언어의 기능과 역할에 대한 새삼스러운 회의 제기가 우리 시대의 특징을 이루고 있다. 한 걸음 더 나가자면, 언어란 이데올로기적으로 중립적이며 투명하고 순수한 실체가 아니며, 의미란 현실 세계에 존재하는 것이 아니라 언어 그 자체가 불러일으킨 환상이라는 자각이 우리 시대를 지배하고 있는 것이다. 오

---

4) Paul Valéry, "La Pythie," *Charmes, Poesies* (Paris: Gallimard, 1956), 126면.

늘날의 문학 비평이 이 같은 상황에 과연 얼마만큼 마음의 눈을 열어 놓고 있는 것일까.

따지고 보면, 언어를 신격화 또는 신비화하는 일을 가장 효과적으로 수행해왔던 것이 바로 문학의 언어다. 언어를 통한 현실의 '모방mimesis'이나 '재현representation'을 내세움으로써 문학의 언어는 현실과 언어 사이의 불일치를 효과적으로 은폐해왔던 것이다. 과학의 언어가 현실이나 인간의 삶이 갖는 섬세한 측면을 담기에는 지나치게 일반화되어 있고, 철학의 언어가 이를 있는 그대로 드러내기에는 지나치게 관념화·추상화되어 있다면, 문학은 인간의 삶이나 현실에 대한 섬세하고도 예민한 반영이라고 느껴지는 이유는 바로 여기에 있다. 바꿔 말해, 문학은 언어를 가장 효과적으로 이용하는 장치로서, 언어의 세계에서 일종의 특권을 지닌 것으로 간주된다. 요컨대, 문학의 신비화는 다름 아닌 문학의 언어를 통해 이루어진다.

하지만 우리가 특히 주목해야 할 것은 문학을 더할 수 없이 효과적으로 신비화하는 것이 문학의 언어지만 바로 이 문학을 더할 수 없이 효과적으로 탈신비화하는 것도 문학의 언어라는 사실이다. 문학의 언어가 문학을 탈신비화하다니? 어떻게 그런 일이 가능한가. 무엇보다도 '문학이란 현실의 허구화에 불과한 것'이라는 점을 사람들에게 끊임없이 일깨워줌으로써 문학의 언어는 문학을 탈신비화한다. 나아가, 이 같은 현실의 허구화 작업은 '수사(修辭)rhetoric'를 통해 이루어질 수밖에 없다는 점을 공공연하게 인정함으로써 문학의 언어는 자신을 탈신비화한다. 바꿔 말해, 자신이 투명한 것이 아님을 스스로 밝힘으로써 문학의 언어는 자신을 탈신비화하기도 하는 것이다. 바로 이런 의미에서 볼 때, 이데올로기를 은폐할 뿐만 아니라 자신이 은폐하고 있는 이데올로기를 드러내고 문제화하는 것이 문학의 언어다.

여기에서 우리는 앞서 던진 질문으로 되돌아가지 않을 수 없는데, 오늘날의 문학 비평은 과연 언어가 투명한 것이 아니라는 논리에 얼마만큼 마음의 눈을 열어놓고 있는 것일까. 행여 문학의 언어가 자신과 문학을 신비화하는 순간에 매혹되어 양자에 대한 탈신비화가 이루어지는 순간에는 좀처럼 눈길을 주지 않는 것은 아닌지? 신비화의 순간에 눈이 멀어 자신의 언어까지 신비화하는 것은 아닌지? 또는 자신의 언어를 신비화하면서도 그 신비화를 자각하지 않거나 지각하지 못하고 있는 것은 아닌지? 그리하여 자신의 언어만큼은 이데올로기적으로 중립적이며 투명하고 순수한 것이라도 되는 양 착각하고 있는 것은 아닌지? 또는 문학의 진리—나아가 삶과 현실의 진리—를 투명한 언어로 보여줄 수 있다는 투의 자기 신비화에 빠져 있는 것은 아닌지? 우리는 이 같은 일련의 질문에 대해 그렇지 않다고 쉽게 답을 할 수 없다. 그 이유는 언어의 한계와 이데올로기성에 관한 수많은 논의에도 불구하고 사람들이 자신의 언어만큼은 그런 논의와는 상관없다는 투의 자세를 취하기 때문이다. 이 같은 경향이 특히 두드러진 분야가 바로 문학 비평인데, 문학의 언어에 비판적 눈길을 보낼 때조차 자신의 언어는 문학의 언어가 갖는 그 어떤 문제점에서 자유롭다는 듯한 태도를 취하는 경우가 적지 않기 때문이다. 아니, 문학과 마찬가지로 이데올로기를 은폐하는 언어를 통해 이루어지는 작업이면서도 자신의 언어는 이데올로기에서 자유로운 것이라는 투의 태도를 취하는 경우를 적지 않게 확인할 수 있다.

그 예를 우리는 우리의 문학 현장에서 쉽게 찾아볼 수 있다. 지극히 우회적이긴 하지만 시사적인 예를 하나 들기로 하자. 대학에 입학

하기 위해 우리의 고등학교 학생들이 반드시 거쳐야만 하는 절차가 바로 입학 시험이나 면접 고사일 것이다. 그러한 입학 시험이나 면접 고사의 과정에서 학생들의 문학적 소양이 어떤 방식으로 측정되는가를 살펴보면, 우리의 문학 비평이 어떤 종류의 위기에 처해 있는가를 감지하기란 어렵지 않다. 필자는 우연히 우리의 고등학교 학생들이 치른 바 있는 입학 시험의 국어 문제지를 검토할 기회를 가진 적이 있는데, 거기에는 다음과 같은 조선 시대의 시조 한 편이 지문으로 제시되어 있었다.

> 삼동에 베옷 입고 암혈에 눈비 맞아
> 구름 낀 볕뉘도 쬔 적이 없건만은
> 서산에 해 지다 하니 눈물겨워하노라

이어서 출제된 문제 가운데 위의 시조에 나오는 "해"라는 단어에 밑줄을 그어놓고 이 "해"가 가리키는 것이 무엇인가를 묻는 문제가 있었다. 이 문제에 대한 선택지에는 '부모,' '애인,' '임금' 등등이 있었다. 문제를 보고 필자는 이 같은 선택지들이 모두 답이 될 가능성이 있지 않을까 생각하게 되었다. 또한 이 문제 자체가 학생들이 지엽적인 정보에 주의를 돌리도록 유도함으로써 시를 '시'로 이해하지 못하도록 하는 것이 아니냐는 생각도 하지 않을 수 없었다. 어떤 이유에서 사랑을 받지 못했으나 대상의 떠남을 슬퍼하는 한 인간의 마음을 그린 시라면, 굳이 이때의 "해"가 가리키는 것이 무엇인지가 그토록 중요한 문제일까. 우연히 함께 자리를 하고 있던 국문과 교수 한 분에게 정답이 무엇인가를 물어볼 기회가 있었는데, 그에 의하면 정답은 하나라고 했다. 즉, '임금'이 정답이라는 것이었다. 그 이유가 무엇인가 묻자, 이조 시대에는 '해'가 '임금'을 지칭하는 굳어진 은유였다는 것이다. 되풀이하자면, 굳어진 은유이기 때문에 정답은 객관적으로 하나라는 것이다.

이와 관련하여 몇 개의 의문이 제기되지 않을 수 없다. 첫째, 이조 시대의 사람들은 모두 굳어진 은유 속에 사는 '굳어진' 사람들이었을까. 해를 보고 '감히' 자신의 애인이나 부모를 떠올리는 사람은 없었을까. 위의 시조를 썼던 사람이, 아니, 이 시조를 읽거나 시조창을 통해 이 시조와 만나는 사람이 그와 같은 사람이었을 확률은 전혀 없는 것일까. 둘째, 이러한 문제를 이른바 문학 시험 문제로 제시하는 사람들이 생각하는 문학 공부란 무엇일까. 과연 문학 공부란 굳어진 은유나 찾고 이를 밝히는 사소하고 지엽적인 작업이어야 할까. 이 같은 사소하고 지엽적인 작업을 통해 얻어지는 사소한 지식들이 문학 담당 교사, 학자, 비평가의 관심사여야 할까. 셋째, 누군가가 이러한 종류의 사소한 지식을 물음으로써 문학적 소양을 측정할 수 있다고 믿었다면, 나아가 우리 사회가 그렇게 믿고 있다면, 그러한 믿음을 유도한 개인과 사회를 지배하는 이데올로기는 무엇일까. 넷째, 이러한 물음을 중요하다고 또는 물을 만한 가치가 있다고 생각한 사람이 있다면, 과연 그는 자신의 생각에 대해 자기 반성의 순간을 가졌을까. 만일 그가 문제가 있다고 느끼면서도, 또는 어떤 종류의 반성이든 반성을 하면서도, 이런 식의 문제를 문제화하도록 유도하는 어쩔 수 없는 현실 앞에 굴복했다고 하자. 문제는 이 굴복을 강요하는 이데올로기, 보이지는 않지만 강력한 힘과 영향력을 발휘하는 이데올로기에 어떤 방식으로 대처할 것인가에 있다. 바로 여기에서 우리가 문제삼아야 할 문제가 무엇인지 자명해진다.

요컨대, 어느 한 시대의 사람들이 무언가를 굳어진 은유로 받아들여야 했다면 그 뒤에 작용했던 이데올로기는 무엇이었을까를 우리는 문제삼지 않을 수 없다. 이어서 굳어진 은유를 '문학적 지식'의 한 형태라고 믿는 사람들의 배경에는 과연 또 어떤 이데올로기가 숨어 있는가를 문제삼을 수도 있을 것이다. 하지만 이를 문제화하기에 앞서 무엇보다도 문제삼아야 할 것이 있다면, 이는 지엽적이고 사소한 '문학적 지식'을 소중하게 여기는 우리 시대의 문학 풍토일 것이다. 만에 하나 위의 시에서 "해"는 '임금'을 지시하는 것 이외에 아무것도 지시할 수 없다고 하더라도, 그런 지엽적이고 사소한 지식이 이 시를 이해하고 감상하는 데 얼마나 커다란 기여를 할까. "해"가 '임금'을 지시하는지를 몰랐다고 해서 이 시에 대한 이해와 감상이 반드시 틀리거나 잘못된 것일 수 있을까. 아니, 기계적으로 습득할 수 있는 이런 종류의 지식을 문제화할 만큼 소중한 것으로 여겨야 한다거나 이를 측정함으로써 문학적 소양을 판단할 수 있다는 투의 생각은 어떤 이데올로기의 산물일까. 문학 비평의 왜소화를 부추기는 이 같은 경향은 혹시 모든 것의 파편화와 부품화를 일삼는 기술 문명의 지배에서 비롯된 것은 아닌지?

여기에서 우리는 보이지는 않지만 우리를 지배하고 있는 이데올로기를 꿰뚫어보는 능력이 얼마나 필요한가를 역설하지 않을 수 없다. 즉, 비판 정신의 함양이 무엇보다도 중요한 과제가 된다. 우리가 비판 정신을 말할 때 이는 종종 타자에 대한 비판을 암시하는 경우가 적지 않다. 하지만 타자에 대한 비판은 헐뜯기나 단순한 책임 전가를 위한 것이 되기 쉽고, 경우에 따라서는 자신의 이데올로기를 강요하는 쪽으로 변질되기 쉽다. 바로 이 때문에 비판은 궁극적으로 자신을 향한 것이어야 한다. 이데올로기에 함몰되어 있는 자신의 정체를 되돌아보는 능력의 함양이 무엇보다도 중요한 이유는 바로 이런 맥락에서다.

3. 열린 비평을 향하여

우리의 문학 유산 가운데에는 비판 정신의 본질을 보여주는 것들이 적지 않다. 너무 자주 들어서 식상해하는 사람도 있겠지만, 우리의 전래 동화 가운데에는 늙고 병든 아버지를 헌 지게에 지고 가서 산속에 내다 버리는 사나이에 대한 이야기가 있다. 할아버지를 내다 버리는 데 함께 갔던 그 사나이의 아들은 헌 지게를 다시 짊어지고 산에서 내려온다. 의아하게 생각한 사나이가 그 이유를 묻자, 그의 아들은 아버지가 늙고 병들면 산속에다 갖다 버릴 때 사용하기 위해 가져온다고 대답한다. 이에 사나이는 자신의 잘못을 깨닫고, 다시 산에 올라가서 무릎을 꿇고 아버지에게 용서를 빈다. 또한 이러한 이야기도 있다. 성미가 고약한 원님이 있어, 자기 아래의 벼슬아치인 좌수에게 한겨울에 산딸기가 먹고 싶으니 구해 오라고 명령한다. 어쩔 도리가 없어서 고민하던 좌수는 몸져눕게 된다. 아버지가 무슨 이유로 몸져눕게 되었나를 알게 된 좌수의 아들은 원님에게 찾아가 말한다. 아버지가 산딸기를 따다 독사에게 물려 집에 누워 있다고. 겨울에 독사가 어디 있겠냐고 버럭 화를 내는 원님에게 좌수의 아들은 원님의 말대로라면 이 겨울에 산딸기는 어디 있겠냐고 반문한다. 이에 원님은 자기의 잘못을 뉘우치게 된다. 또 하나 이런 이야기도 있다. 옆집 감나무가 무성하게 자라 어느 욕심꾸러기 영감의 집 담장 안으로 들어오게 된다. 그는 담장 안으로 들어온 감나무 가지는 자기 집 안으로 들어온 것이니 자기 것이라고 억지를 쓴다. 이에 감나무 집의 아들은 그 영감의 집에 가서 영감이 거처하는 방문의 창호지를 뚫고 자기 팔을 불쑥 들이밀어 넣은 다음, 누구의 팔인가 묻는다. 소년의 엉뚱한 행동에 영감이 노하자, 감나무 집의 아들은 자기의 팔이 영감님의 방 안에 들어가 있으니 그 팔은 영감님의 것인데 왜 그렇게 노하느냐고 묻는다. 이에 영감은 자신의 억지를 인정하게 된다.

이러한 이야기들이 의미하는 바는 무엇인가. 사실 어린아이에게 화를 내는 사나이, 원님, 욕심꾸러기 영감은 바로 우리들 자신일 수 있다. 이처럼 우리가 남의 허물을 탓할 때나 어떤 고집을 부릴 때, 우리 자신은 그러한 허물과 관계없는 양 행동하는 경우가 적지 않다. 하지만 이 같은 이야기에 나오는 사나이, 원님, 욕심꾸러기 영감은 우리의 실제 모습이 아니다. 이는 동시에 '이상화(理想化)'된 우리의 모습이기도 하다. 그 이유는, 아버지에게 용서를 비는 사나이나 잘못을 인정하는 원님이나 욕심꾸러기 영감과 달리, 스스로의 허물을 인정해야 할 때에도 우리는 좀처럼 우리의 허물을 보지 못하기 때문이다. 마치 어두운 밤 갑작스럽게 내비치는 섬광으로 인해 세상이 환하게 보이지만 바로 그 순간, 역시 섬광으로 인해 우리의 눈이 잠시나마 멀게 마련이듯. 다시 말해, 우리는 타인의 문제점을 파악하는 '예지insight'의 순간, 자신의 문제를 바로 보지 못하는 '무지blindness'의 상태가 될 수 있다. 『무지와 예지*Blindness and Insight*』라는 폴 드 만Paul de Man의 책제목이 암시하듯, 이처럼 '무지'와 '예지'는 함께

온다.

　문학 비평 역시 이 같은 '무지'와 '예지'의 논리에서 예외일 수는 없다. 문학과 관련하여 '예지'를 포착했다고 믿는 순간, 문학 비평은 문학 비평의 '언어'가 지닌 한계 그 자체에는 '무지'의 상태가 될 수 있기 때문이다. 즉, 문학의 언어가 감추고 있는 신비화에 눈을 뜨는 순간, 비평은 자신의 언어가 감추고 있는 신비화에는 여전히 눈먼 상태에 머물러 있을 수 있다. 또는 세계와 타인의 문제와 관련하여 '예지'를 포착했다고 믿는 순간 문학 비평은 그 자체의 '언어'가 지니는 한계에는 '무지'의 상태가 될 수 있다. 즉, "일상의 말에 존재하는 것과 마찬가지의 방식으로" 문학 비평의 '언어'에 지배적으로 존재하는 "기호와 의미 사이의 불일치"[5]에도 불구하고, 문학 비평은 기호와 의미 사이에 한 치의 틈도 갖고 있지 않은 '고상한' 언어를 통해 영원의 진리를 드러내고 있다는 투의 미망(迷妄)에 빠질 수 있는 것이다. 따라서, 다시 드 만의 표현을 빌리자면, 문학비평가의 임무는 문학 비평이 의식적으로든 무의식적으로든 내세우는 "자체의 언어가 갖고 있는 고상한 지위"[6]가 자기 신비화의 결과임을 밝히는 데, 말하자면 문학 비평의 언어를 '탈신비화'하는 데 놓인다. 아니, 쉽게 말해, 문학비평가의 임무는 문학의 언어를 탈신비화하는 데 있을 뿐만 아니라 비평 자체가 자칫 잘못하여 빠져들기 쉬운 자기 신비화를 스스로 경계하고 밝히는 데 있다. 결국 문학의 언어뿐만 아니라 문학 비평의 언어를 신비화하려는 그 어떤 시도도 거짓된 것임을 스스로 드러내

---

5) Paul de Man, *Blindness and Insight: Essays in the Rhetoric of Contemporary Criticism*, 개정판 (1970; Minneapolis: U of Minnesota P, 1983), 12면.
6) De Man, 14면.

는 순간에 문학 비평은 마침내 문학 비평 본연의 진정한 것이 될 것이다.

　자기 신비화의 유혹에 저항하고 이를 극복하기 위해 문학 비평가가 해야 할 일은 무엇일까. 그들이 취해야 할 마음 자세는 과연 어떤 것일까. 그들은 필경 '반성적 사유(思惟)reflection'를 위한 두 개의 거울을 마음속에 세운 다음 그 사이에 자신을 세워야 할 것이다. 즉, 자신을 포함한 모든 인간의 깨달음 자체가 지니는 한계를 비춰 보기 위한 사유의 거울과 자신의 것을 포함한 모든 문학의 언어에 내재된 한계를 비춰 보기 위한 사유의 거울을 세운 다음 그 사이에 자신을 내던져야 할 것이다. 물론 두 거울이 서로의 이미지를 끊임없이 반복하여 생성하는 가운데 형성된 무한하고 현란한 가상 이미지의 세계를 누구라도 피할 수 없을 것이고, 또한 그로 인해 누구라도 마음의 길을 잃을 수 있다. 하지만 싫든 좋든 이처럼 마음의 길을 잃을 수도 있는 위험 속에 자신을 내맡겨야 하는 것이 문학과 문학 비평을 택한 사람들의 운명이다. 무한의 이미지들이 형성하는 미로 속에서 마음의 길을 잃지 않기 위해 그들이 할 수 있는 일은 무엇인가. 유감스럽게도 그들에게는 별도의 선택지가 주어져 있지 않다. 그들에게는 다만 두 거울 속에 비춰진 이미지 어느 쪽에서도 눈을 떼지 않은 채 이를 집요하게 관찰하고 비판하는 일이 우선의 과제로 요구될 뿐이다. 요컨대, 누누이 말하지만, 모든 비평 행위는 궁극적으로 자기 자신에 대한 비판 작업이어야 한다. 자기 확인이 없이 수행되는 비판 행위란 욕구 불만을 자의적으로 해결하기 위한 지극히 위험한 관념의 유희일 수 있기 때문이다. 체코 출신의 미국 문학이론가 르네 웰렉이 「칸트의 미학과 비평」이라는 글에서 말하고 있듯, 비평이 궁극적으로 "자기 비판 또는 내적 성찰이나 검토"[7]로 귀결되어야 하는 이유는 바로 여기에 있다. 만일 앞에서 우리가 인용했던 이야기가 문학 비평과 관련하여 시사적인 의미를 지닌다면 바로 이런 맥락에서다. 아울러, 문학 비평이 나아갈 방향에 대한 우리의 논의에 비판의 여지가 있다면 이 또한 이 같은 맥락에서일 것이다. 즉, 이제까지 우리가 구사해온 언어는 우리 자신을 신비화하기 위한 것은 아니었을까. 나아가, 우리의 언어는 또 하나의 신비화를 통해 문학 비평을 더욱더 위기로 몰아가는 것은 아니었을까. 이런 의문으로 인해 무엇보다도 우리 자신에게 반성이 요구되며, 이런 의미에서 우리의 논의는 다만 잠정적 의미만을 내세울 수 있을 뿐이다. 신비화된 언어를 탈신비화하겠다는 시도 자체가 더할 수 없는 신비화일 수 있기 때문이다.

따지고 보면, 어느 시대, 어느 곳에도 위기 의식은 존재하게 마련이다. 문제는 위기 의식이 막연한 피해 의식이나 불안감을 느끼는 것 이상의 진지한 정신 활동으로 이어지지 못하는 경우가 적지 않다는 데 있다. 또한 위기 의식은 다분히 감정적이고 자의적(恣意的)인 것이어서 일련의 공허하고 야단스러운 아우성과 함께 흐지부지되고 마는 경우도 적지 않다는 데 있다. 하지만 무엇보다도 우리가 우려하는 것은 사람들이 위기 의식을 느낄 때 그 원인을 바깥에서 찾으려는 경향이 있다는 점이다. 즉, 일반적으로 사람들에게는 모든 사태의 책임을 자신을 제외한 남에게 돌리는 경향이 있는데, 이는 의식적으로든 무의식적으로든 자신에게는 어떠한 비판의 눈길도 주고 싶어 하지 않기 때문인지도 모른다. 따지고 보면, 이런 종류의 정신 자세는 채만

---

7) René Wellek, *Discriminations: Further Concepts of Criticism* (New Haven: Yale UP, 1970), 129면.

식의 『태평천하』에서 "오오냐, 우리만 빼놓고 어서 망해라!"[8]라고
말하는 윤직원 영감의 정신 자세와 크게 다를 것이 없다. '우리만 빼
놓고 다 틀렸다'는 투의 사고 방식은 "우리만 빼놓고 어서 〔다〕 망해
라"라는 투의 사고 방식과 마찬가지로 정신의 폐쇄성을 반영하고 있
기 때문이다. 폐쇄된 정신들이 모래알처럼 모여 이룬 세계는 결코 바
람직한 것일 수 없다. 남을 생각하고 자신에 대한 비판을 서슴지 않
는 사람들이 소중한 이유는 이 때문이다. 요컨대, 남을 생각할 때,
그리하여 남에 대한 비판에 앞서 자신에 대한 비판을 서슴지 않을 때
우리는 비로소 열린 사회로 나아갈 수 있을 것이다. 말할 것도 없이,
문학 비평은 바로 이 열린 사회로 나아가기 위한 하나의 디딤돌이 되
어야 할 것이다.

---

8) 채만식, 『태평천하』, 한국문학전집 제9권 (서울: 민중서관, 1958), 417면.

비평의 정치성과 자기 반성의 문제

1. 무엇이 문제인가

새로운 밀레니엄이 시작되던 첫해인 2001년 전후를 통해 문단을 뜨겁게 달군 이슈 가운데 하나가 '문학 권력'이었다. 어떤 특정 집단이나 조직 또는 개인이 문단에서 일종의 권력으로 기능을 하고 있다거나, 이로 인해 불합리한 문학적 관행과 파벌 의식이 문학 마당을 어지럽히게 되었다는 논리가 문학 권력에 대한 일련의 논쟁을 주도했던 것이다. '비평에 대한 비평'의 형태로 진행되었던 일련의 논쟁을 따라가보면, 비판은 상대의 편협하고도 자기중심적인 권력 행사에 초점이 맞추어지고 있으며, 이에 대한 반박 역시 유사한 방향으로 전개되고 있음을 확인할 수 있다. 말하자면, 비판을 하는 쪽과 비판을 받는 쪽이 차례로 서로에게 문학 권력의 혐의를 씌우고 있음을 확인하게 된다. 만일 양쪽의 견해가 대체로 일치하는 부분이 있다면, 이는 바로 문학 권력을 보는 시각일 것이다. 즉, 양쪽은 모두 문학 권력이란 바람직하지 못한 것이고 따라서 극복의 대상이라는 입장을 취하고 있다.

　말할 것도 없이, 권력의 오용과 남용은 지탄받아 마땅하다. 하지만 문제는 상대방의 정치적 입장이나 신념 체계를 권력이라는 개념과 결부하여 이를 바람직하지 못한 것으로 단정하는 경우도 종종 눈에 뜨인다는 데 있다. 사실 권력이라는 말 자체가 이미 우리에게는 부정적인 함의를 지닌 것으로 받아들여지고 있으며, 따라서 권력이라는 개념을 앞세우는 경우 논의는 대체로 부정적인 방향으로 흐르기 쉽다. 자연히 '파벌 의식'이니 '나눠 먹기'니 '작당'이니 '유착'이니 하는 표현들이 상대에 대한 비판에 등장하게 마련인데, 이런 종류의 비판은 결코 생산적인 대화를 이끌 수 없을 것이다. 또 하나의 문제는 이 같은 일련의 논쟁이 지향하는 바가 뚜렷하지 않다는 데 있다. 물론 비판의 대상도 확실하고 비판의 내용도 명확하다. 하지만 비판을 위한 비판에 머물거나 상대의 결점을 들추는 선에서 끝나는 경우가 적지 않다. 잘못을 지적하는 선에서 한 걸음 더 나아가 자기 비판과 자기 혁신의 방향을 제시하는 경우도 있긴 하지만, 대부분의 논쟁은 상대의 승복을 이끌 만큼의 설득력을 갖추고 있지 못한 것처럼 보인다. 그 이유는 논쟁이 지나치게 일방적으로 진행되기 때문인지도 모르고, 자신의 옳음과 상대의 그름에 대하여 너무나도 깊은 확신을 드러내는 데 주력하기 때문인지도 모른다. 사정이 이렇기 때문인지 몰라도 상대로부터 이끌어내는 것은 종종 '공격적인 자기 방어'뿐이다. 그리하여 비판의 존재 이유가 막연해지고, 나아가 비판의 지향점마저 흐려지는 경우도 있다.

　이 같은 문제들을 노정하고 있는 최근의 문학 권력 논쟁을 돌아보면서 필자는 어린 시절 헤르만 헤세Herman Hesse의 일기장에서 읽었던 다음과 같은 이야기를 떠올린다. 헤세에 의하면, 꿈속에서 근엄한 표정의 사제를 만났는데 그가 헤세의 옆구리를 찌르면서 "너, 기독교 신자지?"라고 퉁명스럽게 묻더라는 것이다. 헤세는 자신이 기독교 신자임에도 불구하고 자기도 모르게 '아니'라는 말을 내뱉었다고 한다. 최근의 문학 권력 논쟁과 관련하여 문제를 제기했던 사람들의 모습에서 바로 이 근엄한 사제의 모습을 볼 수 있지 않을까. 이제 타인을 향한 근엄한 사제의 시선을 거두고, 이해의 시선으로 자신의 근엄함을 되돌아보는 것은 어떨는지? 사실 근엄함 그 자체가 권위의 표현일 수도 있고, 나아가 권력의 또 다른 모습일 수도 있다. 따지고 보면, 인간의 모든 사회·문화적 행위가 그러하듯 타인의 비평에 대한 비평은 물론 문학 작품에 대한 비평도 결코 넓은 의미에서의 정치나 이데올로기를 뛰어넘을 수는 없다. 이처럼 비평이 어쩔 수 없이 정치나 이데올로기를 반영하는 것이라면, 그럴 수밖에 없는 원인은 무엇일까. 또한 비평의 정치적 또는 이데올로기적 성격과 관련하여 비판이 이루어져야 한다면 어떤 방향으로 이루어져야 할까.

2. 언어의 이데올로기성[1]

비평이 이데올로기를 반영하는 정치적인 것임은 무엇보다도 문학 작품뿐만 아니라 문학 작품에 대한 비평이든 비평에 대한 비평이든

---

1) 이에 대한 상세한 논의는 앞 글 「위기, 언어, 그리고 문학 비평」의 제2절 "믿음 또는 이데올로기의 벽을 넘어" 참조.

모든 비평이 언어 텍스트로 존재한다는 데서 찾을 수 있다. 언어 텍
스트로 존재한다는 데서 문제를 찾을 수 있다니? 이와 관련하여 우리
는 먼저 "내 언어의 한계는 곧 내 세계의 한계"[2]라는 비트겐슈타인의
말에 주목할 수 있다. 그가 이 말을 통해 전하고자 하는 바는 세계에
대한 인식이 언어를 통해 이루어진다는 점, 또는 세계는 곧 언어적
심상(心象)으로 인식된다는 점일 것이다. 요컨대, 세계는 나에게 '언
어로 존재하는 것'임을 그는 말하고자 한 것이리라. 하지만, 오늘날의
신경과학자들이 확인한 바에 의하면, 인간은 실제로 언어를 사용하여
인식하거나 사고하는 것이 아니다. 인간의 두뇌는 우선 그 나름의 활
동을 하고 활동한 바의 내용을 두뇌의 언어 생산 영역으로 전달하며,
언어 생산 영역에서 어떻게 무엇을 말할 것인가를 결정한다는 것이 그
들의 주장이다.[3] 따지고 보면, '불립문자(不立文字)'나 '말로 표현할
수 없음ineffability'이라는 표현은 단순히 종교적인 초월 체험에만 국
한되어 사용되는 것은 아니지 않은가. 그럼에도 불구하고 언어를 통
하지 않고서는 우리가 인식하고 사고한 바의 내용을 자신에게든 타인
에게든 명시할 수 없다. 바로 이 때문에 사람들은 세계가 언어로 존
재하는 것으로, 세계와 언어는 인식론적으로나 존재론적으로 동일한
것으로 여기게 된다.

바로 이런 고정 관념이 존재론적으로도 언어와 세계가 동일한 것으
로 여기게 만드는데, 존재론적으로 보면 명백히 세계와 언어는 동일

---

2) Ludwig Wittgenstein, *Tractatus Logico-Philosophicus* (New York: Humanities, 1951), 148면.

3) Gustave Essig, "Naturalware: Natural-Language and Human-Intelligence Capabilities," *Future of Software*, Derek Leebaert 편 (Cambridge, MA: MIT UP, 1995), 198면.

한 것일 수 없다. 예컨대, '눈앞에 있는 실제의 사과'를 우리는 직접 깨물어 먹을 수 있지만, '사과라는 언어 기호'를 그렇게 할 수는 없다. 이처럼 언어와 현실은 결코 동일한 것이 아님에도 불구하고 동일한 것인 양 '의식'될 수 있다는 데서 문제가 시작된다. 말하자면, 현실과 언어가 같은 것일 수 없음에도 불구하고 언어는 현실을 있는 그대로 재현해주고 있다는 식의 착각을 불러일으킨다. 즉, 언어는 스스로 자신을 신비화한다. 하지만, 현대 철학자들과 언어학자들이 누누이 설파해왔던 것처럼, 언어는 결코 중립적이거나 투명한 실체가 아니며, 의미란 현실 세계에 존재하는 것이 아니라 언어가 불러일으킨 환상일 수 있다. 자크 데리다Jacques Derrida의 표현을 빌려 말하자면, 언어는 '언제나' 그리고 '이미' 불순하다.

언어는 '언제나' 그리고 '이미' 불순하기에 언어를 통해 제시되는 의미는 '허구적'인 것일 수밖에 없다. 말하자면, 언어는 나름의 질서와 체계를 지니고 있으며, 이때의 질서와 체계는 실제 세계의 질서나 체계와 결코 같은 것일 수 없다. 이런 이유 때문에 언어를 통해 세계를 제시하는 경우, 이때 제시된 세계는 실제 세계가 아니라 '허구적'인 진술 세계라는 점에 유의해야 할 것이다. 요컨대, 언어를 통한 세계의 제시는 결코 세계와 같을 수 없는 나름의 질서와 체계를 지니는 것, 따라서 세계와 일대일의 대응 관계를 이루는 것이 아니다. 그럼에도 불구하고, 언어는 마치 언어적 진술과 진술의 대상인 세계가 일대일 대응 관계에 있다는 착각을 하도록 유도한다. 다시 말해, 본질적으로 투명한 재현이 불가능함에도 불구하고, 현실 세계와 현실 세계의 의미를 있는 그대로 투명하게 반영하고 있다는 환상을 우리에게 불러일으키는 것이 언어다. 그리하여 언어는 절대적인 영향력을 확보한 채 우리의 인식 과정을 지배하고, 나아가 우리의 세계 이해를 통제할 뿐만 아니라 언어를 통한 세계 이해가 허구적인 것이라는 사실까지도 은폐한다. 이데올로기 또는 이념은 바로 여기에서 싹트는 것이다. 폴 드 만이 『이론에의 저항』에서 말한 바에 의하면, "우리가 이데올로기라고 부르는 것은 엄밀하게 말해 언어적 현실과 실제의 현실을 혼동하거나 또는 지시 작용과 현상을 혼동하는 데서 나오는 것이다."[4]

요컨대, 언어는 본질적으로 이데올로기를 떠나서 존재할 수 없다. 그럼에도 불구하고 이데올로기는 좀처럼 드러나지 않게 마련인데, 이는 물론 언어의 신비화 때문이다. 즉, 언어는 자신에 대한 신비화를 통해 이데올로기를 자기 안에 철저하게 감추기 때문이다. 이런 연유로 사람들은 언어를 사용하면서 자신의 언어 행위가 이데올로기적이고 따라서 정치적이라는 사실을 의식하지 못하게 된다. 하지만 의식하지 않는다고 해서 그 이데올로기가 존재하지 않는 것은 아니다.

이처럼 보이지 않으면서도 존재하는 이데올로기의 정체를 밝혀내는 것이 다름 아닌 비평가의 몫이다. 하지만 이데올로기의 정체를 밝혀내는 작업을 수행해야 하는 비평가에게 주어진 작업의 도구 역시 이데올로기를 감추고 있는 언어다. 즉, 비평가의 언어라고 해서 작가를 포함한 다른 사람들의 언어와 구분되는 별개의 언어는 아니다. 때때로 비평가들은 자신의 언어가 다른 언어와 달리 논리적이고 엄밀한 것임을 내세우고 싶어 할지도 모른다. 하지만 그런 식의 구분이나 차별화는 자의적(恣意的)인 것 그 이상도 그 이하도 아니다. 비평가의

---

4) Paul de Man, *The Resistance to Thoery* (Minneapolis: U of Minnesota P, 1986), 11면.

언어든 작가의 언어든, 또는 철학자의 언어든 과학자의 언어든 그 사이에는 근본적인 차이가 존재하지 않기 때문이다. 바로 이 때문에 다른 모든 이의 언어와 마찬가지로 비평가의 언어 역시 이데올로기의 언어일 수밖에 없으며, 이데올로기의 언어인 이상 그의 비평 역시 이데올로기적이고 정치적인 것이 되지 않을 수 없다.

3. 문학 비평의 정치성

문학 비평의 정치적 성격이나 이데올로기적 성격은 언어의 차원에서뿐만 아니라 담론 또는 의미 생산의 차원에서도 제기될 수 있다. 이와 관련하여 무엇보다도 미셸 푸코Michel Foucault의 논의에 초점을 맞출 수 있는데, '담론 또는 의미'와 '권력' 사이의 관계를 규명하고자 했던 그의 논의에 따르면 '담론 또는 의미'의 생산 주체 또는 '담론 또는 의미'의 근원은 바로 '권력'이다. 이때 '권력'이란 물론 명시적인 의미에서의 정치적 권력뿐만 아니라 암시적 의미에서 사회를 지배하는 신념 체계나 이데올로기를 총체적으로 가리키는 것일 수 있다. 말하자면, 최근의 문학 권력 논쟁에서 핵심적 쟁점으로 떠오른 문학 권력이라는 개념도 넓게 보아 여기에 귀속될 수 있다. 차이가 있다면 푸코가 말하는 권력은 반드시 부정적 함의만을 갖는 것은 아니라는 데 있다. 따라서 푸코의 용어는 '권력'보다는 중립적인 용어인 '힘'으로 번역될 수도 있을 것이다.

담론의 생산 주체 또는 근원을 권력으로 이해하는 경우, 언어를 신비화하여 초이데올로기적이고 비정치적인 것으로 보도록 유도하는 비평가나 이론가들의 문제점을 확연히 드러낼 수 있다. 예컨대, 데리다의 영향 아래 있는 사람들의 비평 이론을 문제삼을 수 있는데, 비록 데리다 자신이 의도한 것은 아니지만 그의 이론은 오로지 언어 텍스트가 담고 있는 '기의'와 '기표' 사이의 불안정한 관계에만 논의의 초점을 맞추고 있는 것으로 이해되는 경향이 있다. 즉, 기호와 의미만이 문제되고 '지시 대상' 또는 '물리적 또는 관념적 현실'은 논외의 대상으로 여겨지는 경향이 있는 것이다. 또는 기껏해야 '지시 대상'이 '기의' 아래 종속되거나 그 안에 포섭되는 개념으로 이해되는 경우가 있다. 이러한 문제가 제기되는 근본적 이유는 데리다 영향권 안의 비평 이론에서는 '지시 대상'과 '기의' 사이를 연결하는 매개 요인—즉, 대상에 의미를 부여하는 주체—이 설 자리가 없기 때문이다. 말하자면, '의도intention'를 지닌 의미 주체가 무화(無化)되기 때문이다. 하지만 푸코의 경우 권력이라는 개념이 일종의 매개 요인으로 기능함으로써, 의미와 지시 대상 사이의 구분을 가능케 하고, 나아가 주관적 지식과 객관적 진리 사이의 구분까지도 가능케 한다.

요컨대, 권력이라는 개념을 도입함으로써 푸코는 대상에 의미를 부여하는 행위 자체에 우리의 시선을 집중케 하고 있으며, 또한 대상에 부여된 의미(기의)와 대상(지시 대상) 자체를 구분하여 논의할 수 있도록 한다. 바로 이 같은 맥락에서 우리는 인간의 역사적·정치적 현실을 논의의 핵심부로 끌어들일 수 있다. 역사적·정치적 현실에 의미를 부여하는 행위가 곧 권력을 행사하는 행위다. 한편, 그 권력의 소재에 따라 현실의 의미가 다르게 제시될 수 있다면, 텍스트란 입장에 따라 시대에 따라 다르게 해석될 수 있는 것이라는 논리가 설득력을 갖게 된다. 문제는 이때의 의미란 무엇인가다. 말할 것도 없이,

이때의 의미란 주관적 지식 — 아니, 주관적이지만 객관적인 것으로 받아들이도록 강요되는 지식 — 이다. 물론 이를 우리에게 강요하는 것은 권력이다. 권력이 새로운 지식을 창출한다는 푸코의 논리는 이런 맥락에서 이해할 수 있을 것이다.

문학 또는 문학의 언어를 신비화하는 비평 경향에 대한 좀더 직접적인 논의를 우리는 캐서린 벨지의 「문학, 역사, 정치」[5]라는 논문에서 확인할 수 있거니와, 논문의 제목이 암시하고 있듯 그녀가 문제삼고자 했던 것은 문학과 역사와 정치 사이의 필연적 관계다. 그녀는 먼저 다음과 같은 점에 유의한다. 즉, 이들 사이의 관계에 대한 논의가 비록 암시적으로나마 비평계에서 이루어져왔음에도 불구하고, 따라서 결코 새로운 것이 아님에도 불구하고, 이들 세 용어를 드러내놓고 서로 연결하여 논의하려는 경우 사람들은 이에 대해 "문학 비평이란 제도를 욕되게 하는 것"으로까지 매도한다는 것이다. 그 이유는 무엇인가. 벨지는 무엇보다도 문학은 "초월적인 것"이라는 생각이, 또한 "우발적인 것"인 역사나 "단순히 전략적인 것"인 정치와 아예 그 차원이 다른 것이라는 생각이 사람들의 의식을 지배하고 있음에 유의한다. 말하자면, 영원성과 보편성을 추구하는 문학은 일종의 "지속적 현재"일 뿐인 역사라든가 "천박한" 정치와는 결코 동일한 자리에서 논의될 수 없다는 투의 고정 관념이 사람들의 마음속에 자리 잡고 있다는 것이다.

따지고 보면, 문학이란 초월적이고 보편적인 것이라는 투의 생각

---

5) Catherine Belsey, "Literature, History, Politics," *Modern Criticism and Theory*, David Lodge 편 (London: Longman, 1988), 400~10면. Belsey와 관련된 앞으로의 논의는 이 글에 바탕을 둔 것임.

자체가 역사적이고 정치적인 맥락에서 형성된 것이라고 할 수 있다. 또는 한 시대나 사회가 필요에 따라 만들어낸 신화라고 할 수 있을 것이다. 하지만 일단 하나의 신화가 꾸며지고 그 신화가 사람들 사이에서 일반화되는 가운데 신화는 자체의 신화적 성격을 은폐하고 진실인 양 행세하게 된다. 신화가 일종의 가면을 쓰는 셈인데, 그 가면으로 인해 예기치 않은 권위를 얻게 된다. 일단 권위를 얻게 된 신화는 여타의 신화는 물론 진실조차도 억압하거나 은폐할 수 있는 힘을 얻게 되는데, 마찬가지 논리로 보편성과 영원성의 가면을 쓴 문학은 역사와 관계되는 그 어떤 개념도 밀어내거나 억압할 수 있는 힘을 얻는다. "문학 비평이란 제도가 역사를 거론할 때 〔……〕 이는 궁극적으로 역사를 억압하기 위한 것"이라는 벨지의 발언은 이 같은 맥락에서 이해될 수 있을 것이다. 벨지가 지적한 바와 같이, "문학은 지식이 아니나, 문학 비평은 일종의 지식이며, 제도 안에서 생산되고, 제도를 재생산한다." 따라서 "문학 비평이라는 제도"야말로 더할 수 없이 이데올로기적이고 정치적이다.

4. 문학 논쟁의 정치성

　문학 비평이 어떤 형태로든 정치성에서 벗어날 수 없음은 한 사회가 공유하는 가치관의 관점에서도 논의될 수 있는데, 문학의 경우 한 사회의 가치관을 더할 수 없이 효과적으로 반영하고 있는 것이 있다면 이는 바로 문학의 '정전canon'이다. 원론적으로 말하자면, 정전이란 문학 작품의 집대성을 통해 한 시대나 사회를 지배하는 가치관을 암시적이지만 체계적으로 담아놓은 것, 또는 한 시대나 사회가 지향하는 바의 고유한 목표를 함축적으로 담아놓은 것이라고 할 수 있다. 물론 정전에 담긴 한 사회나 시대의 가치관은 잘 드러나지 않게 마련인데, 여기에는 정전 형성에 관여하는 사람들이 정전을 통해 추구하고자 하는 바가 보편적이고 영원히 변치 않는 가치와 의미의 구현이라는 명분을 앞세움으로써 그와 같은 가치관을 숨기기 때문이다. 하지만 정전은 언제나 도전을 받고 새롭게 씌어지는 등 변화의 과정을 거치게 마련이다. 즉, 무엇이 올바른 문학이고 비평인가, 수용하고 읽어야 할 문학 작품과 거부하고 배척해야 할 문학 작품에는 어떤 것이 있는가, 어떤 문학적 입장이 예술적으로 도덕적으로 또는 정치적으로 바람직한 것인가 등등의 문제가 정전 형성의 과정에는 말할 것도 없고 변화의 과정에도 끊임없이 제기된다. 한편, 이 같은 문제 제기는 사회나 시대를 지배하는 가치관을 수호하려는 쪽과 그 가치관에 반발하는 쪽 사이의 갈등에서 비롯되는데, 바로 이러한 갈등 및 정전에 대한 논란은 명시적으로든 암시적으로든 세계 어느 곳에서나 확인된다. 어찌 보면, 우리 주변에서 진행되고 있는 문학 권력에 대한 최근의 논쟁 역시 기존의 정전 또는 가치관을 수호하려는 쪽과 이를 뛰어넘으려는 쪽 사이의 갈등 과정에 불거져 나온 것일 수도 있다.

문제는 오래전의 순수와 참여의 논쟁에서 시작하여 최근의 순수 문학과 대중 문학에 대한 논쟁에 이르기까지 앞서 말한 '공격적인 자기 방어'의 논리가 압도하지 않았던 상황을 찾아보기 어렵다는 데 있다. 바로 이 같은 '공격적인 자기 방어'의 논리가 오고 가는 가운데 정전이 형성되는 것일까. 그렇게 해서 형성된 상처뿐인 정전이라면 그 정전은 얼마만큼 의미가 있는 것일까. 아니, 우리에게 정전이라고 할 만한 것이 없기에 그와 같은 소모적 논쟁이 계속되었던 것 아닐까. 그도 아니면, 우리의 정전이 너무도 교묘하게 자신의 정치적·이데올로기적 성격을 숨기고 있기에 그 언저리에서 주변적 논쟁만을 일삼게 되었던 것 아닐까. 사실 특정 문학 집단이나 개인을 겨냥한 문학 권력 시비에 앞서 우리에게 진정으로 필요한 것이 있다면, 이는 북한 문학을 우리 문학사에서 어떻게 수용할 것인가, 통일 후에 남북한 전체를 아우르는 문학사와 문학 교육을 어떻게 만들어나갈 것인가 등등의 문제다. 즉, 우리의 문학 현실에서 토의하고 해결해야 할 근본적 문제들은 따로 있다. 물론 그 어떤 문제도 정치와 이데올로기를 초월하여 제기하거나 논의할 수는 없을 것이다.

앞으로의 정전 논쟁과 관련하여 우리가 타산지석으로 삼을 만한 예를 하나 드는 것이 허락된다면, 무엇보다도 지난 1980년대 초 영국에서 있었던 '영문학 다시 읽기 논쟁'을 거론할 수 있을 것이다. 논쟁의 발단이 된 것은 1982년 발간된 『영문학 다시 읽기』였는데, 편집자인 피터 위도우슨의 서문[6]을 포함한 16편의 논문을 담고 있는 이 『영문학 다시 읽기』는 영문학에 대한 전통적 시각에 대한 비판과 반성 및 새로운 시각의 도입을 위한 일련의 시도를 담은 책이다. 사실 문학을 어떻게 읽을 것인가의 문제는 문제될 것이 하나도 없는 것처럼 보인다. 하지만 『영문학 다시 읽기』만큼 거센 반발과 논란을 불러일으킨 경우는 많지 않을 것이다. 무엇보다도 1982년 6월 17일자 『런던 서평』에 실린 글에 유의할 수 있는데, "스탈린적"이며 "비영문학적unEnglish"

---

6) Peter Widdowson, "Introduction: The Crisis in English Studies," *Re-reading English*, Peter Widdowson 편, (London: Methuen, 1982), 1~14면. Widdowson과 관련된 앞으로의 논의는 이 글에 바탕을 둔 것임.

이라는 투의 과민한 반응[7]을 이 책은 감수해야 했다. 이 책의 필자들이 "넓게 보아 모두 사회주의자들"이라는 점을 인정하더라도, "스탈린적"이라는 표현은 명백히 지나친 것이다. 또한 "비영문학적"이라는 표현도 정치적 편견에서 나온 것이라고 하지 않을 수 없다.

아마도 이 같은 일련의 부정적 반응을 이해하기 위해서는 『영문학 다시 읽기』의 주된 이론적 배경이 현대 철학에 근거한 외국의 비평 이론임을 간과해서는 안 될 것이다. 영국의 비평계가 일반적으로 이론에 대해 보이는 거부감을 굳이 문제삼지 않는다고 하더라도, 외국의 비평 이론을 들여와서 이를 무기로 삼아 영문학을 평가하려는 시도 자체가 명백히 영국의 비평계 쪽에서 보면 받아들이기 어려운 것이었으리라. 여기에서 무엇보다도 고려되어야 할 사항이 바로 영국의 비평계가 영문학에 대해 갖는 심정적 자부심일 것이다. 이와 관련하여 우리는 앤터니 이스트호프의 지적대로 "영문학이 영국이라는 국가의 이데올로기적 심장부에 아주 근접한 위치, 북미에서의 자국 문학에 대한 연구가 부여하는 것과는 명백히 다른 위치, 그러니까 특권과 애정 어린 시선을 함께 누릴 수 있는 위치를 점유해왔음"[8]에 유의해야만 한다. 물론 이때의 영문학이란 일찍이 리비스F. R. Leavis가 명명한 '위대한 전통'으로서의 영문학이며, 모든 계층의 영국인을 하나로 묶어주는 중심적 문화 유산으로서의 영문학이다. 그것은 영국인들이 이제까지 생산해낸 모든 문학 작품이 무작위적으로 모여 형성한 세계와는 구분되는 세계 — 말하자면, 정전이라는 관문을 통과함으로

---

7) Anthony Easthope, *British Poststructuralism since* 1968 (London: Routledge, 1991), 133면.
8) Easthope, 134면.

써 위대한 고전의 자격을 획득한 일련의 특별하고 고귀한 문학 작품들이 모여 형성하는 세계—였던 것이다.

바로 이 '위대한 전통' 또는 "영문학의 정전"을 "가르치고 떠받드는 것"이 "우리의 임무"라는 케임브리지 대학 교수 크리스토퍼 릭스 Christopher Ricks의 발언은 위와 같은 맥락에서 이해할 수 있을 것이다. 위도우슨 등이 문제삼고자 했던 것은 바로 릭스와 같은 사람들이 갖고 있는 영문학에 대한 입장이다. 위도우슨 등의 문제 제기는 "왜 '주요major' 텍스트인 A가 사회를 이해하는 데 '주변minor' 텍스트인 B보다 더 가치 있는 것일까"와 "어느 특정한 텍스트를 '주요' 텍스트라고 결정한 사람은 누구이며, 또한 어떤 근거에서 그런 결정을 한 것일까"로 요약될 수 있다. 말하자면, 이제까지 너무도 당연한 것으로 받아들여져왔던 "공인된 '위대한' 문학 전통"을 문제삼았던 것이다.

"공인된 '위대한' 문학 전통"에 대한 위도우슨 등의 문제 제기는 단순히 주류에 대한 비주류의 불만 표출로 여길 성질의 것만은 아니다. 그들의 문제 제기는 근본적으로 '문학이란 무엇인가'에 대한 새로운 자각을 표출하기 위한 것으로, 이를 이해하기 위해 우리는 먼저 위도우슨이 그의 글에서 주목하고 있는 '대문자로 시작되는 문학 Literature'과 '소문자로 시작되는 문학literature' 사이의 차이를 문제삼아야 할 것이다. 말할 것도 없이, '대문자로 시작되는 문학'이란 "공인된 '위대한' 문학 전통"에 속하는 문학을 지칭하는 개념으로, 문자로 된 모든 글을 총체적으로 지칭하는 일반적 개념의 문학과 구분된다. 이 같은 구분 이면에는 물론 특정한 문학만을 문학으로 지칭하기 위한 차별화의 전략이 감추어져 있다고 할 수 있다. 문제는 차별화 전략에 의지하는 사람들이 이를 숨긴 채 마치 '대문자로 시작되는 문학'을 가치 판단 이전의 것, 또는 저절로 형성된 것인 양 여길 것을 강요하고 있다는 데 있다. 이런 관점에서 볼 때, 궁극적으로 문제되는 것은 '대문자로 시작되는 문학'을 절대화하고 정당화하려는 전략으로 무장한 '대문자로 시작되는 비평Criticism'일 것이다.

요컨대, 위도우슨 등의 '대문자로 시작되는 문학'에 대한 비판은 곧 '대문자로 시작되는 비평'의 정치적 편향성을 규명하고, 나아가 '대문자로 시작되는 문학과 비평' 양자를 모두 탈신비화하기 위한 것이었다. 공인된 문학과 비평에 대한 위도우슨의 탈신비화는 "모든 교육은 '정치적' 행위며, 영문학을 가르친다는 것은 특히 그러하다"라는 말로 요약될 수 있는데, 정치·역사·사회와 같은 결정 요인들이 문학 교육에 불가분의 요소가 된다는 관점을 우리는 『영문학 다시 읽기』의 어느 곳에서나 확인할 수 있다. 이 같은 "영문학 다시 읽기"를 둘러싼 논쟁에서 우리가 얻을 수 있는 교훈 가운데 무엇보다도 중요한 것은 영문학의 "위대한 전통"을 수호하는 쪽과 마찬가지로 이를 비판하는 쪽도 정치적이라는 사실이고, 비판하는 쪽이 이를 인정하고 있다는 점일 것이다. 자신의 정치성을 스스로 인정할 만큼 자기 비판적이기란 쉽지 않은 법이다. 위도우슨 등의 비판 논리는 그들이 문제를 제기한 후 20여 년이 지난 오늘날 영국의 비평계에서 무시할 수 없을 만큼의 힘을 지니고 있거니와, 이는 무엇보다도 그들의 문제 제기가 근본적인 것이었다는 점, 나아가 타자를 향한 비판의 시선이 자신들의 모습을 직시하는 데서 나왔다는 점 때문일 것이다.

바로 여기에서 우리는 비평의 자기 비판 기능을 문제삼을 수 있는데, 무릇 모든 비평 행위는 드 만의 표현대로 비록 표면적으로는 "타자에 대한 관찰이나 해명"의 형태를 취하지만 "항상 자신에 대한 관찰을 유도하는 수단"[9]이 되어야 한다. 요컨대, 비평과 관련하여 궁극적으로 문제가 되는 것은 비평가 자신이 수행하는 자기 비판 또는 내적 성찰이다. 아마도 "비평이 그 자체의 근원에 대해 성찰하는 경지에 이를 만큼 스스로를 면밀히 검토하는 일을 진정으로 게을리 하고 있지 않은가?"[10]라는 드 만의 물음이 문학비평가에게 일종의 좌우명이 될 수 있다면 그 이유는 이 때문일 것이다. 비평의 대상이 문학 작품이든 또는 비평 텍스트나 비평 담론이든 문학비평가가 구체적인 비평의 현장에서 자신에게 끊임없이 던져야 하는 질문이 있다면, 이는 비평의 '성실성'을 가늠하는 척도가 되는 이런 종류의 질문일 것이다. 나아가, 문학 권력에 관한 논쟁에 직접적으로든 간접적으로든 또는 적극적으로든 소극적으로든 참여하고 있는 모든 논객이 유의해야 할 질문이 있다면 이는 바로 이 같은 질문일 것이다.

5. 자기 반성적 사유로서의 비평을 위해

　　문학 작품에 대한 비평을 하는 쪽이든 비평에 대한 비평을 하는 쪽이든 궁극적으로 지향해야 하는 것은 자기 비판 또는 자기 반성적 사유일 것이다. 하지만 이 같은 추상적 해결책이 실제 우리의 비평계에 어떤 도움이 되겠는가. 바로 이 물음이 갖는 무게 때문에 이 자리에

---

9) Paul de Man, *Blindness and Insight: Essays in the Rhetoric of Contemporary Criticism*, 개정판 (Minneapolis: U of Minnesota P, 1983), 9면.

10) De Man, 8면.

서 우리는 간략하게나마 오늘날 우리 문단의 비평 또는 비평에 대한 비평과 관련하여 일반적으로 제기되고 있는 몇 가지 문제들을 돌아보지 않을 수 없다.

무엇보다도 먼저 비평의 수준에 대한 문제가 제기되는 경우가 종종 있음에 유의할 수 있다. 즉, 비평이 이해하기 어려운 현학적 문구나 비논리적인 글로 채워지는 예가 있음을 지적하는 사람도 있고, 경우에 따라서는 비평이 잡문의 수준을 벗어나지 못한다는 평을 하는 사람도 있다. 사실 비평의 수준에 대한 논의는 기준의 모호함으로 인해 그 자체가 자의적(恣意的)인 것이 되는 경우가 적지 않다. 물론 '현학성'이라든가 '비논리성'이라는 개념이 평가의 기준이 될 수도 있지만, 구체적으로 어떤 것이 '현학적 문구'고 '비논리적인 글'인지를 적시하는 평자들을 만나기란 수월치 않다. 따지고 보면, '현학적 문구'라든가 '비논리적인 글'로 인해 어떤 비평문이 잡문의 수준에 머무르고 있다면, 그 글은 잡문일 따름이지 비평문이 아니다. 아울러, 어느 시대에도 열등한 비평은 존재했고, 비평을 잡문으로 격하시키는 비평 역시 오늘날 우리 문단만이 갖고 있는 문제는 아니다. 따라서 비평의 수준에 대한 논의는 "항상 자신에 대한 관찰을 유도하는 수단"이 비평이어야 한다는 사실에 비평가들이 얼마만큼 유념하고 있는가의 형태로 바뀌어야 할 것이다.

한편, 비평의 객관화 또는 깊이 있는 분석으로서의 비평의 부재를 질책하는 사람도 있다. 말하자면, 왜 진정한 의미에서의 작품 해석을 찾아보기 어려운가, 또는 소모적인 논객 수준을 뛰어넘는 비평가, '보는 눈'을 가진 비평가는 왜 찾아보기 어려운가 등의 문제가 제기되기도 한다. 이러한 문제 제기와 관련하여 우리는 깊이 있는 분석의 부재에 대한 비판은 비평에 관여하는 모든 사람이 주목해야 할 부분이라고 생각한다. 문학 작품이 다름 아닌 언어적 실체라는 너무도 빤한 사실을 외면하고 있다는 비판에서 자유로울 수 있는 비평가는 오늘날 우리 문단에서 우리가 기대하는 만큼 많지 않을 수도 있기 때문이다. 문학 비평이란 문학 작품을 대상으로 하는 것이고 문학 작품이 언어적 실체라면, 문학 비평은 당연히 문학 작품의 언어에 일차적 관심을 가져야 한다. 이는 곧 작품을 이루는 언어에 대한 세심한 분석이 비평의 선결 과제임을 인식해야 한다는 뜻이다. 하지만 적지 않은 비평가들이 작품에 대한 세심한 분석이나 이해에 앞서 자기 자신의 입장이나 믿음을 드러내기 위한 수단으로 문학 작품을 이용하는 것도 사실이다. 바로 이 점이 깊이 있는 분석의 부재에 대한 우려를 낳는 것 아닐까.

이렇게 말한다고 해서, 문학과 비평이 진공 상태에 존재하는 언어 조직이라는 뜻은 아니다. 앞서 살펴본 바와 같이, 이데올로기를 만들어내고 만들어낸 이데올로기를 숨기는 장본인이 다름 아닌 언어고, 이로 인해 잠재적으로 모든 언어 텍스트는 그 안에 이데올로기를 숨기고 있는 시대의 산물이라고 할 수 있다. 다시 말해, 무언가의 이데올로기 또는 이념을 숨기고 있으면서도 그렇지 않은 것처럼 보이도록 스스로 자신을 신비화하는 것이 언어다. 그리고 이 같은 신비화를 특히 효과적으로 수행하는 것이 다름 아닌 문학의 언어다. 무엇보다도 인간의 삶과 현실을 생생하게 또는 있는 그대로 보여주는 듯한 태도를 취함으로써 마치 이데올로기가 끼어들 자리가 없는 것처럼 가장하는 것이 문학의 언어라는 점에서 그러하다.

요컨대, 문학은 모든 언어 행위 가운데 가장 교묘한 방법으로 이데올로기를 숨기는 언어 행위, 또는 언어를 가장 효과적으로 이용하는 언어 행위다. 따라서, 데리다의 어투를 다시 한 번 흉내 내자면, 문학의 언어 역시 '언제나' 그리고 '이미' 불순하다. 바로 이 때문에 문학의 언어도 작가 자신의 가치관이나 시대적 이데올로기의 관점에서 분석되거나 이해될 수밖에 없다. 마찬가지 논리로 비평가의 언어 역시 비평가 자신의 가치관이나 이데올로기를 숨기고 있거니와, 비평가 자신의 가치관이나 시대적 이데올로기의 관점에서 분석되거나 이해될 수 있다. 그리고 이러한 작업은 누구보다도 비평가 자신에 의해 이루어져야 한다. 만일 자신의 비평 논리가 이데올로기적이고 정치적인 것이라는 사실을 외면한 채 자신의 비평 행위를 절대화하려 한다면 이는 마땅히 지탄받아야 할 것이다. 바로 이 절대화의 위험을 막는 것이 자기 비평 행위의 정치성과 이데올로기성에 대한 비평가 자신의 자기 검열이다.

　마지막으로, 최근의 문학 권력 논쟁에서 확인할 수 있듯, 사람들은 비평의 사유화 또는 권력 집단화를 문제삼기도 한다는 점에 주목할 수도 있다. 즉, 한편에서는 오늘날 비평은 어느 한 개인이나 특정 집단의 감정을 해소하거나 이익을 대변하는 수단이 되고 있다는 의혹을 제기하기도 하고, 다른 한편에서는 비평가들이 항상 자기 주변의 사람들에 대한 찬사만 일삼고 있다는 식의 불만을 토로하기도 한다. 비판자들이 지적하듯, 우리 문단에서 목격되는 비평의 사유화나 권력 집단화는 경우에 따라 전혀 근거가 없는 것처럼 보이지는 않는다. 하지만 만일 뜻이 맞는 사람들끼리 모여 문학을 논의하고 또 문집을 발간하는 등의 일을 놓고 사유화나 권력 집단화를 말한다면 이는 지나친 과장 아닐까. 그럼에도 불구하고 정실 비평의 폐해는 언제나 강한 목소리로 지적되어야 할 것이다.

정실 비평의 폐해가 감지되는 사례가 적지 않은데, 이와 관련하여 무엇보다도 시집이든 소설집이든 말미에 거의 예외 없이 붙는 이른바 작품 해설을 문제삼지 않을 수 없다. 물론 이러한 작품 해설 가운데에는 작품의 깊이를 꿰뚫어보는 뛰어난 비평문도 있지만 대상 작가의 작품 세계에 대한 이해를 어느 한쪽으로 좁히거나 엉뚱한 방향으로 이끄는 경우도 적지 않다. 또한 너무도 빤한 논의, 하나 마나 한 해설로 인해 작품 해설의 존재 이유 자체를 의심케 하는 경우도 있다. 그 이유는 말할 것도 없이 작품 해설이 사적 친분에 따라 의뢰되고, 작가와 비평가 사이의 우호적 상호 이해를 바탕으로 이루어지는 일이 적지 않기 때문일 것이다. 그렇지 않다고 하더라도, 작품집 뒤에 붙는 것인데 어찌 그 작품집의 존재 이유를 의심케 하는 부정적 비평을 할 수 있겠느냐는 생각이 해설자의 의식을 알게 모르게 지배하기 때문일 것이다. 해설이 붙어 있지 않은 작품집은 어딘가 격식을 제대로 갖추지 않은 작품집이라는 투의 사고 방식이 언제부터 우리 문단을 지배하게 된 것일까. 비평이 정실 비평 또는 시녀 비평이라는 오명을 벗기 위해서는 무엇보다도 이처럼 작품 해설 첨부를 작품집의 필수 요건으로 생각하는 사고 방식에서 벗어나야 하지 않을까. 오로지 작품집은 작품 자체만으로 존재하고, 이에 대한 비판은 문예지 및 그 밖의 지면의 몫으로 남김이 어떨는지?

따지고 보면, 이상과 같은 비판에서 필자 자신도 자유롭지 못하다. 필자 자신도 그동안 여러 번 작품집 뒤에 보태는 작품 해설을 해왔고, 앞으로도 피할 수 없는 경우에는 여전히 그와 같은 작업을 해야 할 것이기 때문이다. 비판에서 자유로울 수 없는 보다 더 중요한 이유는 필자 자신이 의식적으로든 무의식적으로든 허위 의식에 빠져 있는지도 모른다는 데 있다. 즉, 자신의 언어야말로 작품의 진실, 나아가 문학의 진실을 전하는 공평무사하고 투명한 매체라는 투의 허위 의식에 젖어 있었던 것은 아닌지, 스스로 묻지 않을 수 없다. 문학 비평의 본질이란 어떤 것이고, 오늘날 우리 문단의 문제는 어떤 것이라는 투로 전개되고 있는 이 글 자체가 바로 그와 같은 허위 의식의 산물은 아닐까. 따라서 모든 비판은 누구보다도 필자 자신에게 향해야 할 것임을 인정하지 않을 수 없다. 아울러, 자기 반성이라는 말에 그리도 집착하는 이유는 바로 이런 허위 의식을 위장하기 위한 것인지도 모른다는 말을 덧붙이지 않을 수 없다. 그러나, 아니, 그럼에도 불구하고, 자신의 문제점이 무엇인가를 아는 데서 그 문제에 대한 해결의 실마리를 찾을 수 있는 것 아닐까. 이 수사적 물음의 말로 구차한 자기 변명을 대신할 수 있을까.

언젠가 밤늦은 시각 연구실에서 나와 버스를 타고 집에 가게 된 적이 있었다. 버스를 기다리는 동안 옆에 있던 한 사람이 담배를 피우다가 그대로 길거리에 내던지고는 필자에게 다가와 행선지가 어디어디인 버스 아직 있느냐고 물었다. 아마도 있을 것이라는 필자의 대답에 그 사람은 느닷없이 필자에게 이런저런 말을 붙였다. 취기가 거나하게 오른 목소리로 세상사에 대한 불만을 터뜨리더니, 결국에는 "사람들이 이렇게 몰상식하고 자기만 알아서 되겠습니까?"라는 말로 끝맺는다. 아니, 혼자 중얼거리는 말투로 한마디 덧붙인다. "대한민국 사람들, 참 한심하고 한심한 백성이야." 마치 자신은 '대한민국 백성'에 속하지 않는 양. 담배꽁초를 길거리에 마구 던지는 자신은 자기만 아는 몰상식한 사람이 아닌 양. 그의 모습에서 우리 문단의 비평을 비판하는 비판자들의 모습을 볼 수 있지 않을까. 또한 그의 모습에서 우리 문단의 비평을 비판하는 비평가들의 모습을 보는 필자 자신의 모습을 볼 수 있지 않을까. 마치 비평을 비판하는 비평가들 가운데 자신은 포함되어 있지 않은 양 비판의 목소리를 높이고 있는 자가 다름 아닌 필자 아닌가. 바로 이 때문에 누구보다 필자 자신을 향해 이렇게 외친다. "너 자신을 알라"고.

문학 비평의 논리, 또는 하나의 모색

1. 본질 추구 경향, 무엇이 문제인가

오늘날의 문학 비평 및 이론과 관련하여 무엇보다도 문제삼아야 할 것이 있다면, 이는 '본질 추구 경향the essentialism'일 것이다. 본질 추구 경향이라니? 이 말을 통해 우리가 드러내고자 하는 의미는 사전적 정의를 벗어난 것이 아니다. 이는, 웹스터 영어 사전 제3판에 정의되어 있듯, "형이상학적 본질이 실재로 존재하며 이는 직관적으로 접근이 가능하다는 생각에 동의하는"[1] 경향을 지칭하기 위한 말이다. 이 같은 경향이 오늘날의 문학 비평이나 이론의 두드러진 특징 가운데 하나라고 할 수 있거니와, 의식적으로든 무의식적으로든 문학비평가나 이론가들은 본질적 의미—좀더 일반적인 표현을 사용하자면, 객관적 의미—에 대한 추구를 자신들의 과제로 여기고 있다고 할 수

---

1) *Webster's Third New International Dictionary of the English Language* (Chicago: G. & C. Merriam Co., 1966), 777면.

있다. 심지어 문학 텍스트에 대한 비평적 이해가 시도되는 곳이라면 어디에나 존재하는 것이 '비평적 객관성에의 의지'라고 할 수 있을 정도다. 아마도 이 같은 비평적 객관성에의 의지를 명시화한 비평적 기도 가운데 오늘날까지 그 그늘을 넓게 드리우고 있는 것이 신비평the New Criticism일 것이다. 이렇게 말한다고 해서 신비평은 이미 과거의 유산이라는 평가를 부정하자는 것은 아니다. 신비평은 과거의 유산이 되었을지 모르지만 신비평이 내세운 텍스트 읽기 방식은 여전히 알게 모르게 실천적 비평의 길잡이 역할을 하고 있다는 뜻에서다. 아무튼, 널리 알려진 바와 같이, 신비평은 비평가의 시야를 흐리게 할 수 있는 사적·사회적·역사적 체험으로부터 비평가를 자유롭게 함으로써 언어가 전달하는 객관적 의미에 도달할 수 있다는 직관적 인식론에 바탕을 둔 비평적 기도다. 신비평가들은 문학 작품의 언어 구조에 비평가의 관심을 한정함으로써 비평적 객관성이라는 꿈이 실현될 수 있다고 믿었거니와, 우리가 무엇보다도 문제삼고자 하는 것은 언어에 대한 그들의 태도다.

언어에 대한 신비평가들의 태도는 '언어란 누구나 동의할 수 있는 불변의 객관적 의미를 담고 있다'로 요약될 수 있을 것이다. 하지만 이 같은 태도가 지극히 소박한 것임은 지난 20세기의 언어 이론이 수도 없이 증명해주었다. 기호와 의미 사이의 불안정한 관계에 대한 논의가 어디 어제오늘의 일인가. 사정이 그렇다면 어찌하여 신비평적 본질 추구 경향이 여전히 그 그늘을 드리우고 있는 것일까. 이 같은 의문에 답하기 위해 우리는 객관적 의미의 존재 및 전달 가능성에 회의적 태도를 취한 대표적인 비평가 또는 이론가 한 사람을 주목하기로 하자. 그는 폴 드 만Paul de Man으로, 드 만은 무엇보다도 '시간적 차이temporal difference'라는 논리에 근거한 언어 이론을 상정하고, 나아가 초시간적으로 존재하는 불변의 언어라는 환상—또는 신화—에서 우리를 해방해줄 것을 약속하는 시간성의 개념을 제시한 바 있다. 문제는 그와 같은 논리에도 불구하고 프랭크 렌트리키아가 지적했듯 드 만은 글을 쓰는 과정에서 자신이 "진리를 소유한 채 특권을 누리는 지위에 있는 작가라는 태도를 취했다"[2]는 데 있다. 또한 그는 데리다가 그러했듯 "원래의 기록original inscription"에 대한 향수에서 자유롭지 못했다는 데도 문제가 있다. 여기에서 우리는 데리다의 다음과 같은 언명에 주목할 수 있을 것이다. "비록 형이상학적 은유는 모든 의미를 뒤죽박죽의 상태로 만들었지만, [……] 우리는 항상 원래의 기록을 재구성하고 또한 사본의 지워진 기록을 복원할 수 있어야 한다."[3] 요컨대, 드 만 역시 본질 추구 경향에서 벗어나지 못한 비평가 또는 이론가 가운데 한 사람이다.

이와 관련하여, 우리는 「시간성의 수사학The Rhetoric of Temporality」이라는 글에 담긴 워즈워스와 루소에 대한 드 만의 독해에 눈길을 줄 수 있을 것이다. 그의 독해를 따라가 보면, 자신의 언어만큼은 조건 없이 특권을 부여받은 듯한, 따라서 언어의 시간성으로 인해 야기되는 그 어떤 문제에 대해서도 면책 특권이 있는 듯한 태도를 취하고 있다. 묘하게 들릴지 모르겠지만, 문학의 언어를 탈신비화하는 동안 드 만은 자신의 언어를 동원하여 자신을 신비화하고

---

2) Frank Lentricchia, *After the New Criticism* (Chicago: U of Chicago P, 1980), 293면.

3) Jacques Derrida, "White Mythology: Metaphor in the Text of Philosophy," F. C. T. Moore 역, *New Literary History* 6.1 [1974]: 10면.

있는 듯하다. 그가 "문학(또는 문학 비평)을 탈신비화라고 생각하는 것"은 "신비화 가운데 가장 위험한 신비화"[4]임을 인정할 수밖에 없었던 것은 아마도 이런 이유 때문인지도 모른다. 만일 드 만의 주장대로 특권을 부여받은 언어란 따로 있을 수 없다면 비평의 언어조차도 예외 없이 탈신비화의 과정을 감수해야 한다.

드 만의 본질 추구 경향과 관련하여, 낭만주의자들의 입장 및 이들에 대한 낭만주의 역사가들의 입장에 대한 그의 논의 역시 문제삼을 수 있을 것이다. 그는 논의 과정에 자기 자신의 의미를 내세우기도 하고, 자신의 견해야말로 진정성authenticity을 견지한 것이고 역사적으로 올바른 것이라는 태도를 취하기도 한다. 한편, 드 만은 낭만주의에 대한 탐구와 관련하여 "'근원에 이르기까지 *jusqu'en l'origine*' 글 쓰기의 행위를 면밀히 분석함"(de Man, 14)으로써 낭만적 환상을 파헤칠 수 있음을 주장하기도 하는데, 시간이 흐름에 따라 지워지거나 가려진 '근원'이 존재한다는 가정과 함께 이에 도달하는 것이 그에게 비평 작업의 동기가 되고 있다는 추론도 가능하다. 물론 이 같은 입장은 역사와 관련된 것이지 언어와 관련된 것은 아니다. 하지만 역사는 '언어로' 존재한다. 따라서 언어를 통하지 않고서는 역사에 다가갈 수 없다. 한편, 언어가 시간성으로 인해 불안정한 것이라면 역사역시 시간성으로 인해 불안정한 것일 수밖에 없고, 이로 인해 불안정한 역사에서 '근원'을 찾는 일은 무망(無望)한 일이 될 수도 있다. 이를 간과한 채 '근원에 이르기까지'라는 표현을 끌어들임으로써 드

---

4) Paul de Man, *Blindness and Insight: Essays in the Rhetoric of Contemporary Criticism*, 개정판 (1970; Minneapolis: U of Minnesota P, 1983), 14면. 이 책에 대한 앞으로의 인용은 본문에서 "de Man"으로 밝히기로 함.

만은 '원래의 그 무엇'에 대한 희망을 버리지 않고 있다. 결국 그에게
는 역사든 언어든 「백색의 신화」에 등장하는 데리다의 은화와 마찬가
지로 "철학적 개념의 유통 과정에 마멸됨으로써 표면이 닳아 지워진"
무엇과 다름이 없는 것이 되고 있다.[5] 여기에서 확인할 수 있는 것은
바로 본질 추구 경향이다. 즉, 무언가 지워지거나 잃어버린 '근원'을
가정하고 이를 추적함은 "'원래 표상되어' 있던 그 무엇"[6]이야말로
비평가들이 추구해야 할 궁극적 의미라는 식의 비평적 기준을 가정함
과 다를 바 없다.

　이런 관점에서 보면, 시간성의 문제는 '시간이 해결할 문제'에 불과
한 것일 수 있다. 다시 말해, '근원'을 밝히는 순간 더 이상 문제가 되
지 않을 문제, 또는 시간을 초월해서 존재하는 진리를 찾아내는 순간
더 이상 문제가 되지 않을 문제일 수 있다. 이처럼 자신의 논리를 위
태롭게 함으로써 드 만은 자기 성찰의 수단으로서의 비평에 대한 자
신의 논리—즉, "타자에 대한 관찰이나 해명은 항상 자신에 대한 관
찰을 유도하는 수단"(de Man, 9)이라는 논리—마저 위험에 빠뜨린
다. 이와 관련하여, 누군가가 '근원'을 향해 다가가고 있다는 믿음을
갖는 경우 그는 그러한 믿음에 비례하여 자신의 논리와 주장이 옳다
는 믿음에 더욱 깊이 빠져들 것이라는 점에 유의하기 바란다. 자신의
논리와 주장이 옳다는 믿음은 "자신에 대한 관찰"을 막을 수 있다.
결국 "타자에 대한 관찰"과 "자신에 대한 관찰" 사이를 넘나드는 일

---

5) "White Mythology," 8면. 데리다의 은화 이미지는 아나톨 프랑스 Anatole France의
　글에서 나온 것이다. 하지만 이는 진리란 "은유, 환유, 의인화로 이루어진 기동 부대"에
　불과한 것이라는 프리드리히 니체 Friedrich Nietzsche의 입장과 더 밀접하게 관계된 것
　이라고 할 수 있다.
6) "White Mythology," 8면.

자체가 불가능해질 수 있다. 말하자면, "두 주체 사이의 상호 해석이라는 주고받기의 과정"(de Man, 9~10)은 유명무실한 것이 될 수 있다. 그렇게 되면, 비평 행위란 다시금 비평가 쪽에서 텍스트를 대상으로 하여 일방적으로 수행하는 작업이 될 것이다. 이는 결국 신비평가들이 그처럼 옹호하던 텍스트에 대한 치밀한 읽기와 분석의 작업 이상의 것이 될 수 없다. 드 만에게 '새로운 신비평가the new New Critic'라는 혐의가 따라다님은 이런 사정과 무관하지 않을 것이다. 이름만 바뀌었을 뿐 신비평적 직관의 비평 논리는 여전히 드 만의 비평에서 그 힘을 발휘하고 있다는 논리가 힘을 잃지 않음도 이 때문일 것이다. 따지고 보면, 비록 언어에 대한 전혀 다른 논리로 무장하고 있지만 드 만은 신비평가들과 마찬가지로 문학 작품의 언어 구조에 관심을 국한하고 있다는 점에서, 직관의 비평 논리는 여전히 해석학적으로 객관적인 비평의 준거로 남아 있는 셈이다.

본질 추구 경향을 극복하기 위해 드 만은 적어도 '근원'이라는 개념조차 환상이자 신화임을 의식했어야 할 것이다. 사실 자신의 주장이 아무리 독선적인 것이라고 해도 그것을 옳은 것으로 내세우고자 하는 유혹에서 벗어나 있는 사람은 많지 않을 것이다. 이를 보여주는 예를 우리는 워즈워스의 「엷은 잠이 나의 영혼을 닫아놓아A Slumber Did My Spirit Seal」에 대한 드 만의 분석에서 찾아볼 수 있는데, 무엇보다도 분석의 과정에 드 만은 "워즈워스가 자신의 죽음에 대해서도 똑같은 태도로 시를 쓸 수 있었을까"(de Man, 225)를 묻는다. 이 같은 물음을 던지는 이유는 한 인간이 어떻게 해서 진정한 '자각self-knowledge'에 이를 수 있는가에 대한 다음 진술에 암시되어 있다.

> 지혜는 〔신비화의 단계에서 자신에 대한 신비화를 깨닫는 단계로의〕
> 전락(轉落)을 체험하지 않고서는 결코 얻어질 수 없다. 단순히 누군
> 가 타인이 전락하는 것만으로는 충분치 않다. 즉, 자신이 그러한 전락
> 을 체험해야만 한다. (De Man, 214)

이 같은 논리를 받아들이는 경우, 죽어보지 않고서는 누구도 죽음에 대한 지혜를 얻을 수 없다는 논리를 세울 수 있을 것이다. 그리고 이런 논리를 따르면 누군가—예컨대, 워즈워스—가 죽어보지 않고서도 죽음에 대해 깊은 통찰을 얻게 되었다고 말하는 것은 자가당착에 해당하는 것이리라. 이와 관련하여 드 만은 앞서 제시한 자신의 논리에 대해 비판 또는 수정의 자세를 취하기보다는 근거가 희박한 가상의 정보를 마치 역사적으로 확인된 사실인 양 내세운다. 즉, 그에 의하면, "워즈워스에 대해 잘 알고 있는 독자의 경우 위의 물음에 대한 답은 긍정적인 것이 될 것"인데, 그 이유는 "워즈워스야말로 자신의 죽음에 대해 예변적(豫辨的)으로 proleptically 서술할 수 있고 또한 이를테면 자신들의 무덤 저편에 서서 이야기할 수 있는 몇 안 되는 시인 가운데 한 사람이기 때문"이라는 것이다(de Man, 225). 드 만은 어떻게 해서 이를 알게 되었을까. 비록 그가 자신의 주장을 뒷받침해주는 증거를 제시한다고 해서 곧 문제가 해결되는 것은 아니다. 그가 제시한 증거가 진정으로 워즈워스의 내면 세계를 반영한 것이라는 사실을 여전히 증명해야 하기 때문이다. 워즈워스의 마음을 포함하여 모든 인간의 마음이 결코 헤아려보기 쉽지 않은 영원한 신비라는 점을 이 자리에서 굳이 거론할 필요가 있을까. 어떤 의미에서 보면, 입증되지 않은 가상의 정보를 사실인 양 내세움으로써 드 만은

'무한 퇴행infinite regress'이라는 질곡에 빠질 위험을 무릅쓰고 있는 것 아닐까. 즉, 한 편의 정보가 사실임이 입증되기 위해서는 이를 입증할 정보가 요구되고, 이렇게 해서 내세운 정보 역시 별도의 정보를 통해 사실임이 입증되어야 한다. 그리고 이 같은 입증의 절차는 무한정 이어질 수 있다. 이 같은 무한 퇴행을 회피하려는 듯, 또한 자신의 논리가 취약한 것임을 감추려는 듯, 드 만은 그의 글을 읽는 사람들에게 우회적 경로를 통해 압박을 가한다. 이와 관련하여 그가 "정보를 제대로 제공받은 독자informed reader"라는 표현을 사용하고 있음에 유의하기 바란다. 즉, 이 같은 표현의 이면에 그는 자신과 의견을 달리하는 사람은 워즈워스에 대해 '무지한 독자ignorant reader' 내지 '정보를 제대로 제공받지 못한 독자uninformed reader'라는 암시를 숨기고 있는 것 아닐까. 만에 하나 드 만의 판단이 옳은 것이어서 "워즈워스는 자신의 죽음에 대해 똑같은 태도로 시를 쓸 수 있었다"고 하자. 그렇다고 하더라도 그는 여전히 워즈워스가 어떤 방법으로 자신의 죽음이 갖는 것과 똑같은 무게를 타인의 죽음에도 부여하고 있는가를 논증해야 할 것이다. 그럼으로써 타인의 죽음이 죽음에 대한 직접적 체험을 통해서만 얻을 수 있는 지혜를 워즈워스에게 제공했음을 증명해야 할 것이다.

부지불식간이긴 하나, 드 만은 시간적으로 진행되는 글쓰기 행위와 관련된 문제점을 노정하고 있는지도 모른다. 글을 쓰는 사람은 시간적으로 진행되는 자신의 글쓰기를 논리적으로 진행되는 글쓰기로 착각할 수도 있거니와, 글 쓰는 이가 이 같은 착각에서 벗어나지 못하는 경우 부정확한 사유는 다만 부정확한 사유를 연이어 이끌 뿐이다. 하지만 워즈워스의 시에 대한 논의에서 드 만이 그 무엇보다도 유념해야 했던 사실이 있다. 즉, '실제 세계a real world'(역사적 실존 인물인 워즈워스가 존재하던 세계)와 '가능 세계a possible world'(워즈워스의 시에 등장하는 시적 화자가 존재하는 세계)를 서로 연결하는 경우 이를 통해 얻는 것은 진실에 대한 환상이지 진실 그 자체는 아니라는 점이다.

이처럼 드 만조차 본질 추구 경향에서 벗어나지 못하고 있다면 여타의 비평가나 이론가는 새삼스럽게 거론할 필요가 없을 것이다. 드 만의 예에서 보듯 본질 추구 경향이 비록 예전에 비해 한결 더 세련되고 정교한 것이 되기는 했으나 오늘날에도 여전히 대세를 이루고 있다면, 오늘날을 대표하는 문학비평가의 모습은 아마도 다음과 같이 제시될 수 있을 것이다. 즉, 문학 텍스트가 감추고 있거나 언뜻 드러내고 있는 것으로 여겨지는 객관적 의미의 영역을 장악하기 위해 작품 속으로 비집고 들어가고자 하는 사람들, 비집고 들어가는 것을 가능케 하는 틈새를 찾기 위해 자신의 시선을 더욱더 날카롭게 연마하는 사람들, 그처럼 시선을 연마할 자신의 방법론에 대해 더할 수 없는 확신에 차 있는 사람들이 다름 아닌 오늘날의 비평가들일 수 있다. 물론 드 만은 시간적으로 안정된 언어의 존재 가능성을 부정한다는 점에서 이 같은 비평가의 모습에 걸맞지 않아 보일 수도 있다. 하지만 그의 글에서 우리는 자신의 언어에 의식적으로든 무의식적으로든 권위authority와 진정성authenticity을 부여하는 비평가, 따라서 마치 자신의 비평이야말로 객관적 지식의 영역에 도달한 것이라는 인상을 주는 비평가와 만난다. 이로 인해 우리가 상정하고 있는 오늘날의 전형적 비평가상에서 드 만도 예외일 수는 없다. 물론 이들 비평가 사이에는 객관적 의미의 영역을 장악하기 위한 방법과 관련하여 서로 양립하기 어려운 다양한 의견 차이와 입장 차이가 존재하리라는 점은 쉽게 예상할 수 있다. 이러한 의견의 다양성과 비평적 입장들 사이의 양립 불가능성으로 인해 동일한 텍스트에 대해 서로 용납하기 어려운 다양한 해석들이 난립할 수밖에 없으리라는 점도 충분히 예견할 수 있을 것이다.

하나의 문학 텍스트 '안'에 또는 '저편'에 서로 양립할 수 없는 수많은 본질들 또는 객관적 의미들이 함께 존재한다는 투의 가정은 실로 난처한 것이 아닐 수 없다. 바로 이런 이유 때문에 많은 비평가들은 단순히 서로 상반되는 비평적 입장을 견지하는 데 만족하지 않고 그들 자신의 것만이 배타적으로 또는 유일하게 타당성을 지닌다는 주장을 서슴지 않는 것도 사실이다. 이처럼 본질 추구 경향을 보이는 비평가들이나 이론가들은 그들 자신의 비평 논리가 절대성 또는 무류성(無謬性)에 근거한 것임을 암시하면서, 그들의 선배나 동시대 비평가들이나 이론가들의 비평 논리에 내재되어 있는 근원적 오류를 해결할 수 있다는 투의 암시를 숨기지 않는 것도 사실이다. 여기에서 문제가 되는 것은 아무리 엄밀한 방법론적 절차에 따라 해결책을 모색하려고 하더라도 여전히 그들의 해결책은 또 다른 검토와 재검토의 대상이 되지 않을 수 없다는 데 있다. '무한 퇴행'이 우리의 피할 수 없는 현실이라는 비관론자들의 주장은 바로 이 때문에 설득력을 갖는 것일 수도 있다. 물론 낙관론자들이라면 진정한 지식을 향한 우리의 길고 긴 여행은 '무한 퇴행'이 아니라 '무한 진전'으로 여겨져야 한다는 반론을 세울 수도 있을 것이다. 의문의 여지 없이, 당면 문제들을 끊임없이 검토하고 다시 검토하는 가운데 우리가 궁극적 지식 또는 진정한 지식이라고 명명한 바의 것에 조금씩 다가갈 수 있다는 주장을 펼 수도 있을 것이다. 하지만 우리는 언제 최종의 '귀착점 *terminus ad quem*'에 다다를 수 있는가. 이 물음과 관련하여 우리가 유의해야 할 점은 우리가 알아야 할 것에 대한 '예지(豫知)foreknowledge'를 갖추고 있지 않다면 우리가 앞으로 나가는지 뒷걸음질 치고 있는지 결코 알 수 없다는 사실이다. 동일한 논리로, 본질의 세계가 진정 어떤 것인지를 알지 못하는 한 본질에 대한 본질 추구론자의 주장을 일거에 수용할 수도 없고 또한 일거에 부정할 수도 없다.

어떤 의미에서 보면, 본질에 좀더 가까이 다가가고자 하는 비평가나 이론가의 염원은 그 자체가 하나의 꿈, 이룰 수 없기 때문에 존재하는 꿈인지도 모른다. 현대 비평사에서 그 꿈의 무게는 20세기 중엽 신비평과 함께 견디기 어려운 것이 되었는지도 모른다. 하지만 신비평에 대한 모든 공격이 그 꿈을 깨뜨리는 데 있었던 것이 아니라 여전히 그 꿈을 버리지 않는 가운데 시도되었다는 데 문제가 있다. 꿈을 버리지 않다니? 무엇보다도 비평의 객관성에 대한 믿음을 갖는 본질 추구 경향에서 벗어나지 못했다는 뜻에서다. 신비평의 논리 이외에 또 하나의 전형적 예를 우리는 에드문트 후설Edmund Husserl의 선험주의 철학을 발판으로 하여 비평 이론을 전개하다가 모호한 형태의 경험주의로 치닫고 있는 에릭 도널드 허쉬Eric Donald Hirsch의 논리[7]에서 우선 확인할 수 있을 것이다. 허쉬의 경우는 그 자신이 희망한 대로 논쟁의 여지가 없는 결정적인 글읽기에 도달하기 위한 '기준'을 설정하는 일이 얼마나 허망하고 기만적인 것인가를 선명하게 보여주는 예라고 하지 않을 수 없다. 어떤 의미에서 보면, 아무리 이상

---

7) E. D. Hirsch, Jr., "Objective Interpretation," *Validity in Interpretation* (New Heaven: Yale UP, 1967), 209~44면.

적인 것이라고 하더라도 하나의 '기준'이 이상적인 해결책으로 우리를 인도하지는 못한다. 그 이유는 명백하다. 인식론적으로 이상적인 조건은 우리들 자신의 '사적 또는 경험적 자아the personal or empirical Ego'에서 완벽하게 벗어날 때를 전제로 하지만, 우리가 그러한 상태에 이르기 전에 설정한 기준은 그 어떤 경우에도 우리의 '자아'를 일정한 방향으로 몰아갈 것이기 때문이다.

신비평이 실패할 수밖에 없었던 이유를 우리는 또한 여기에서 찾을 수도 있다. 코울리지의 직관적 인식론에 바탕을 둔 신비평가의 비평 이론은 물론 개인적 또는 경험적 자아와의 완벽한 결별을 전제로 한다. 다시 말해, 시인 자신의 사적 자아는 물론 비평가 자신의 경험적 자아와도 완벽하게 분리된 '순수 자아the pure Ego'의 상태에서 문제의 작품에 접근할 것을 신비평은 요구한다. 이와 관련하여 '의도론의 오류intentional fallacy'를 내세운다든가, 작가든 비평가든 그들이 처한 역사적·사회적 맥락에서 작품을 분리시켜 작품 자체의 의미를 읽어야 한다는 등의 주장을 신비평이 내세우고 있음에 유의해야 할 것이다. 궁극적으로 이 같은 비평적 태도는 문학 작품을 언어적 실체로서 보는 가운데 작품의 언어 구조를 비평의 알파와 오메가로 간주하도록 신비평가들을 유도했고, 이에 따라 신비평가들은 '반어irony'라든가 '역설paradox'과 같은 자의적(恣意的)인 언어적 기준을 내세워 작품을 분석했다는 점에도 유의해야 할 것이다. 문제는 이 같은 언어적 기준들이 일종의 '터널 비전tunnel vision'을 통해 문학 작품을 보도록 강요한다는 데 있다. 하지만 보다 더 심각한 문제는 신비평의 독해 전략이 언어의 역동성을 간과하고 있다는 점이다. 즉, 신비평은 문학 작품이란 작가의 손을 떠나면 그 자체로 고정되어 변함 없는 의미를 갖는 언어적 실체로 간주하고 있거니와, 이 같은 언어의 화석화가 신비평 특유의 객관적 의미를 지향한 독해 전략의 이면에 놓여 있다. 어떤 의미에서 보면, 직관적 인식 능력으로서의 상상력에 대한 코울리지의 논의에서 확인할 수 있는 것과 같은 종류의 언어와의 싸움 또는 언어 문제로 인한 고뇌를 신비평의 비평 논리에서는 확인할 길이 없다. 요컨대, 인식론적 고뇌[8]의 과정을 거치기에 앞서 성급하게 객관적 비평 이론을 정립하려다 보니, 신비평가들은 언어라는 역동적이고 유기적인 요소를 불변의 고정된 화석인 양 취급하는 우를 범하게 되었던 것이다. 신비평의 비평 전략이라는 베일을 들추는 경우 우리는 객관적 의미라는 꿈을 실현하기 위해 조바심하고 있는 비평가들의 '사적 자아'와 만나지 않을 수 없다.

　문제는 사적 또는 경험적 자아를 초월하여 후설이 말하는 이른바 '순수 자아das reinen Ich'의 경지에 이를 수 있는가에 있다. 또는 대상과 나 사이에 존재하는 일체의 연결 관계를 끊고 '판단 정지'—후설의 용어로 '에포케epoche'—의 상태로 들어갈 수 있는가에 있다. 후설이 사용한 또 하나의 표현을 빌려 말하자면, 대상과의 관계 속에 존재하는 나를 '괄호 안에 묶기bracketing, Einklammerung'가 과연 가능한가에 있다. 어떤 의미에서 보면, '순수 자아'나 '판단 정지'나 '괄호 안에 묶기'의 경지란 '언어조차' 초월한 경지일 것이다. 하지만 이 같은 경지에 이르렀음을 인식하거나 확인하는 데 필요한 것이 다름 아닌 언어 아닌가. 따지고 보면, '순수 자아'든, '판단 정지'든, '괄

---

8) Gyung-ryul Jang, "The Imagination *Beyond and Within* Language: An Understanding of Coleridge's Idea of Imagination," *Studies in Romanticism* 25.4 (1986): 505~20면 참조.

호 안에 묶기'든, 이 모든 것이 언어적 표현 아닌가. 사정이 이러하다면 어찌 언어가 부정될 수 있겠는가. 또한 언어가 부정될 수 없다면 어찌 언어를 통해 무언가를 인식하거나 표현하는 주체 또는 자아가 부정될 수 있겠는가. 따라서, 머리 크리거와 같은 비평 이론가가 지적한 바 있듯, 사적 자아의 개입은 필연적이라는 점을 우리 모두는 인정해야 할 것이다. 그렇다면 이를 인정함으로써 모든 문제가 끝나는 것일까. 물론 그렇지 않다. 크리거 자신만 보더라도 그는 사적 자아의 개입이 필수적임을 공공연하게 인정한 다음에도 여전히 이른바 "물 자체ding-an-sich"의 상태를 갈망하고 있거니와,[9] 여기에서 알 수 있듯 그 역시 본질 추구라는 질곡에서 벗어나지 못하는 것처럼 보인다. 자아의 개입을 인정하면서 동시에 자아의 개입을 막으려는 크리거의 모순된 비평 태도가 암시하듯, 누구도 본질 추구라는 질곡에서 벗어나기 어려울지도 모른다.

우리에게 남은 선택은 무엇일까. 본질의 세계로 침투해 들어가려는 헛된 희망에 이끌려 비평적 객관성을 추구하겠다는 의지 자체를 포기하는 일 아닐까. 의문의 여지 없이, 본질의 세계가 하나의 접근 불가능한 환상이라면, 객관적 지식이라는 개념 역시 또 하나의 환상에 불과한 것이다. 아울러, 동일한 논리에 따라, 객관적 진리에 대한 한 개인의 주장은 단순히 객관적인 것이기를 희망하는 주관적 의지의 표현일 뿐이다. 또는 자신의 비평이나 방법론이 객관적인 것이 되기 바라는 마음의 우회적인 표현일 수 있다. 좀더 긍정적으로 표현하자면,

---

9) Murray Krieger, "Literary Analysis and Evaluation–and the Ambidextrous Critic," *Criticism: Speculative and Analytical Essays*, L. S. Dembo 편 (Madison: U of Wisconsin P, 1968), 16~36면 참조.

'공적 인정intersubjective recognition'에 대한 주관적 갈망을 의식적으로든 무의식적으로든 표출한 것이 다름 아닌 객관성에 대한 주장이라고 할 수 있다. (이렇게 말한다고 해서 본질이라는 개념 자체가 완전히 폐기되어야 한다는 뜻은 아니다. 사실 대상과 대상에 대한 이해 사이에 존재하는 관계를 이해하는 데 이 용어의 사용을 국한시킨다면, 나아가 이러한 이해에 근거하여 우리들 나름의 방법론적 입장을 정립하고자 한다면, 이는 진실로 유용한 개념이다.)

2. 본질 추구 경향, 어떻게 극복할 것인가

이 지점에 이르러 우리는 신비평가들에서 시작하여 드 만에 이르기까지 본질 추구 경향을 보이는 모든 사람들이 공통적으로 안고 있는 근본적 문제는 무엇인가를 검토하지 않을 수 없다. 무엇보다도 그들의 문제는 현실 세계와 인위적 창작물인 문학 작품 사이에 존재하는 '형식적 차이formal difference'를 간과하는 데 있는 것처럼 보인다. 말하자면, 이들은 현실 세계를 이해하는 일과 문학 작품이 제시하고 있는 세계를 이해하는 일이 근본적으로 다를 것이 없는 작업이라고 믿음으로써[10] 언어 이전의 세계와 언어화된 세계를 동일한 차원에서

---

10) 드 만은 그의 논문 「이론에의 저항」에서 실제로 존재하는 사물과 그 사물에 대한 언어적 표현 사이에 존재하는 차이에 유념해야 함을 강조한 바 있다(Paul de Man, "Resistance to Theory," *Resistance to Theory*, Minneapolis: U of Minnesota P, 1986, 11면 참조). 하지만 드 만의 실제 비평문 — 예컨대, 「시간성의 수사」라는 논문에 담긴 워즈워스의 「엷은 잠이 나의 영혼을 닫아놓아」에 대한 그의 논의 — 에서는 역사적 워즈워스와 시적 화자 사이의 구분에 유념하지 않고 있는 것처럼 보인다.

이해하려는 오류를 범하고 있는 것처럼 보인다. 결국 현실 세계에 '일대일'로 상응되는 객관적 의미를 문학 작품에서 확인하는 일이 비평가의 궁극적 임무라고 생각하는 가운데 문학 작품을 현실 세계를 파악하기 위한 보조 수단으로 전락시키고 있는지도 모른다. 하지만 문학 작품이 '개진'하는 세계의 '실체'는 자연 과학이나 경험 과학의 세계에서 통용되는 "인식과 사상(事象)의 일치die Übereinstimmung der Erkenntnis mit der Sache"[11]라는 규범적 진리 개념에 의해 설명될 수 있는 것이 아니다. 더욱이 문학 작품 속에 구축된 '가능 세계'와 우리 앞에 펼쳐진 '실제 세계' 사이에는 공통 요인이 존재하지만, 그렇다고 해서 '일대일'의 대응 관계에 있는 것은 아니다. 따라서 문학 작품의 '실체'를 현실 세계와 대응되는 객관적 내용의 지식으로 환원하려는 시도는 무의미한 것이 되지 않을 수 없다.

그렇다면 비평가들이 본질 추구 경향적 사유 방식을 포기하기 못하는 이유는 무엇인가. 무엇보다도 불확실한 대상에 대해 느끼는 지식인들 특유의 지적(知的) 불안감을 들 수 있을 것이다. 말하자면, 지적 작업을 수행하되 '궁극적' 진리를 밝히기 위한 것이 아닐 수도 있음을 인정할 때 뒤따르는 불안감을 떨쳐버리기 위해, 이들은 자신들의 지적 활동 영역에서 모든 불확실성의 요인들을 배제하려는 유혹에 이끌리기도 한다. 또한 본질 추구 경향을 포기하는 경우 가시적 목표의 부재로 인해 이들은 자신들의 지적 작업 자체가 존재 이유를 상실할지 모른다는 식의 두려움에 빠져들기도 한다. 하지만 인류의 지성사(知性史)를 전체적으로 놓고 볼 때 단 한 조각의 지식조차도 영원

---

11) Martin Heidegger, *Holzwege* (Frankfurt am Main: Vittorio Klostermann, 1957), 40면.

한 객관성을 획득한 것은 없다고 해도 지나친 말이 아닐 것이다. 바꿔 말해, 시간을 초월하여 존재하는 불변의 지식은 아직 확인된 것이 아무것도 없으며, 추측건대 앞으로도 사정이 달라지지는 않을 것이다. 앞에서 '순수 자아'라는 개념과 관련하여 언급했듯 인간은 언어의 예속에서 벗어날 수 없다. 그리고 너무도 당연하지만 시간의 예속에서도 벗어날 수 없다. 따라서 언어를 초월한 순수 자아의 경지를 세울 수 없는 것처럼 시간의 개념을 초월한 진리의 개념을 세울 수도 없다. 요컨대, 우리의 지식은 언어적으로 구속받는 동시에 시간적으로도 구속받는 상대적이고 조건적인 것이다.

역으로 말하자면, 진리나 본질에 도달함으로써 시간과 언어를 초월할 수 있다고 믿기 때문에 사람들은 바로 이러한 본질 추구 경향에 맹목적으로 집착하는지도 모른다. 즉, 무의식적으로나마 진리가 모든 속박으로부터 인간을 자유롭게 해줄 것이라는 종교적 신념으로 인해 사람들은 본질 추구 경향에서 벗어나지 못하는지도 모른다. 하지만 적어도 문학 비평의 경우 비평가들이 본질 추구 경향에 집착을 보이지 않을 수 없었던 데는 더 직접적인 이유가 존재하는 것으로 판단된다. 즉, 비평가들이 그들의 작업을 수행하는 데 사용하는 '언어'라는 매체를 문제삼을 수 있을 것이다.

이와 관련하여 우리에게는 우선 알프레트 타르스키가 "일상 언어"의 진위 조건에 대한 탐구 과정에 제시하고 있는 "거짓말쟁이의 자기 모순the antinomy of the liar"에 주목할 것이 요구된다. 왜 그러한 자기 모순이 피할 수 없는 것인가를 검토하는 가운데 우리는 언어가 비평가의 본질 추구 경향에 어떠한 영향을 미치는가를 유추해낼 수 있을 것이다. 다음의 문장에 유념하기로 하자.

이 비평집의 74면 첫째 줄에 나오는 문장은 진이 아니다.

간단하게 표현할 목적으로 위에 진술된 문장을 'S'라는 기호로 표시하기로 하자. 논리적 진을 나타내는 공식을 사용하여 이를 다음과 같이 기술할 수 있을 것이다.

(1) 이 비평집의 74면 첫째 줄에 나오는 문장이 진이 아닐 경우에만 'S'는 진이다.

기호 'S'가 무엇을 의미하는지에 근거하여 다음과 같은 또 하나의 공식을 제안할 수 있다. 다시 말해, 'S'는 "이 비평집의 74면 첫째 줄에 나오는 문장"을 나타내기 위한 것이기 때문에, 다음과 같은 결론을 얻을 수 있다.

(2) 'S'가 진이 아닐 경우에만 'S'는 진이다.[12]

타르스키에 의하면, (2)와 같은 자기 모순이 필연적일 수밖에 없는 이유는 여기에서 사용되고 있는 언어가 "언어적 표현뿐만 아니라 그 표현의 명칭은 물론 이 언어의 문장을 지시하는 '진'과 같은 의미

---

12) Alfred Tarski, "The Semantic Conception of Truth and the Foundations of Semantics," *The Philosophy of Language*, A. P. Martinich 편 (New York: Oxford UP, 1985), 52~53면. 이 글에 대한 앞으로의 인용은 본문에서 "Tarski"로 밝히기로 함.

론적 용어까지도 포함하고 있기"(Tarski, 53) 때문이라는 것이다.[13] 명백히 "'논의되고 있는' 언어"—즉, "대상 언어object language"— 와 "'논의하는 데' 사용된 언어"—즉, "매개 언어metalanguage"— 사이에 구분이 없는 한 이 같은 혼란을 피할 수 없다. 따라서 있을 수 있는 모든 혼란을 피하기 위해 타르스키는 "진의 문제를 논의할 때나 보다 일반적으로 의미론 분야의 어떤 문제를 논의할 때에는 두 개의 서로 다른 언어를 사용할 것"(Tarski, 54)을 제안하고 있다.

비록 완전히 같은 종류의 것이라고 할 수는 없을지 몰라도 적어도 이와 유사한 혼란이 문학 비평의 영역에서 추적될 수 있다. 바로 위에 설명한 자기 모순의 경우와 마찬가지로, 문학 작품을 창작할 때 사용한 언어와 같은 언어로 문학 작품에 대한 비평이 이루어진다는 사실에 주목할 수 있을 것이다. 비평가들은 자신의 언어가 작가의 언어와 달리 논리적이고 엄밀한 것이라고 주장할지 모른다. 하지만 이러한 구별은 다만 '심리적psychological'인 것일 뿐, 비평가의 언어와 작가의 언어 사이에는 그 어떤 '형식적formal'인 차이가 존재하지 않는다. 즉, 비평가는 수학자나 작곡가들이 소유하고 있는 '매개 언어'— 또는 타르스키적 논리학의 세계가 갈망하는 '매개 언어'—를 가지고 있지 못하다. 하지만 적지 않은 문학비평가들은 타르스키와 달리 '대상 언어'와 '매개 언어' 사이의 혼란으로 야기되는 문제에 별다르게 신경을 써오지 않았음도 사실이다. 아마도 이를 잘 보여주는 예가 드만의 다음과 같은 진술일 것이다.

---

13) 이러한 특성을 가진 언어를 타르스키는 "의미론적으로 닫힌" 언어라고 부른다(Tarski, 53).

언어는 단정하기도 하고 (표명할 수 있기에) 의미하기도 하지만 의미를 단정할 수는 없다. 다만 언어는 의미라는 것이 거짓된 것임을 재차 확인하면서 이를 되풀이(또는 반영)할 수 있을 뿐이다.[14]

우선 이 진술에서 개진되고 있는 드 만의 생각이 옳은 것이라면, 이 진술 역시 어떠한 의미도 단정하지 않은 채 다만 허위로밖에 확인될 수 없는 그러한 의미를 반영한다고 말할 수 있다. 한편, 이 진술 자체가 거짓된 의미밖에 지니지 못한다면, 결국 이 진술은 무의미한 것이 되고 만다. 바꿔 말해, 위의 진술이 의미론적으로 진(眞)true이라면, 이 진술은 실제적으로 그 어떤 의미론적 진리치truth value도 지닐 수가 없는데, 그 이유는 말할 것도 없이 드 만의 진술 자체가 언어로 되어 있기 때문이다. 위의 진술을 진으로 인정하고자 하면, 동시에 이 진술의 진리치를 부정해야만 하는 모순을 피할 수 없게 된다.

어떤 의미에서 보면, '매개 언어'와 '대상 언어'가 구분되지 않는 한, 누구도 드 만적 모순에서 벗어나기란 불가능하다. 또한 수많은 비평가들이 비록 자신의 소임이 작가의 것과는 다르다는 점을 인정하면서도 대상 언어와 매개 언어 사이의 구별이 존재하지 않는 까닭에, 의식적으로든 무의식적으로든 작가의 역할을 떠맡아왔던 것이 사실이다. 즉, 문학 작품을 대상으로 비평을 시도하는 순간, 비평가는 작가가 사용한 것과 동일한 언어와 씨름하는 가운데 일종의 심리적 전이(轉移) 현상을 거치는 경우가 적지 않다. 그리하여 작가가 밝히려 애썼던 현상 세계의 숨은 의미를 작가의 위치에 서서 밝히려고 애쓰

---

14) Paul de Man, "Shelley Disfigured," *Disconstruction and Criticism* (London: Routledge & Kegan Paul, 1979), 64면.

는 예를 우리는 적지 않게 목도한다.

이 지점에 이르러 작가의 역할과 구분하여 비평가의 역할이 무엇인가에 대해 생각해볼 수 있다. 무엇보다도 작가의 일차적 관심이 현상을 이해하거나 해명하는 데 있다면, 비평가의 관심은 일차적으로 문학 작품 그 자체를 검토하는 데 주어져야 할 것이라는 논리를 세울 수 있을 것이다. 바꿔 말해, 작가의 임무가 현상을 이해하고 그 세계의 내부에 또는 그 이면에 숨어 있는 '의미meaning' 또는 '본질essence'이 무엇인지를 밝히는 데 있다면, 비평가의 임무는 문학 작품을 이해하고 나아가 그 문학 작품 속에 작가가 구축해 놓은 '가능 세계'를 밝히는 데 있다고 할 수 있다. 즉, 비평가는 작가가 추구하는 것과 동일한 차원의 세계를 추구하거나 구현하는 데서 자신의 역할을 찾아서는 안 될 것이다. 한마디로 말해, 비평가는 자신의 역할과 작가의 역할을 혼동해서는 안 될 것이다. 아마도 자신의 비평이 "문학에 기생하는 해설a commentary parasitic on [literature]"[15]로 전락하길 바라는 비평가는 없을 것이다. 이 같은 경멸적 언사로부터 벗어나려면 비평가는 무엇보다도 먼저 작가를 대신해서 그가 못다 한 일을 자신이 떠맡아 마저 한다는 투의 소박한 가정을 포기해야만 한다.

위에서 논의된 사항들을 정리하기 위해 우리는 다시 타르스키가 제시한 '매개 언어'의 개념에 주의를 돌릴 수 있을 것이다. 바로 이 같은 타르스키의 개념은 어떠한 체계든 또 하나의 "보다 높은 차원"의 체계로 "번역될 수 있으며" 동시에 "조직화될 수 있다"는 가정(Tarski, 54)에 근거해서 정립된 것이다. 만일 보다 높은 차원의 체계를 '상위

---

15) Allan Rodway, "Criticism," *A Dictionary of Modern Critical Terms*, Roger Fowler 편 (London: Routledge & Kegan Paul, 1973), 44면.

체계meta-system'로 규정한다면, '대상 언어'와 '매개 언어' 사이의 관계는 다음과 같이 정리될 수 있다. 즉, 대상 언어에 대해 매개 언어는 일종의 상위 체계로 규정될 수 있다. 마찬가지 논리로 '현상 세계'란 우리가 소위 '본질'이라고 부르는 그 무엇 위에 세워진 일종의 상위 체계로 이해될 수 있을 것이다. 또한 '문학 작품'이란 현상 세계를 바탕으로 해서 세워진 또 하나의 상위 체계로 이해될 수 있을 것이며, '문학 비평'이란 문학 작품을 기본으로 해서 세워진 또 다른 상위 체계로 이해될 수 있을 것이다. 마지막으로 '비평 이론'이란 문학 비평을 기본 대상으로 하여 세워진 또 하나의 상위 체계로 이해될 수 있다. (마찬가지의 논리로 '문학 이론'이란 문학 작품을 대상으로 하여 세워진 또 하나의 상위 체계라고 할 수 있거니와, 이로 인해 문학 이론과 문학 비평의 위상은 같은 것일 수 있다. 하지만 넓은 의미에서 문학 이론은 비평 이론까지 포괄할 수 있기 때문에, 이에 대한 논의는 개념 규정을 명확히 한 다음 별도의 지평 위에서 수행해야 할 것이다.)

　나아가 '상위 체계'와 '하위 체계'라는 두 요소를 문제삼는 이원론적 관점을 바탕으로 하여, '궁극적 관심사'·'일차적 관심사'·'언어적 실체'라는 세 요소를 문제삼는 삼원론적 관점을 정립할 수 있다. 먼저 문학 작품이라는 언어적 실체는 현상 세계에 일차적 관심을 보이지만, 궁극적으로는 현상 세계의 이면에 초월적으로 숨어 있는 그 무언가의 '본질'을 밝혀내기 위한 것이라고 할 수 있다. 이어서 문학 비평이라는 언어적 실체는 문학 작품에 일차적으로 관심을 보이지만, 궁극적으로 문학 작품이 구축하고 있는 이른바 '가능 세계'('현실 세계'도 역시 하나의 가능 세계라는 점에 유의할 것)를 드러내기 위한 것으로 볼 수 있다. 마찬가지의 논리로 '비평 이론' 또는 '비평에 대한 비평meta-criticism'이라는 언어적 실체는 문학 비평을 검토하는 가운데 문학 작품에 대한 이해 방식을 규명하기 위한 것이라고 할 수 있다. 이를 도식화하면 다음과 같다.

본질 세계*	현상 세계**	문학 작품***		
	가능 세계*	문학 작품**	문학 비평***	
		문학 작품*	문학 비평**	비평 이론***

* 궁극적 관심사　**일차적 관심사　***언어적 실체

일단 이 같은 관계를 인정하게 되면, 비평가의 역할은 보다 확실하게 규명될 수 있다. 그의 궁극적 관심사는 바로 작가가 '현상 세계' 또는 '실제 세계'를 참조하여 구현해놓은 '가능 세계'에 놓이는 것이며, 현상 세계의 '의미'나 '본질'을 드러내는 일은 비평가의 소관이 아니다. 사실 세계의 의미나 본질이란 비평가의 논리적 언술 행위를 통해 밝혀지거나 또는 설명될 수 있는 성질의 것이 아니다. "예술 작품은 나름의 방법으로 존재자의 존재를 개진한다Das Kunstwerk eröffnet in seiner Weise das Sein des Seienden"[16]는 하이데거의 언명이 암시하듯, 의미나 본질이란 개별적이고도 구체적으로 문학 작품 자체를 통해 우리에게 이미 제시되는 그 무엇일 뿐이다. 비평가 쪽에서 문학 작품이 '개진'하는 본질을 밝히고 설명하려는 경우, 이는 이미 작품의 본질이 아니며 기껏해야 '환원된reduced' 추상적 논리에 지나지 않는다. 요컨대, 비평가는 스스로의 역할을 작가의 역할과 혼동함으로써 문학 작품이 이미 드러내고 있는 것을 '재차' 드러내는

---

16) Heidegger, 28면.

어리석음을 범하지 말아야만 할 것이다. 그러한 작업을 통해 얻어지는 것은 고작해야 문학 비평이라는 이름 아래 문학 작품에 갖다 붙이는 사족(蛇足)이 될 뿐이다. 그렇다면, 문학 비평에서 우리의 관심을 세계의 본질에 대한 탐구가 아닌 현상 세계나 가능 세계에 머무르게 할 수 있을 것인가. 이 물음과 관련하여 논리학에서 제시되고 있는 가능 세계에 대한 다음과 같은 정의에 주목할 것이 요구된다.

> 가능 세계란 〔……〕 가능한 상황이나 상태를 말한다. 이는 하나의 상정 가능한 상황, 또는 세계가 어떠할 수 있는가(또는 어떠할 수 있었던가)에 대한 가상적 묘사다. 사실 서적들은 가능 세계에 대한 부분적 설명에 해당한다. 비허구(논픽션)를 다룬 작품은 실제 세계를 기술해 준다. (또는, 적어도 그렇게 하려고 하거나 그러는 척한다.) 허구를 다룬 작품은 여타의 가능 세계들을 기술하며, 하나의 가능 세계는 완벽하거나 자체로서 완결된 것이다.[17]

말할 것도 없이, 문학 작품은 허구를 다룬 것으로, 따라서 가능 세계를 다양하게 서술할 수 있다. 이 때문에 우리는 우선 문학 작품이 어떤 방법으로 가능 세계를 드러내고 있는가, 또한 작품 속의 가능 세계가 어떤 구조와 형태를 취하고 있는가를 파악해야 할 것이다. 이어서 문학 작품이 드러내고 있는 가능 세계를 체험하고 이해하는 동시에 재구성해야 할 것이다. 하지만 체험하지 않은 가능 세계를 어떻게 체험할 수 있겠는가의 문제가 제기될 수 있다. 한마디로 말해, 모

---

17) Daniel Bonevac, *Proof* (Austin: U of Texas at Austin, 1985), 13면.

든 가능 세계는 '실제 세계'라는 특정한 가능 세계와 일정한 특성을 공유하고 있기 때문에 가능하다. 말하자면, 자코 힌티카의 말대로 "개인들을 교차 확인할 수 있는 방법―즉, 하나의 가능 세계에 형상화된 인물이 또 다른 세계의 어떤 한 인물과 동일한가 그렇지 않은가라는 문제에 대해 이해하는 방법―이 우리에게 주어져 있으며,"[18] 따라서 이 문제는 심각한 것이 될 수 없다.

3. 자기 반성의 비평을 향하여

끝으로 하나 짚고 넘어가야 할 점이 있다면, 문학비평가의 역할이 작가의 역할과 다르다고 해서 반드시 세계에 대한 문학비평가의 정신적 대응 자세가 작가의 그것과 달라야 한다는 뜻은 아니다. 사실 넓은 의미에서 보면 작가든 문학비평가든 모두 인간의 삶과 인간 조건에 대한 비판자라고 할 수 있다. 즉, 이들의 주된 관심사는 각각 다른 곳에 놓여야 하지만, 항상 인간 조건 그 자체에, 나아가 자기 자신에게로 눈을 돌릴 수 있어야 한다. 한편, 작가의 '대상 언어'와 비평가의 '매개 언어'가 서로 구분되지 않는다고 해서 수학이나 음악에서와 같이 또 하나의 '언어'를 만들어내야 한다는 뜻은 아니다. 대상 언어와 매개 언어에 대한 논의를 통해 우리가 의도하는 취지는 다만 전략적으로나마 그러한 구분을 가정하지 않고서는 문학에 대한 올바른 논의가 쉽지 않다는 데 있다. 사실 이러한 차이를 염두에 둘 때 자신의

---

18) Jaakko Hintikka, "Semantics for Propositional Attitudes," *Reference and Modality*, Leonard Linsky 편 (Oxford: Oxford UP, 1979), 158면.

비평 행위, 비평 정신, 비평 언어에 대해서뿐만 아니라 문학의 언어에 대해서도 적절한 '형이상학적 거리metaphysical distance'를 유지해야 할 것으로 판단된다.

마지막으로 한마디 첨언하자면, 문학 비평의 문제를 검토한다는 명분 아래 우리 스스로가 문학 비평의 당위성과 객관성을 확립하려는 허망한 생각을 앞세우며 또 하나의 '비평 이론'을 세우고 있는 것은 아닐까. 우리는 이 같은 물음에 항상 유념해야 하는데, 그 이유는 당위성과 객관성을 전제로 하는 문학 비평의 이론화는 여전히 또 다른 의미에서의 '본질 추구 경향'을 유도할 수 있기 때문이다. (따지고 보면, 본질 추구 경향을 극복해야 한다는 논리 자체가 또 하나의 본질 추구 경향일 수 있다!) 아울러, 문학 비평의 세계는 이미 너무도 많은 본질 추구 경향의 비평을 추구하는 이론의 홍수에 허우적거리고 있으며, 우리의 이론—만일 우리의 의사와 관계없이 '이론'으로 불리게 된다면—은 물론 그 어떤 이론도 인간의 비평 행위에 연루되는 문제들을 완벽히 해결해줄 수 없다는 점을 우리는 너무도 잘 알고 있기 때문이다.

요컨대, 문학 비평의 문제를 검토하는 가운데 우리가 갖는 희망이란 아주 소박한 것이다. 인간의 비평적 작업에는 나름대로의 한계가 있다는 평범한 논리를 먼저 우리 스스로, 이어서 모든 사람이 깨닫거나 주목하게 되기를 우리는 바랄 따름이다. 마치 아인슈타인의 우주가 중력에 의한 빛의 구부러짐으로 인해 유한한 것이듯, 우리의 비평적 우주는 '언어'라는 '한계 요인'으로 인해 유한한 것일 수밖에 없다. 따라서 여타의 모든 비평 행위와 마찬가지로 문학 비평도 언어의 한계에 자신을 순응시키고 자신의 한계를 인정해야 한다. 자신의 한계를 초월하고 싶다는 유혹을 극복하기 어려운 것도 사실이지만, 모든

문학비평가는 여전히 자신의 언어와 이론, 방법론에 대해 스스로 비
판하고 반성할 수 있도록 항상 마음을 열어놓아야 할 것이다. 무엇보
다도 비평의 성실성은 명시적으로든 암시적으로든 얼마만큼 자신에
대해 반성하고 비판하고 있는가에 의해 측정될 수 있기 때문이다.

제2부 시 또는 '직관의 정원'

의미와 무의미의 경계에서
—'무의미 시'의 가능성과 김춘수의 방법론적 고뇌

1. '무의미 시'의 가능성

지난 2004년 시 전문지인 『시인세계』(가을호)가 실시한 설문 조사에 따르면 한국의 시인들이 가장 즐겨 애송하는 시는 2004년 가을에 작고한 대여 김춘수의 「꽃」이라고 한다. 이 시의 전문을 이 자리에 옮겨 보기로 하자.

내가 그의 이름을 불러주기 전에는
그는 다만
하나의 몸짓에 지나지 않았다.

내가 그의 이름을 불러주었을 때
그는 나에게로 와서
꽃이 되었다.

내가 그의 이름을 불러준 것처럼
나의 이 빛깔과 향기(香氣)에 알맞는
누가 나의 이름을 불러다오.
그에게로 가서 나도
그의 꽃이 되고 싶다.

우리들은 모두
무엇이 되고 싶다.
너는 나에게 나는 너에게
잊혀지지 않는 하나의 의미가 되고 싶다.[1]

이 시는 자아와 대상 사이의 관계에 대한 깊이 있는 사색을 함축적으로 시화한 작품으로, 어느 모로 보나 한국 현대시를 대표하는 작품 가운데 하나로 꼽힐 수 있는 작품이다. 그건 그렇고, 대여는 후에 가서 이 시의 끝을 장식하는 "의미"라는 단어를 "눈짓"으로 바꾸었다. 왜 그랬을까. "의미"는 추상적 개념을 지시하는 어휘긴 하지만 자신이 상대에게 무언가 의미 있는 것이 되기 바란다는 뜻을 선명하게 드러내는 반면, "눈짓"은 구체적 행위를 지칭하는 어휘긴 하나 전체적으로 시를 혼란스러운 것으로 만든다. 바로 그 때문에 우리는 이 같은 의문을 갖지 않을 수 없다.

시를 혼란스러운 것으로 만들다니? 이런 의문에 답을 위해 우선

---

1) 「꽃」, 『꽃의 소묘(素描)』(백자사, 1959).

‘서로에게 잊혀지지 않는 하나의 눈짓이 되고 싶다’는 말이 의미하는 바가 무엇인지 살펴보기로 하자. 얼핏 보면 이 말에 담긴 ‘눈짓’이라는 표현은 ‘시적 허용poetic license’의 관점에서 보면 크게 문제될 것이 없는 것처럼 보이기도 한다. 하지만 ‘눈짓이 되고 싶다’는 말이 구체적으로 뜻하는 바는 무엇일까. 추정컨대, ‘눈길을 끌거나 주는 대상 또는 상대의 눈길이 머무는 대상이 되고 싶다’는 말일 수 있겠다. 이런 관점에서 보면, ‘서로에게 잊혀지지 않는 하나의 눈짓이 되고 싶다’는 말은 ‘영원히 상대의 눈길을 끌거나 주는 대상 또는 상대의 눈길이 영원히 머무는 대상이 되고 싶다’는 뜻으로 이해할 수 있다. 만일 이런 식의 이해가 수긍할 만한 것이라면, 이 말이 ‘내가 너의 이름을 부른다’는 말과는 어떤 관계를 갖는 것일까.

이 물음에 답하기 위해 이름 부르는 일과 눈길을 끌거나 주는 일 또는 눈길이 머무는 일이 함의하는 바에 대해 논의할 필요가 있다. 누군가 또는 무언가의 이름을 부르는 것은 하이데거 식으로 표현하자면 “대상을 말〔言〕의 안쪽으로 끌어들이는 것”[2]일 수 있거니와, 이름 부르기란 결국 대상을 ‘언어적 존재’로 존재하게 하는 행위라고 할 수 있다. 다시 말해, 이름 부르기는 소극적으로든 적극적으로든 또는 긍정적으로든 부정적으로든 대상을 ‘의미 있는 존재’로 만들거나 받아들이는 행위일 수 있다. 한편, 이 같은 이름 부르기는 오직 인간에게만 가능한 것일 수 있는데, 언어를 소유하고 있는 지구 상의 유일한 생명체가 인간이라는 관점에서 보면 그러하다. 그렇다면, 이 같은 논리에 비춰 볼 때, ‘눈길을 끌거나 주는 대상 또는 상대의 눈길이 머무

---

2) Martin Heidegger, “Language,” *Poetry, Language and Thought*, A. Hofstadter 역 (NY: Harper and Row, 1975), 198면.

는 대상이 되고 싶다'는 말이 암시하는 바는 무엇일까. 눈길을 끄는 일은 물론이지만 눈길을 주거나 어딘가에 눈길이 머물게 하는 일은 그것이 영원한 것이든 일시적인 것이든 사람뿐만 아니라 눈을 소유하고 있다면 어떤 생명체라도 할 수 있다. (물론 인간이 아닌 생명체가 무언가에 '영원한' 눈길을 준다는 말은 시적 진술에서나 가능한 것이겠지만.) 다시 말해, 눈길이든 눈짓이든 이는 인간만의 것이 아니고 언어와 관계된 것도 아니다. 따라서 눈길을 주거나 끄는 것 또는 눈길이 머물게 하는 것 어떤 것도 대상을 "말의 안쪽으로 끌어들이는 것"일 수는 없다. 즉, '눈짓이 된다'는 것은 대상에게 무언가 의미를 부여하는 것과 관계없는 일일 수 있다. 결국 "이름을 불러"줌으로써 대상과 '내'가 서로에게 '잊혀지지 않는 눈짓이 되고 싶다'는 말은 '상대를 의미 있는 존재로 만들거나 받아들임으로써 상대와 내가 서로에게 의미가 없더라도 상관없는 대상, 또는 무의미한 대상이 되고 싶다'는 식의 혼란스러운 뜻을 가질 수도 있다.[3]

다시 한 번 묻지만, 이런 혼란의 가능성에도 불구하고 대여가 "의미"라는 단어를 "눈짓"으로 바꾼 이유는 무엇일까. 널리 알려진 바와 같이, 그가 주창한 바 있는 '무의미 시'라는 논리에 거슬리기 때문이었으리라. '무의미 시'라는 논리를 정립하면서 대여는 아마도 "잊혀지

---

3) 굳이 문제를 삼자면, '의미'라는 단어를 써서 "너는 나에게 나는 너에게/잊혀지지 않는 하나의 의미가 되고 싶다"고 하든, '눈짓'이라는 단어를 써서 "너는 나에게 나는 너에게/잊혀지지 않는 하나의 눈짓이 되고 싶다"고 하든, 이 표현은 여전히 어색한 것임을 지적할 수도 있겠다. '나는 너에게 ○○이 되고 싶다'는 어색한 표현이 아니지만 '너는 나에게 ○○이 되고 싶다'는 어색한 표현이기 때문이다. 상대에게 말을 건넬 때 '너는 ○○이 되고 싶다'고 하지 않는다. 아마도 이 경우 '너는 ○○이 되고 싶어 한다'가 자연스러운 표현일 것이다. 물론 시의 함축적 표현을 살리다 보니 이런 식의 비문을 어쩔 수 없이 쓰게 되었다고 하더라도, 표현의 엄밀성이라는 차원에서 볼 때 여전히 문제가 되기는 마찬가지다.

지 않는 하나의 의미가 되고 싶다"는 식의 시적 진술—그러니까 드
러내놓고 의미를 갈망하는 과거의 시적 진술—에 대해 불편함을 느
꼈을지도 모른다. 어쩌면 자신이 유의미한 시를 썼다는 사실까지 되
돌릴 수는 없더라도 적어도 이 같은 시적 진술에 대해서는 손질이 필
요하다고 느꼈을 수도 있다. 하지만 손질을 통해 그가 모종의 심리적
만족감을 느끼게 되었을지는 몰라도 그는 그 자체로서 하자가 없는
시를 훼손하거나 시에 대한 혼란을 자초했을 뿐이다. 시란 결코 시론
에 맞춰 쓸 수 있는 것이 아님은 이 때문이다.

　따지고 보면, '무의미 시'를 쓰겠다는 의지 자체가 유의미한 것이
고, 그런 이상 '무의미 시'라고 하더라도 의미에서 벗어날 수는 없다.
아니, '무의미 시'는 '무의미한 의미'를 갖는 시다. 이 때문에라도 우
리는 결코 의미에서 자유로울 수 없다. 지난 2002년 10월에 있었던
어느 문학 강연 자리에서 대여는 이렇게 말한 바 있다.

시의 세계는 그런 결론이 나기 이전의 아주 소프트하고 신선한 미지의
세계, 있는 그대로의 세계, 뭐라고 명명할 수 없는 세계입니다. 명명
했다는 것은 벌써 의미가 성립되었다는 것입니다. 의미로서 굳어지기
이전의, 아주 신선하고 말랑말랑하며 융통성이 있는 세계, 유연한 세
계가 바로 시의 세계가 아닌가 싶었습니다. 〔……〕 그런 자각이 생기
면서 그때부터 나는 서술적인 이미지라는 말을 쓰기 시작했습니다. 사
물을 있는 그대로 보는 훈련을 하자고 해서 그것을 한참 하다 보니까,
또 어떤 벽에 부딪히게 되었습니다. 언어로서 그리는 이미지라고 하는
것은 역시 의미의 영역입니다. 내가 그렇게 쓰지 않는다고 해도, 독자
는 뭔가 의미에 천착하려고 합니다. 그렇다면 이것도 잘못된 것이 아

닌가, 독자가 없는 시는 있을 수가 없는데, 자꾸 의미를 찾으려고 하는 독자들이 나타났습니다. 당신 시는 잘 모르겠다고 하는데, 왜 모르느냐 하면, 자꾸 관념과 결부시키기 때문입니다. 어쩔 수 없이 그런 면이 있다는 생각이 들었습니다. 교육이 나빴던 면도 있지만, 언어 자체에 그런 면이 있다는 생각이 들었습니다. 언어 자체가 늘 의미의 그림자를 거느리고 있습니다. 이미지를 아무리 순수하게 쓴다고 해도, 의미의 그림자가 깃들여진다는 것입니다.[4]

위의 인용에서 보듯, 대여는 '무의미 시'에서 의미를 찾으려는 사람들—그러니까 자신의 시를 "관념"과 결부시키는 사람들—에 대해 불편한 심기를 드러내면서 그 이유를 "교육"과 "언어"에서 찾고 있다. 그의 판단은 옳은 것일 수 있지만, 동시에 틀린 것일 수도 있다. 왜냐하면, 교육이 개입되어 있든 되어 있지 않든 이와 관계없이 언어는 "늘 의미의 그림자를 거느리고 있"기 때문이다. 뿐만 아니라, 시도 "늘 의미의 그림자를 거느리고 있"기 때문이다. 너무나 당연한 말이겠지만, 시란 언어를 재료로 하여 성립되는 예술이기 때문이다.

따라서 시는 언어가 아닌 소리를 재료로 하여 성립되는 예술인 음악을 '지향(指向, 志向)'할 수는 있어도 음악 자체가 될 수는 없다. 같은 강연의 자리에서 대여가 고백한 바와 같이, 시를 음악으로 만들기 위해 "주문 비슷한 시"를 쓰더라도 "의미의 찌꺼기"는 남게 마련이다. 대여는 극단의 방법을 동원하기도 했는데, "낱말도 해체시켜"

---

4) http://www.kcaf.or.kr/lecture/munhak/2002/20021004_2.htm. 「문학의 꽃과 뿌리 1」, 강연 일시: 2002년 10월 04일(금) 19:00~20:40, 이야기 손님: 김춘수·고은, 진행자: 김화영.

"음절 단위의 시를 써"보는 것이 바로 그것이었다. 하지만 "언어가 전부 파괴되어"버리는 결과에 이르게 되어 결국에는 "새로운 의미의 시"를 쓰게 되었음을 고백한다. 요컨대, 대여 자신도 의미에서 자유로울 수 없음을 고백한다. 물론 이 같은 고백에 이르기까지 시 창작에 대한 대여의 모색은 참으로 값진 것이다. 방법론에 대한 대여의 고뇌는 한국 문학사에서 유례를 찾아보기 어려울 정도로 진지하고도 구체적인 것이기 때문이다. 하지만 시란 언어로 씌어지는 것이기 때문에 의미를 벗어나려는 그 어떤 시도도 성공할 수 없다는 사실에 등을 돌린 채 '무의미 시'가 불가능한 이유를 시가 아닌 "교육"과 "언어"에서 찾았던 것은 대여의 방법론적 고뇌의 한계로 지적되지 않을 수 없다. 무릇 세상사가 다 그렇지만, 무언가에 몰두할 때 사람들은 자신이 몰두해 있는 그 무언가 자체가 지니는 근원적 한계에 대해서는 눈이 멀게 마련이다.

2. 의미 부여와 가치 판단의 필연성

시에서 의미란 불가피한 것임에도 불구하고, 시 자체가 무언가의 의미를 담고 있거나 견지하고 있는 것은 아니라는 입장은 여전히 있을 수 있다. 즉, 시란 의미를 유발하는 하나의 동기(動機)motive에 지나지 않는 것으로 보려는 입장이 있을 수 있다. 시란 의미를 능동적으로 '실체화hypostatization'하는 주체가 아니며, 관찰자(또는 독자)의 관찰 작업(또는 읽기 작업)의 과정에 생성되는 것이 바로 의미라는 입장이 그것이다. 아마도 미국의 시인 아치볼드 매클리시

Archibald MacLeish의 「시 작법 Ars Poetica」이라는 시는 이런 입장을
고수하는 사람들에게 하나의 훌륭한 논의 거점이 될 수 있을 것이다.

시란 시간의 흐름에 따라 움직이는 것이어서는 안 되는 법
마치 떠오르는 달과 같은 것이어야 하는 법

시란 그 자체로서 조응되는 것이어야 하는 법
무언가에 충실하기보다는.

모든 슬픔의 역사에 대해서는
문에 이르는 텅 빈 길과 단풍잎 하나

사랑에 대해서는
고개 숙인 풀잎들과 바다 위의 등댓불 둘 —

시란 의미해선 안 되는 법
다만 존재해야 할 뿐. [5]

아마도 "시란 의미해선 안 되는 법"이며 "다만 존재해야 할 뿐"이
라는 논리에 동의하는 사람에게 시를 읽는 일은 꽃이나 바위나 새를

---

5) A poem should be motionless in time/As the moon climbs//A poem should be
   equal to: /Not true//For all the history of grief/An empty doorway and a maple
   leaf//For love/The leaning grasses and two lights above the sea—//A poem should
   not mean/But be. — "Ars Poetica," 제15~24행.

감상하는 일과 다를 바 없는 것일 수도 있다. 사실 시의 '의미'를 읽어내는 일은 시를 '올바르게' 감상하는 데 그리 중요한 일이 아닐지도 모른다. '그냥 느끼면 된다'는 입장도 나름의 설득력을 갖기 때문이다. 하지만 여전히 무언가를 의미하는 '언어적 실체'로서 시가 존재함을 부정할 수는 없다. 시에 내재되어 있는 무언가의 의미가 언어라는 매체를 통해 우리에게 제시되고 있다는 사실을 부정할 수는 없기 때문이다. 매클리시의 「시 작법」이라는 시가 하나의 좋은 예가 될 것이다. 무엇보다도 이 시가 한 편의 시인 이상 그의 시도 '의미해서는 안 된다.' 하지만 그의 시가 '의미해서는 안 된다'면 '시란 의미해서는 안 된다'는 진술도 의미 없는 것이 되고 만다. 따라서 우리는 그의 시가 의미하지 말아야 함에도 불구하고 역설적으로 의미하고 있음에 유의하지 않을 수 없다. 심지어 이 시의 역설은 '시란 의미해서는 안 됨에도 불구하고 의미하지 않을 수 없다'는 논리를 더욱더 극명하게 드러내기 위한 시인의 전략처럼 보이기까지 한다. 바로 이런 이유 때문에도 우리는 '무언가를 의미하기'란 시가 애초부터 지니는 특성임을 부정할 수 없다. 요컨대, 시란 의미를 유발하거나 전달하는 언어의 '잠재력'을 바탕으로 해서 무언가를 의미하도록 만들어진 것인 이상, 윌리엄 커츠 윔샛 2세가 「시에 대해 무엇을 말할 것인가」에서 말한 것처럼 "한 편의 시는 무언가를 말하거나 의미하고, 또는 무언가를 의미해야 한다."[6]

이런 관점에서 보면, 시란 꽃 한 송이, 바위 한 덩어리, 새 한 마리와 같은 자연물과는 결코 같은 것일 수 없다. 즉, 근원적으로 의미를

---

6) William Kurtz Wimsatt, Jr., "What to Say about a Poem," *College English* 24.5 (1963), 377면.

결여하고 있는 "다만/하나의 몸짓"일 수는 없다. 또는 이름을 불러주어야 비로소 의미를 갖게 되는 그런 존재일 수는 없다. 시는 비록 꽃이나 바위나 새와 같이 '미적 감식aesthetic appreciation'의 대상이긴 하나 꽃이나 바위나 새와는 달리 인위적 의도가 개입되어 만들어진 것이기 때문이다. 따라서 의미가 없는 '무의미 시'라는 것은 애초에 존재할 수 없다. 한 편의 시는 이름을 불러주기 전에도 이미 '시'로 존재하기 때문이다. 만일 이름을 불러주기 전에는 다만 "하나의 몸짓에 지나지 않"는 것 ─ 요컨대, 무의미한 것 ─ 이 시라면, 또는 그런 방식으로 존재할 수 있는 것이 시라면, 시란 진실로 꽃이나 바위나 새와 다를 바 없는 것이리라. 사정이 그러하다면, 그 모든 아름다운 자연의 시들이 우리를 둘러싸고 있는데 굳이 인위적으로 시를 창작할 필요가 있겠냐는 식의 물음도 제기될 수 있으리라. 이런 물음에 대한 답을 우리는 다름 아닌 대여의 시 「꽃」에서 찾을 수 있다. 꽃이나 바위나 새가 있음에도 여전히 인간의 인위적인 시가 필요하다면, 시 쓰기란 바로 꽃이나 바위나 새의 "이름을 불러주"는 행위이기 때문이다. 다시 말해, 시를 통해 세상의 만물은 이름을 얻게 되고 나아가 유의미한 그 무엇이 된다. 이런 관점에서 보면 시 읽기란 바로 대상에 새롭게 부여된 이름이 무엇인가를 해독하는 작업일 수 있다. 대여의 말대로 시가 "관념"이 아니라면 바로 이 때문이다. 즉, 이름을 불러주는 일은 결코 관념을 투사하는 행위가 아니며, 시를 읽는 행위 역시 시에 투사된 관념을 읽어내는 작업이 아니다. 그것은 시인에 의해 사물에 새롭게 붙은 이름을 찾는 행위다.

대여가 그토록 진지하게 추구했던 "서술적인 이미지"는 기실 이처럼 이름을 부여하고 새롭게 부여된 이름으로 대상을 부르기 위한 것일 수 있다. 또한 어떤 이름을 부여하든 거기에는 시인의 의지가 들어가게 마련이기 때문에 그 어떤 서술적 이미지도 의미 부여와 가치 판단에서 자유로울 수 없다. 굳이 문제삼자면, 어떤 대상을 선정하여 시적 소재나 제재로 삼는 일 자체가 이미 의미 부여와 가치 판단의 행위 아닌가. 문제는 이뿐이 아니다. 대여가 서술적 이미지의 대척점에 놓고 그토록 회피하려고 했던 "비유적인 이미지" 역시 서술적 이미지와 마찬가지로 대상에 부여했거나 부여하기 위한 또 하나의 이름일 수 있다는 점도 지적되어야 한다. 이름이 상투적인 것으로 전락하여 무의미한 것이 된 대상에게 새롭게 이름을 부여하거나 아직 이름이 없는 대상에게 이름을 지어주고 또 그 이름으로 불러주는 작업이 이른바 '비유(比喩)'기 때문이다.

3. '무의미 시'의 인식론적 근거와 그 한계

'무의미 시'에 대한 대여의 추구에 인식론적 근거가 되고 있는 것은 사물을 있는 그대로 보기 위해서는 판단을 유보하거나 정지해야 한다는 에드문트 후설Edmund Husserl의 현상학적 인식론이다. 이와 관련하여 우리는 앞서 언급한 문학 강연 자리에서 대여가 다음과 같이 말하고 있음에 유의할 수 있다.

이미지 그 자체를 위한 이미지, 내부에 관념을 가지고 있지 않은 이미지는 사물을 있는 그대로(즉물적으로) 본다는 것입니다. 이것은 어떻게 보면 대단히 선적인 태도라고도 볼 수 있습니다. 관념을 일체 배제하고서 사물을 본다는 것입니다. 우리가 사물을 볼 때에는 흔히 관념의 눈으로 보는 경우가 많습니다. 하지만 나의 경우는 관념을 떠나서 사물을 있는 그대로 본다는 것인데, 이것은 후설이라고 하는 철학자가 에포케라고 하는 말을 써서 표현한 것입니다. 에포케는 판단을 괄호 안에 넣는다는 것인데, 판단을 중지(보류)한다는 말입니다. 관념이라고 하는 것은 판단이니까, 이미 결론이 나 있는 상태입니다. 모든 관념이 다 그런 것입니다. 그런데 사물을 있는 그대로 본다는 것은 판단으로 가기 이전의 상태를 본다는 것입니다. 대단히 회의적인 태도입니다. 이런 것이 제 시에 있다는 것입니다. 이미지를 서술적으로 쓴다는 것은 순수하게 쓴다는 것이고, 배후에 관념을 가지고 있지 않다는 것입니다.[7]

요컨대, "관념"이라는 "판단"을 "중지" 또는 "보류"함으로써 사물을 "있는 그대로" 볼 수 있다는 것이 대여의 논리다. 또한 그런 방식으로 사물을 봄으로써 얻어진 것이 이른바 "서술적인 이미지"라는 것이 그의 논리기도 하다.

이러한 대여의 논리에 접근하기 위한 하나의 절차로, 우리는 우선 후설이 말한 "경험적 자아"라든가 "순수 자아"와 같은 개념에 주목할 수 있다. 후설은 판단이나 선입관으로 인해 대상을 있는 그대로 보지 못하는 자아를 "경험적 자아das empirische Ich"—또는 "개인적 자아das persönliche Ich"—로 명명하고, 이를 뛰어넘어 존재하는 자아를 "순수 자아das reinen Ich"라고 부른 바 있다. 이 같은 용어에

---

7) http://www.kcaf.or.kr/lecture/munhak/2002/20021004_2.htm.

기대는 경우 대여가 추구했던 것은 "경험적 자아" 또는 "개인적 자아"를 뛰어넘은 "순수 자아"의 경지라고 말할 수 있을 것이다. 문제가 되는 것은 과연 "순수 자아"의 경지에 이르는 것이 우리에게 가능한가다. 후설은 "순수 자아"와 관련하여 『순수 현상학과 현상학적 철학의 이념들』에서 이렇게 말한다.

> 이때 체험되는 자아는 그 자체로서 받아들여지거나 또는 독자적 탐구 대상이 될 성질의 그 무엇도 아니다. '관련 양상'이라든가 '행동 양식'이라는 측면을 떠나서는, 그 어떤 본질적 요소도 완벽하게 결여하고 있으며, 그 어떤 설명 가능한 내용도 갖추고 있지 않으며, 아울러 자체로서는 설명이 불가능한 그 무엇이다. 즉 순수 자아라는 말 이외에는 어떤 말도 할 수 없다.[8]

만일 "순수 자아"란 "그 어떤 본질적 요소도 완벽하게 결여하고 있"는 동시에 "그 어떤 설명 가능한 내용도 갖추고 있지 않"고, 따라서 "독자적 탐구 대상이 될 성질의 그 무엇도 아니"라면, 심지어 언어조차 "순수 자아"의 영역에서 부정되지 않을 수 없다. 하지만 그와 같은 상황은 결코 상정될 수 없는데, 위에 인용한 후설의 언명이 하나의 반증 자료가 될 수 있듯, 언어를 통하지 않고서는 우리가 순수 직관에 도달해 있는가에 대해 알거나 말할 수 없기 때문이다. 언어는 그 자체로서 우리의 존재를 규정하는 필요불가결의 조건이기 때문에 일종의 역설을 피할 수 없다. 즉, 언어조차 부정되어야만 하는 순수

---

8) Edmund Husserl, *Ideen zu einer reinen Phänomenologie und phänomenologischen Philosophe*, Erstes Buch, 1 Halbband (Den Hague: Nartinus Nijhoff, 1976), 179면.

직관의 상황에서도 언어는 결코 부정될 수 없다. 바로 이 같은 모순으로 인해 "순수 자아"란 관념 속에서나 존재하는 비현실적 개념이라고 하지 않을 수 없다. 바꿔 말해, 이론적 사색의 자리에서가 아니라면 누구도 순수 자아의 경지에 도달할 수 없다.

엉뚱하게 들릴지 모르나, "순수 자아"의 경지에 이르기 위해서는 "순수 자아"의 경지에 이르려는 의지조차도 버리거나 극복해야만 한다. 즉, 사물을 "있는 그대로" 보기 위해 마음을 완벽하게 비워야 한다면, 마음을 비우겠다는 마음조차 마음에서 비워야 한다. 하지만 마음을 비우겠다는 마음조차 마음에서 비우는 일이 과연 가능할까. 설사 가능하다고 하더라도, 마음을 비우겠다는 마음조차 마음에서 비운 경지에 이른 사람이란 어떤 사람일까. 그는 이미 사물을 있는 그대로 보고자 했던 바로 그 사람—이른바 "순수 자아"의 경지에 이르려는 의지를 지니고 있던 사람—일 수 없다. 사물을 있는 그대로 보고자 하는 의지를 지닌 사람과 그런 의지를 이미 초월한 사람은 결코 같은 사람일 수 없다. 따지고 보면, 사물을 있는 그대로 보고자 하는 의지를 초월한 사람에게는 사물을 있는 그대로 보는 일 자체가 이미 무의미한 것일 수 있다. 사정이 이러하니 어찌 대여가 좌절하지 않을 수 있었겠는가. 그 좌절이 대여를 "주문 비슷한 시"로, 이어서 "음절 단위의 시"로, 결국에는 다시 "새로운 의미의 시"로 이끌어간 것이리라.

거듭 말하지만, 대여의 방법론적 고뇌와 탐구는 우리 시단에서 흔치 않은 것으로, 우리 모두가 주목해야 할 만큼 진실로 값진 것이다. 하지만 대여의 방법론적 고뇌와 탐구에도 불구하고, 시는 여전히 대상을 위해 이름을 짓고 또 그 이름으로 대상을 불러준다. 그리고 그렇게 함으로써 "하나의 몸짓에 지나지 않았"던 대상은 "잊혀지지 않는 하나의 의미"가 된다. 의미란 결국 모든 시인과 모든 독자가 피할 수 없는 것, 다시 말해 운명적인 것이다. 피할 수 없는 것, 일테면 운명적인 것이 다름 아닌 의미라는 사실—그것은 시인에게든 독자에게든 저주인 동시에 축복이다. 아니, 축복임에도 불구하고 저주인 동시에, 저주임에도 불구하고 축복이다.

'시인'이 아닌 '시'가 쓴 시를 찾아
—조오현의 시가 보여주는 '무아'의 시 세계

1. 기(起), '시'라는 이름의 연장

어쩐 일인지 안경알을 조이고 있던 안경테의 나사가 빠졌다. 나사를 조이려고 드라이버를 찾는 데 상당한 시간을 소비했다. 드디어 알맞은 드라이버를 찾은 다음 쭈그리고 앉아 나사를 조이려다가 문득 옛날에 알고 지내던 목수 한 분의 말씀이 생각났다. 언젠가 그의 뛰어난 목공일에 감탄하는 나에게 그가 이렇게 말했다. "내가 한 건가, 연장이 한 거지." 그렇다, 연장이 없다면 나사 하나 조이는 일조차 어찌 제대로 할 수 있겠는가. 하지만 다시 생각해보자. 안경의 나사를 조이는 일쯤이야 '내가 아닌 연장이 하는 일'이라고 할 수 있겠지만, 목공일과 같이 숙련된 손길이 필요한 정교한 작업을 어찌 '내가 아닌 연장이 하는 일'이라고만 할 수 있겠는가. 같은 연장을 쓴다 해도 누구도 그만큼 목공일을 해낼 수 없다는 사실을 너무도 잘 알고 있었기에, 그 당시 나는 그의 말을 '연장이 얼마나 소중한가를 잊지 말라'

정도로 이해하려 했다.

　안경테의 나사를 원래 그 나사가 있던 곳에 올려놓고 조이려 하는 순간 나사가 방바닥에 떨어졌다. 눈에 잘 보이지도 않는 작은 나사를 찾기 위해 방바닥을 더듬다가 은근히 짜증이 났다. 나사 조이는 일조차 제대로 못하고 이처럼 방바닥을 더듬어야 하다니! 나사 조이는 일쯤이야 일도 아니라고 생각했는데 이 지경이 된 것이다. 나사 조이는 일이야 물론 사소한 일이다. 사소한 일을 앞에 놓고 우리는 쉽게 해낼 수 있다는 자만심을 갖게 마련이다. 그리고 그 일을 제대로 하지 못했을 때 우리는 자존심에 상처를 입게 마련이다. 이런저런 생각을 이어나가는 도중 다시금 목수의 말이 생각났다. "내가 한 건가, 연장이 한 거지." 아, 그의 말에는 연장의 소중함에 대한 깨우침만 담겨 있는 것이 아니었다. 거기에는 자만심에 휘둘리는 사람이라면 결코 지닐 수 없는 겸손한 마음까지, 자신은 뭐 그리 대단한 존재가 아니라는 마음까지 담겨 있었던 것 아닐까. 그와 같은 마음이 그로 하여금 자신이 한 일을 연장이 한 것으로 돌려 말하게 했던 것 아닐까. 바로 그런 마음이 그에게 감탄할 만큼의 목공일을 가능케 했던 것이리라.

　어찌 손쉬운 일 앞에서만 자만심을 갖는 것이 인간이겠는가. 자신의 능력이 대단함을 증명하고자 하는 인간이 있다면, 그를 움직이는 것도 자만심이다. 바로 이 자만심이 성취 대상을 향해 매진하도록 그를 채찍질하고, 이로 인해 그는 일의 노예가 되게 마련이다. 일단 일의 노예가 되면, 일을 하는 과정에 만나는 여러 가지 작지만 즐거운 일에 눈길을 줄 마음의 여유를 잃게 된다. 그는 다만 목표만을 향해 숨 가쁘게 달려갈 뿐이다. 그리고 그렇게 해서 그가 설사 무언가를 성취했다고 하자. 그렇게 해서 얻는 것은 무엇인가. 필경 공허한 성취감뿐이리라. 자신이 대단한 존재임을 증명하고자 하는 사람은 그것만으로 만족할 수 없을 것이다. 자신이 대단한 존재라는 자기 확신을 이어나가기 위해 그는 계속 또 하나의 새로운 목표를 향해 움직여야 할 것이기 때문이다. 바로 이런 의미에서도 "내가 한 건가, 연장이 한 거지"라는 목수의 말에 담긴 마음가짐은 소중한 것이 아닐 수 없다. 공을 연장에 돌릴 수 있는 사람은 자신이 대단한 존재임을 증명하고자 노심초사하는 일의 노예일 수 없다. 그런 사람이야말로 성취에 매달리는 일 없이 자신의 일을 진정 즐길 수 있는 사람이고, 또 일을 하는 과정에 따르는 소소한 재미를 제대로 즐길 수 있는 사람일 것이다.

안경테 나사와 씨름하던 날로부터 며칠이 지난 어느 날 백담사 회주(會主)인 무산 스님(조오현은 그의 필명)과 함께 점심 식사를 하게 되었다. 만해 한용운과 관련된 행사를 준비하는 사람들을 위해 그가 격려의 점심 식사 자리를 마련했고, 어쩌다 나도 그 자리에 끼게 되었던 것이다. 식사를 시작하기 전 그는 사람들에게 격의 없는 어조로 이렇게 말했다. "마음을 비우고 쉬엄쉬엄 하세요. 지나치게 잘하려는 마음이 일을 그르치는 법이지요." 이 말을 듣는 순간 나는 며칠 전 목수의 말을 기억하며 이런저런 생각에 잠겼던 때를 떠올리지 않을 수 없었다. '지나치게 잘하려는 마음'이란 자만심에서 나오는 것이고, 자신의 능력이 대단함을 증명하고자 하는 욕심에서 나오는 것 아닐까. 이렇게 보면, 마음을 비우라는 그의 주문은 잘하려는 욕심 때문에 일의 노예가 되지 말라는 것 아닐까. 식사를 하는 동안 나는 계속 그가 격의 없이 던진 말을 결코 무심하게 넘길 수가 없었다. 이 같은 그의 말은 그의 시 세계를 이해하는 데 단서가 될 수도 있다는 생각 때문이었다.

  그의 시 세계를 이해하는 데 단서가 될 수도 있다니? 그의 시집
『아득한 성자』(시학사, 2007)를 읽어보라. 무엇보다도 '마음을 비우
고 쉬엄쉬엄 시를 쓰고 있는 시인'과 만날 수 있을 것이다. 이 시집의
어떤 작품을 보더라도 자신이 대단한 시적 능력을 지닌 존재임을 증
명하고자 하는 작품이 보이지 않는다. 다시 말해, 그는 시를 쓰는 일
의 노예가 되기를 사양하고 있다. 게다가 시란 손쉬운 것이라는 식의
자만심이 짚이는 작품도 보이지 않는다. 바로 그 때문인지 몰라도 그
의 작품은 '힘'이 들어가 있지 않은 동시에 지극히 소박하고 자연스럽
다. 의식적으로든 무의식적으로든 탁월한 시를 쓰기 위해 마음고생을
하는 시인들—이른바 자신이 대단한 시적 능력을 지닌 존재임을 공
개적으로 증명하고자 애를 쓰는 시인들—의 작품에서 언뜻언뜻 확인
되는 시적 기교와 작위성이 그의 작품에서는 짚이지 않는다. 마치 마
음을 비움으로써 달인의 경지에 이른 목수의 손놀림을 보는 듯도 하
다. 아마도 그 앞에서 그의 작품에 대해 이런저런 이야기를 하면 그는
이렇게 말할지도 모르겠다. "내가 쓴 건가, 시가 쓴 거지." 이제 짧은
지면을 빌려 '시인'이 아닌 '시'가 쓴 시 몇 편을 함께 읽기로 하자.

2. 승(承), "아득한 성자"

  조오현의 『아득한 성자』와 마주하다 보면 어느 작품보다도 읽는 이
의 마음을 끄는 작품이 이 시집의 표제시기도 한 「아득한 성자」일 것
이다. 측량하기 어려울 만큼 깊고 무거운 자아 성찰을 담고 있는 시

긴 하지만 이 시는 쉽게 읽힌다. "하루"에 삶의 전부를 사는 하루살이가 "성자"임을 깨닫고 있는 시인과 만날 수 있기 때문이다. 하지만 읽을수록 이 시는 결코 쉬운 시가 아님을 확인하게 되는데, 무엇보다도 시 제목 자체의 뜻풀이부터 쉽지 않다. "아득한 성자"라니? 이 표현에서 '아득하다'가 뜻하는 바는 무엇일까. 『동아 새 국어 사전』을 찾아보면, '아득하다'라는 말은 "가물가물하거나 들릴 듯 말 듯할 정도로 매우 멀다," "까마득하게 오래다," "어찌해야 좋을지 모르게 답답하고 어리어리하다" 또는 "막연하다"는 뜻을 갖는다. 과연 이 세 가지의 뜻풀이 가운데 "아득한 성자"에 알맞은 것은 어떤 것일까. 이 물음에 대한 답을 위해서라도 우리는 시를 함께 읽지 않을 수 없다.

하루라는 오늘
오늘이라는 이 하루에

뜨는 해도 다 보고
지는 해도 다 보았다고

더 이상 더 볼 것 없다고
알 까고 죽는 하루살이 떼

죽을 때가 지났는데도
나는 살아 있지만
그 어느 날 그 하루도 산 것 같지 않고 보면

천년을 산다고 해도
성자는
아득한 하루살이 떼

—「아득한 성자」 전문

　앞서 던진 물음에 답을 찾기 전에 우선 이 시에 대한 이해를 시도해 보자. 이 시의 제1연에서 제3연까지는 "하루살이 떼"에 대한 시인의 이해를 담고 있다. 시인이 너그럽고 넓은 마음의 눈으로 본 "하루살이 떼"는 "오늘이라는 이 하루"의 삶 이상의 삶을 필요로 하지 않는 존재요, 하루의 삶을 사는 것만으로도 "더 이상 더 볼 것 없다"는 깨우침에 이르는 존재다. 말하자면, 하루살이는 "하루"라는 '순간'의 삶 속에서 제행무상(諸行無常)이라는 '영원'의 진리를 터득하는 존재다. 반면 '나'는 "죽을 때가 지났는데도" "살아 있지만/그 어느 날 그 하루도 산 것 같지 않"다고 느끼는 존재다. 요컨대, 시인이 마음의 눈으로 본 '나'는 오랜 세월의 삶에도 불구하고 깨우침에 이르지 못한 존재다. 시인의 자기 성찰은 여기서 끝나지 않는데, 마지막 연의 "천년을 산다고 해도"라는 말은 '천년을 산다고 해도 어찌 내가 깨우침에 이를 수 있으랴'로 읽힌다는 점에서 그러하다. 이 같은 자기 성찰과 함께 '나'는 "아득한 하루살이 떼"야말로 "성자"라는 깨우침에 이른다.

　"아득한 하루살이 떼"라니? '아득한'이라는 말이 여기서는 제목과 달리 "하루살이 떼"를 수식하고 있다. "하루살이 떼"가 '아득하다' 함은 무슨 뜻일까. 바로 이에 대한 답을 가능케 하는 것이 "천년을 산다고 해도"라는 구절이다. 이 구절로 인해 "아득한 하루살이 떼"는 '천년의 세월을 걸려 다가가려 해도 다가갈 수 없는 존재'라는 뜻으로 읽힌다. 다시 말해, 이때의 '아득하다'는 앞서 말한 사전적 정의를 벗어난 것이다. 이는 거리와 관련된 개념도 아니고 '오래다'와 같은 과거의 시간과 관련된 개념도 아닐 뿐만 아니라 정신의 혼미함과 관련된 개념도 아니다. 어찌 보면, 세 개념을 다 아우르는 것이 "아득한 하루살이 떼"의 '아득한'인지도 모른다. 즉, 측량하기 어려운 아득한 미래—그리고 경우에 따라 과거—의 시간을 암시하는 것일 수 있고, 다가가기 어렵다는 점에서 형이상학적 거리를 암시하는 것일 수 있다. 또한 측량할 수 없다는 점에서 정신이 혼미해짐을 암시하는 것일 수 있다. 이 같은 이해는 "아득한 성자"에도 적용될 수 있는데, 이 시에서 말하는 "성자"는 곧 시인이 지닌 마음의 눈으로 본 "하루살이 떼"기 때문이다.

이것으로 이 시에 대한 이해를 끝낼 수 있을까. 아니, 그렇지 않다. 무엇보다도 하루의 삶을 사는 것만으로도 "더 이상 더 볼 것 없다"는 깨우침에 이르는 존재가 "하루살이 떼"라는 것 자체가 '나 자신'—또는 시인—의 깨우침이라는 점에 유념하지 않을 수 없기 때문이다. 다시 말해, 깨우침은 궁극적으로 "하루살이 떼"의 것이 아니라 '나'의 것이다. 하루라는 '순간'에도 영원불변한 깨우침이 가능할 수 있다는 깨우침은 다름 아닌 '나'의 것 아닌가. 윌리엄 블레이크William Blake 가 노래한 "한 알의 모래에서 세계를,/한 송이 들꽃에서 천국을 보고,/그대의 손바닥에 무한을,/순간 속에 영원을 움켜쥐는"(「순수의 전조」) 경지에 이른 것은 바로 '나'다. 이런 맥락에서 볼 때, "하루살이 떼"가 "성자"라는 깨우침은 실로 엄청난 깨우침이다. 시인은 이처럼 엄청난 깨우침을 시의 행간에 감춘 채 드러내지 않는다. 깨우침을 깨우침으로 드러내거나 이를 언어화하는 순간 그것은 이미 깨우침이 아니라 자기 과시 또는 오만의 증거물이 될 것이기 때문이다.

문제는 시인이 "그 어느 날 그 하루도 산 것 같지 않고 보면"이라는 구절을 통해 깨우침의 경지를 부인한다는 데 있다. 이 구절이 암시하는 바는 자아에 대한 부정일 수 있거니와, 불가에서 말하는 제법무아(諸法無我)의 원리가 여기에 스며 있는 것 아닐까. 즉, 일체의 만물은 독자적 자아를 지닌 존재가 아니라 다만 상의상관(相依相關) 또는 상호호존(相互互存)의 원리 아래 존재하는 그 무엇이라는 논리에서 보면, 나는 나인 동시에 내가 아니다. 나는 나인 동시에 내가 아니라는 깨우침이 없다면 어찌 "그 어느 날 그 하루도 산 것 같지 않"다는 깨우침에 이를 수 있겠는가. 바로 이런 깨우침이 있을 때 모든 중생은 "성자"가 될 수 있는 것 아닐까. '모두가 부처가 될 수 있다'는 불가의 가르침은 이 같은 깨우침이 누구에게나 가능할 수 있음을 암시하는 것 아닐까. 요컨대, 깨우침을 부인하는 듯한 표현 뒤에 역시 또 하나의 깨우침이 숨어 있다.

이런 입장에서 보면, '나'와 "하루살이 떼"는 엄밀하게 나뉘는 주체와 객체가 아닐 수도 있다. 양자는 다만 상호호존의 관계 속에서 존재하는 것으로, 내가 없으면 하루살이도 없고 하루살이가 없으면 나도 없다. 이처럼 나를 있게 하는 단초가 하루살이고 하루살이를 있게 하는 단초가 나라면 나는 곧 하루살이일 수 있고 하루살이는 곧 나일 수 있다. 아니, 이렇게 설명할 수도 있겠다. "천년"을 사는 존재가 있다면, 그의 눈에 '나' 역시 "하루살이"와 같은 존재로 보일 수도 있다. 다시 말해, 보는 이의 눈에 따라 나 역시 하루의 삶을 사는 것만으로도 "더 이상 더 볼 것 없다"는 깨우침에 이르는 하루살이와 같은 존재일 수 있다. 이 같은 논리에서 한 걸음 더 나아가 불가의 윤회설에 기

대어 말하자면, 오늘의 "하루살이"는 깨우침을 얻은 미래의 '나'일 수
있다. 요컨대, 이 시에 등장하는 "하루살이"는 곧 시인일 수 있다.

이런 의미에서 읽는 이의 마음의 눈에는 시인이 곧 "성자"로 비쳐
지기도 할 것이다. 성자가 아니라면 어찌 「아득한 성자」에 담긴 깨우
침의 경지에 이를 수 있겠는가! 물론 시인은 이 같은 느낌을 가당치
않은 것이라고 말할 것이다. 하기야, 측량할 수 없는 시간의 거리를
암시하는 '아득한'이라는 표현이 "성자"를 수식하고 있는 한, 이 같은
느낌 자체는 비논리적인 것일 수 있다. 하지만 비논리적인 것일 수
있음에도 불구하고, 아니, 논리를 뛰어넘어, 이 같은 느낌을 읽는 이
들이 갖게 된다면 그 이유는 무엇일까. 우리 식의 자의적(恣意的)인
표현을 동원하자면, 아마도 '시인'이 아닌 '시'가 시를 썼기 때문 아닐
까. 말하자면, 이 시를 쓴 시인은 존재하는 동시에 존재하지 않기 때
문인지도 모른다. 적어도 시다운 시 또는 탁월한 시를 쓰기 위해 마
음고생을 하는 시인의 자취는 보이지 않는다. 바로 이 때문에 이 시
가 탁월한 시 또는 시다운 시가 된 것이리라.

3. 전(轉), "웃고 있는 허수아비"

「아득한 성자」의 "하루살이"만큼이나 하찮은 대상인 "허수아비"가
시적 소재의 역할을 하는 시가 역시 『아득한 성자』에 수록된 「허수아
비」다. 차이가 있다면, 전자는 하찮은 대상이긴 해도 생명을 지닌 존
재라면 후자는 사람의 모습을 본떠 만든 일종의 도구라는 점이다. 도
구라니? 누구나 알고 있듯, 허수아비란 새나 짐승을 쫓을 목적으로

제작된 도구 가운데 하나다. 이 시에서 우리는 사람 형상의 도구인 허수아비에 눈길을 주는 시인과 만난다.

> 새떼가 날아가도 손 흔들어주고
> 사람이 지나가도 손 흔들어주고
> 남의 논일을 하면서 웃고 있는 허수아비
>
> 풍년이 드는 해나 흉년이 드는 해나
> ─논두렁 밟고 서면─
> 내 것이거나 남의 것이거나
> ─가을 들 바라보면─
> 가진 것 하나 없어도 나도 웃는 허수아비
>
> 사람들은 날더러 허수아비라 말하지만
> 맘 다 비우고 두 팔 쫙 벌리면
> 모든 것 하늘까지도 한 발 안에 다 들어오는 것을
>
> ─「허수아비」 전문

　이 시를 함께 읽기 전에 잠깐 마르틴 하이데거Martin Heidegger의 『예술 작품의 기원』에 나오는 도구론에 유념하기로 하자. 하이데거에 의하면, 도구는 예술 작품과 마찬가지로 자연물이 아니라 인간의 인위적 작업을 통해 얻어진 결과물이다. 하지만 자신의 존재를 의식하게 하는 예술 작품과 달리 자신의 존재를 잊게 하는 것이 도구다. 예컨대, 반 고흐의 신발 그림과 같이 신발에 대한 예술적 형상화가 이루어진 예술 작품은 사람들의 눈길을 끌고 의식을 자극하여 신발의 존재 이유를 되돌아보게 한다. 반면, 도구로서의 신발―즉, 실재하는 신발―은 그 기능을 제대로 수행함으로써 그 의미를 소진한다. 다시 말해, 발에 편한 신발을 신고 있는 사람은 자신이 신고 있는 신발을 의식하거나 이에 신경을 쓰지 않는다. 그에게 신발은 존재하지 않는 듯 존재한다고 할 수 있다. 다만 발에 맞지 않아 불편할 때 그는 비로소 신발의 존재를 의식하게 될 것이다.

이런 논리에서 보면, 허수아비란 실로 묘한 도구다. 자신의 존재를 지속적으로 의식하게 하는 데 도구로서의 목적이 있다는 점에서 그러하다. 물론 허수아비는 사람이 아닌 새나 짐승에게 그 존재를 의식하게 하되 사람으로 착각하게 함으로써 이를 쫓기 위해 만들어진 도구다. 또한 이 같은 역할을 제대로 수행하면 사람들은 자신이 신고 있는 편한 신발과 마찬가지로 허수아비에 별다른 신경을 쓰지 않을 것이다. 이처럼 제 기능을 발휘하는 허수아비를 도구로 사용하는 사람이라면 그 존재를 의식하지 않게 될지 모르나, 이는 여전히 새나 짐승의 눈뿐만 아니라 그 근처를 지나가는 사람들의 눈을 자극하는 존재로 존재할 것이다. 어쩌면 허수아비를 도구로 사용하는 사람 이외의 다른 어떤 사람에게는 일종의 예술 작품―그것도 인간을 소재로 이를 형상화한 조각 작품―과 같은 역할을 할 수도 있다. 이 시에서 보듯 허수아비가 시인에게 자신의 모습을 되돌아보게 하는 동인(動因)이 되고 있는 연유를 여기서 찾을 수 있으리라.

우선 이 시의 제1연을 보면 시인의 눈길이 허수아비를 향하고 있음을 알 수 있다. 그런데 시인의 눈에 비친 허수아비는 새나 짐승을 쫓는 도구로서의 허수아비가 아니다. "새떼가 날아가도 손 흔들어주고/

사람이 지나가도 손 흔들어주고/남의 논일을 하면서 웃고 있는 허수
아비”라는 시적 진술이 이를 보여준다. 말하자면, 시인은 허수아비를
그가 우연히 마주친 사람인 양 묘사하고 있다. 구체적으로는 지나가
는 새나 사람을 반기기도 하고 또 “남의 논일”을 대신 해주기도 하는
심성 고운 농부와도 같은 모습으로 허수아비를 그리고 있다. 따지고
보면, 이 같은 허수아비의 의인화는 대상에 대한 예술적·심미적 이
해일 수 있다. 거듭 말하지만, 이런 이해로 인해 시인의 눈에 비친 허
수아비는 도구가 아니다. 이와 관련하여 무엇보다도 이 시에서 허수
아비가 “새떼가 날아가도 손 흔들어주”는 존재로 이해되고 있음에 유
의하기 바란다. 결국 시인의 눈에 허수아비는 어떤 인간—그것도 심
성 고운 농부—에 대한 예술적·심미적 형상화로 비쳐지고 있다는 추
론을 해볼 수도 있겠다.

　인간을 형상화한 그림이나 조각 작품은 종종 사람들에게 자신을 되
돌아보게 하는 기회를 제공한다. 많은 사람들이 글을 통해 고백하듯,
예술가 자신을 소재로 한 것이든 타인을 소재로 한 것이든 또는 인물
화든 인물 조각상이든 예술 작품을 보며 사람들은 예술가의 영혼을
응시하기도 하고 또 작품의 소재가 된 대상의 정신 세계를 응시하기
도 하지만 궁극적으로 이를 통해 그들이 응시하는 것은 인간으로서
자기 자신의 모습이다. 어찌 보면, 허수아비와 만난 시인의 의식은
바로 이런 방향으로 움직이고 있는 것 아닐까. 제2연의 시적 진술은
이 같은 물음에 대한 답일 수 있다. 허수아비와의 만남을 통해 시인
은 허수아비처럼 “논두렁 밟고 서” 있기도 하고 “가을 들 바라보”기
도 하는 ‘나’뿐만 아니라, 허수아비처럼 “풍년이 드는 해나 흉년이 드
는 해나” “내 것이거나 남의 것이거나” “가진 것 하나 없”는 ‘나’를

확인하고 있지 않은가.

한편 제2연에서 시인이 "나도 웃는 허수아비"라고 말함은 비유적인 자기 확인의 언술 행위일 수 있거니와, 이와 관련하여 허수아비라는 말은 비유적으로 쓰여 주관이 없거나 실속이 없는 사람을 가리킴에 유의해야 할 것이다. 시인의 표현을 빌려 말하자면, 정신적으로나 물질적으로 "가진 것 하나 없"는 사람을 비유적으로 표현할 때 이 말이 사용된다. 이처럼 세속적인 관점에서 보면 지극히 부정적인 함의를 지닌 말이 허수아비다. 하지만 이 같은 부정적 함의가 전복되는 곳이 시의 세계요 종교의 세계다. 달리 말해, 시의 세계나 종교의 세계에서는 "가진 것 하나 없"음은 허물이 될 수 없다. 오히려 무언가 더욱 소중하고 의미 있는 것으로 채울 수 있는 여유와 공간을 암시하는 것으로 이해된다. 예컨대, "맘 다 비우고" 허수아비처럼 "두 팔 쫙 벌리면/모든 것 하늘까지도 한 발 안에 다 들어오"게 할 수 있는 사람이 다름 아닌 허수아비 같은 사람이다. (이때의 "하늘"은 단순히 지상 위의 무한 공간을 가리키는 것만은 아닐 것이다. 이는 블레이크가 "한 송이 들꽃"에서 본 "천국"과도 같은 것, 불가에서 말하는 극락정토를 암시하는 것일 수도 있겠다.) 바로 이 같은 깨우침의 메시지까지 담고 있는 것이 이 시다. 이런 의미에서 볼 때, 이 시는 시인의 '자기 되돌아보기'의 시기도 하지만 이와 동시에 세속의 삶을 살아가는 모든 이를 '자기 되돌아보기'로 이끄는 일종의 거울과도 같은 시다. 요컨대, 시인에게 허수아비가 자신의 모습을 되돌아보게 하는 거울이라면, 이 시 자체는 우리 모두에게 우리의 모습을 되돌아보게 하는 또 하나의 거울이라고 할 수 있다.

여기서 하나 짚고 넘어가야 할 것은 '나는 가진 것 하나 없다'는 말 자체가 위선으로 비칠 수도 있다는 점이다. 따지고 보면, "사람들은 날더러 허수아비라 말"하고 '내'가 이를 시인한다고 해서 '내'가 곧 허수아비는 아니다. 허수아비가 아님에도 불구하고 자신을 허수아비라고 말함은 그 자체가 위선일 수 있다. 물론 진정 허수아비와 같은 존재라면 자신을 "가진 것 하나 없"는 허수아비라고 말하는 것은 위선이 아닐 것이다. 따라서 문제는 허수아비라고 말하는 사람이 진정 허수아비와 같은 존재인가다. 이렇게 말한다고 해서, 이 시의 '나'를 위선의 의혹에서 벗어나게 하기 위해 그가 진정 허수아비와 같은 존재임을 사실에 의거하여 해명해야 한다는 뜻은 아니다. 다만 그가 진정 허수아비와 같은 존재임을 언어적으로 확신할 수 있도록 읽는 이들을 유도하고 있는가를 확인해야 한다는 뜻이다. 이로 인해 우리는 제2연의 "나도"라는 어절—어법상 어찌 보면 자연스럽고 어찌 보면 어색한 이 어절—을 주목하지 않을 수 없는데, 이를 빼고 제2연을 읽어보라. 전혀 무리 없이 허수아비에 대한 시적 진술로 읽히지 않는가. 한편, 어쩌다 "나도"라는 어절을 건너뛰어 읽더라도, "논두렁 밟고 서면"이나 "가을 들 바라보면"이라는 구절의 압력으로 인해 제2절은 허수아비에 대한 시적 진술로 읽힐 뿐만 아니라 '나'에 대한 시적 진술로 읽히기도 한다. 말하자면, 제2연은 '나'에 대한 시적 진술로 읽히는 동시에 허수아비에 대한 시적 진술로 읽힌다. 이처럼 양자가 서로 '겹쳐짐'으로써 이 시를 읽는 이들은 '나'와 허수아비를 나누는 경계가 존재하지 않는다는 느낌으로, '나'와 허수아비는 하나라는 느낌으로 이끌리지 않을 수 없다. 바로 이 때문에 우리는 의식적으로든 무의식적으로든 '나'란 진정 허수아비와 같은 존재라는 느낌 속에서 이 시를 읽게 된다.

4. 결(結), "절간 청개구리"

　어떤 관점에서 보면, 물질적으로든 정신적으로든 "가진 것 하나 없"음은 세상사와 자아에 대한 집착에서 벗어나 있음을 뜻한다. 그래서 불가에서 이는 깨우침에 이르기 위한 필수 조건으로 여겨진다. 아니, 이렇게 말할 수도 있겠다. 세상사와 자아에 대한 집착에서 벗어난 경지란 무아(無我)의 경지라고 할 수 있거니와, 이 경지에 이르는 것이 곧 깨우침의 경지에 이르는 것이라고 말이다. 하지만 깨우침의 경지란 과연 어떤 것일까. 이를 말이나 글로 설명하는 것이 가능할까. 가능하다면 어떤 것이 될까. 불가에서는 깨우침을 말할 때 흔히 불립문자(不立文字)라는 표현을 사용한다. 직역하면 '문자로써 세우지 않는다'의 뜻을 지니는 이 표현은 깨우침이란 언어로 전할 수 없는 것임을 암시한다. 이처럼 언어로 전할 수 없는 것이기에 깨우침에 관한 물음들은 인간사가 지속되는 한 끊임없이 이어질 것이다. 그리고 이 같은 물음들이 있기에 사람들은 계속 시를 쓰고 또 읽을 것이다. 어떤 의미에서 보면, 시란 도저히 언어화할 수 없는 깨우침을 비유적으로 언어화한 것일 수 있기 때문이다. 하지만 시는 깨우침을 언어화할 뿐만 아니라 깨우침의 언어화가 얼마나 어려운가를 언어화하기도 한다. 조오현의 「아득한 성자」나 「허수아비」가 작지만 소중한 깨우침을 전하는 시라면, 그의 「절간 청개구리」는 그와 같은 깨우침조차 언어화가 쉽지 않음을 전하는 시라고 할 수 있다.

　어느 날 아침 게으른 세수를 하고 대야의 물을 버리기 위해 담장 가로

갔더니 때마침 풀섶에 앉았던 청개구리 한 마리가 화들짝 놀라 담장 높이만큼이나 폴짝 뛰어오르더니 거기 담쟁이덩굴에 살푼 앉는가 했더니 어느 사이 미끄러지듯 잎 뒤에 바짝 엎드려 숨을 할딱거리는 것을 보고 그놈 참 신기하다 참 신기하다 감탄을 연거푸 했지만 그놈 청개구리를 제(題)하여 시조 한 수를 지어볼려고 며칠을 끙끙거렸지만 끝내 짓지 못하였습니다. 그놈 청개구리 한 마리의 삶을 이 세상 그 어떤 언어로도 몇 겁(劫)을 두고 찬미할지라도 다 찬미할 수 없음을 어렴풋이나마 느꼈습니다.　　　　　　　　　　　　　──「절간 청개구리」전문

　시인은 우연한 기회에 청개구리 한 마리와 마주한다. 이윽고 "화들짝 놀라 담장 높이만큼이나 폴짝 뛰어오르더니 거기 담쟁이덩굴에 살푼 앉는가 했더니 어느 사이 미끄러지듯 잎 뒤에 바짝 엎드려 숨을 할딱거리는" 청개구리의 모습에 그는 "참 신기하다"는 생각에 젖는다. 그리고 이를 소재로 하여 시를 한 편 짓고자 한다. 하지만 그는 "끝내" 시를 짓지 못한다. 그 이유는 "그놈 청개구리 한 마리의 삶을 이 세상 그 어떤 언어로도 몇 겁을 두고 찬미할지라도 다 찬미할 수 없음을 어렴풋이나마 느꼈"기 때문이다. 청개구리의 몸놀림에 대한 깨우침은 곧 생명의 신비에 대한 깨우침일 수 있거나와, 시의 언어라고 하더라도 이 같은 깨우침을 감당하지 못하는 경우가 허다하다. 어찌 생명의 신비에 대한 깨우침뿐이랴. 일상의 삶 한가운데서 우리가 느끼고 체험하는 그 밖의 여러 감정들을 시화(詩化)하는 일조차 쉽지 않기는 마찬가지다. 이를 증명하는 예 가운데 하나가 대동강가의 부벽루에 올라가 아름다운 경치에 감탄하여 이를 시로 옮기려 했으나 끝내 뜻을 이루지 못하고 돌아섰다는 김황원의 이야기일 것이다.

문제는 청개구리의 신기함에 대해 시를 쓰려 했으나 시를 쓰지 못했다는 시인의 고백에도 불구하고 시 쓰기는 끝내 이루어졌다는 데 있다. 위에 인용한 「절간 청개구리」가 이를 증명한다. 결국 불가능하다고 한 시 쓰기가 가능한 것이 된 셈이다. 이는 일종의 자가당착이 아닐까. 물론 아니다. 무엇보다도 시를 쓰려 했으나 못 썼던 때와 비로소 시를 쓴 때 사이에는 시간의 차이가 존재하기 때문이다. 비록 전에는 못 썼지만 시간이 흐른 후에 쓸 수 있었다는 논리에 문제가 될 것이 없을 것이다. "이 세상 그 어떤 언어로도 몇 겹을 두고 찬미할지라도 다 찬미할 수 없음을 어렴풋이나마 느꼈"음을 말할 기회야 어느 때라도 가질 수 있는 법 아닌가. 한편, 청개구리의 몸놀림을 관찰하면서 느낀 "신기"함 자체는 여전히 시화되어 있지 않다. 하지만 청개구리의 몸놀림에 대한 시적 진술과 그 몸놀림의 신기함을 도저히 시화할 수 없었다는 시인의 진술을 통해 우리는 그가 느꼈음 직한 신기함이 어떤 것일지를 미루어 짐작할 수 있다. 어찌 보면, 불가에서도 깨우침을 전하는 일 자체가 그처럼 미루어 짐작하게 하는 일 아닐까. 앞서 우리가 시란 '비유적 언어화'라고 했을 때 바로 이 같은 '미루어 짐작하기'가 시의 본령이라는 뜻에서 한 말이다. 그런 이상 신기함 그 자체가 시화되어 있지 않다고 해서 이를 문제삼을 수는 없다.

아마도 불가능하다고 한 시 쓰기가 가능한 것으로 바뀐 것과 관련하여 우리가 주목해야 할 것은 이상과 같은 사소한 문제점들이 아닐 것이다. 우리가 무엇보다도 주목해야 할 것이 있다면, 이는 시인이 시를 짓되 "시조 한 수"를 "지어볼려고" 했다는 점과 「절간 청개구리」는 일종의 산문시라는 점이다. 말할 것도 없이, 시조는 형식의 면에서 구속이 강한 시 형식이고 산문시는 구속에서 어느 경우보다 자유로운 시 형식이다. 이렇게 보면, 형식의 제약을 의식했을 때 쓰지 못했던 시를 형식의 제약에서 자유로워짐으로써 비로소 쓸 수 있게 되었다는 추론이 가능하다. 우리가 앞서 동원한 표현에 기대어 말하자면, ‘연장’을 의식했을 때 불가능했던 일이 ‘연장’을 의식하지 않게 되었을 때 가능하게 되었다고 할 수 있다. 요컨대, 시의 형식이란 일종의 연장과도 같은 것이다. 연장을 의식하는 경우란 연장이 뜻대로 움직여주지 않는 경우를 말한다. 이 경우 그 연장을 사용해서 얻은 결과물은 시원치 않은 것이 될 수 있다. 한편, 연장이 뜻대로 움직여주면 아예 연장을 의식하지 않을 수도 있거니와, 이로 인해 얻은 작업의 결과물은 그만큼 탁월한 것이 될 수 있다. 이렇게 말한다고 해서, 시조 형식으로 시를 쓸 때는 연장을 의식하지 않을 수 없기 때문에 탁월한 작품이 불가능하다는 뜻이 아니다. 조오현의 시조 작품인 「비슬산 가는 길」이 증명하듯 적절한 시적 소재는 탁월한 시조를 가능케 한다. 형식은 강한 구속력을 갖는 것이든 또는 그렇지 않은 것이든 이와 상관없이 그것이 소재와 얼마만큼 조화롭게 결합하는가에 따라 얼마든지 유연하고 부드럽고 효과적인 연장이 될 수 있는 법이다. 이런 의미에서 볼 때, 시인이 시 창작의 과정에 시조 형식이라는 연장이 청개구리의 신기한 몸놀림에 대한 관찰을 다루기에 적절치 않다는 점을 감지하게 되었다는 추론이 가능하다. 그리하여 그는 다루고자 하는 소재에 적합한 것으로 연장을 바꾼 다음, 그 연장에게 맡겨진 일을 알아서 자유롭게 수행하도록 했다는 추론도 가능하다.

넓게 보면, 시 형식뿐만 아니라 시 자체가 일종의 연장일 수 있다. 그리고 무엇보다도 시는 깨우침을 드러내는 데 효과적으로 쓰이는 연장일 수 있다. 승려인 조오현이 시라는 연장에 관심을 갖게 된 것은 아마도 이 때문이었는지도 모른다. 하지만 시인으로서의 조오현은 시를 통해 자신의 시적 능력을 증명하고자 하고 이를 통해 ‘시인’으로 대접받고자 하는 그런 시인이 아니다. 한마디로 말해, 그는 ‘욕망의 시인’이 아니다. 그는 라이너 마리아 릴케Reiner Maria Rilke가 『오르페우스에의 소네트』의 제1부 제3번 시에서 노래했듯 “노래란 욕망이 아니며,/종국에 얻을 수 있는 그 무엇을 얻으려는 투쟁도 아님”을, “노래란 존재”임을 작품을 통해 전하는 시인이다. 따지고 보면, 그는 마음을 비우는 것이 더할 수 없이 소중한 미덕임을 아는 승려 아닌가. 모르긴 해도 시로써 깨우침을 드러내려는 마음조차 비워야 함을 그는 감지하고 있는 것이리라. 그래서 그런지는 몰라도, 조오현의 시에서는 여느 시인의 시처럼 시를 쓰고 있음에 대한 시인의 자의식—그것도 시인으로서 자신의 존재를 입증해 보이고자 하는 시인의 자의식—이 짚이지 않는다. 이런 의미에서, 그의 시 세계는 ‘시라는 구속’을 뛰어넘어 자유롭게 존재하는 시 세계라고 할 수 있다. 앞서 누누이 말했지만, 그의 시가 ‘시인’이 쓴 시라기보다 ‘시’가 쓴 시라는 느낌이 드는 이유는 이 때문일 것이다. 조오현의 시집 『아득한 성자』를 다시금 펼쳐 들어 이런저런 시편에 눈길을 준다. 그리고 입가에 웃음을 띤 채 이렇게 말할 법한 시인의 모습을 다시 한 번 떠올려본다. “내가 쓴 건가, 시가 쓴 거지.”

세상의 모든 '엄마'를 생각하며
―김종해·김종철의 사모곡에 담긴 '어머니' 이미지

1. "그 부름이 세상에서 가장 짧고/아름다운 기도"

내 나이 다섯 살 때의 일이다. 집안 사정으로 인해 당시 나는 외가댁에 맡겨져 있었다. 외가댁에 나를 맡긴 어머니는 가끔 나를 보러 오시곤 했다. 하지만 어머니가 와서 나를 찾으면 나는 슬금슬금 피하기 일쑤였다. 몇 년을 떨어져 지낸 터라 서먹서먹하기도 하고 또 멋쩍기도 하여, 나는 어머니가 온다는 말만 들으면 멀찌감치 밖으로 나가 겉돌곤 했던 것이다. 그런 나를 보고 어느 날 어머니의 손아래 동생인 이모가 이렇게 나를 달랬다. "왜 엄마를 피하는 거니? 그러는 너 때문에 엄마 마음이 얼마나 아프겠니? 다음에 엄마가 오면 엄마한테 달려가 한번 안겨봐. 알았지?" 얼마 후 어머니가 또 다녀가시게 되었다. 망설이고 망설인 끝에 나는 용기를 내어 "엄마"를 부르며 달려가 어머니의 품에 안겼다. 나를 안으시던 어머니의 얼굴에서 피어오르던 환한 웃음이, 나를 쓰다듬던 어머니의 손이 전하던 부드럽고 따스한 감촉이, 심지어 어머니의 옷에서 느껴지던 푸근함까지 아직 나의 기억에 생생하다. 엄마라고 부를 때마다, 아니, 엄마라는 단어를 떠올리기만 해도 나의 마음은 여전히 그 어릴 적 어머니에게 안기면서 느꼈던 푸근함과 부드러움, 따뜻함과 편안함으로 채워지곤 한다. 그때 그 일 때문인지는 몰라도, 이제 나는 쉰 중반의 나이가 되었고 나의 어머니는 일흔 중반의 나이가 되었지만, 나는 아직 어머니라고 부르지 않고 그 옛날처럼 엄마라고 부른다. 그런 나의 마음을 읽기라도 한 듯 김종철은 이렇게 노래한다.

나는 어머니를 엄마라고 부른다
사십이 넘도록 엄마라고 불러
아내에게 핀잔을 들었지만
어머니는 싫지 않으신 듯 빙그레 웃으셨다
오늘은 어머니 영정을 들여다보며
엄마 엄마 엄마, 엄마 하고 불러보았다
그래그래, 엄마 하면 밥 주고
엄마 하면 업어주고 씻겨주고
아아 엄마 하면
그 부름이 세상에서 가장 짧고
아름다운 기도인 것을!

—김종철, 「엄마 엄마 엄마」 전문

세상의 어머니 가운데 "엄마"라는 부름을 싫어하실 이가 어디 있으랴. 아니, 그보다도 "엄마"란 "그 부름이 세상에서 가장 짧고/아름다운 기도"라는 깨달음이 어찌 시인 김종철만의 것이겠는가. 아직 어머니와 함께 이 세상을 살아가는 나 같은 행운아나 시인과 같이 어머니를 저세상에 보내고 애끓어하는 모든 이들이 공유하고 있는 것이 있다면, 이는 바로 "엄마"란 "그 부름이 세상에서 가장 짧고/아름다운 기도"라는 깨달음이리라.

문제는 이 시를 읽다 보면 그런 깨달음이 "엄마 하면 밥 주고/엄마 하면 업어주고 씻겨주"는 데서 비롯된 것으로 읽힌다는 데 있다. 깨달음의 계기가 그러하다면, 이는 지나치게 유아적인 것 아닐까. 행여 그렇게 생각하는 사람이 있다면, 그는 이 시가 뛰어넘고자 한 어른의 마음을 뛰어넘지 못하는 사람일 것이다. 사실 이 시의 묘미는 자신의 나이를 뛰어넘어 홀연 유아로 변신하는 시인을 짚어볼 수 있다는 데 있다. "엄마"를 부르는 순간 시인은 이미 "사십"을 넘긴 어른이 아니다. 그는 다만 "엄마" 앞의 한 어린아이일 뿐이다. 그 어린아이가 마음의 눈으로 본 어머니는 바로 "엄마 하면 밥 주고/엄마 하면 업어주고 씻겨주"는 그런 "엄마"인 것이다. 어른이 어린아이의 마음을 갖는다는 것은 말처럼 쉬운 일이 아니다. 어린아이로 되돌아가고자 할 때 일방적으로 간섭하고 방해하는 어른을 뛰어넘기란 쉽지 않기 때문이다. 바로 이 같은 간섭과 방해를 뛰어넘어 어린아이의 눈으로 세상을 바라보는 시인의 눈길을 "엄마 하면 밥 주고/엄마 하면 업어주고 씻겨주고"라는 구절에서 확인할 수 있지 않을까. 그렇다면 그것이 어떻게 가능했던 것일까. 동어 반복같이 들릴지 모르나, 이를 가능케 한 것은 바로 "엄마"라는 그 신비로운 "부름"이다. 그런 의미에서 "엄마"는 하나님의 '말씀the Logos'과 같은 것일 수 있다. "빛이 있으라 하시매 빛이 있었고"(「창세기」 1장 3절)라는 성경의 구절이 암시하는 기적이 우리네 인간들에게도 가능하다면, 그와 같은 기적을 가능케 하는 것은 바로 "엄마"라는 신비로운 "부름"이다. 그 부름이 우리에게 또 하나의 세계, '보기에 좋은' 따듯하고 아늑한 세계로 불현듯 우리를 인도하기 때문이다. "엄마"가 "그 부름이 세상에서 가장 짧고/아름다운 기도"임은 이 때문이기도 하다. 다시 말해, 세상의 모든 아들과 딸을 푸근함과 부드러움, 따뜻함과 편안함으로 채워주기 때문만이 아니라, 아무리 나이 먹은 어른이라고 하더라도 그를 즉시 어린아이의 마음으로 되돌아갈 수 있도록 한다는 점에서도 "엄마"는 "그 부름이 세상에서 가장 짧고/아름다운 기도"다.

2. 사랑과 희생의 초월적 표상

김종철의 「엄마 엄마 엄마」야말로 그 자체가 "짧고/아름다운 기도"일 수 있다. 이 "짧고/아름다운 기도"에서 우리는 어린아이로 되돌아간 시인의 모습을 보기도 하고 또 그런 시인의 마음을 읽기도 한다. 하지만 이 시 자체가 어린아이의 "기도"는 아니다. 이는 어디까지나 "어머니 영정을 들여다보"고 있는 어른의 "기도"다. 이와 관련하여 우리는 시의 끝을 장식하는 "……인 것을!"이라는 말에 유의할 수 있는데, 이 말은 시인의 유아기 체험과 그 체험의 의미에 대한 깨달음 사이에 시간적 차이가 존재함을 암시하기 때문이다. 어쩌면 이 시에서 시인은 이전의 무의식적 체험이 지니는 의미를 때가 지나 새롭게 깨닫고 있는지도 모른다. 체험이 지니는 의미에 대한 이 같은 깨달음 또는 자각의 과정은 어린아이의 성장에 필수 요건일 수 있거니와, 이를 우리는 철이 드는 과정이라고 말하기도 한다. 말할 것도 없이, 어린아이는 언젠가 어른이 되지만 저절로 어른이 되는 것은 아니다. 어른이 되기 전에 거쳐야 할 과정이 있으니, 이는 바로 철이 드는 과정이다. 이 과정을 거치면서 유년기의 아이는 이러저러한 삶의 조건과 현실에 눈을 뜨고, 이를 바탕으로 하여 소년기를 거쳐 어른으로 성장한다. 삶의 조건과 현실에 눈을 뜨면서 소년기의 아이는 자연히 어머니에 대한 이해의 폭과 깊이도 넓히게 되거니와, 이 시기에 아이가 보는 어머니의 모습은 유아기의 천진난만한 눈으로 보는 어머니의 모습과는 다른 것일 수밖에 없다. 바로 이 같은 다른 눈길을 보여주는 시 가운데 특히 빼어난 것이 김종해의 「어머니의 맷돌」이다.

맷돌을 돌린다
숟가락으로 흘려 넣는 물녹두
우리 전 가족이 무게를 얹고 힘주어 돌린다
어머니의 녹두, 형의 녹두, 누나의 녹두, 동생의 녹두
눈물처럼 흘러내리는 녹두물이
빈대떡이 되기까지
우리는 맷돌을 돌린다
충무동 시장에서 밤늦게 돌아온
어머니의 남폿불이 졸기 전까지
우리는 켜켜이 내리는 흰 녹두물을
양푼으로 받아내야 한다
우리들의 허기를 채우는 것은 오직
어머니의 맷돌일 뿐
어머니는 밤낮으로 울타리로 서서

우리들의 슬픔을 막고
북풍을 막는다
녹두 껍질을 보면서 비로소 깨친다
어머니의 맷돌에서
지금도 켜켜이 흐르고 있는 것
물녹두 같은 것
아아, 그것이 사랑이었음을!

—김종해, 「어머니의 맷돌」 전문

이 시 한 편만으로도 우리는 김종해와 김종철 두 형제 시인이 거쳐야 했던 유년기와 소년기의 삶이 얼마나 신산한 것이었던가를 미루어 짐작할 수 있다. 이 시에서 반복되는 "맷돌을 돌린다"는 정경 묘사는 "어머니는 앞에 서고/나는 뒤에서 리어카를 밀었다"(「부산에서」)는 정경 묘사와 함께 어머니를 소재로 한 김종해의 시에 여러 차례 등장하는데, 이들은 물론 삶의 어려움을 섬세하게 사실적으로 전하는 '환유적 이미지'의 기능을 한다. (인간의 언어 사용과 관련하여, 일찍이 로만 야콥손은 사물의 부분으로 전체를 나타내려는 '환유적 경향'과 하나의 사물을 전혀 엉뚱한 사물로 대체하여 나타내려는 '은유적 경향'으로 나눈 바 있으며, 그는 두 경향이 각각 사실적·세부 묘사적 경향의 글과 낭만적·서정적 경향의 글에 특징적으로 나타남에 주목한 바 있다.) 말하자면, "우리 전 가족이 무게를 얹고 힘주어" 돌리는 맷돌은 소년 김종해가 밀고 그의 어머니가 끌던 "리어카"와 마찬가지로 그의 가족이 이끌어가야 하는 힘겨운 삶의 풍경 안에 존재하는 하나의 요소, 그 풍경을 가장 특징적으로 드러내는 요소 가운데 하나다. 그리하여

"리어카"와 마찬가지로 "맷돌"은 소년 김종해의 삶을 세밀하고 구체적으로 드러내는 환유적 이미지의 역할을 수행한다. 하지만 맷돌의 비유적 잠재력은 여기에서 끝나지 않는다. 맷돌은 원래 무겁기도 하고 돌리기에도 쉽지 않다. 바로 이런 의미에서 맷돌은 힘주어 돌려야 겨우 돌아가는 삶 또는 견디기 어려운 무게로 압도해 오는 삶 그 자체를 암시하는 것일 수도 있다. 이런 관점에서 보면, 맷돌은 이 시에서 '은유적 이미지'의 역할을 하는 것이기도 하다. 요컨대, 맷돌은 환유적 이미지와 은유적 이미지를 동시에 포용한다. 김종해의 「어머니의 맷돌」에서 "맷돌"이 비유적 효과의 측면에서 특히 깊은 호소력을 갖는다면 이 같은 이미지의 중첩성 때문일 것이다.

당시의 정황을 짚어보자면, 소년 김종해가 형과 누나와 동생과 함께 "눈물처럼 흘러내리는 녹두물이/빈대떡이 되기까지" 맷돌을 돌리는 것은 "충무동 시장"에서 "밤늦게"까지 '장사'를 하는 어머니의 무거운 짐을 덜어드리기 위한 것이다. 어머니를 돕기 위해 힘겹게 맷돌의 돌리는 그들의 모습에서 우리는 고달픈 삶을 몸으로 견디어나가는 아이들의 모습을 볼 수 있다. 또한 "충무동 시장에서 밤늦게 돌아온/어머니의 남폿불이 졸기 전까지/우리는 켜켜이 내리는 흰 녹두물을/양푼으로 받아내야 한다"는 구절에서 우리는 힘겨운 일임에도 불구하고 자신들에게 주어진 몫을 해내려는 아이들의 의지까지 읽을 수 있다. 그럼에도 불구하고, 아이들의 삶은 아직 둥지 안의 새끼 새들의 삶과 크게 다를 바 없는 것이다. 어미 새와도 같은 존재가 필요한 것이 그들의 삶이기 때문이다. 그리하여 시인은 말한다. "우리들의 허기를 채우는 것은 오직/어머니의 맷돌일 뿐"이라고. 정녕코 "밤낮으로 울타리로 서서/우리들의 슬픔을 막고/북풍을 막는" 어머니가 있기에 "우리들"은 삶을 살아갈 수 있었던 것이리라. 아무튼, "어머니의 맷돌"이라니? 바로 이 지점에서 맷돌은 새로운 의미를 얻는다. 맷돌은 소년 김종해의 가족이 살아가는 삶의 풍경의 일부인 동시에 삶 자체를 암시하는 것일 수도 있지만, 이는 또한 어머니 자신을 암시하는 것일 수도 있고 또 어머니의 삶을 암시하는 것일 수도 있다. "눈물처럼 흘러내리는 녹두물"에 뒤덮인 채 '스스로' 돌아가는 맷돌, 힘겹지만 스스로 돌기를 멈추지 않는 맷돌은 곧 어머니 자신인 동시에 그녀의 삶인 것이다. "녹두물처럼 흘러내리는 눈물"에, 아니, 녹두물처럼 흘러내리는 '땀'에 자신의 몸과 삶을 맡긴 어머니인 것이다.

이 시가 절창이라면 이는 "맷돌"과 "녹두물"이라는 이미지들이 주는 깊고 넓은 시적 울림 때문만은 아니다. 또한 한 가족의 "허기"와 "슬픔"을, 그리고 그 "허기"와 "슬픔"을 막는 울타리로서의 어머니의 삶을 절제 있게 드러내기 때문만도 아니다. 이 시가 절창이라면, 그것은 "밤낮으로 울타리로 서서/〔자식〕들의 슬픔을 막고/북풍을 막"는 어머니의 아픔과 고단함이 곧 어머니의 "사랑"임을 깨닫는 시인의 마음까지 함께 있기 때문이다. 문제는 "그것이 사랑이었음을!"이라는 말에서 확인할 수 있는 것처럼, 체험과 깨달음 사이에 시간적 간격이 존재한다는 데 있다. 소년 김종해는 그의 형과 누나와 동생과 함께 삶이 얼마나 고달픈 것인가를 몸으로 체득하고 있었을 것이다. 그리고 그나마 그런 삶을 헤쳐나갈 수 있었던 것은 다름 아닌 어머니 때문이라는 사실까지도 깨닫고 있었을 것이다. 하지만 "어머니의 맷돌"에서, 나아가, 어머니라는 맷돌에서, "지금도 켜켜이 흐르고 있는 것/물녹두 같은 것"이 다름 아닌 "사랑"이었음을 당시에는 아직 깨닫지 못했었는지 모른다. 이런 의미에서 시인의 깨달음은 때늦은 것이었는

지도 모른다. 깨달음이 때늦은 것임에 아쉬워하는 시인의 마음이 "아
아"라는 탄식을 이끈 것이리라.

　바로 이 같은 때늦은 깨달음이 세상의 모든 아들과 딸을 슬프게 한
다. 그리고 그러한 깨달음이 어머니를 여읜 후에 왔다면 이로 인한
슬픔은 정녕 감당키 어려운 것이 될 수밖에 없다. 청개구리의 우화는
이 때문에 존재하는 것이고, 또한 이 때문에 김종철의 「청개구리」가
갖는 시적 울림은 그만큼 크고 깊다.

> 어머니 유해를 먼 바다에 뿌렸다
> 당신 생전 물 맑고 경치 좋은 곳
> 산화처로 정해주길 원했다
> 그런데 어찌 된 일인가
> 비 오고 바람 불어 파도 높은 날
> 이토록 잠 못 이루는 나는 누구인가
> 저놈은 청개구리 같다고
> 평소 못마땅해하셨던 어머니가
> 어째서 나에게만 임종 보여주시고
> 마지막 눈물 거두게 하셨는지 모르지만
> 당신 유언대로 물명산 찾았는데
> 오늘같이 비만 오면 제 어미 무덤 떠내려간다고
> 자지러지게 우는 청개구리가
> 이 밤 내 베개맡에 다 모였으니 이를 어쩌나
> 한 번만 더, 돼지 발톱 어긋나듯
> 당신 뜻에 어긋났더라면
> 비 오고 바람 부는 날

이처럼 청개구리가 되어 울지 않아도 될 것을
— 김종철, 「청개구리」 전문

우리 모두는 청개구리의 슬픔을 이해한다. 그리고 "물 맑고 경치 좋은 곳/산화처로 정해주길 원"했던 어머니의 뜻을 따랐지만 "비 오고 바람 불어 파도 높은 날/이토록 잠 못 이루는" 시인의 슬픔과 아픔이 어떤 것인지도 우리 모두는 이해한다. 비록 "당신 유언대로 물 명산 찾"아 "어머니 유해를 먼 바다에 뿌렸"지만 그것이 과연 어머니가 진정으로 원했던 것인지를 놓고 괴로워하는 시인의 마음을 또한 우리 모두는 이해하고 또 이해한다. 나아가, "한 번만 더, 돼지 발톱 어긋나듯/당신 뜻에 어긋났더라면/비 오고 바람 부는 날/이처럼 청개구리가 되어 울지 않아도 될 것"이라고 탄식하는 시인의 마음에 깃들어 있는 회한을 우리 모두는 이해한다. 이를 이해하지 못할 아들이나 딸이 이 세상 천지에 어디 있겠는가. 세상의 모든 아들과 딸은 잠재적으로 청개구리와 같은 존재기 때문이다.

이 슬픔, 이 아픔, 이 회한을 어찌할 것인가. 계속 "청개구리가 되어 울"기만 할 것인가. 그럴 수만은 없다. "우리 집에는/어머니는 어제라는 집에/아내는 오늘이라는 집에/딸은 내일이라는 집에 살면서/나와 쉽게 만"날 수 있고 또 이들과 "만나는 법을 알고"(「만나는 법」) 있는 한, 아픔과 슬픔과 회한에 얽매여 있을 수만은 없다. 시인에게는 "어머니"와 "아내"와 "딸"은 시간적 차이를 벗어나면 하나일 수 있거니와, 현재의 어머니인 "아내"와 미래의 어머니인 "딸"을 통해 과거의 어머니인 "어머니"와 만날 수 있기 때문이다. 나아가, "아내"와 "딸"이 있고 또 미래를 향해 계속 "딸"들이 그 뒤를 이어가는 한, 어머니는 영원한 존재로 거듭 되살아날 것이기 때문이다. 따지고 보면, 어머니란 각자에게 개별적이고도 유일한 의미를 지니는 존재기도 하지만, 어떤 한계를 뛰어넘는 순간 사랑과 희생의 초월적 표상으로 영원히 되살아나는 존재기도 하다. 마치 우리가 마음속으로 섬기는 신이 그러하듯. 이 세상 어디에나 편재(遍在)하는 보편적 존재가 신이지만, 그 신을 섬기는 사람들이 각자 그들의 마음속에 그리는 신의 모습이 다르듯. 넓게 보아 어머니란 바로 그와 같은 존재가 아닐까. 김종철이 "우리 사남매는 이제야/어머님 한 분씩을 각자 모실 수 있었다"(「종이배 타고」)고 했을 때, 이는 편재하는 보편적 존재로서의 어머니 — 최소한 "사남매"가 공유하는 보편적 존재로서의 어머니 — 를 전제로 해서 한 진술일 수도 있다.

3. '엄마 만세, 엄마 만세'

　형제 시인 김종해와 김종철의 사모곡을 담은 시집 『어머니 우리 어머니』의 원고를 읽는 도중 나는 잠시 읽기를 멈출 수밖에 없었다. 김종해의 「개동백 꽃잎으로 피다가」에 나오는 "우리 어린 날의 날개를 기워주던/어머니의 외로운 바느질"이라는 구절이 나에게 어린 시절의 기억 하나를 일깨웠기 때문이었다. 그 이야기는 뒤로 미루고 우선 이 시의 일부만이라도 함께 읽기로 하자.

　　어머니가 날린 철새 두 마리가
　　기우뚱기우뚱 남쪽으로 가고 있다

11월의 첫째 주일
우리들 마음에 단풍이 내리고
차창에 우수의 빗방울이 맺힌다
대신동 위생병원 625호실
날개를 접고 우리는
어머니의 마른 고목 위에 앉는다
어머니의 손등, 마른 칡 껍질 위에 가서 앉는다
떡장수, 국수장수, 충무동 시장 좌판 위에
우리 어린 날의 날개를 기워주던
어머니의 외로운 바느질
젊은 어머니가 끌고 가는 수제비 리어카를 뒤에서 밀며
우리가 나가 보는 황량한 겨울 바다
우리는 50년대의 카바이트 불빛으로 떨면서
어머니 만세, 어머니 만세를 목젖으로 삼킨다
— 김종해, 「개동백 꽃잎으로 피다가」 부분

　　앞서 나는 소년 김종해와 그의 형과 누이와 동생을 '새끼 새'에 비유한 적이 있다. 이 같은 비유가 결코 자의적인 것이 아님을 보여 주는 시가 바로 이 시일 것이다. 병상에 누워 있는 어머니를 찾는 김종해와 김종철 두 형제 시인이 이 시에서는 "어머니가 날린 철새 두 마리"로 묘사되고 있지 않은가. 두 마리의 철새가 "기우뚱기우뚱 남쪽으로" 날아가서 "날개를 접고" 앉은 곳은 "어머니의 마른 고목 위"다. "어머니의 마른 고목"이라니? 이제 활기를 잃고 병석에 누워 있는 어머니의 "손등"은 "마른 고목"과도 같아 보이고 또 "마른 칡 껍질"과도 같아 보이기 때문이리라. 이 부분을 읽으면서 사람들은 병이 깊어 날 갯짓을 하지 못하는 어미 새의 모습을 떠올릴 수도 있다. 이제 "고목나무"와도 같이 활기를 잃은 날개를 접고 누워 있는 어미 새의 모습을. 이 자리에서 나는 자유로운 상상력을 동원하여 병실에 들자마자 누워 있는 어머니에게 급히 다가가 그녀의 앙상한 손을 덥석 움켜쥐는 두 형제의 모습을 떠올려보기도 한다. 아무튼, 어머니의 손등에 대한 시인의 비유는 "마른 고목"이나 "마른 칡 껍질"에서 끝나지 않는다. 시인의 시선을 통해 어머니의 손등은 "떡장수, 국수장수, 충무동 시장 좌판"과 겹쳐지기도 한다. 시인은 어머니의 손등에서 그녀가 헤쳐왔던 고달픈 삶의 역사를 읽고 있는 것이리라. 어머니의 삶에 대한 시인의 회상은 "우리 어린 날의 날개를 기워주던/어머니의 외로운 바느질"에 대한 기억으로, 또 "수제비 리어카"를 끌던 "젊은 어머니"에 대한 기억으로, 그리고 "리어카"를 "뒤에서 밀며 우리가 나가 보는 황량한 겨울 바다"로 자유롭게 옮겨간다. 이윽고 시인의 시선은 다시 병석의 어머니에게 간다. 병석의 어머니를 보며 형제는 "50년대의 카바이트 불빛으로 떨면서/어머니 만세, 어머니 만세를 목젖으로 삼킨다." 두 아들의 슬픔과 아픔이 "목젖으로 삼킨다"라는 말을 통해 더할 수 없이 생생하게 살아나고 있다.

이제 나의 이야기로 돌아가자. "우리 어린 날의 날개를 기워주던/어머니의 외로운 바느질"이라는 구절이 나에게 일깨웠던 어린 시절의 기억은 무엇인가. 초등학교에 입학할 무렵 어머니는 나에게 베레모를 만들어주셨다. 당시 내가 들어간 초등학교에서는 베레모가 교모(校帽)였기 때문이다. 바느질 솜씨가 출중하여 그것을 생업으로 삼아 자식들을 키우기도 했던 어머니가 손수 만들어주신 베레모는 방울까지 달린 날렵하고 멋진 것이었다. 어머니의 베레모는 지정 교복 가게에서 대량으로 만들어 공급한 베레모—그러니까 친구들이 쓰고 다니는 특징 없는 베레모—와는 비교할 수 없을 정도로 맵시와 모양이 있었다. 하지만 친구들 것과 다르다는 점을 이유로 삼아, 요즈음 표현을 빌리자면 '튄다'는 점을 이유로 삼아, 나는 어머니가 만들어주신 베레모를 한사코 거부했다. 어머니의 정성과 사랑을 깨닫지 못했던 내 어린 시절의 못난 모습이 시야를 흐리고 마음을 흐트러뜨렸기에 나는 읽기를 멈추었던 것이다. 마음을 가다듬으려는 듯 나는 어느새 소리 내어 이 구절을 다시 읽고 있다. "우리 어린 날의 날개를 기워주던/어머니의 외로운 바느질."

이 글이 활자화되면 글이 담긴 책을 한 권 들고 나는 한 마리 새가 되어 "기우뚱기우뚱" 어머니를 향해 날아갈 것이다. 그리고는 날개를 접고 달려가, 어릴 때와 달리 이제는 내가 어머니를 안을 것이다. 문을 열고 나를 맞는 어머니를 힘껏 안을 것이다. 50여 년 전에 느꼈던 푸근함과 부드러움, 따뜻함과 편안함, 그리고 무엇보다도 어머니의 환한 웃음을 새삼 다시 맛보기 위해, 여전히 "엄마"를 부르면서 말이다. 그런 다음 나는 이 글이 담긴 책을 어머니에게 보이면서 이런 저런 이야깃거리를 궁리할 것이다. "밤에 변소 가는 것이 제일 싫었"던 어린아이 김종철이 "마당 한구석에서/볼일을 보"는 동안 곁에 "서 있는 어머니가 심심할까 봐/이것저것 얘깃거리를 궁리"(「옥수수밭 너머」)했던 것처럼. 잠결에 끌려 나온 엄마의 심심함을 걱정하는 천진난만한 어린아이처럼, 나도 "엄마"가 심심해하지 않도록 "이것저것 얘깃거리를 궁리"할 것이다. 그렇게 해서 궁리해낸 이야기를 어머니에게 들려주며 나는 마음속으로 크게 외칠 것이다. '엄마 만세, 엄마 만세.'

젖어들기에서 뛰어넘기로
—이가림의 시적 여정

1. 「투병통신」과 만나면서

십 년의 세월 동안 소식이 없다가 찾아온 감기 때문에 쩔쩔매면서 아파트 현관문을 나서려는 순간 우편함에 담겨 있는 잡지 『시와 정신』이 눈에 띄었다. 모든 의미 있는 문화 현상이 서울에 집중되어 있는 오늘날에도 이처럼 멋진 시 전문 계간지가 지방 도시인 대전에서 출간되고 있는 것이다. 그것도 300여 쪽이나 되는 엄청난 부피의 시 전문지가! 잡지 발간에 편집 관계자들이 쏟아 부었을 노고와 정성을 생각하니 마음이 따뜻해진다. 현관을 나와 버스 정거장을 향하는 동안, 눈물과 콧물을 주체하지 못하면서도 봉투를 열고 잡지를 펼쳐 든다. 아니, 손에 잡히는 대로 잡지를 펼쳐 든다. 그러자 바로 눈에 들어오는 시가 있다. 이가림의 「투병통신」이다. "투병통신"이라니? 이 시인이 최근 병이라도 앓았거나 현재 앓고 있는 것일까. 아니다. 바로 얼마 전 모 씨 집안 결혼식장에서 만났을 때 그에게는 전혀 병색

이 없었다. 그렇다면 누군가 병을 앓고 있는 사람이 시인에게 소식을 전한 것일까. 호기심에 제목을 다시 살펴보니 자그마한 글자로 "投瓶通信"이라는 한자어가 병기되어 있다. "병"을 던지다니? 누가? 왜? 누구에게? 어디로? 무슨 병을? 이처럼 호기심을 자극하는 제목에 이끌려 읽은 시는 다음과 같았다.

이제
내 비소(砒素) 같은 그리움을
천년 종이에 싸
빈 술병에 넣어
달빛 인광(燐光) 무수히 떠내려가는
달래강에 멀리 던진다

먼 훗날
부질없이 강가를 서성이는 이 있어
이 병을 건져 올릴지라도
그때엔 벌써
글자들이 물에 씻겨
사라져버렸을 것을 믿는다

끝내 말하지 못할 것이야말로
영원히 숨 쉬는 것

이제
내 비소 같은 그리움을

136

천년 종이에 싸

빈 술병에 넣어

일찍이 미친 사내 하나 빠져 죽은

달래강에 멀리 던진다

──「투병통신」 전문

"비소 같은 그리움"이라니? 비소는 일반적으로 회색 상태로 존재한다. 색깔로 보면 회색이니까 '그리움'에 제법 어울릴 만도 하다. 하지만 단순히 그런 이유 때문에 그리움이 '비소 같은' 것일까. 말할 것도 없이, 비소는 강한 독성 물질이며, 이 비소에 중독되면 소화기, 피부, 신경 계통에 문제가 생겨 급기야는 사람을 죽음에 이르게 한다. 이런 사실을 유추적으로 받아들여, 위의 표현은 '그리움'이 '나'를 죽음에 이르게 한다는 뜻으로 읽을 수 있지 않을까. '나'를 죽음에 이르게 하는 '그리움'이라니! 그리움의 깊이와 강도를 어찌 이보다 더 강렬하게 표현할 수 있겠는가. 시에서 '나'는 '나'를 죽음에 이르게 하는 이 그리움을 "천년 종이에 싸/빈 술병에 넣어" 강에 "멀리 던진다." "천년 종이"라니? 앞으로 천년을 견딜 만큼 질이 뛰어난 종이를 가리키는 것일까. 아니면 천년을 견디고도 여전히 그 빛을 잃지 않는 오랜 예술품과도 같은 종이를 가리키는 것일까. 어느 쪽이든, "먼 훗날"에 이르도록 '나'의 그리움을 감싸고 있을 "천년 종이"와 이 종이를 담고 있을 "빈 술병"이 의미하는 바는 무엇일까. 이 물음에 답하기 전에 우리는 먼저 '싼다'는 말이 의미하는 바에 대해 생각해볼 수 있는데, 이 말은 이 시의 제2연에 비추어 볼 때 '글자로 옮겨 적기'를 의미하는 것으로 이해할 수 있다. 이러한 이해를 확장하여 적용하면,

'그리움을 천년 종이에 싼다'는 말은 이가림이 시인이라는 점을 감안할 때 '그리움을 시로 옮긴다'는 말로 이해할 수 있을 것이다. 그렇다면, "빈 술병"이 의미하는 바는 무엇일까. 이는 필경 '구체적이고도 특정한 문학 작품으로서의 시'를 의미하는 것일 수 있으리라. 결국 "그리움"을 옮겨 적은 "천년 종이"를 "빈 술병"에 넣어 "강에 멀리 던진다"는 말은 '그리움을 시에 담아 이 시를 세상에 내놓는다'는 말로 이해할 수 있다. 또는 '그리움을 시에 옮겨 담은 다음 이를 세상에 전함으로써 이제 더는 그리움에 얽매이지 않겠다'는 말로 이해할 수도 있겠다. 아울러, '얽매이지 않겠다'는 말에는 역설적이긴 하나 '그리움에 꼼짝없이 얽매여 있다'는 의미를 담고 있는 것으로 이해할 수도 있다. 그리고 또 하나 덧붙여야 할 말이 있다면, 이 시에 등장하는 "빈 술병"을 통해 시인은 술병이 다 비도록 술을 마셔 흠뻑 취해 있을 만큼 애끓는 그리움으로 인해 괴로워하는 '나'의 모습을 넌지시 비치고자 했는지도 모른다.

문제는 "먼 훗날" 누군가 "부질없이 강가를 서성이"다가 "이 병을 건져 올릴지라도/그때엔 벌써/글자들이 물에 씻겨/사라져버렸을 것을 믿는다"는 시인의 진술을 어떻게 읽을 것인가에 있다. 이는 누구도 '나'의 그리움을 '나' 자신의 그리움으로 읽을 수 없을 것임에 대한 시인의 예감을 드러내는 것으로 읽을 수 있다. 따지고 보면, 시란 그런 것인지도 모른다. 말하자면, 그리움을 담은 시가 아무리 오랜 세월을 견디고 남는다고 하더라도, 그것은 지금 현재 이 순간에 존재하는 구체적 개인으로서의 '나'와 궁극적으로는 관계가 없는 것일 수 있다. 그리움은 시화(詩化)의 과정에 '나'를 떠나기 때문이다. 다시 말해, 시다운 시에 그리움을 제대로 담는 경우 '나'의 그리움은 누구라도 공유할 수 있는 공적(公的)인 시적 이미지로 존재할 것이기 때문이다. '시 읽기'라는 "통신"의 과정을 통해 시에 담긴 '나'의 그리움을 읽는 사람에게 '나'라는 존재 자체는 아무런 의미를 갖지 않는 것일 수 있기 때문이다. 중요한 것은 다만 그가 읽는 시적 이미지 — '나'를 떠나 그 자체로서 자족적으로 존재하는 시적 이미지 — 일 것이다.

이상과 같은 논의만으로 「투병통신」에 대한 시 읽기를 끝낼 것인가. 아니다. 무엇보다도 "끝내 말하지 못할 것이야말로/영원히 숨 쉬는 것"이라는 시인의 전언 때문이다. "끝내 말하지 못할 것"이라니? 그것이 지시하는 바는 무엇일까. "천년 종이"에 싼 "내 비소 같은 그리움"일까. 물론 그것을 지시하는 것일 수는 없다. 그리움을 "천년 종이에 싸"는 것 자체가 이미 '말하기'를 지시하기 때문이다. 그렇다면, "끝내 말하지 못할 것"이 지시하는 바는 도대체 무엇인가. 혹시 "천년 종이에 싸/빈 술병에 넣어" 강에 던진 그리움에도 불구하고 여전히 '나'의 마음에 남아 있는 그 무엇 아닐까. 무언가 말할 수 있는 것을 말하더라도 여전히 말 못 하기에 가슴에 남는 그 무엇이 누구에게나 있게 마련이다. 하지만 그리움에서 벗어나더라도 "끝내 말하지 못할 것" 또는 '나'의 마음에 남는 그 무엇은 도대체 무엇일까. 또한 그것이 무엇이기에 "영원히 숨 쉬는 것"일까. 바로 여기서 우리는 김소월의 "그립다/말을 할까/하니 그리워"라는 시 구절을 떠올리지 않을 수 없는데, 그동안의 그리움을 "천년 종이에 싸"고자 하는 순간 아마도 새삼스럽게 그리움이 '내' 마음에 일었는지도 모를 일이다. 바로 그 새삼스러운 그리움마저도 "천년 종이에 싸"고자 했다고 하자. 그렇다고 해서 마음이 비워지겠는가. 필경 또다시 그리움이 새삼스럽게 마음에서 샘솟지 않겠는가. 그러니 어찌 '내' 마음의 그리움을 "영원히 숨 쉬는 것"이라고 하지 않을 수 있겠는가. 결국, 역설적이긴 하나, "끝내 말하지 못할 것"은 아무리 마음에서 비우려 해도 여전히 샘솟듯 일어나는 바로 그 그리움일 수 있겠다.

이 시의 제4연에서 우리는 그와 같은 역설을 의식하면서도 여전히 '나'를 죽음에 이르게 하는 "그리움"에서 벗어나려는 시인과 다시 만나게 된다. 그리움의 마음을 어찌 이보다 더 곡진(曲盡)하게 표현할 수 있겠는가. 게다가 이 시를 통해 드러나는 시인의 마음은 곡진하지만 처연치 않다. 시인의 마음이 처연치 않기에 이 시에서는 감상(感傷)이 짙이지 않는다. 감상이 짙이지 않기에 이 시는 오랜 세월을 견뎌오고 또 앞으로도 오랜 세월을 견딜 "천년 종이"와도 같이 느껴진다. 그 빛과 향기를 오래 간직해왔고 또 앞으로도 오래 간직할 뛰어난 예술품의 풍미가 느껴지기도 한다. 비록 이 시를 쓴 시인 이가림의 마음—그러니까 "비소 같은 그리움"을 담고 있는 시인의 마음—이 세월의 "물에 씻겨/사라져"버리더라도 오래 남아 누군가의 손에 우연히 쥐일 "천년 종이"란 바로 이 시 자체일 수 있지 않을까.

이것으로 「투병통신」이라는 시 읽기를 마무리할 수 있을까. 아직 아니다. 이 시에 되풀이 등장하는 "달래강"에 대해 아무런 언급도 없이 여기까지 왔기 때문이다. "달래강"이라니? 이 기호가 의미하는 바는 무엇일까. "달래강"이라는 기호를 괄호에 묶어둔 채 이 시를 읽었을 때는 이 강이 시인 이가림의 어릴 적 살던 곳과 관계되는 것이 아닐까 추측을 해보기도 했다. 하지만 달래강에 관해 찾을 수 있는 정보는 충청북도 괴산과 충주 부근을 가로질러 흐르는 강—그 옛날 임진왜란 때 신립 장군이 배수진을 치고 왜군을 맞아 싸우던 이야기를 담고 있는 강—이라는 것이 전부다. 혹시 시인 이가림이 여행 도중 그곳 경치에 매료되어 머물렀던 흔적이 이 시에 담겨 있는 것 아닐까. 그럴 수도 있고 그렇지 않을 수도 있다. 문제는 이 달래강에는 슬픈 사랑의 전설이 얽혀 있다는 데 있다. 『한국 구비 문학 대계』에 수록된 바에 따르면, 달래강가에 함께 살던 오뉘가 있었다 한다. 이들 오뉘가 강 건너로 가서 농사를 짓다가 어느 날 갑작스럽게 불어난 강을 건너기 위해 옷을 벗는다. 옷을 벗은 동생의 모습에 욕정을 느낀 오빠는 죄책감에 자신의 몸을 낫으로 자해하고는 그 자리에서 쓰러져 죽는다. 이를 본 동생은 "날 보고 달래나 보지"라고 넋두리를 하며 울다가 역시 그 자리에서 죽는다. 이런 이야기로 인해 달래강이라는 이름이 생기게 되었다는 것이다. 이 같은 민담이야말로 "끝내 말하지 못할 것"─또는 아무리 드러내 없애려고 해도 새롭게 솟아 마음을 채우는 "비소 같은 그리움"─을 전하는 이야기가 아닐까. 오뉘는 그렇게 죽었지만 오뉘의 서로에 대한 그리움은 전설이 되어 오랜 세월 달래강으로 흘러왔고, 그리하여 "영원히 숨 쉬는 것"으로 오늘도 남아 있으며 또 내일도 남아 있을 것이다. 시인 이가림이 이 같은 민담을 의식하고 "달래강"을 시에 등장시켰는지는 알 수 없지만, 바로 이런 의미에서 이 시의 "달래강"은 단순히 그 옛날 신화에 등장하는 그리움의 현장 이상의 의미로 읽힐 수도 있다.

버스 정거장까지 발걸음을 옮기며 읽은 「투병통신」의 매력에 오랜만에 찾아와 온몸을 괴롭히는 감기마저도 잠시 숨을 고르는 듯했다. 곡진하나 처연치 않고, 처연치 않으나 절절하고, 절절하나 무겁지 않은 분위기의 이 시가 아니었다면 어찌 감기에 지친 마음이 그처럼 한 편의 시에 움직일 수 있었겠는가. 확신컨대, 삶을 살아오면서 그동안 마음에 쌓이고 쌓인 그리움─소리 없이 내리는 눈처럼 쌓일 때는 의

식지 않았으나 급기야는 너무도 두껍게 쌓여 그 무게를 의식지 않을
수 없게 된 그리움 ─ 이 무겁게 마음을 내리누르고 있음을 예민한 독
자라면 이 시를 읽는 순간 누구나 깨닫게 되지 않을까.

2. 이가림의 시적 변모 과정을 따라

언제부터 이가림의 시 세계가 「투병통신」에서 확인되는 것과 같은
시적 분위기를 띠었던가. 이가림의 초기 시 세계에 익숙한 사람이라
면 아마도 「투병통신」과도 같은 시가 낯설게 느껴질지도 모르겠다.
하기야 어떤 시인의 시 세계가 세월과 관계없이 여일(如一)할 수 있
겠는가. 이가림의 경우, 1964년 경향신문 신춘 문예에 「돌의 언어」로
가작으로 입선하고 1966년 동아일보 신춘 문예에서 「빙하기」로 당선
되었던 점을 고려하면, 그의 시작 생활은 줄잡아 40년이 훨씬 넘는
다. 그처럼 오랜 세월 시 창작에 몸담았다면 어찌 그가 그의 시 세계
에 대한 변화를 시도하지 않았겠는가. 아닌 게 아니라 그의 작품을
총체적으로 검토하면 뚜렷한 변모 과정이 짚이기도 한다.
　실제로 이가림의 시 세계에 관심을 가졌던 평론가라면 누구나 이
같은 변모 과정에 유의한다. 예컨대, 이은봉은 이가림의 첫 시집 『빙
하기』(1973)에서 네번째 시집 『내 마음의 협궤열차』(2000)에 이르
기까지를 논의 대상으로 삼아 그의 시적 변모 과정을 낭만적 모더니
즘의 세계→낭만적 리얼리즘의 세계→현상학적 직관의 세계로 진단
한 바 있다(「영원한 삶과 찰나의 죽음」, 『문학과 창작』, 2003년 12월,
341~53). 한편, 김종철은 이가림의 두번째 시집인 『유리창에 이마

를 대고』(1981)에 대한 해설에서 "생활의 객관적 인식이 배제되어 있고 시를 쓰는 사람의 막연한 정서적 체험이 모호한 관념적 언어를 통하여 나타나고 있을 뿐"인 상태에서 "자기 생활의 주변에 대한 보다 객관적이고 구체적인 접근을 가능하게 할뿐더러 나아가서는 시대의 커다란 문제, 우리의 사회적 생존의 역사적 차원도 고려하는 것을 가능하게" 하는 "시선"을 갖춘 상태로 그의 시 세계가 변모했음에 유의한다. 하지만 김종철은 이가림의 "주된 감정적 체험"이 "비애와 연민"임을 지적함으로써 변모에도 불구하고 적어도 그 당시까지 그의 시 세계에서 감지되는 일관된 요소를 확인하기도 한다. 또 하나 이가림의 시적 변모와 관련하여 주목할 만한 언급은 최원식의 것으로, 그는 이가림의 세번째 시집인『순간의 거울』(1995)에 대한 해설을 통해 "모더니스트로 출발하여 민중시로 투신했다가 이제 양자를 지양하여 자기 시의 독자적 문법을, 아니 우리 시의 새로운 영토를 개척하려는" 행보를 시인의 시 세계에서 감지한다.

최원식이 말하는 이 "자기 시의 독자적 문법"과 "새로운 영토"에 대한 "개척"의 과정 ― 즉, 40년 이상의 세월을 가로질러 계속되어온 시적 변모의 과정 ― 을 이차원적 궤적으로 표시할 때 이쪽 끄트머리에 놓이는 것이「투병통신」에서 확인되는 것과 같은 시 세계가 아닐까. 다시 말해,「투병통신」과 같은 작품에서 확인되는 시 세계는 결코 어느 날 돌연히 그 모습을 드러내게 된 것이 아닐 것이다. 우리가「투병통신」이 발표되기 이전의 작품들 가운데 적어도 두 편의 시에 눈길을 주고자 함은 이 때문이다. 하지만 이에 앞서 우리는 먼저 이가림의 초기 시는 "절망과 좌절이 만드는 낭만적 열기에 휩싸여 좀더 먼 곳, 좀더 높은 곳에 이르고자 몸부림쳤던" 젊은 시인의 모습을 생생하게 보여준다는 이은봉의 진단과 함께 김종철의 다음과 같은 지적에 주목해야 할 것이다. 즉, 김종철은 이가림의 초기 시가 "알맹이 없는 관념화와 추상화" 및 "관념적인 외래어"와 "상투적인 허무주의적 감정"이라는 위험에서 완전히 자유롭지 못함을 지적하기도 했는데, 이 같은 상황은 아마도 이은봉이 말하는 "낭만적 열기"와 무관한 것이 아닐 것이다. 어찌 보면, "낭만적 열기"를 다스리는 일, 또는 김종철이 말한 바의 위험에서 벗어나는 일이 시인 이가림으로서는 피할 수 없는 하나의 시적 과제였으리라. 물론 김종철을 포함하여 여러 평자가 주목한 것처럼 이가림의 시적 여정을 살펴보면 이 같은 위험에서 시인이 나날이 자유로워지고 있음을 확인할 수 있다. 아마도 그와 같은 변모의 과정을 특히 두드러지게 보여주는 시가 있다면 이는 「한 월남 난민 여인의 손」과 같은 작품일 것이다.

송코이 강가 마을에서 연초록 풀잎으로 태어난 손, 땡볕에 그을린 웃음 깔깔거리며 고무줄놀이 하던 손, 바구니 가득 망고를 따던 손, 한 모금 처녀의 샘물을 움켜쥐던 손, 불타는 야자수 그늘 아래 물소를 몰던 손, 느닷없이 M16 총알의 탄피가 스쳐간 손, 칼에 찢긴 손, 밧줄에 묶인 손, 코브라의 목을 조른 손, 송장을 불태운 손, 빵과 옷을 훔친 손, 가짜 입국사증과 약혼반지를 바꾼 손, 피의 강을 헤엄쳐 온 손, 대양에 던져져 살려달라 살려달라고 외친 손, 어머니 사진을 찢어버린 손, 아아, 마침내 남의 땅 구정물 통에 빠진 손, 인천 신포동 술 가게에 팔려 온 손, 악어 잔등보다 더 거친 손, 내가 입 맞추고 싶은 거룩한 슬픈 삶의 손.　　　　　　　　　　　　—「한 월남 난민 여인의 손」 전문 무엇보다도 위의 시에는 그 어떤 관념화나 추상화도 존재하지 않으며, 이가림 초기 시 특유의 이국적 취향의 외래어나 허무주의적 감정도 존재하지 않는다. 물론 "월남 여인"이라는 이국의 여인이 월남의 풍경과 함께 이 시에 등장한다. 하지만 이는 흔히 사람들이 떠올리곤 하는 이가림의 초기 시에서 확인되는 이국적 취향과는 관계가 없는 것이다. 이와 관련하여, 이국의 여인과 풍경이 "인천 신포동 술 가게"와 연결됨으로써 우리네 삶의 일부분으로 편입되고 있음에 유의하기 바란다. 그리고 무엇보다도 이 시에서는 살아 숨 쉬는 인간의 체취와 그의 고통스러운 삶이 생생하게 느껴진다는 점에도 유의하기 바란다. 시인은 적어도 시의 말미에 이르기까지 자신의 감정을 드러내지 않은 채 관찰 내용을 보고하는 형식을 취함으로써 그와 같은 고통스러운 삶을 생생하게, 성공적으로 시에 담고 있다.

이 시와 관련하여 우리가 무엇보다도 주목해야 할 것은, 시인이 자신의 눈을 통해 객관적으로 관찰한 바를 기록하고 있는 것처럼 보이지만, 이 시의 내용이 시인의 직접적 관찰의 결과는 결코 아니라는 점이다. 그렇다면, 그럼에도 불구하고 이 시가 객관적 관찰의 기록으로 느껴지는 이유는 무엇인가. 이 물음에 대한 답을 위해 우리는 무엇보다도 시인의 시선이 "월남 여인"의 "손"에 고정되어 있음에 유의해야 할 것이다. 마치 점쟁이가 누군가의 손금을 보고 그의 과거를 읽어내듯, 시인은 여인의 손을 보고 그 손에서 그녀의 과거를 세세하게 읽어내고 있는 듯한 인상을 준다. 여기서 우리는 로만 야콥손의 은유metaphor와 환유metonymy에 대한 논리를 떠올릴 수도 있겠다. 그가 말하는 은유는 어떤 대상을 묘사하되 그 대상과는 전혀 관계없는 엉뚱한 대상을 또 하나 끌어들여 묘사하려는 언어적 경향을 말하며, 환유는 묘사하고자 하는 대상의 어느 한 부분에 시선을 집중함으로써 그 대상의 전체적 모습을 드러내려는 언어적 경향을 가리키는 것이다. 한편, 야콥손은 전자를 환상적 경향의 글과, 후자를 사실적 경향의 글과 연결하고 있다. 이 같은 관점에서 보면, 부분(손)에 집중함으로써 한 인간이 살아온 삶의 전체(“송코이 강가 마을”에서 “신포동 술 가게”까지 이어지는 여인의 삶)를 이야기하려는 위의 시는 환유적 경향의 시라 할 수 있겠다. 바로 이 환유적 경향이 시에 담긴 여인의 삶에 생생한 리얼리티를 부여하고 있는 것 아닐까. 또한 이 리얼리티로 인해 위의 시는 시인의 객관적 관찰을 통한 어느 한 여인의 삶에 대한 보고서라는 느낌이 들게 하는지도 모른다.

하지만 아무리 예리한 눈을 지닌 시인이라고 하더라도 위의 시가 드러내 보이듯 한 사람의 손에서 그 모든 것을 읽어낼 수는 없다. 여기서 우리는 시인의 시선이 비록 여인의 손에 고정되어 있지만 그의 귀가 여인이 전하는 자기 삶의 내력을 향하고 있다는 추정을 해 볼 수 있겠다. 다시 말해, 월남 “송코이 강가 마을”에서 태어나서 이곳 “인천 신포동 술 가게”까지 흘러오게 된 내력을 여인이 시인에게 전하고, 이를 듣는 동안 시인의 눈길은 계속 여인의 “악어 잔등보다 더 거친 손”에 머물러 있다는 추정을 해볼 수 있겠다. 하지만 여인이 “월남 여인”이라는 점을 감안하면 언어 장벽으로 인해 그녀가 시인에게 그 모든 이야기를 시시콜콜 전하기는 아마도 쉽지 않았을지도 모른다. 따라서 또 다른 추정을 해보지 않을 수 없다. 즉, 여인의 “악어 잔등보다 더 거친 손”에 눈길을 주는 동안 시인은 자신의 상상력을 동원하여 그 여인의 삶을 나름대로 ‘꾸며내고’ 있다는 식의 추정을 해 볼 수도 있겠다. 말하자면, 시인은 상상을 통해 여인의 삶을 ‘창조하고' 있는지도 모른다. 또는 이렇게 추정해볼 수도 있겠다. 여인과 떠듬떠듬 이야기를 나누는 동안 시인은 어떻게 해서 여인이 월남에서 "신포동 술 가게"로 흘러왔는지에 대해 단편적으로나마 알게 되고, 단편들 사이의 무수한 공백들을 시인이 상상력을 통해 채워 넣고 있다는 식의 추정도 가능할 것이다. 한국에 흘러 들어온 월남 여인에게라면 누구에게나 대충 들어맞을 법한 여인의 다른 사연들과 달리 "송코이 강가 마을"이 출생지라는 사연이나 "어머니 사진"을 찢어버렸다는 사연은 구체적으로 전해 듣기 전에는 상상하기 쉽지 않은 것이기 때문이다. 어떤 쪽이 진실이든 이 시에 담긴 리얼리티는 전혀 약해지지 않는데, 이는 아마도 "악어 잔등보다 더 거친 손"이라는 현실의 지표가 흔들림 없이 존재하기 때문일 것이다.

이 시에 대한 논의를 마무리하는 자리에서 우리는 이 시의 단 한 구절만큼은 시인의 사적 감정이 개입되고 있음에 유의하지 않을 수 없다. 즉, "내가 입 맞추고 싶은 거룩한 슬픈 삶의 손"이라는 구절은 "손"에 대한 객관적 묘사—아니, 객관적인 것처럼 보이는 묘사—를 담고 있는 구절들과는 달리 시인의 감정적 판단을 담고 있다. 혹자는 "악어 잔등보다 더 거친 손"이라는 구절에도 역시 시인의 감정적 판단이 개입되어 있다고 말할 수도 있겠지만, 이와는 확실히 다른 차원의 감정적 판단이 "내가 입 맞추고 싶은 거룩한 슬픈 삶의 손"이라는 구절에 담겨 있음을 부정하지는 못할 것이다. 아무튼, "내가 입 맞추고 싶은 거룩한 슬픈 삶의 손"이라는 이 구절을 통해 우리는 시인이 "월남 여인"의 파란만장한 "슬픈 삶"에 깊은 연민의 감정을 갖고 있다고, 또한 온갖 역경을 이기고 살아가는 여인의 삶에서 감동을 넘어서 거룩함을 느끼고 있다고 추론할 수도 있다.

만에 하나 이처럼 개인의 사적 감정을 드러내는 이 시의 마지막 구절을 시인이 이 시에서 들어냈다면 시가 우리에게 주는 효과는 어떤 것이었을까. 아마도 시인 이가림의 시가 아닌 다른 시인의 시가 되었을 것이다. 시인 이가림은 냉정하고 차가운 현실 고발자로서의 시인이 아니라 따뜻하고 정감 어린 눈으로 세상을 관찰하는 인간적인 시인이기 때문이다. 바로 이런 맥락에서 볼 때, 시인 이가림의 "주된 감정적 체험"이 "비애와 연민"이라는 김종철의 지적은 여전히 유효한 것일 수 있다. 다만 "비애와 연민"의 감정이 자기 자신을 향한 것이 아니라 세상을 향한 것이라는 점에 차이가 있을 뿐이다. 자신이 아닌 타인에게 연민의 눈길을 향하는 것 자체가 중요한 변화의 조짐을 예고하는 것일 수도 있으리라. 이 같은 변화를 설명하기 위해 이은봉은 "낭만적 리얼리즘"이라는 용어를, 최원식은 "민중시"라는 용어를 동원했던 것 아닐까.

다시 말하지만, 「한 월남 난민 여인의 손」에서 시인의 시선은 타인을 향하고 있다. 따라서 시인이 느끼는 "비애와 연민"의 감정은 타인을 향한 것이고, 바로 그 때문에 그 시선을 자신에게 향할 때보다 통제가 비교적 더 용이할 수 있다. 그렇다면 시인의 시선이 자신에게로 향할 때도 "비애와 연민"의 감정이 통제되는 예가 있다면 그것은 어떤 것일까. 물론 적지 않은 예가 있는 것이 사실이지만, 어떤 작품보다도 더 우리의 눈길을 끄는 것은 「내 마음의 협궤열차·1」이다.

측백나무 울타리가 있는
정거장에서
내 철없는 협궤열차는

떠난다

너의 간이역이
끊어진 철교 그 너머
아스라한 은하수 기슭에
있다 할지라도
바람 속에 말달리는 마음
어쩌지 못해
열띤 기적을 울리고
또 울린다

바다가 노을을 삼키고
노을이 바다를 삼킨
세계의 끝
그 영원 속으로
마구 내달린다

출발하자마자
돌이킬 수 없는 뻘에
처박히고 마는
내 철없는 협궤열차

오늘도
측백나무 울타리가 있는
정거장에서

한 량 가득 그리움 싣고

떠난다

—「내 마음의 협궤열차 · 1」전문

　과거의 인천 사람들 가운데는 적지 않은 이들이 인천과 수원 사이를 달리던 협궤열차를 타본 적이 있거나 지나가는 것을 본 적이 있을 것이다. 지금은 폐쇄된 남인천 역에서 출발하여 송도와 소래 포구를 지나 수원까지 운행했던 이 협궤열차의 양쪽 창문을 따라 길게 설치된 좌석에 앉으면 마주 앉은 사람과 무릎이 닿을 정도였다. 말하자면, 협소하고 왜소한 것이 협궤열차였다. 열차에 올라탔을 때야 비좁다는 것 이외에 별 느낌이 들지 않을 수 있을지 모르나, 철로 가까이에서 이 협궤열차가 지나가는 것을 보노라면 옆으로 넘어질 듯 위태로워 보이기도 했다. 1980년대 초반부터 인천의 인하대 교수로 재직했던 이가림은 아마도 이 협궤열차를 타보거나 또는 적어도 지나가는 것을 본 적이 있을 것이다. 바로 그와 같은 경험이 위의 시를 가능케 한 것이리라.

　무엇보다도 "내 철없는 협궤열차"라니? 어떻게 열차가 철없을 수 있는가. 물론 위에 등장하는 협궤열차는 현실 세계에 존재했던 협궤열차가 아니다. 이 시에서 협궤열차는 비유적 의미에서의 협궤열차며, 이 점은 "내 마음의 협궤열차"라는 시의 제목만 보아도 알 수 있다. 그렇다면 이 시에서 협궤열차가 비유하는 바는 무엇일까. 이 물음에 답하기 전에 먼저 시의 제목에 유념하기로 하자. 시의 제목을 보면 "협궤열차"는 "내 마음" 안에 존재하는 것으로 이해하는 것이 자연스럽다. 마음 안에 존재하는 협궤열차라니? 이는 구체적으로 무엇일까. 시의 마지막 부분에서 나오는 "한 량 가득 그리움 싣고/떠난 다"는 구절이 해답의 열쇠가 될 수 있는데, "내 철없는 협궤열차"란 누군가에 대한 그리움을 해소하고자 하는 욕구 또는 충동으로 이해될 수도 있다. 그리움을 해소하고자 하는 욕구 또는 충동이라니? 여기서 우리는 지크문트 프로이트Sigmund Freud의 심리학적 개념들을 거론할 수도 있는데, 그는 인간의 정신 또는 마음을 구성하는 세 요소로 이드id, 자아ego, 초자아superego를 상정한 바 있다. 세 요소 가운데 이드는 유아 시절 인간이 갖는 원초적 충동이나 욕구와 관계되는 것으로, 그 어떤 논리적 법칙이나 외적 현실의 지배를 받지 않는다. 이 이드는 인간의 성장 과정에서 필연적으로 제어될 수밖에 없는데, 제어의 기능을 담당하는 것이 바로 자아다. 자아는 외부 세계의 사람이나 사물과 접촉을 하는 순간 형성되기 시작하며, 사회적으로 받아들일 수 없는 충동(이드)을 통제함으로써 인간의 행동을 교정한다. 한편 초자아란 성장 과정에 부모의 명령이나 지시와 자신을 동일화하는 과정 및 사회의 도덕적 명령을 내면화하는 과정과 관련된 정신의 측면이다. 즉, 가족적·사회적 규범과 이상을 내면화하는 과정에서 초자아가 형성된다. 이 가운데 특히 이드와 자아는 각각 '어린아이'와 '어른'으로 비유되기도 한다. 이런 관점에서 보면, 이 시에서 "내 마음의 협궤열차"는 바로 이드로 이해될 수 있지 않을까. '철이 없다'는 표현은 이런 맥락에서 의미를 지닐 수도 있으리라.

어떤 관점에서 보면, "너의 간이역이/끊어진 철교 그 너머/아스라한 은하수 기슭에/있다 할지라도/바람 속에 말달리는 마음/어쩌지 못해/열띤 기적을 울리고/또 울린다"는 구절이나 "바다가 노을을 삼키고/노을이 바다를 삼킨/세계의 끝/그 영원 속으로/마구 내달린다"는 구절은 충동과 욕구에 충실한 이드의 비합리성을 암시하는 것으로 읽을 수 있다. 마찬가지 관점에서, "출발하자마자/돌이킬 수 없는 뻘에/처박히고 마는/내 철없는 협궤열차"란 바로 이 같은 이드의 모습을 선명하게 보여주는 것으로 읽을 수도 있다. 사실, 굳이 이드와 같은 심리학적 용어를 들먹이지 않더라도 인간이라면 누구에게나 비어 있는 마음의 한구석을 채우려는 욕망이 있게 마련이다. 경우에 따라 그러한 욕망을 채우고자 하는 사람들은 합리성이나 사회적 규범 등등에 전혀 구속받지 않으려 할 수도 있다. 어찌 보면, 누군가에 대한 그리움이란 바로 그런 욕망 가운데 하나일 수 있다. 마치 "철교"가 끊어져 "출발하자마자/돌이킬 수 없는 뻘에/처박히고" 말 것을 알면서도 "간이역"을 향해 "마구 내달"리려고 하는 이 시의 "철없는 협궤열차"처럼, 사람들은 제어할 수 없는 그리움으로 인해 몸과 마음이 파멸에 이르더라도 개의치 않을 수도 있다. 결국 이 시는 파멸에 이를 것을 알면서도 대상을 향한 그리움을 해소하고자 하는 인간의 욕망에 대한 시적 형상화로 볼 수도 있다.

만일 이 시의 이 같은 시적 형상화가 협궤열차라는 은유적 매체 vehicle가 없이 이루어졌다면 어떠했을까. 순전한 가정이긴 하지만, 주체할 수 없는 추상화와 관념화의 늪에 빠져들었을지도 모를 일이다. 왜소하여 일반 열차와 비교할 때 꼬마를 연상시키는 협궤열차, 인천 앞 바다의 뻘에 처박힐 듯 위태롭게 좁고 가는 선로를 따라 달리는 협궤열차라는 은유적 매체가 있기에 이 시는 삶의 현실에 대한 구체적 대응의 시가 아니면서도 여전히 시적 리얼리티를 상실하지 않을 수 있었던 것 아닐까. 또한 협궤열차라는 은유적 매체가 있기에 시인은 주체 못 할 그리움—또한 자신에 대한 "비애와 연민"의 감정 —에도 불구하고 감상(感傷)의 나락에 빠져들지 않을 수 있었던 것 아닐까. 또는 그리움을 주체하지 못하지만 그럼에도 불구하고 협궤열차라는 은유적 매체 때문에 시인은 "비애와 연민"에 젖어들지 않은 채 이를 뛰어넘을 수 있었던 것 아닐까. 아니, 이렇게 말할 수도 있겠다. 협궤열차라는 은유적 매체가 존재하기 때문에, 시에서 시인의 "비애와 연민"은 젖어듦의 대상이 아닌 뛰어넘음의 대상이 될 수 있었다고.

바로 이처럼 젖어들기에서 뛰어넘기로의 이행이라는 시적 변모의 과정이 「투병통신」과 같은 시를 가능케 한 것이리라. 이 시에서는 "협궤열차" 대신 "빈 술병"이 등장하고 "천년 종이"가 등장한다. 위태롭게 달리는 협궤열차가 우리 현실의 일부일 수 있듯, 술에 취해 강가에서 빈 술병을 던지는 것도 우리 현실의 일부일 수 있다. 자신을 향한 것이든 또는 타인을 향한 것이든 "비애와 연민"의 마음을 감지하도록 하되 현실의 삶을 통해 또한 현실을 직시하는 눈을 통해 이를 드러내고 뛰어넘는 것, 이것이 바로 시인 이가림의 시를 매력적인 것으로 만드는 동인(動因)이리라. 곡진하나 처연치 않고, 처연치 않으나 절절하고, 절절하나 무겁지 않은 시적 분위기는 결코 쉽게 나올 수 있는 것이 아니다.

3. 이가림이 보여주는 또 하나의 시 세계

다시 「투병통신」과 처음 만났던 때로 돌아가자. 「투병통신」의 바로 옆 페이지에는 이가림의 시가 또 한 편 수록되어 있었는데, 버스 정거장에 도착하여 읽었던 이 시의 제목은 「둥그런 잠」이었다.

　　오동꽃 저 혼자 피었다가
　　오동꽃 저 혼자 지는 마을
　　기침 소리 하나 들리지 않는
　　옛집 마당에 서서
　　새삼스레 바라보는
　　조상들의 소나무 동산

　　어릴 적 엄마의 젖무덤 같은
　　봉분 두 개
　　붕긋이 솟아 있다

　　저 포근한 골짜기에 안겨
　　한나절 뒹굴다가
　　연한 뽕잎 배불리 먹은 누에처럼
　　둥그렇게 몸 구부려
　　사르르 잠들고 싶다

—「둥그런 잠」 전문

　마을이 있고 그 마을에 들어서면 동산이 바라보인다. 동산에는 봉분이 두 개 있다. 시적 화자는 그 봉분 두 개에서 "엄마의 젖무덤"을 보기도 하고, 그 사이에서 뒹굴다가 "사르르" 잠드는 자신의 모습을 상상해보기도 한다. 추측건대, 고향의 옛집을 들른 시인이 그리움에 젖어 자신의 어린 시절을 떠올리고 있는 것이리라. 그렇다, "연한 뽕

잎 배불리 먹은 누에처럼/둥그렇게 몸 구부"린 채 엄마 품에서 잠들던 어린 시절도 그리움의 대상이 될 수 있다. 비록 그와 같은 그리움의 대상은 「투병통신」에 등장하는 "비소 같은 그리움"의 대상은 아닐지라도 여전히 그리움의 대상이다. 그리고 "비소 같은 그리움"이 아니기에 여기에는 그 어떤 "비애와 연민"도 아예 들어설 틈이 없다.

바로 이런 점에서, 「투병통신」이 이제까지 전개된 이가림의 시 세계에 진입하는 데 하나의 이정표 역할을 한다면, 「둥그런 잠」과 같은 시는 또 하나의 이정표 역할을 한다고 볼 수 있다. "비애와 연민"에 젖어듦과 뛰어넘음이 이가림의 시 세계의 일부를 형성한다면, 아예 이 "비애와 연민"과는 애초 관계가 없는 감정적 체험이 그의 시 세계에서 또 다른 일부를 형성하고 있는지도 모른다. 우리가 이렇게 판단함은 「둥그런 잠」과 같은 시가 이가림의 시 세계에서 예외적이거나 우발적인 것이 아니기 때문이다. 이를 증명하는 것이 바로 그의 초창기 시 가운데 하나인 「황토길 가면」일 것이다.

　　온 세상 햇빛뿐인
　　내 고향 황토길 가면
　　떠나신 님 그리워 그리워라
　　솔바람 타고 떠나가신 님
　　아지랭이 아른아른 날 부르는데
　　정다운 목소리 간 곳 없어라
　　정다운 목소리 간 곳 없어라

　　온 세상 바람뿐인

내 고향 황토길 가면
푸르른 들 반가워 반가워라
뻐꾸기 홀로 울음 우는 곳
산 메아리 자꾸자꾸 날 부르는데
수줍은 찔레꽃 울듯 하여라
수줍은 찔레꽃 울듯 하여라

—「황토길 가면」 전문

「둥그런 잠」의 분위기가 그러하듯 이 시의 분위기는 맑고 평온하며 밝다. 두 편의 시가 모두 마치 아름다운 동화의 한 장면과 만나는 것 같은 느낌을 준다. 그 때문인지는 몰라도, 이가림의 시 세계에는 한결 더 근원적인 차원에서 변하지 않는 그 무엇이 존재하는 것처럼 보이기도 한다. 그런 점에서 우리는 이가림의 시 세계에 대한 논의를 이 지점에서 다시 시작해야 할지도 모른다.

이민의 삶, 그 안과 밖에서
─김문희의 「당신의 촛불 켜기」와 삶의 의미

1. 로스앤젤레스의 강렬한 햇빛을 기억하며

온 세상을 노랗게 물들이는 강렬한 햇빛. 1980년대 초 미국으로 유학을 떠나 첫 경유지인 로스앤젤레스에 첫발을 내디뎠을 때 나의 눈을 사로잡았던 것은 바로 그 강렬한 햇빛이었다. 세상의 모든 것을 노랗게 물들이는 햇빛 때문에 잠시 어지럼증에 시달려야 했던 기억이 지금도 생생하다. 그늘 하나 없는 사막 한가운데 서 있는 듯한 느낌이었다. 이처럼 로스앤젤레스는 이국의 낯섦을 있는 그대로 드러낸 채 나를 맞이했고, 그런 낯섦은 앞으로 이어질 유학 생활이 쉽지 않을 것임을 예고하는 것 같았다. 이에 나는 무겁게 가라앉는 마음을 추슬러야만 했다.

만일 내가 그때 유학생이 아닌 이민자의 자격으로 로스앤젤레스의 땅에 첫발을 디뎠다면, 나의 마음은 어떠했을까. 유학생이야 한동안 머물다 돌아갈 것을 예상하고 고국을 떠나온 사람이지만, 이민자란

돌아갈 기약 없이 낯선 땅에 뿌리를 내리겠다는 각오로 고국을 떠나온 사람이다. 자연히 이민자의 마음은 더 무거울 수밖에 없을 것이고, 그리하여 그에게는 어떠한 마음의 사치도 허락되지 않을 것이다. 예컨대, 세상을 온통 노랗게 물들이는 강렬한 햇빛과 같은 것은 의식할 여유조차 없을지도 모른다.

사정이 그러하기에 이민의 삶을 살며 문학을 한다는 것은 쉽지 않은 일이다. 당장 뿌리를 내리고 먹고사는 문제만으로도 정신이 없는데, 문학이라니! 문학은 궁극적으로 자신의 삶을 되돌아보는 작업일 수 있거니와, 그런 작업에는 정신의 여유가 필요한 법이다. 물론 고국에 머물러 산다고 해서 사람들이 먹고사는 문제로 인해 고통을 겪지 않는 것은 아니다. 하지만 언어와 문화가 전혀 낯선 환경에서 삶을 살아가야 하는 이민자가 느끼고 겪는 삶의 고단함은 단순히 먹고사는 문제와 관련된 것만은 아닐 것이다. 그렇기에 이민의 삶에서 문학—특히 시—은 그야말로 사치일 수 있다. 비록 먹고사는 문제가 해결되었다고 하더라도 사정은 크게 달라지지 않을 것이다. 여전히 언어와 문화는 뛰어넘어야 할 장벽으로 남아 있을 것이기 때문이다.

이에 비추어 볼 때 로스앤젤레스에 30여 년을 거주하고 있는 시인 김문희의 시 세계는 예사롭지 않다. 무엇보다도 그는 오랜 이민의 삶에도 불구하고 시 창작에 대한 열정의 끈을 놓지 않고 있기 때문이다. 물론 단순히 열정의 끈을 놓지 않고 있기 때문에 그의 시 세계가 예사롭지 않은 것만은 아니다. 그의 시에서 우리는 생생하게 살아 있는 모국어와 만날 수 있는데, 그 점에서도 그의 시 세계는 예사롭지 않다. 적지 않은 경우, 오랫동안 모국을 떠나 생활하다 보면 모국어 감각은 알게 모르게, 또는 미세하게나마, 퇴화하게 마련이다. 아니, 퇴화하지 않더라도 정체해 있는 경우가 적지 않다. 언어란 살아 있는 유기체와 같아서 끊임없이 변하지만, 오랫동안 모국을 떠나 있는 경우 이 같은 변화를 예민하게 자신의 것으로 육화(肉化)하기란 쉽지 않기 때문이다. 바로 이 때문에 모국에서 생활하는 사람의 눈으로 보기에 이민 사회에서 창작된 문학 작품의 언어는 어딘가 어색해 보일 수도 있고, 또는 시대에 뒤진 것처럼 보일 수도 있다. 실로 김문희의 시 세계는 이 같은 선입견이 잘못된 것임을 보여주는 즐거운 예외 가운데 하나라고 하지 않을 수 없다.

김문희의 『당신의 촛불 켜기』가 아우르고 있는 시 세계는 크게 두 갈래로 나눌 수 있을 것이다. 하나는 일상의 삶을 살아가는 사람이라면 누구나 체험할 법하지만 아무도 주목하지 않는 마음의 움직임에 대한 기록으로서의 시 세계고, 다른 하나는 이민의 삶을 살아가는 사람들만이 독특하게 체험할 수 있는 마음의 움직임에 대한 기록으로서의 시 세계다. 물론 삶 자체가 문제되는 한 양자의 구분은 지극히 자의적(恣意的)인 것일 수 있다. 하지만 한국이라는 문화 공간에서 체류하며 활동하는 시인들의 시 세계에서 찾아보기 어려운 시적 정조와 문제 의식이 김문희의 시 세계에서 확인됨을 부정할 수는 없다. 따라서 자의적이긴 하나 이민의 삶을 살기에 가능했던 시 세계를 따로 나누어 논의하기로 한다. 물론 누구라도 해외 여행이나 일시적 체류를 통해 이국의 삶을 체험할 수도 있고 또 이를 시화(詩化)할 수도 있다. 하지만 이들의 이국 체험은 이민자의 그것과 결코 같은 것일 수 없다. 바로 이 '같을 수 없음'을 선명하게 보여주는 시인이 김문희다. 먼저 시인 김문희가 우리에게 보여주는 이 '같을 수 없음'에 눈길을 주기로 하자.

2. 이민의 삶, 그 현장에서

이민의 삶을 선택하는 사람에게 그런 방식의 삶을 선택하는 것만큼이나 어려운 일이 있다면, 새롭게 뿌리를 내릴 곳을 정하는 일일 것이다. 물론 어느 나라로 갈 것인가, 어느 지역으로 갈 것인가 등은 이민의 삶을 선택하기에 앞서 이미 정해져 있을 수도 있다. 하지만 그런 경우에도 여전히 구체적으로 어떤 특정한 곳을 새로운 삶의 터전으로 삼을 것인가를 놓고 망설일 수 있다. 마치 우리가 차를 몰고 어느 곳에 도착하여 어떤 자리에 차를 주차할 것인가를 망설이듯. '어떤 자리에 차를 주차할 것인가를 망설이듯'이라니? 이런 반문과 함께 누군가가 이렇게 물을 수도 있다. 어찌 삶의 터전을 잡는 일을 주차하는 일에 비유할 수 있겠는가. 이에 답하는 것이 김문희의 「주차하기」다.

세상에는 주차할 곳이 많지 않습니다

여름 땡볕 끓어오르는 열기 속에
벌 받듯 빼곡하게 서 있는 자동차들을 보면
이 열기 속에서 견디는 것 자동차뿐이 아니라는 걸 알지만
좀 나은 주차 자리를 자꾸 찾습니다

그늘진 주차 자리에는 이미 먼저 온 자동차들이 자리 잡았고
앞으로 그늘을 나누어 받을 만한 자리도 비어 있지 않습니다

이리저리 돌다가 끝내는
피곤한 주행을 멈출 수 있는 곳이라면
그나마 고마운 마음으로 끼어 섭니다

세상이란 그런 곳이었습니다
운 좋아서 시원하게 그늘진 곳 만나면
한때를 편안하게 사는 이도 있겠지만
남보다 한발 늦은 사람들은 목마른 더위를 견뎌야 합니다

세상에는 주차할 곳이 많지 않습니다
사람들은 한결 서두를 수밖에 없습니다
사람들이 그렇게 서두르면서 사는 까닭을
주차장에 가보면 압니다

—「주차하기」 전문

　오늘날 한국에도 자가용의 수가 엄청나게 늘었고 이로 인해 어떤 장소로 차를 몰고 가면 주차 문제로 적지 않게 애를 먹게 마련이다. 하지만 미국의 대도시뿐만 아니라 중소 도시에 가면 흔히 볼 수 있는 쇼핑몰이나 공연장을 에워싸고 있는 엄청난 넓이의 주차장은 아직 우리에게 생소하다. 땅이 좁은 우리나라에서는 그런 형태의 주차장은 앞으로도 만나기 쉽지 않을 것이다. 그런 우리에게 미국의 쇼핑몰이나 경기장 주변의 광활한 주차장은 문자 그대로 문화 충격일 수도 있다. 한국에서 성장하여 미국으로 이민을 간 시인 김문희 역시 이 점에서 예외는 아니었을 것이다. 어쩌면 이런 종류의 문화 충격이 그에

게 「주차하기」와 같은 시를 가능케 했는지도 모른다.

　마치 자신의 차가 "열기 속에서 견디는 것"이 안타깝다는 듯, 이 시에서 시인은 "이 열기 속에서 견디는 것 자동차뿐이 아니라는 걸 알지만/좀 나은 주차 자리를 자꾸 찾습니다"라고 말한다. 정말 그럴까. 사실을 말하자면, 차가 불쌍해서가 아니라 차 안이 뜨겁게 달궈지는 것을 피하기 위해 사람들은 "좀 나은 주차 자리"를 찾는다. 그럼에도 불구하고 차에 대한 염려의 마음을 시에 담는 이유는 무엇일까. 물론 차가 열기 속에서 견디는 것을 안타까워할 만큼 마음이 다감하기 때문인지도 모른다. 하지만 이런 식의 이해는 다소 우스꽝스러워 보인다. 그렇다면 무엇 때문인가. 해답의 열쇠는 "세상에는 주차할 곳이 많지 않습니다"라는 구절에서 찾을 수 있다. 이와 관련하여, "세상"을 들먹임으로써 시인은 "주차"의 의미를 단순히 주차장에서 차를 주차하는 것에 국한하고 있지 않음에 유의하기 바란다. 우리의 삶이란 세상 어딘가에 잠시 몸을 머물게 했다가 움직이는 일의 반복일 수 있고, 이민의 삶이란 이 점을 특히 강하게 의식하도록 하는 삶일 수 있다. 그런 의미에서 삶이란 차를 주차하는 일과 크게 다를 바 없는 것일 수 있고, 이 시에서 "차"는 곧 우리의 육신을 암시하는 것일 수도 있다. 차가 우리의 육신이라면 이 육신의 고통을 어찌 안타까워하지 않을 수 있으랴.

　이 지점에 이르러 우리는 다시 "세상에는 주차할 곳이 많지 않습니다"라는 구절을 문제삼을 수 있는데, 세상은 넓고 넓지만 정작 내 몸 하나 편하게 머물게 할 곳은 찾기 쉽지 않다는 메시지를 여기에서 읽을 수 있다. 그리하여 시인은 말한다. "그늘진 주차 자리에는 이미 먼저 온 자동차들이 자리 잡았고/앞으로 그늘을 나누어 받을 만한 자리도 비어 있지 않습니다/이리저리 돌다가 끝내는/피곤한 주행을 멈출 수 있는 곳이라면/그나마 고마운 마음으로 끼어 섭니다"라고. 고단한 이민의 삶을 살아가는 사람들의 마음이 읽히지 않는가. 정녕코 이민자란 "운 좋아서 시원하게 그늘진 곳 만나"서 "한때를 편안하게 사는 이"와는 달리 "목마른 더위를 견뎌야" 하는 "남보다 한발 늦은 사람"일 수 있다. 그리고 그들이 "한결 서두를 수밖에 없"음은 "목마른 더위를 견뎌야" 하기 때문이다. 이런 의미에서 볼 때, 이민의 삶이란 "목마른 더위를 견뎌야" 하는 곳에서의 삶—다시 말해, 사막에서의 삶과 같은 것—일 수 있다. 김문희의 시 가운데 「선인장의 꿈」은 그와 같은 삶을 짚어보게 하는 작품이다.

목마를 때마다 쩍쩍 몸은 벌어지고
뜨거울 때마다 촘촘히 가시가 돋았다

사막에서 사는 일이란
잎 떼고 가지 자르고 몸 낮추어 사는 일

타는 제 그림자 묵묵히 바라보며
스스로 슬픔 거두고 단단히 몸을 닫았다

아, 그러나 사막을 살아내는 이 아픔 모아서
해 질 녘에 두꺼운 살갗 속으로부터 열어
피처럼 진한 꽃 한 송이 피운다

그 밤에는 꽃보다 더 아름다운 꿈 하나
보이지 않는 잎새처럼 몸속에 간직한다
—「선인장의 꿈」 전문

　이 시에 등장하는 사막과 선인장은 현실 세계 속에 존재하는 사막과 선인장일 수 있다. 시인이 살고 있는 로스앤젤레스에서 몇 시간만 운전해 나가면 바로 사막에 이를 수 있지 않은가. 하지만 이 시의 사막과 선인장은 은유적 의미에서의 사막과 선인장일 수도 있다. 무엇보다도 "사막에서 사는 일이란/잎 떼고 가지 자르고 몸 낮추어 사는 일"이라는 구절에서 우리는 이 같은 은유적 읽기의 가능성을 확인할 수 있는데, 이는 현실 세계에 존재하는 선인장 자체에 대한 객관적 관찰을 뛰어넘는 진술이기 때문이다. 추측건대, 시인은 사막을 지나가다 그 한가운데 서 있는 선인장에 눈길을 주었으리라. 이윽고 그 선인장의 모습에서 자신의 모습을 읽었는지도 모른다.

　어찌 보면, 낯선 타국 땅에서 살아가는 이민의 삶이란 "사막에서 사는 일"과 다름없는 것이고, 그러한 삶을 살아가는 사람들은 "사막에서 〔삶을〕 사는" 선인장과 같은 존재일 수 있다. "목마를 때마다 쩍쩍 몸은 벌어지고/뜨거울 때마다 촘촘히 가시가 돋았다"는 구절 자체가 이민의 삶에 대한 간명하면서도 절절한 표현이 아니겠는가. 메마른 사막 한가운데서 때로는 고통스러움에 마음이 쩍쩍 갈라지기도 하고 때로는 자기 방어를 위한 가시도 세워야 하는 것이 곧 이민의 삶 아니겠는가. 아울러, 이민의 삶이란 이미 뿌리를 깊게 드리운 사람들 사이를 비집고 들어가 사는 삶일 수도 있는지라 때로는 자존심을 죽인 채 살아가야 하는 삶일 수도 있다. 말하자면, "잎 떼고 가지

자르고 몸 낮추어 사는 일"일 수 있다. 하지만 이것이 전부인가. 물론 그럴 수는 없다. 이민의 삶을 살아가는 사람들은 때로 "타는 제 그림자 묵묵히 바라보며/스스로 슬픔 거두고 단단히 몸을 닫"기도 하지만, 그러는 가운데 스스로 생명력을 키워나가기도 한다. 하지만 무엇을 위한 생명력인가. 이는 "사막을 살아내는 이 아픔 모아서/해 질 녘에 두꺼운 살갗 속으로부터 열어/피처럼 진한 꽃 한 송이 피"우기 위한 생명력이다. "피처럼 진한 꽃 한 송이"가 암시하는 강인한 생명력이야말로 시인이 이민의 삶을 살아가는 모든 사람들을 대신하여 이 시에서 전하고 싶은 메시지일 것이다. 하지만 아직은 모든 것이 "꿈"일 수 있다. 그리하여 시인은 말한다. "그 밤에는 꽃보다 더 아름다운 꿈 하나/보이지 않는 잎새처럼 몸속에 간직한다"고.

분주하고 각박한 이민의 삶 한가운데서도 사람들은 때로 사막 저편으로 여행할 기회를 얻기도 할 것이다. 또한, 김문희가 「데스 밸리」라는 시에서 노래하듯, "갈증의 세월이 바위로 쌓여" 있는 "데스 밸리"와 같은 곳으로 가서 "사람도 잠시 지나가는 철새 떼라는 것"을 깨닫기도 할 것이다. 하지만 "사람도 잠시 지나가는 철새 떼라는 것"을 깨닫는 일이 어찌 이민의 삶을 살아가는 사람들만의 것일 수 있겠는가. 어떤 관점에서 보면, 「선인장의 꿈」에서 시인이 말하는 "피처럼 진한 꽃 한 송이"에 대한 "꿈"조차 이민의 삶을 살아가는 사람들만의 것이 아닐 수도 있다. 하지만 「사막의 파피꽃들」만큼은 어떤 시보다 이민의 삶을 살아가는 사람들이 아니라면 느낄 수 없는 시인의 마음을 담고 있거니와, 이 시에서 시인은 자신이 "타향"에서 삶을 살아가고 있음을 아프게 느끼고 있다.

타향에서는 봄비도 인색하였다

이 봄 다 가도록 잠깐씩 뿌리고 가는 봄비

사막에서는 그 틈에 겨우 몸 적신 파피꽃들이

다투어 피었다 이른 토요일 아침, 드라이브로 나와 본 사막의

들녘은 울어서 후련한 마음처럼

비 뿌린 능선들 젖어서 싱그럽다 인색한 봄비에도

모두 아침 햇빛처럼 웃음으로 피어나는 파피꽃들

사는 일이 모두 사막을 건너는 길인 것을 아는 사람들은

능선을 자욱이 덮은 파피꽃들을 기쁨으로만 보지 못한다

이렇게 잠시 꽃피기 위하여 오랜 갈증 넘어온 세월

봄비 한 자락 끝에서 사막을 환상의 들녘으로 바꾸어주고도

이 기쁨들 환상처럼 지고 나면 또 오랜 목마름으로

살아야 하겠지 한때 꽃으로 피던 때가 있었지만 지금은

천지에 가득한 파피꽃들 속에서도 왜 이다지 쓸쓸한지

봄비 지난 사막 언덕에서 벌써 목마른 사람들이 있다

봄비도 인색한 타향에서는

눈물비 한 자락 스쳐간 언덕에 서서

어쩌리, 젖어서 피는 자욱한 슬픔도 있다

—「사막의 파피꽃들」 전문

시작부터 예사롭지 않다. "타향에서는 봄비도 인색하였다"니? 이
야말로 이민의 삶을 살아가는 사람의 정서를 드러내는 구절이 아니겠
는가. 물론 이 구절만 빼면 위의 시 역시 이민의 삶을 살아가는 사람
들의 정서를 뛰어넘어 인간 보편의 감정을 담고 있는 시로 읽는 데
무리가 없다. 예컨대, "인색한 봄비에도/모두 아침 햇빛처럼 웃음으

로 피어나는 파피꽃들"을 보면서 그 꽃들을 "기쁨으로만 보지 못"하
는 것이 어찌 이민의 삶을 살아가는 사람들만의 느낌이겠는가. "사는
일이 모두 사막을 건너는 길인 것을 아는 사람들"이라면 누구나 "이
기쁨들 환상처럼 지고 나면 또 오랜 목마름으로/살아야" 함을 알 것
이다. 그리하여 "지금은/천지에 가득한 파피꽃들"에도 불구하고 그
"속에서도 왜 이다지 쓸쓸한지"를 곱씹어볼 것이다. 하지만 이 같은
상념을 촉발한 것이 무엇인가. 그것이 바로 "타향에서는 봄비도 인색
하였다"는 느낌 — 이민의 삶을 살아가는 사람이 아니라면 느낄 수 없
는 그 느낌 — 이 아닌가. 이민의 삶을 살아가는 사람이 아니라면 그
누가 "봄비도 인색한 타향에서는/눈물비 한 자락 스쳐간 언덕에 서
서/어쩌리, 젖어서 피는 자욱한 슬픔도 있"음을 아프게 감지할 수 있
겠는가.

시인 김문희가 느끼는 이민의 정서는 「우기 시대」와 같은 시에서도
생생하게 그 모습을 드러낸다. "든든하다는 우산 한 잎 펼쳐 들고도
이민촌의 삶은/빗줄기로 오는 슬픔 비켜 갈 수가 없다"는 구절이 암
시하듯, 시인이 살아가는 이민의 삶이란 우기의 빗줄기에 고스란히
몸을 맡긴 채 살아가는 삶일 수 있다. 하지만 시인은 말한다. "저마
다 빗속을 외롭게 견뎌야 하는 계절이라면/차라리 스스로 젖어주는
일이 얼마나 너그러운가/젖어서 살아내는 삶은 또 얼마나 아름다운
가"라고. 그렇다, 젖을 수밖에 없다면 스스로 젖도록 몸을 맡긴 채 사
는 삶이 얼마나 너그럽고 아름다운 것이겠는가. 그리고 이보다 더 지
혜롭게 삶을 살아가는 방법이 어디 있겠는가.

3. 일상의 삶, 그 현장에서

　김문희의 시 세계를 이루고 있는 것은 물론 이민의 삶을 살아가는 사람들이 체험하는 마음의 움직임에 대한 기록뿐만이 아니다. 그의 시 세계에는 일상의 삶을 살아가는 사람이라면 누구나 체험할 법하지만 아무도 주목하지 않는 마음의 움직임에 대한 기록으로서의 작품도 적지 않다. 예컨대, 다음과 같은 시가 그 하나다.

장마 지는 날에는 어쩔 수가 없다
내 속에 있던 슬픈 물길 불어나 넘실대고
추억들은 대책 없이 홍수 져 떠 내려온다
내 생각의 잎새들 젖어 어느덧 비애로 반들거리고
단단한 결심도 풀기 잃고 벽보처럼 떨어져 내린다
젖는다는 것은 물든다는 것
세상이 모두 젖어들듯 나도 젖는다

어쩔 수가 없다 장마 지는 날에는
말라 있던 그리움에도 물기 올라 못 잊는 얼굴들 비친다
젖어든다는 것은 추워지는 것
가벼웠던 생각도 중량이 실려
빗방울이 들기 시작하면 마음에도 물기 스미고
빗줄기 거세지면 철 늦은 생각도 자욱해진다

─「장마」 전문

누구에게나 추억은 있게 마련이다. 하지만 추억이 추억임은 분주한 일상의 삶 뒤편에 숨은 채 좀처럼 그 모습을 드러내지 않기 때문이다. 아니, 추억이 추억임은 분주한 일상의 삶 뒤편에 숨어 있다가 불현듯 그 모습을 드러내기 때문이다. '불현듯'이라니? 따지고 보면, 추억은 결코 불현듯 그 모습을 드러내지 않는다. 거기에는 항상 무언가 계기 가 있게 마련인데, 어쩌다 눈길을 던진 평범한 사물이나 어쩌다 겪게 된 사소한 일이 계기가 될 수도 있다. 그리고 때로는 계절의 변화나 일기의 변화와 같은 것도 계기가 될 수 있다. 예컨대, 김문희가 그러 하듯, "장마 지는 날" 사람들은 비에 젖듯 '어쩔 수 없이' 기억 저편 의 추억에 젖기도 한다.

어쩔 수 없이, 말 그대로 어쩔 수 없이, 비로 인해 추억이 되살아 나기도 하고 또 마음이 약해지기도 한다. 김문희의 표현을 빌리자면, 비로 인해 "내 속에 있던 슬픈 물길 불어나 넘실대고/추억들은 대책 없이 홍수 져 떠 내려온다." 그리고 비로 인해 "내 생각의 잎새들 젖 어 어느덧 비애로 반들거리고/단단한 결심도 풀기 잃고 벽보처럼 떨 어져 내린다." 비 오는 날 생각에 잠겨 있는 시인의 내면 풍경에 대한 묘사가 이보다 더 생생하기란 쉽지 않을 것이다. 이윽고 시인의 시선 은 자신의 내면 풍경에 눈길을 주고 있는 시인 자신에게로 옮겨 가고 있거니와, "젖는다는 것은 물든다는 것/세상이 모두 젖어들듯 나도 젖는다"는 구절이 이를 보여준다. "세상이 모두 젖어들듯 나도 젖는 다"니? 이는 시인의 마음이 비와 하나가 되고, 나아가 비에 젖은 세 상과 하나가 됨을 말하는 것 아니겠는가.

제1연의 변조에 해당하는 제2연에서 시인은 비가 오면 어쩔 수 없이 젖어드는 자신의 마음에 섬세한 눈길을 던진다. 시인의 눈길을 무엇보다도 끄는 것은 "말라 있던 그리움"을 적시는 "물기"와 "물기"에 젖은 "그리움"에 비치는 "못 잊는 얼굴들"이다. 이때 "못 잊는 얼굴들"을 비쳐주는 "그리움"은 곧 시인의 마음 한 자락을 암시하는 것이리라. 이제 "그리움"이 "물기"를 머금고 살아나자 "가벼웠던 생각"도 "물기"를 머금어 "중량"을 얻는다. 마음의 어느 한 자락에서 시작하여 마음 전체로 "물기"—또는 우수(憂愁)—가 번져가고 있음이 느껴지지 않는가. 따지고 보면, "생각"이 가벼울 때에는 마음의 어느 한 자락만 "중량"을 견딜 수 없다. 또한 마음의 어느 한 자락에만 "중량"이 실려 있다면, 그곳에 비친 "못 잊는 얼굴들"을 제대로 보기란 힘들다. 마음 전체를 가라앉혀 움직이지 않게 하는 "물기"가 있기에 "못 잊는 얼굴들"의 모습이 "그리움"에 또렷이 비치는 것이리라.

제2연의 끝에 가서 시인은 내면 풍경의 변화를 두 행으로 요약하기도 하는데, 비가 시작되면 "마음에도 물기"가 스미기 시작하고, 비가 거세지면 "철 늦은 생각"도 물보라에 덮여 있는 세상처럼 "자욱해진다." 이처럼 시의 끝 부분에 이르기까지 하나하나의 시적 이미지가 시인의 마음과 자연 사이의 내밀한 교감을 효과적으로 드러내는 장치로서의 역할을 하고 있다. 하기야 시인의 마음을 지닌 사람이라면 비오는 날 이런저런 상념과 추억에 잠기지 않을 사람이, 그로 인해 생각과 마음에 "중량"이 실림을 느끼지 않을 사람이 어디 있겠는가. 하지만 그때의 마음을 위의 시에서처럼 세심하게 전하기란 쉽지 않다. 이와 관련하여, 마치 물기 머금어 반들거리는 "세상"이 시인의 내면을 비추는 거울이 되듯, 시 자체가 또 하나의 거울—즉, 거울 같아진 세상에 비친 자신의 내면을 다시 한 번 생생하게 비추는 거울—

이 되고 있음에 주목하기 바란다. 김문희의 시 세계에서는 이처럼 무언가의 계기를 통해 자신의 내면 풍경을 관찰하고 이를 시라는 거울에 생생하게 비춰내는 예가 적지 않다. 아마도 「정전」과 같은 시가 또 하나의 좋은 예가 될 수 있을 것이다.

전기가 나가서 촛불을 밝혔다
갑자기 세상이 아늑해지고
오래 잊었던 그리움 일렁인다

빛의 촉수가 낮아지고 나니까
비로소 내 영혼의 무게가 느껴지고
온통 밝은 세상에서는 볼 수 없었던 소중한 것들
촛불의 둘레에 꿈처럼 몰려들었다

평화는 눈부신 빛이 아니라
서로를 덮어주는 어둠 속의 촛불이었다

어질러진 실내가 아름다워 보이고
때 묻은 커튼과 먼지 묻은 창문도
추억의 연극이 오르는 아름다운 무대였다

사는 일이 아름다운 것은
이렇게 밝은 불이 꺼지고
때때로 촛불을 켜고 앉아서
찬찬히 나를 바라볼 수 있기 때문이다   ―「정전」 전문이 시에서 시인이 자신의 내면 풍경을 되돌아보는 계기가 되고 있는 것은 "촛불"이다. "전기가 나가서" 밝힌 촛불로 인해 "갑자기 세상이 아늑해"지자, 시인은 "오래 잊었던 그리움"이 일렁임을 느낀다. 어디 그뿐이랴. 시인은 "빛의 촉수가 낮아지고 나니까/비로소 내 영혼의 무게가 느껴지고/온통 밝은 세상에서는 볼 수 없었던 소중한 것들/촛불의 둘레에 꿈처럼 몰려"듦을 감지한다. 사실 밝을 때 보이지 않던 것이 어두워지자 보인다는 것은 일종의 역설일 수 있다. 하지만 이 같은 역설이 우리의 삶을 지배하고 있는 것도 사실이다. 일상의 밝은 빛이 또렷하게 보이도록 하는 것은 다만 일상의 삶뿐이다. 다시 말해, 일상의 밝은 빛은 우리 마음의 눈을 멀게 한다. 우리는 눈이 멀어 있지만 세상의 모든 것을 너무도 또렷하게 보고 있다는 착각 속에서 삶을 살아가는 존재인지도 모른다. 아마도 이를 역(逆)으로 증명하는 것이 어두운 밤길을 지나갈 때 누군가가 우리 눈을 향해 갑작스럽게 비추는 섬광일 것이다. 어둠에 익숙해진 우리 눈에 세상은 순간 환하게 모습을 드러내기도 하지만 그와 동시에 우리의 눈은 잠시 멀게 마련이다. 보이지 않던 것이 보이는 순간 보이던 것은 보이지 않게 마련인 것이다. 바로 이 역설이 역의 경우에도 성립한다. 섬광이 꺼지고 어둠만 남게 되면 보이던 것은 보이지 않지만 보이지 않던 것이 보이게 마련이다. 바로 이 순간을 시인은 이 시에서 포착하고 있는 것이다.

"눈부신 빛"에 휩싸인 일상의 삶에서 볼 수 없었던 것이 새삼 보이게 되었을 때의 분위기를 시인은 "평화"라는 표현으로 요약하고 있다. 이때의 "평화"가 함의하는 바는 무엇일까. 이는 물론 "서로를 덮

어주는 어둠"―즉, 모든 것을 적나라하게 드러내는 "눈부신 빛"에
대비되는 "어둠"―이 얼마나 소중한 것인가에 대한 깨달음을 암시하
기 위한 것이다. 어찌 보면, 우리는 더 많이 알아야 하고 더욱 선명하
게 깨우쳐야 한다는 강박감 속에서 삶을 살아간다. 특히 과학 문명의
영향으로 인해, 우리는 세상이란 해부하고 파헤쳐 그 신비를 "밝은
빛" 속에 드러내야 할 대상이라는 선입관 속에서 삶을 살아간다. 하
지만 그런 강박감과 선입관은 우리를 세상의 신비로부터 더욱 멀어지
게 할 뿐이다. 우리에게 시가 소중한 이유는 바로 여기에 있다. 시는
인간과 세상 모두에게 "서로를 덮어주는 어둠"이 될 수 있고, 그리하
여 서로를 가깝게 하는 "평화"일 수 있기 때문이다.

이런 의미에서 이 시에 등장하는 "촛불"은 곧 시를 상징하는 것일
수 있다. 즉, 시가 있기에, 또는 누군가가 시인의 '눈'으로 세상을 볼
수 있기에, "어질러진 실내가 아름다워 보이고/때 묻은 커튼과 먼지
묻은 창문도/추억의 연극이 오르는 아름다운 무대"가 될 수 있다. 말
하자면, 각박하고 고단한 삶조차 어느 사이에 아름다운 빛에 감싸일
수 있다. 아니, 시가 있기에, 우리는 "사는 일이 아름다운 것"일 수
있음을 깨닫기도 하고, "찬찬히 나를 바라볼 수"도 있다. 분주하고 야
단스러운 "밝은 불"에서 벗어나 "때때로 촛불을 켜고 앉아서/찬찬히
나를 바라"보는 것―이것이 바로 시를 읽거나 쓰는 일 아니겠는가.

김문희의 작품 가운데에는 앞서 논의한 두 편의 시와 마찬가지로
일상에서 흔히 겪는 사소한 일이 계기가 되어 시적 명상의 세계로 접
어들게 된 시인의 마음을 전하는 시가 적지 않다. 특히 우리의 눈길
을 끄는 작품으로는 「옥수수」, 「가을에서 겨울 맛보기」, 「통증」, 「고
개」 등이 있는데, 먼저 「옥수수」에서 시인은 "잘 익은 옥수수"의 "마

지막 알갱이들을 먹"다가 문득 "잘 익은 옥수수"처럼 "예쁘게 익어서 윤기 흐르던/빼곡하게 채워져 있던 나날들"을, "꼭 깨물고 싶었던 단물의 세월"을 떠올린다. 젊음의 세월과 이제 "비어 가는 옥수숫대의/이빨이 시큰거리는 세월"에 대한 묘사가 너무도 생생하여 손에 잡힐 듯하다. 한편, 「가을에서 겨울 맛보기」는 계절의 변화에 대한 시인의 느낌을 엉뚱한 질문을 통해 전하고 있다. 이 시에서 시인은 "왜 가을은 겨울로만 가고 여름으로 가지 못할까요"라고 묻거나 "여름에서 봄으로 꽃봉오리 터뜨리지 못할까요"라고 묻고 있는데, 이는 단순히 자연의 섭리에 대한 물음으로만 여겨지지 않는다. 여기에는 예정된 인생 행로에서 벗어나지 못한 채 빤한 삶을 살아가야 하는 것에 안타까움을 느끼는 사람들의 목소리가 담겨 있는 듯도 하다. 또한 「통증」에서 시인은 "목에서 어깨까지" 느껴지는 통증이 계기가 되어 "그동안 뛰면서 살아온 세월의 짐"을 새삼 되돌아보고 있으며, 「고개」에서는 "고갯마루"를 오르고 내리는 일이 계기가 되어 기복이 있는 우리네 삶에 대한 명상―삶의 높이와 깊이를 오랜 세월 체험한 끝에야 가능한 성숙한 명상―에 잠긴다.

일상의 사소한 일들이 시인을 시적 명상의 세계로 인도하기도 하지만, 어쩌다 눈길이 머물게 된 작은 사물들이 그를 시적 명상의 세계로 인도하기도 한다. 사물에 대한 관찰의 자세가 두드러져 보이는 이 같은 부류의 시 가운데에서 「새순」이 아마도 대표적 예로 꼽힐 수 있을 것이다.

온갖 쓰레기가 와서 썩은 땅
도심의 외진 구석

시멘트 블록 깨어진 사이에서
말갛게 아기의 젖니가 솟고 있다

아무 때도 묻지 않고
아무 겁도 내지 않고
아무 조건도 없이
깨끗한 손을 내놓고
세상과 악수를 청하고 있다

싱그러운 초록 한 잎 솟아나니까
갑자기 썩은 땅이 옥토처럼 보이고
외진 구석이
비닐하우스처럼 따뜻하다

희망은
아무 데서도 솟는다

—「새순」전문

놀라운 '역설'은 세상 어디에도 존재한다. 난민촌 한가운데서 활짝 웃고 있는 불구의 어린이, 흙탕물 위에 비친 맑은 달, 도심의 아파트 창문 옆에 위태롭게 쳐진 새둥지, 그리고 무엇보다도 "온갖 쓰레기가 와서 썩은 땅/도심의 외진 구석/시멘트 블록 깨어진 사이에서" 솟아난 "새순"을 보라. 어찌 놀랍지 않은가. 하지만 이처럼 놀랍고도 역설적인 정경에 눈길을 주는 사람은 드물다. 그리고 "새순"에서 "아기의 젖니"를 보고, "새순"에서 "세상에 악수를 청"하는 "깨끗한 손"을 보는 눈길의 소유자는 더더욱 드물다. 그런 눈길, 그런 상상력이 없다면 어찌 "썩은 땅"에서 "옥토"를 보고, "도심의 외진 구석"에서 "비닐하우스"의 온기를 느낄 수 있겠는가. 그리고 그런 눈길, 그런 상상력이 없었다면 어떻게 "희망은/아무 데서도 솟는다"는 깨달음이 가능할 수 있겠는가.

「새순」에서 보듯 시인의 시선이 작은 사물을 향하고 있음을 느끼게 하는 시 가운데 특히 우리의 눈길을 끄는 것은 「가을 나뭇잎」, 「책상 위의 봄」, 「문종이 4」 등이다. 「가을 나뭇잎」에서 우리는 "가을 나뭇잎"에 눈길을 준 채 이제 "햇빛"이 "옛날 햇빛"이 아님을 느끼는 시인의 모습을 유추할 수 있다. 아마도 시인은 가을 어느 날 "낙엽"에 눈길을 주다가 문득 "햇빛"의 변화와 세월의 흐름을 감지하게 된 것이라. 다른 시에서와 마찬가지로 이런 정황은 시인 김문희에게 삶 자체에 대한 깊은 명상을 유도하는데, "몸은 흔들리는데 마음은 흔들리지 않는다/세상 사는 일 원래부터 덧없다는 것 알고 나면/흔들리는 몸도 실상 흔들리는 것 아니다"라는 깨달음이나 "탐스럽게 익은 열매를 보면서/보람 있다는 것은 결국 스스로 물기 마른다는 것인가"라는 깨달음은 결코 쉽게 나올 수 있는 것이 아니다. 한편, 「책상 위의 봄」에서 시인의 눈길은 "책상 위"에 있는 "양란 한 포기"를 향하고 있거니와, 시인은 "도대체 꽃 필 장소가 아닌 복잡한" 곳에서 "막무가내 솟는 감격처럼 꽃이 솟는 저 섭리"에 놀라워하고 감격해한다. 「문종이 4」는 종이에 손을 베이고 나서 문득 "부드럽게 접어지고/힘없이 찢어지던 것도/어느 날 모서리 시퍼런 칼이 된다"는 사실에 대한 시인의 놀라움과 이어지는 깨달음을 담고 있다. "아무리 부드러운 것도 자꾸 칼로 다루면/끝끝내 칼마저 베고 마는/칼"이 된다는 깨달음을 담고 있는 이 시는 어떤 일이 계기가 되어 시적 명상의 세계로 접어드는 부류의 작품에 속하는 것일 수도 있지만, "문종이" 자체에 대한 깊은 관조의 눈길이 느껴진다는 점에서 사물에 대한 관찰의 시로 보아도 무방할 것이다.

　이제까지 우리는 섬세한 언어와 예민한 감각의 시 세계, 일상의 숨결이 담긴 진지한 명상과 작지만 소중한 깨달음의 시 세계로 정리할 수 있는 김문희의 시 세계에 대한 읽기를 시도하였다. 이제 작업을 끝맺는 자리에서 한마디 아쉬움을 표하는 무례를 범하기로 하자. 김문희의 시 세계는 너무도 단아하고 정갈하여 무언가 역동적이고 힘찬 시혼(詩魂)에게 쉽게 자리를 허락하지 않는 듯한 느낌을 주기도 한다. 이처럼 커다란 장점은 작은 약점이 될 수도 있거니와, 그의 시 세계가 좀더 과감하고 충격적인 상상력을 끌어안을 수는 없을까. 물론 이런 식으로 아쉬움을 표하는 것은 시인 김문희의 시적 역량에 대한 믿음 때문이다. 그가 좀더 능동적이고 적극적인 시적 실험과 변모 과정을 통해 시의 지평을 더욱 넓혀나가기를 바란다.

삶과 그 주변을 향한 시인의 눈길을 따라서
─고형렬, 최정례, 김영남의 시 세계

1. 이국의 어느 카페에서

저녁 무렵이다. 고색창연한 예일 대학의 건물들이 창밖으로 내다보이는 카페의 한구석에 자리를 잡는다. 그런 다음 한국에서 가져온 세 권의 시집 ─ 고형렬의 『밤 미시령』(창작과비평사, 2006), 최정례의 『레바논 감정』(문학과지성사, 2006), 김영남의 『푸른 밤의 여로』(문학과지성사, 2006) ─ 을 읽는다. 카페 한쪽에서는 기타, 드럼, 전자 오르간 연주자로 구성된 3인조 밴드가 공연을 하고 있다. 스무 살이 채 안 돼 보이는 앳된 남자 아이들이다. 기타 연주자는 노래까지 겸 하고 있다. 그들의 연주와 노래는 너무도 편안하고 자연스럽다. 한 곡이 끝날 때마다 카페 안의 사람들은 박수를 치고 곧 새로운 곡이 이어진다. 곡의 이어짐도 편안하고 자연스럽다. 아무런 어색함이 없 이 느긋하게 이어지는 음악을 흘려들으며 시를 읽다가, 문득 저 음악 을 작곡한 사람들이 보냈음직한 노고의 시간과 저 젊은이들이 이 자리에서의 공연을 위해 거쳤음직한 고된 연습의 시간을 상상해본다. 갑자기 이런 생각을 하는 이유는 무엇인가. 무엇보다도 다음과 같은 의문이 떠올랐기 때문이다. 지금 이 순간 내가 읽고 있는 김영남의 시들도 카페의 음악만큼이나 편안하고 자연스럽지만, 과연 창작의 과정에 시인 김영남의 마음을 지배하던 것도 내가 느끼는 것과 같은 편안함과 자연스러움이었을까. 물론 아닐 것이다. 읽는 이에게 편안함과 자연스러움을 주기 위해 그는 얼마나 고통스러운 창작의 시간을 보냈을까. 비록 분위기도 다르고 이야기하는 바도 다르긴 하지만, 고수(高手)의 노련함을 느끼게 하는 고형렬과 최정례의 작품들도 편안하고 자연스럽기는 마찬가지다. 하지만 그들 역시 고통스러운 창작의 시간을 보냈을 것이다. 어찌 오리가 수면 위에서 편안한 모습으로 떠 있다고 해서 그가 그저 편안하게 수면 위를 떠 있기만 하는 것이겠는가. 수면 아래에서 맹렬하게 움직이는 오리의 두 다리를 생각하며, 자연스럽고 편하게 읽히는 작품들 이면에 숨어 있을 세 시인들의 노고와 고통을 새삼스럽게 떠올려본다.

이윽고 나이 지긋한 어떤 백인 아저씨 한 분이 내 앞을 지나다 언뜻 테이블 위로 눈길을 던지고는 나에게 말을 건넨다. 책이 참 예쁘군요. 테이블 위를 내려다보니 고형렬의 시집 위에 놓인 최정례의 시집 표지가 눈에 들어온다. 동의한다는 듯 웃음을 보내자 그가 묻는다. 중국어요? 아니요, 한국어입니다. 무슨 책이지요? 시집입니다. 아, 시집! 시를 읽고 있군요. 네, 한국어로 된 시를 읽고 있습니다. 아주 멋진 시들이지요. 당신도 시인이오? 아, 아니, 아닙니다. 나는 그냥 시를 즐겨 읽는 그런 사람이에요. 이 말에 웃음을 보내며 즐거운 시간을 보내라는 말과 함께 그가 걸음을 옮긴다. 고맙다는 말로 화답한 다음 나는 읽던 시집을 접고 생각에 잠긴다. '그냥 시를 즐겨 읽는 그런 사람'이라!

아, 그냥 시를 즐겨 읽기만 하는 사람이라면 얼마나 좋을까. 시를 읽고 이에 대해 무언가 글을 써야 할 처지에 있다는 사실에 새삼 심란해진다. 그것도 한 자리에서 세 시인의 시 세계에 관해. 음악에 다소 들떠 있는 듯한 카페의 분위기 때문인지, 심란해진 마음이 좀처럼 가라앉지 않는다. 자리에서 일어나 대학 캠퍼스 앞의 넓고 한적한 잔디밭으로 나간다. 벤치에 자리를 잡고 앉아 세 권의 시집을 다시 뒤적이며 이들을 함께 조망하기 위한 '지평'을 찾아 헤맨다. 물론 세 시인이 모두 1950년대 중반 태생의 40대 후반 또는 50대 초반의 중견 시인들로, 이들은 모두 앞으로 한국 시단을 이끌어갈 능력과 영향력을 겸비한 사람들이다. 하지만 이 점이 내게 필요한 '지평'을 제공하는 것은 아니다. 문득 이들 모두가 일상의 삶과 그 주변에 대해 섬세한 관찰과 관찰에 이어지는 깊은 생각을 시로 형상화하는 시인들이라는 데 생각이 미친다.

그렇긴 해도, 시적 대상으로서의 일상의 삶 또는 그 주변을 대하는 그들의 자세 및 삶에 대한 그들의 이해와 표현에는 차이가 있다. 먼저 고형렬의 경우 대상에 대한 엄격한 관찰의 자세가 돋보인다. 그는 일정한 거리를 두고 대상에 대한 객관적이고 치밀한 관찰을 시도하고 있으며, 이 같은 관찰의 결과를 지극히 절제된 시어를 통해 정교하고 치밀하게 표현하고 있다. 한편 최정례는 삶의 한가운데 서서 삶 및 삶의 주변과 자기 자신 사이의 상호 관계에 예리한 눈길을 주고 있는 시인이라고 할 수 있을 것이다. 어찌 보면, 최정례에게 시적 소재로서의 삶이나 삶의 주변은 관찰의 대상이 아니라 체험의 대상이며, 이로 인해 시인의 주된 눈길은 삶에 반응하는 시인의 내면 세계를 향하고 있다. 김영남의 경우에도 역시 시적 소재로서의 삶은 관찰의 대상이기보다 체험과 이해의 대상이긴 하나, 삶을 받아들이는 시인의 자세는 마치 동심을 담고 있는 듯 따뜻하고 푸근하다. 김영남의 시 세계가 주는 따뜻함과 푸근함의 느낌은 물론 재치 넘치고 경쾌한 언어 덕분이기도 하다.

어느덧 학교 건물의 지붕에 해가 걸리고, 내가 앉아 있던 벤치 뒤쪽의 나무가 드리우던 그늘도 저만큼 물러가기 시작한다. 시집을 모아 들고 자리에서 일어나 거처를 향해 발걸음을 옮긴다. 이제 책상에 앉아 시인들의 작품에 대한 나의 이해를 좀더 구체화해야 할 때가 되었다.

2. 고형렬의 『밤 미시령』

고형렬의 이번 시집에서 삶과 삶의 주변을 향해 던지는 시인의 시선이 더할 수 없이 정밀함을 확인하는 일은 말 그대로 어렵지 않다. 예컨대, 「고니 발을 보다」, 「여치의 눈」, 「나의 최초의 빛」과 같은 작품들을 보라. 이들 작품에서 우리는 정밀한 시선을 통해 우리가 보지 못하는 것을 대상에서 보는 시인과 쉽게 만날 수 있다. 어떤 의미에서 보면, 우리의 범상한 눈으로는 결코 볼 수 없는 것을 보는 특별한 능력을 시인 고형렬은 소유하고 있는 것처럼 보인다. 일찍이 새뮤얼 테일러 코울리지Samuel Taylor Coleridge는 윌리엄 워즈워스William Wordsworth의 시를 논의하면서 이 같은 능력을 상상력이라고 규정

한 바 있는데, 상상력이란 이런 의미에서 상투화된 우리의 세계 이해
에 충격을 가하여 대상을 새롭게 인식하도록 하는 정신 능력이라고
할 수 있다. 이제 위에 언급한 고형렬의 작품에서 그러한 정신 능력
이 어떻게 드러나고 있는지를 살펴보기로 하자.

    (가) 고니들의 길고 가느다란 발은 정말 까맣고
       윤기 나는 나뭇가지 같다
       (그들의 다리가 들어 올려질 때는 작은 발가락들이 일제히 오
       므라졌다
       다시 내디딜 땐 그 세 발가락이 활짝 퍼졌다)
       아 아무것도 들어 올리지 않는!
                        —「고니 발을 보다」 부분

    (나) 하느님이 처음 만들 때 눈빛과
       손길이 보인다

       잘 접혀진 파란 풀잎
       울지 못하는 풀의 울음을 대신한다
       나는,
       가급적 날지 않으려는 너를 눈으로
       들어 올린다
                          —「여치의 눈」 부분

    (다) 먼 춘분 무렵 그날, 훤히 어둡던 저녁
       공중에 달린 검은 소켓을 돌렸다

찰칵, 플래시가 터지듯
아 빛이 쏟아져 나왔다! 최초의 새 빛
부모와 손뼉을 치던 날
아직도 나는 잊지 못했네
눈과 빛이 너무 밝으면 먼 마을의
그 어린 빛이 생각나
필라멘트 대롱대롱 달린 눈부신 불빛
아득, 내 귀가 어두웠던 눈빛.

——「나의 최초의 빛」부분

위의 인용에서 (가)와 (나)는 각각 "고니"와 "여치"를 관찰 대상으로 삼고 있고, (다)는 최초의 전깃불을 체험하던 순간을 관찰 대상으로 삼고 있다. 말하자면, (가)와 (나)에서는 우리 삶의 주변을 이루는 자연의 한 단면에 대한 관찰이 이루어지고 있고, (다)에서는 우리 삶의 한 단면에 대한 관찰이 이루어지고 있다.

먼저 (가)와 (나)에서 우리는 자칫 지나치기 쉬운 자연 현상으로 우리의 눈길을 이끄는 시인과 만날 수 있다. 즉, 시인의 눈길을 통해 우리는 새삼 "[고니]들의 다리가 들어 올려질 때는 작은 발가락들이 일제히 오므라졌다/다시 내디딜 땐 그 세 발가락이 활짝 펴"짐을 깨닫게 되고, 또한 여치의 날개가 "잘 접혀진 파란 풀잎"과도 같음을 깨닫게 된다. 하지만 이런 특징들이야 굳이 시인의 깨우침이 없더라도 누구나 조금만 더 신경을 쓰면 깨달음직한 것일 수도 있다. 그렇다면, 시인의 눈길 ——아니, 상상력—— 이 아니었다면 도저히 우리가 깨달을 수 없는 것은 무엇일까. 그것은 바로 고니의 발이 "아무것도 들어 올리지 않는"다는 사실, 여치의 날개가 "울지 못하는 풀의 울음을 대신한다"는 사실일 것이다. 바로 이 점을 깨우칠 수 있는 시인의 능력은 어찌 보면 "하느님이 처음 만들 때 눈빛과/손길"을 보는 능력이기도 하다. 또한 "가급적 날지 않으려는" 여치를 "눈으로/들어 올"릴 수 있는 능력이기도 하다.

한편 (다)의 경우 시인의 눈길은 과거의 어느 한순간을 향하고 있다. 말하자면, 시인의 눈은 기억 속의 한 정경을 포착하고 있는데, 집 안에 전선이 가설되는 것을 지켜보던 어린아이는 "훤히 어둡던 저녁/공중에 달린 검은 소켓을 돌"리자 "플래시가 터지듯/아 빛이 쏟아져 나"옴에 "부모"와 함께 "손뼉"을 친다. "최초의 새 빛" 또는 "필라멘트 대롱대롱 달린 눈부신 불빛"과 만나던 순간 아이가 느꼈음직한 신기함과 놀라움을 간결하면서도 생생한 언어로 전하고 있는 이 시와 관련하여 우리는 무엇보다도 관찰자의 시선이 시인 자신의 것이기도 하지만 어린아이의 것이기도 하다는 점에 유의해야 할 것이다. 위의 인용을 통해 우리는 시인이 때때로 어린 시절의 한순간으로 돌아가 어린아이의 눈으로 세상을 바라보던 때를 "잊지 못"한 채 기억에 떠올리곤 하는 것을 알 수 있는데, 시인은 그 계기를 "눈과 빛이 너무 밝으면"이라고 밝히고 있다. "눈과 빛이 너무 밝으면"이라니? 사실 어둠 속에서 주위가 갑자기 "너무 밝"아졌을 때 우리의 눈은 잠시 멀게 마련이다. 이처럼 눈뜸과 눈멂 또는 얻음과 잃음의 순간은 동시에 오는 것일 수 있거니와, 이 같은 이율 배반의 순간이야말로 우리의 삶이 피할 수 없는 그 무엇일 수 있다. 그렇다면 시인이 그의 어린 시절 "최초의 새 빛"을 얻고 "손뼉"을 치던 바로 그 순간에 잃은 것은 무엇이었을까. 시인은 이 물음에 답이라도 하듯 "아득, 내 귀가 어두웠던 눈빛"이라는 말로 시를 끝맺는다. 시각이 열리는 순간 청각이 닫히는 것 —이처럼 얻음과 잃음이 동시적인 것일 수 있음은 어쩌면 시인이 어린 시절의 체험을 통해 깨달은 삶의 상징적 현실일 수 있고, 나아가 그에 대한 자각이 삶을 살아가는 과정에 언뜻언뜻 "생각나"는 것 아닐까.

삶에 대한 관찰에서 얻음과 잃음의 동시성에 대한 시인의 자각은 「명태여, 이 시만 남았다」에서도 확인된다.

> 명태들이 삭은 이빨로 떠나는 새달, 그렇게 머리를 두드려 구워 먹고 초록의 동북 바다로 겨울을 보내주면, 양력 2월 중순에 정월 대보름은 달려왔고 우리 부자는 친구처럼 건태를 구워 먹고 봄을 맞았다 남은 건 내 몸밖에 없으나 새 2월은 그렇게 왔다 가서 이 시만 이렇게 남았다
>   —「명태여, 이 시만 남았다」 부분

어찌 보면 삶을 살아가는 일이란 매 순간 깨달음을 얻고 '지금 이 자리'의 현실을 잃어버리는 일로 이해될 수도 있다. 그리고 시인에게는 이때의 깨달음이란 바로 시로 귀결되는 그 무엇일 수 있다. 순간의 현실은 매 순간 사라지고 결국 "남는 건 내 몸밖에 없"을 수도 있겠지만, 마침내 "내 몸"도 사라진다면 남는 것은 무엇일까. 시인 고형렬에게 그것은 바로 "시"일 수 있다. 고형렬은 「강상 유람이라면」이라는 시에서 "이제 어디 있는지를 모르는/나를 찾으러/제일 아름다운 사람 하나와/가다가 나는 없어지고/그 사람만 남게 해"라고 노래하고 있는데, 이때의 "제일 아름다운 사람"은 무엇을 의미하는 것일까. 이는 바로 내가 없어진 자리에 여전히 남아 있을 "시"일 수도 있지

않을까.

3. 최정례의 『레바논 감정』

　최정례의 시에서도 우리는 삶과 삶의 주변에 날카로운 관찰의 눈길을 던지는 시인과 만날 수 있다. 하지만 최정례에게 삶과 삶의 주변에 대한 관찰은 곧 자신에 대한 관찰이기도 하다. 이와 관련하여 우리는 「비스듬히」, 「게들은 구멍 속에 한쪽 다리를 걸치고」, 「레바논 감정」과 같은 시에 눈길을 줄 수 있을 것이다.

　　　(가) 복숭아나무 똑바로 서 있는 거 못 봤다
　　　　　꼭 비스듬히 서 있다
　　　　　길가에서 길 안쪽으로 쓰러지는 척
　　　　　구릉 아래쪽으로 기울어
　　　　　몸 가누지 못하는 척

　　　　　허공에 진분홍 풀어
　　　　　지나가는 사람 걸어 넘어뜨리려고

　　　　　안 속는다, 안 속아
　　　　　　　　　　　　　　　　　　　　　　　　—「비스듬히」 부분

　　　(나) 난 바람을 쐬러 방파제에 서 있고

옷자락이 펄럭일 뿐인데

섭섭하다
게들이 구멍 속에 한쪽 다리를 걸치고
죽은 척 살아서 내 눈치를 볼 때
　　　　　─「게들은 구멍 속에 한쪽 다리를 걸치고」 부분

(다) 수박은 가게에 쌓여서도 익지요
익다 못해 늙지요
검은 줄무늬에 갇혀
수박은
속은 타서 붉고 씨는 검고
말은 안 하지요 결국 못 하지요
그걸
레바논 감정이라고 할까 봐요
　　　　　　　　　　─「레바논 감정」 부분

　(가), (나), (다)에서 시인의 눈길은 각각 길가의 "복숭아나무," 갯벌의 "게," "가게에 쌓여" 있는 "수박"을 향하고 있다. 아니, 시인의 눈길은 이 같은 대상들과 자신의 마음 사이를 오가고 있다고 말하는 것이 더 정확할 듯하다.

　먼저 (가)에서 시인의 눈은 "꼭 비스듬히 서 있"는 길가의 "복숭아나무"를 향한다. 비스듬히 서 있는 모습이 마치 "길가에서 길 안쪽으로 쓰러지는 척/구릉 아래쪽으로 기울어/몸 가누지 못하는 척" 하는 것 같다. 그런 모습을 보노라면 "허공에 진분홍 풀어/지나가는 사람 걸어 넘어뜨리려고" 하는 것 같기도 하다. 아마도 여기에서 그친다 하더라도 나무랄 데 없는 멋진 시적 관찰이 될 수 있었을 것이다. 하지만 여기에서 그치지 않고 시인은 눈길을 자신에게 돌려 "복숭아나무"의 이런 모습에 반응하는 자신의 마음을 드러낸다. "안 속는다, 안 속아"라고. 이 얼마나 산뜻하고 돌올(突兀)하면서 경쾌하고 멋진 전환인가. 안 속겠다니! 바로 이 멋진 전환 때문에 거리의 복숭아나무는 단순한 복숭아나무 이상의 그 무엇으로 새롭게 모습을 드러낸다. 어쩌면 비스듬히 서 있는 척하며 우리를 속이는 이 세상의 모든 것들에 대한 시인의 자기 다짐을 이 시에서 읽을 수 있지 않을까.

(나)에서도 (가)와 비슷한 눈길의 전환이 확인된다. 어느 날 시인은 "바람을 쐬러" 바닷가의 방파제로 나간다. 그런데 방파제에 선 시인의 기척에 갯벌의 게들이 일제히 동작을 멈춘다. 갯벌이 있는 바닷가에 나가본 사람이라면 누구나 경험했음직한 일이다. 하지만 이에 대한 시인의 시적 진술은 누구라도 흉내 낼 수 없을 만큼 간결하고 생생하다. 문제는 시인의 시적 진술이 거기에서 끝나지 않는다는 점이다. (가)에서 그랬던 것처럼 시인은 "게"들의 반응에 반응하는 자신의 마음으로 눈길을 돌린 다음 이번에도 역시 산뜻하고 돌올하게, 경쾌하고 멋지게 이를 드러낸다. "난 바람을 쐬러 방파제에 서 있고/옷자락이 펄럭일 뿐인데//섭섭하다"고! "섭섭하다"는 말은 우리가 흔히 보는 갯벌의 게들을 향한 것만은 아닐 것이다. 거리의 "복숭아나무"와 마찬가지로.

따지고 보면, (다)의 "수박"에 대한 눈길은 관찰의 눈길이라기보다 투사(投射)의 눈길이라고 할 수 있겠다. 겉으로 보기에 변함이 없어 보이지만 "익다 못해 늙"는 "수박"의 속으로 시인의 눈길이 향하고 있기 때문이다. 아무튼, 시인이 문제삼고자 하는 것은 단순히 "가게에 쌓여" 있는 "수박"만이 아니다. "말은 안 하지요, 결국 못 하지요"라는 말이 암시하듯, "수박"은 잠재적으로 "말"을 할 수 있는 그 무엇에 대한 은유다. 무엇에 대한 은유이겠는가. 겉으로는 멀쩡하지만 속으로 "익다 못해 늙"을 뿐만 아니라 곪고 썩어가지만 그래도 "말"을 못 하는 것 ─ 그것은 필경 시인 자신의 마음에 대한 은유가 아닐까. 그런데 이런 마음을 시인은 "레바논 감정"으로 표현하고 있다. "레바논 감정"이라니? 레바논의 정치적·역사적·현실적 상황에 대해 조금이라도 알고 있는 사람이라면 "레바논 감정"이라는 은유적 표현의 적절성에 조건 없이 동의하지 않을 수 없을 것이다.

"레바논 감정"을 껴안고 삶을 살아가야 하는 사람의 심경과 그가 처한 정황이 최정례의 이번 시집 곳곳에서 확인된다. 하나만 예를 들기로 하자.

그러니, 제발 날 놓아줘,
당신을 더 이상 사랑하지 않거든, 그러니 제발,

저지방 우유, 고등어, 클리넥스, 고무장갑을 싣고
트렁크를 꽝 내리닫는데……
부드럽기 그지없는 목소리로 플리즈 릴리즈 미가 흘러나오네
건너편에 세워둔 차 안에서 개 한 마리 차창을 긁으며 울부짖네

이 나라는 다알리아가 쟁반만 해, 벚꽃도 주먹만 해

지지도 않고
한 달이고 두 달이고 피어만 있다고
은영이가 전화했을 때

느닷없이 옆 차가 다가와 내 차를 꽝 박네
　　　　—「그녀의 입술은 따스하고 당신의 것은 차거든」 부분

　인도 출신의 영국 가수 잉글버트 험퍼딩크Engelbert Humperdinck
의 「플리즈 릴리즈 미Please Release Me」가 이 시의 청각적 배경을
이룬다. 시각적으로는 대형 수퍼마켓의 주차장이 배경이다. 시의 화
자는 수퍼마켓에서 산 물건들을 "트렁크"에 실은 다음 차를 몰고 주
차장을 나오려 한다. 그러는 가운데 외국에 사는 한 친구에게 전화가
오고, "옆 차가 다가와" 화자가 몰고 나가려는 차를 "꽝 박"는다. 접
촉 사고 때문에 정신이 없는데 언제나 하는 따분한 이야기를 주절대
는 친구는 상황을 알려줘도 전화를 끊으려 하지 않는다. 바로 이런
상황에서 화자가 느끼는 것이 "레바논 감정" 아닐까. 물론 겉으로는
침착함을 잃지 않고 있을 것이다. 하지만 화자의 마음이 어찌 겉모습
과 같겠는가. 친구의 따분한 전화로부터, "저지방 우유, 고등어, 클
리넥스, 고무장갑"에 얽매여 사는 현실의 삶으로부터, 그리고 분위기
에 어울리지 않게 "부드럽기 그지없는 목소리"로부터 탈출했으면 하
는 것이 혹시 화자의 마음 아닐까. 그런 의미에서 「플리즈 릴리즈
미」라는 노래는 화자의 마음을 그대로 대변하는 것일 수도 있다. 또
한 "건너편에 세워둔 차 안"에 갇혀 "차창을 긁으며 울부짖"는 "개"
한 마리는 바로 현실에 갇혀 있는 화자의 모습일 수 있다. "제발 날

놓아줘"라는 호소에도 불구하고 벗어날 수 없는 현실, 바로 이 현실
에 갇혀 있으면서도 겉으로는 평정을 잃지 않은 화자—그는 바로 우
리 자신일 수도 있지 않을까. 그런 의미에서 "레바논 감정"은 이 시
의 화자뿐만 아니라 시인 자신, 그리고 우리 모두가 공유하는 그 무
엇일 수 있다.

4. 김영남의 『푸른 밤의 여로』

　삶에 대한 김영남의 관찰에는 서정적 아름다움과 인간적 정겨움이
깃들어 있다. 이 같은 시적 분위기는 물론 시인의 재치 넘치는 언어
에 힘입은 바 크기도 하지만, 기본적으로 세상을 바라보는 시인의 눈
길이 포근하고 따뜻하기 때문일 것이다. 그의 이번 시집에서 특히 강
하게 우리의 눈길을 끌었던 「개울가 눈 오는 풍경」, 「'아줌마'라는 말
은」, 「검정 고무줄에는」 등의 작품이 모두 시인의 그러한 눈길을 확
인케 한다.

　　(가) 느티나무 집
　　　부엌 아궁이에서 불 지피던 아낙이
　　　우는 아이 달래러 방에 들어갔군요

　　　느티나무 지붕 굴뚝에서
　　　긴 손이 포근하게 나오는 걸 보니

그 손 또 높은 곳으로 올라가
아직 태어나지 않은 나라 아이들
기저귀까지 갈아주고 있는 걸 보니
―「개울가 눈 오는 풍경」 부분

(나) 그렇다고 그 얼굴들을 함부로 다루면 안 된다.
함부로 다루면 요즘에는 집을 팽 나가버린다.
나갔다 하면 언제 터질 줄 모르는 폭탄이 된다.
유도탄처럼 자유롭게 날아다니진 못하겠지만
뭉툭한 모습을 하고도 터지면 엄청난 파괴력을 갖는다.
이웃 아저씨도 그걸 드럼통으로 여기고 두드렸다가
집이 완전히 날아가버린 적 있다.

우리 집에서도 아버지가 고렇게 두드린 적 있다.
그러나 우리 집에서는 한 번도 터지지 않았다.
아무리 두들겨도 이 세상까지 모두 흡수해버리는
포용력 큰 불발탄이었다, 나의 어머니는.
―「'아줌마'라는 말은」 부분

(다) 내복의 검정 고무줄을
잡아당겨본 사람이면 알 겁니다
고무줄에는 고무줄 이상이 들어 있다는 것을
그 이상의 무얼 끌어안은 손, 어머니가 존재한다는 것을

그것으로

무엇을 묶어본 사람이면 또 알 겁니다
어머니란 늘어났다 줄어들었다 한다는 것을
그래야 사람도 단단히 붙들어 맬 수 있다는 것을
훌륭한 어머니일수록 그런 신축성을 오래오래 간직한다는 것을
—「검정 고무줄에는」 부분

공교롭게도 위에 인용한 (가), (나), (다)가 모두 어머니를 소재로 한 것이거나 또는 어머니에 대한 이야기를 위한 것이다. 하기야 어머니라는 말만큼 우리를 포근함과 따스함의 세계로 이끄는 것이 어디 있겠는가. 물론 김영남의 시 세계에서는 굳이 어머니라는 말이 등장하지 않는 경우에도 여전히 포근함과 따스함이 느껴진다. 그의 시를 읽다 보면 그는 어쩌면 세상을 비뚤어지게 보거나 세상에 대해 불만을 갖거나 표시할 능력이 아예 없는 사람일지도 모른다는 생각이 들 정도로 그의 시는 밝고 깨끗하다.

우선 (가)의 경우, 시인의 눈길은 한적한 시골에나 있음직한 어느 집의 "부엌"으로, 이어서 "굴뚝"으로 향한다. "부엌 아궁이에서 불 지피던 아낙"이 없어진 것을 보고 시인은 그녀가 "우는 아이 달래러 방에 들어갔"을 것이라고 생각한다. 그런데 그렇게 생각하는 이유가 재미있다. "느티나무 지붕 굴뚝에서/긴 손이 포근하게 나오는 걸 보니"가 시인이 말하는 첫째 이유고, "그 손 또 높은 곳으로 올라가/아직 태어나지 않은 나라 아이들/기저귀까지 갈아주고 있는 걸 보니"가 둘째 이유다. 말하자면, 특유의 상상력을 소유한 시인이 아니었다면 누구도 가늠해 볼 수 없는 그런 이유들이다. 굴뚝에서 나오는 연기를 "포근하게 나오는" "긴 손"으로 보는 눈, "그 손"이 "높은 곳으로 올

라가/아직 태어나지 않은 나라 아이들/기저귀까지 갈아주고” 있음을
보는 눈―이 같은 눈은 결코 아무에게나 주어지는 것이 아니다. 특
유의 상상력을 소유하지 않고서는 결코 지닐 수 없는 ‘눈’이기 때문이
다. 그의 눈길 옆에서 그와 같은 새롭고 신기하며 아름다운 세계를
엿보는 즐거움을 어디에 비교하랴.

(나)는 시적 소재는 “아줌마”다. 일반적으로 이 말이 연상케 하는
해학적이면서 삶의 체취가 진하게 느껴지는 갖가지 이미지를 동원하
여 “아줌마”를 추적한 다음, 시인은 눈길을 “아줌마”의 “얼굴”에 집
중한다. 그런데 “아줌마”의 “얼굴”에서 시인이 보는 것은 엉뚱하게도
“폭탄”이다. 아니, ‘엉뚱하게’라는 말보다 ‘자연스럽게’라는 말이 더
적절하다고 느껴질 만큼 시인의 “아줌마”에 대한 묘사는 돌연하지만
재치있고 경쾌하다. 하지만 이 시의 백미(白眉)에 해당하는 부분은
따로 있으니, 시인은 그러한 “폭탄” 가운데 “불발탄”이 있음을 말한
다음 놀랍게도 그러한 “불발탄”이 “나의 어머니”임을 고백한다. “아
무리 두들겨도 이 세상까지 모두 흡수해버리는/포용력 큰 불발탄이
었다”에 이어지는 “나의 어머니는”라는 시인의 고백에 이르러, 가슴
이 감동으로 뭉클해지면서 목이 메었다는 나 자신의 사적(私的)인
고백을 덧붙이고 싶다. 세상사의 그 모든 환난과 질곡에도 불구하고
터지지 않은 채 “불발탄”으로 남아 가족을 지키는 “아줌마”가 어찌
시인의 어머니뿐이겠는가.

우리는 세상사에 대한 시인의 따뜻한 눈길을 (다)에서 다시 한 번
확인할 수 있다. 이 시에서 비로소 시인의 눈길은 직접 어머니를 향
한다. 그런데 시인의 눈에 비친 “어머니”는 ‘무례’하게도 “내복의 검
정 고무줄”과 같은 존재다. ‘무례’하다니? 시인의 자유분방한 상상력

을 감당할 수 없는 사람들에게는 아마도 그렇게 비칠 것이다. 하지만 보라, 이 '무례한' 비유를 통해 어머니란 어떤 존재인가 또 어떤 존재이어야 하는가가 얼마나 생생하고 멋지게 살아나는가를!

앞서 말한 바와 같이, 시인 김영남의 따뜻하고 푸근하며 여유 있는 눈길은 단지 어머니만을, 또는 어머니를 연상시키는 대상만을 향한 것이 아니다. 그는 어떤 대상을 향해서도 그와 같은 눈길을 던지고 있는데, 이를 확인하기 위해 예를 하나 들어보기로 하자.

난 예 풍경을 눈에 꼭 담고 상상한다.
폐선이란
낡아 저무는 모습이 아니라
저물어선 안 될 걸
환기시키는 어떤 힘이라는 것을.
그런 힘이 밀물 썰물처럼
주변을 끌어당겼다 놓았다 할 때
그게 진짜 아름다운 폐선이란 것을.
나도 언젠가는 저처럼
누굴 그립게 끌어당겼다 놓았다 하는
몽대항 폐선이 되리란 꿈을 꾼다.

—「몽대항 폐선」 부분

바닷가의 "폐선" 하면 우리는 으레 "낡아 저무는 모습"을 연상하게 마련이다. 말하자면, "밀물 썰물"에 이리 밀리고 저리 끌리는 무력하고 처량한 존재라는 생각에서 벗어나기 어렵다. 시인 김영남은 "풍경을 눈에 꼭 담고 상상"함으로써 "풍경" 속의 "폐선"을 "진짜 아름다운 폐선"으로 바꾼다. 말하자면, 상상력의 힘을 빌려 '자동화'된 우리의 이해에 충격을 가해 "폐선"에 대한 새로운 인식을 유도한다. "저물어선 안 될 걸/환기시키는 어떤 힘"으로. "밀물 썰물"에 이리 밀리고 저리 끌리는 존재가 아니라 "밀물 썰물처럼/주변을 끌어당겼다 놓았다" 하는 존재로. 이처럼 새로운 의미가 부여됨으로써 이제 "폐선"은 시인에게 "꿈"의 대상이 되기도 한다. 비유적으로 말하자면, 우리모두는 언젠가 "폐선"이 될 존재들 아닌가. 그러한 우리의 숙명을 긍정적인 마음으로 기꺼이 받아들일 수 있도록 우리를 이끈다는 점에서, 시인 김영남의 상상력은 "진짜 아름다운" 것이 아닐 수 없다.

5. 다시 카페에서

아쉽지만 여기서 세 시인의 시에 대한 읽기 작업을 마치기로 하자. 그리고 이제 무언가 글을 써야 한다는 부담에서 잠시 벗어나, 무엇보다도 학교 옆의 카페로 나가자. 오늘도 그 카페에서 젊은이들이 악기 연주와 노래를 하면, 푸근한 마음으로 그들의 음악에 귀 기울이기로하자. 개성은 다르지만 한결같이 섬세하고 진지한 눈길을 우리 삶과 삶의 주변에 던짐으로써 읽는 이의 마음을 움직였던 세 시인의 시들을 마음속으로 떠올리며. 그러면 내 마음속에서 세 시인의 시들은 그 음악에 맞춰 또 다른 노래가 될 것이다.

카페의 분위기와 음악에 대한 기대가, 그리고 내 마음의 공간이 비좁은 듯 세 시인의 시들이, 함께 힘을 합해 나를 밖으로 내몰지만, 몸과 마음이 좀처럼 자리에서 일어날 기미를 보이지 않는다. 무엇 때문일까. 아직 하고 싶은 말이 남아 있어서일까. 문득 세 시인의 작품을 읽어나가는 도중 마음이 편치 않아지는 순간이 더러 있었던 것이 생각난다. 음악회에서 어떤 연주자가 실수를 하는 바람에 순간적으로나마 조화가 깨지고, 이를 들으면서 잠시 불안해졌던 것과 아주 유사한 느낌이 어쩌다 들기도 했던 것이다.

마음이 편치 않아지는 적이 있었다니? 여기에서 앞서 했던 오리 이야기를 다시 한 번 꺼내기로 하자. 만일 수면 위를 유유히 떠다니던 오리가 어쩌다 실수로 분주하게 움직이던 발을 수면 밖으로 드러내 헛발질을 했다면 어떨까. 그럴 경우가 있을지 모르지만, 아무튼 그런 경우가 있을 수 있다고 가정해보자. 물론 흐트러지는 몸가짐에 이를 보는 사람들은 우스꽝스럽다고 느끼거나 불안해할 수 있을 것이다. 세 시인의 작품을 읽는 동안 유유히 수면 위를 떠다니다 몸가짐이 흐트러지는 오리의 모습을 떠올리게 하는 순간이 어쩌다 있었고, 그것 때문에 마음은 불편했던 것이다. 무엇이 문제였던가. 물론 정도 차이는 있었지만, 언어가 작위적이고 부적절하게 느껴지는 경우가 더러 있었던 것이다. 시인은 물론 언어와 처절하고 고통스러운 싸움을 해야 하지만, 싸움의 흔적이 겉으로 드러나게 해서는 안 된다. 또한 적당한 선에서 싸움을 마무리하거나 포기한 흔적이 드러나게 해서도 안 된다. 시인의 시 세계는 모름지기 분주한 발 움직임을 수면 아래 감춘 채 유유자적하는 오리의 모습과도 같은 것이어야 한다. 물론 이 같은 주제넘은 비판이 세 시인 모두에게 동일한 정도로 적용되는 것도 아니고, 언어와 싸우다 지쳐 포기한 흔적이 한두 군데 있다고 해서 시 자체의 소중한 가치가 상실되는 것도 아니다. 그럼에도 불구하

고 이를 굳이 문제삼는 것은 세 시인 모두의 시 세계에 대한 한결같
은 애정의 마음 때문이다. 이제 정말로 자리를 털고 일어나 밖으로
나가자.

제3부 소설 또는 '경험의 숲'

'아찔한 소용돌이,' 그 안으로
―이청준의 「매잡이」와 '이야기 속의 이야기'

1. 이청준 소설의 서사 전략

먼저 중요한 삶의 문제를 부각하는 일종의 문제 상황을 제시한 다음, 이어서 이에 직면하여 온갖 의문을 견뎌내는 인물의 정신 세계를 추적하고 종국에는 문제의 핵심을 찾아내거나 밝힌다. 이청준이 그의 작품 세계에서 구사하는 가장 두드러진 서사 전략은 아마도 이상과 같이 요약될 수 있을 것이다. 이때 그가 작품에 설정하는 문제 상황은 삶의 본질 또는 의미와 관계되는 것들이다. 따라서 통속적인 추리소설과는 달리 문제를 풀어나가는 과정이 긴장감과 속도감을 수반하지 않는다. 삶의 본질이나 의미를 추적하는 작업이란 우회적이면서도 깊이 있는 사유와 성찰을 요구하기 때문이다. 따라서 이야기는 관념적·사변적으로 전개될 수밖에 없고, 이로 인해 긴장과 속도보다는 지연과 정체가 이청준의 서사 세계를 지배하는 특징처럼 보이기까지 한다. 아울러, 마지막에 드러나는 문제의 핵심도 단순하거나 선명하지 않다. 어찌 삶이라는 문제에 직면하여 추리 소설의 경우에서와 같이 명쾌하고 딱 부러지는 해답을 기대할 수 있겠는가. 어찌 보면, 추적의 과정을 통해 우리가 도달하는 지점이란 새로운 문제를 풀어나가기 위한 또 하나의 출발점일 수 있다. 사실 이청준은 이야기의 도달점에서뿐만 아니라 그 지점에 이르는 과정에서조차 우리에게 끊임없이 문제를 던지고 함께 풀어나갈 것을 요구한다. 또한 문제에 직면하여 끊임없는 반성적 사유의 길을 걷는 소설 속의 화자 또는 주인공과 마찬가지로 독자에게조차 이야기의 현장에 들어와서 스스로 문제에 대한 깊은 성찰에 임하도록 작가는 유도한다. 만일 이청준의 소설 세계가 그 어느 작가의 소설 세계보다 더 독자를 힘들게 하거나 괴롭힌다면 바로 이 때문일 것이다. 일상에 안주하고자 하는 우리의 의식을 끊임없이 일깨우는 동시에 우리의 현실과 삶을 낯설게 전경화(前景化)하는 것, 그리하여 우리 삶의 본질과 의미에 대해 새롭게 생각해보도록 유도하는 것, 이것이 바로 이청준 소설의 서사 전략이 목표하는 바인지도 모른다.

위에서 논의한 서사 전략의 효과를 극대화하기 위해 이청준이 동원하는 서사 장치 가운데 두드러진 것을 하나 들자면, 이는 이야기 속에 이야기 끼워 넣기일 것이다. 즉, 이야기를 전개해나가는 도중 돌연히 맥을 달리하는 이야기를 끼워 넣음으로써, 작가는 이야기의 속도를 늦추기도 하고, 문제의 핵심에 이르기 위한 단서를 우회적으로 제공하거나 새로운 문제를 제기하기도 한다. 물론 '이야기 속의 이야기'의 형태와 종류는 한결같지 않다. 예컨대, 「매잡이」나 「병신과 머저리」에서는 별도의 소설로 간주되는 이야기 또는 그 이야기의 일부가 '이야기 속의 이야기'의 역할을 하고, 또 「소문의 벽」에서는 별개의 소설의 줄거리로 간주되는 이야기가 그 역할을 한다. 또한『축제』나「자서전들 쓰십시다」에서는 편지가, 「지배와 해방」에서는 강연 녹취록으로 여겨지는 것이 그러한 역할을 한다. 아울러, 「서편제」나「줄광대」등 수많은 작품에서 과거에 대한 회상이나 진술 또는 고백이 '이야기 속의 이야기'의 역할을 한다. 2003년도에 출간된『신화를 삼킨 섬』을 보면 아기 장수 신화가 액자 틀—그것도 테가 아주 가는 액자 틀—의 역할을 하고 있고, 그 액자 틀 안에 1980년대 초의 제주를 배경으로 전개되는 이야기가 담겨 있거니와, 이 또한 '이야기 속의 이야기'를 제시하는 또 하나의 예가 되고 있다.[1]

　물론 '이야기 속의 이야기'라는 서사 장치가 이청준만의 전유물은 아니다. 하지만 이청준만큼 효과적으로 이 서사 장치를 이용하는 작가를 찾아보기란 쉽지 않을 것이다. 아니, 효과적으로 이용하는 선을 넘어서 독창적인 방법으로 이 장치를 작품 창작에 동원하고 있는 작가가 바로 이청준이라고 할 수 있다. 바로 이 점을 증명하는 작품 가운데 특히 주목할 만한 것이 「매잡이」[2]일 것이다. 이청준의 「매잡이」는 본 줄거리 이야기와 동일한 제목의 서로 관련이 있는 '이야기 속의 이야기' 두 편—정확하게 말해, 우리에게 주어진 이청준의 「매잡이」와 제목이 같은 소설 두 편의 일부분—으로 구성되어 있다. 그러니

---

1) 신화가 섬의 이야기를 감싼, 또는 삼킨 형국이라는 점에서 "신화를 삼킨 섬"이라는 이 소설의 제목 자체가 소설의 구조를 뒤집어 암시하고 있다. 어찌 보면, 이 제목은 제주섬이라는 삶의 공간이 액자 틀처럼 그 신화를 감싸고 있고, 다시 그 신화가 제주섬 사람들의 삶과 삶의 공간을 감싸고 있음을 암시하고 있다고 할 수 있다. 섬이 신화를 삼키고, 신화는 다시 인간의 삶 또는 섬을 삼킨 형국이라 하겠다.
2) 이청준, 「매잡이」, 『시간의 문』(이청준 문학 전집, 중단편 소설 제6권, 열림원, 2000년 12월). 이 작품의 인용은 본문에서 면수만 밝히기로 함.

까 동일한 제목의 이야기 세 편이 모여 이 소설을 형성하고 있는 셈이다. 이 소설에서 '이야기 속의 이야기' 두 편은 서로를 규정하고 통제할 뿐만 아니라 '이야기를 품고 있는 이야기'와의 복잡한 상호 관련 속에서 소설에 대한 이해를 결코 쉽지 않은 것으로 만들고 있다. 길지 않은 이 글의 나머지 지면은 바로 이 「매잡이」라는 작품에 드러나는 이청준 특유의 서사 전략을 검토하는 데 바치기로 한다.

2. '이야기 속의 이야기'의 의미를 찾아서

무엇보다도 먼저 '이야기 속의 이야기'라는 개념에 대한 이해가 선행되어야 할 것이다. 이는 프랑스어의 '미자나빔Mise-en-abyme'이라는 말에서 나온 것이며, '미자나빔'은 원래 '방패꼴 문장(紋章)의 중앙부에 넣기'를 뜻한다. 보다 정확하게 말하자면, '미자나빔'은 방패꼴 문장의 중앙부 도안이 역시 같은 모양의 방패꼴이었던 데서 유래한 말로, 앙드레 지드André Gide가 이를 처음 문학 용어로 사용하기 시작하였다.[3] 충분히 짐작할 수 있듯, 문학적으로 이 용어는 이야기의 한가운데 끼워 넣은 이야기를 지칭하는 데 쓰이며, 이렇게 끼워 넣은 이야기는 원래의 이야기인 '이야기를 품고 있는 이야기'와 유사성이나 모종의 연계 고리를 지니고 있는 것으로 인식된다. 아무튼, '이야기 속의 이야기'를 포괄적으로 지칭하는 용어가 '미자나빔'으로, '미자나빔'이라는 서사 장치를 이용하고 있는 예를 우리는 오늘날 문

---

3) *Le Robert: Dictionnaire de la Langue française* (Paris: Dictionnaires LE ROBERT, 1985), 20면.

학 작품에서뿐만 아니라 텔레비전 드라마나 영화에서도 널리 찾아볼 수 있다.

하지만 '미자나빔'을 단순히 '이야기를 품고 있는 이야기'와 유사성을 갖거나 연결 고리를 갖는 이야기를 가리키는 개념 정도로 이해해서는 안 될 것이다. 이와 관련하여 이 용어가 방패꼴 문장의 중앙부 도안이 역시 같은 모양의 방패꼴이었던 데서 유래한 말이라는 점에 다시 한 번 주목하지 않을 수 없다. 만일 중앙부의 도안이 그 도안을 품고 있는 방패꼴 문장과 같은 모양이라면 중앙부의 도안 안에도 또 하나의 방패꼴 모양의 도안을 품고 있는 것으로 생각해볼 수 있기 때문이다. 이 같은 상황이 무한으로 전개된다고 보았을 때, 이는 마치 두 개의 거울을 마주 대면시켜놓는 경우 일어나는 서로에 대한 무한 반영의 상황과 다를 바 없을 것이다. '아빔'이라는 단어가 '심연'을 뜻하는 단어라는 점도 이와 무관하지 않다. 한편, 암스테르담 대학의 서술이론학자인 미에케 발Mieke Bal은 '이야기 속의 이야기'는 '이야기를 품고 있는 이야기'의 '기호'가 될 수 있다고 주장한 바 있다.⁴⁾ 발의 이론에서 한 걸음 더 나아가, 앞서 말한 무한 복사의 상황을 염두에 두는 경우 우리는 '이야기 속의 이야기'와 '이야기를 품고 있는 이야기'는 서로에 대한 '기호sign'와 '의미meaning'의 역할을 끊임없이 되풀이하여 떠맡는 것으로 볼 수도 있을 것이다.

이제 이청준의 「매잡이」에 눈길을 돌리기로 하자. 앞서 언급한 바와 같이, 이 작품은 '매잡이'라는 제목의 소설 세 편이 교직되어 있는 이야기인데, 우선 화자가 '현재' 진행하고 있는 이야기를 첫번째 이야

---

4) Jeremy Hawthorn, *A Glossary of Contemporary Literary Theory*, 제4판 (London: Arnold, 2000), 210~11면.

기로 상정할 수 있겠다. 이를 편의상 매1로 부르기로 하자. 이어서 소설 속의 화자가 이미 발표한 적이 있는「매잡이」와 민태준이 유고로 남긴 또 하나의「매잡이」를 각각 두번째 이야기와 세번째 이야기로 상정할 수 있겠다. 매1 안에 '이야기 속의 이야기'로 등장하는 이 두 이야기를 편의상 매2와 매3으로 부르기로 하자. 무엇보다도 우리의 관심은 작가가 왜 이처럼 매2와 매3을 매1 안에 끼워 넣는 방식을 택했는가에 있다. 도대체 무엇을 위한 것이었을까. 이 같은 의문은 매1, 매2, 매3이 모두「매잡이」로 제목이 같다는 점에서 더욱 증폭될 수밖에 없는데, 작가가 이들 세 이야기에 모두 같은 제목을 부여함으로써 의도한 바는 무엇일까. 한편, 매2와 매3 사이에는 "나라는 화자(話者)가 하나 더 등장하고 곽서방은 그 화자의 눈을 통해서 그려지는" 매3과 달리 "나의 것〔매2〕은 곽서방이 '나'라는 화자 없이 3인칭으로 직접 묘사되고 있"(131)을 뿐 별다른 차이가 없다. 바로 이 점을 이유로 소설 속의 화자는 매3의 단 한 부분만을 제시하고 있는데, 매2와 매3이 서로에게 주는 의미는 무엇인가. 나아가 매1과 매2, 매1과 매3이 서로에게 주는 의미는 무엇일까. 또한 매1, 매2, 매3이 한데 어우러져 총체적으로 의미하는 바는 무엇일까. 우리의 의문은 이처럼 끊임없이 이어질 수 있다.

이 같은 의문에 대해 답을 찾기 전에 우선 매1의 이야기를 따라가 보도록 하자. 어느 날 화자는 그가 "민형"이라고 부르는 그의 친구인 동시에 "소설을 한 편도 쓰지 않은 소설가"(76)인 민태준의 요청에 따라 그를 찾는다. 민태준은 화자에게 "곽서방"이라는 매잡이가 살고 있는 전라북도 어느 산골 촌락으로 여행을 권유한다. 내키지 않는 마음에도 불구하고 화자는 여행을 떠나 그곳에 당도하여 민태준이 일러

준 소년 중식과 만난다. 뜻밖의 상황에 처하여 화자는 온갖 의문을
갖지 않을 수 없다.

> 그간의 의문점들이 한꺼번에 몰려들기 시작했다. 도대체 매잡이란 그
> 사내는 어떤 사람인가. 무슨 연유로 그런 짓을 하고 있는 것일까. 그
> 리고 잠자리에서까지 배에다 매를 얹고 자는 이 소년은 —아무도 가지
> 않는 그 사내의 반죽음 곁에서 밤을 같이 새우는 이 소년은 아마 그 연
> 유를, 아니 그 연유뿐만 아니라 예상할 수도 없는 많은 것을 알고 있을
> 지 모른다. 그런데 소년은 무엇 때문에 그 사내를 그토록 가까이하게
> 된 것인가. 그리고 그보다 더욱 이상한 것은 민태준이란 사내였다. 그
> 는 도대체 이러한 모든 사태를 알고 있었기나 한 듯 제때에 나를 이곳
> 으로 보낸 것이다. 그렇다면 그는 이 모든 것을 알고 있었단 말인
> 가…… (92)

의문을 갖는 것은 화자뿐만이 아니다. 이야기가 여기까지 진행되는
동안만 해도 독자 역시 무수한 의문을 품지 않을 수 없다. 화자를 따
라가다 보면, 민태준은 왜 자살을 했을까, 민태준이 소설을 끝내 쓸
수 없었던 이유는 무엇일까, 민태준이 남긴 단 한 편의 소설은 어떤
것일까, 민태준은 왜 화자에게 여행을 권했을까, 화자와 만나는 자리
에서 '버버리' 소년은 왜 충격을 받은 듯 안절부절못했을까, 매잡이는
왜 자기가 밥을 얻어먹고 있던 집의 헛간에서 자진해서 죽어가기만
기다리고 있는 것일까, 중식이라는 버버리 소년과 매잡이는 어떤 관
계인가 등등의 의문이 해결되지 않은 상황에서, 독자는 조금씩 더 깊
이 이야기 속으로 끌려 들어간다. 여기에서 우리가 유의해야 할 점은

위에 인용한 부분에서 확인할 수 있듯 화자가 갖는 의문이 대체로 독자가 가질 만한 의문과 동일하다는 사실이다. 즉, 작가는 그의 서술 과정에 독자를 끌어들여 화자의 위치에서 상황을 바라보도록 하고 있다.

마을에 도착하여 하룻밤을 지내고 그 다음 날 화자는 소년과 함께 매잡이를 찾는다. 이어서 소년과 "매를 가지고 철도 맞지 않은 사냥"(96)을 나서기도 하고, 또 소년으로부터 매사냥이나 곽서방에 관해 이러저러한 이야기를 듣기도 한다. 이때 화자는 "이 마을에서의 민형의 행적과 실제로 눈앞에서 기이한 죽음을 기다리고 있는 매잡이 사내, 둘을 한꺼번에 쫓느라 어느 쪽에도 확실한 관심을 집중시키지 못하고 있던 참"(97)이었지만, 소년으로 인해 "혼란스럽고 어정쩡한 나의 주의를 우선 한동안 매잡이 사내에게로 고정"할 수 있게 된다. 그리고 "그것이 나의 첫번째 「매잡이」라는 작품을 낳게 했고, 그럼으로써 오히려 민형의 행적에만 호기심을 갖다 만 것보다는 민형의 취재 행각 이상의 매잡이의 삶에 대한 인식, 또는 나를 보낸 민형의 의도 같은 것을 훨씬 더 명백하게 이해할 수 있게 해"(97) 주었음을 밝힌다. 이어서 매₂의 일부가 이야기 안에서 인용된다.

작품의 약 3분의 1에 해당하는 부분이 이 매₂에서의 인용으로 채워져 있다. 이 이야기 안에서도 작가는 끊임없이 화자와 독자에게 갖가지 의문을 공유하도록 한다. 그런 다음 다시 매₁로 되돌아온다. 말하자면, "다시 이야기를 본 줄거리로 돌"(118)린다. 곧이어 화자는 매잡이의 죽음이라는 수수께끼를 뒤로하고 서울로 돌아온다. 돌아오자마자 그는 "또 하나의 수수께끼"와 만나게 되었는데, 민태준의 자살이 바로 그것이다. 민태준은 화자에게 유서를 남기는데, "첫째로 내가 여행에서 돌아오면 소설을 한 편 써 발표하라는 것, 두번째로는 가능한 대로 자기의 취재물을 소설로 완성시켜보라는 것, 그리고 세번째 부탁은 무엇인지 모를 그 봉투의 물건을 일정한 기간 후에 꺼내보라는 것"(124~25)이 그 내용이다. 매2는 바로 이러한 민태준의 요구에 부응하여 화자가 써서 발표한 소설이다. "매잡이의 죽음과 민형의 죽음에는 자꾸만 어떤 관련이 있는 것처럼 나의 머릿속으로 함께 얽혀들"(125)지만 화자는 끝내 의문을 해결하지 못한 채 '매잡이'라는 제목의 소설을 발표하는 것으로 이 문제에서 벗어난다. 그러던 어느 날 우연히 문제의 봉투를 열어보게 되고, 이로 인해 "마음의 밑바닥에서 한동안 그렇듯 잠을 자고 있었던" "민형과 곽서방의 죽음에 대한 애초의 비밀"(130)이 풀리게 된다. 즉, 화자는 "크나큰 놀라움과 함께 그 대부분의 비밀에 새로운 해답을 얻"(130)는다.

화자는 "새로운 해답"을 민태준이 남긴 봉투 속의 내용물을 통해 확인하는데, 그 내용물은 놀랍게도 매잡이의 죽음을 예견하는 한 편의 소설—'매잡이'라는 제목으로 된 또 한 편의 소설—이다. 바로 그 매3의 한 부분을 제시한 다음 화자는 매잡이의 죽음이 왜 필연적일 수밖에 없었던가를, 나아가 민태준의 죽음을 어떤 맥락에서 이해해야 할 것인가를 짚어보는 가운데 이야기를 끝맺는다. 하지만 화자는 민태준의 소설 뒤에 숨어 있는 작의(作意)와 관련하여 "섣불리 그의 작의를 단정하는 것은 삼가자"(133)라고 말하거나 또는 민태준이 죽음을 택한 이유와 관련하여 '모른다'나 '모르는 일이다'와 같은 유보적 표현을 사용함으로써 자신의 해답이 단정적인 것이 되지 않도록 신중을 기하고 있다. 이런 모습의 화자를 통해 작가는 매1, 매2, 매3을 함께 아우르는 그의 소설 「매잡이」라는 텍스트를 다의적(多義的)인 해석을 허락하는 '열린 텍스트'로 만들고 있다. 아니, 한 걸음 더 나아가, 매1에 암시된 화자의 해석을 포함해서 매1 자체의 의미에 대해 다시 생각해볼 여지까지 확보해주고 있다. 어찌 보면, 매2와 매3의 일부를 매1에 끼워 넣은 것은 이처럼 매1을 '열린 텍스트'로 만들기 위한 전략일 수도 있다. 말하자면, 문제에 대한 또 다른 해답의 실마리를 독자 스스로 텍스트에서 찾도록 유도하기 위해 제시하는 생생한 자료 ― 곧 '가공되기 이전의 날것' ― 의 역할을 하는 것이 매2와 매3이라는 '이야기 속의 이야기'일 수 있다.

어떤 시각에서 보면, 독자 스스로 해답을 찾도록 텍스트를 열어놓는 것 자체가 작가의 직무 유기로 비칠지 모른다. 하지만 이런 비난이 두려워서 '이야기 속의 이야기'를 해체하여 '이야기를 품고 있는 이야기'의 일부로 편입시켜버린다면 작품에 대한 다의적 이해가 불가능해질 수도 있다. 다시 말해, 작품에 대한 다의적 이해에 이를 수 있는 여지를 남겨놓기 위해 작가는 매2와 매3과 같은 '이야기 속의 이야기'를 이야기에 끼워 넣은 것으로 볼 수 있다. 그렇다면, 이청준의 「매잡이」에서 화자가 얻은 해답 이외에 우리가 읽을 수 있는 것은 과연 무엇일까. 우리는 여기에서 다시 매2와 매3의 역할과 의미를 곱씹어보지 않을 수 없다.

먼저 화자가 민태준의 소설 뒤에 숨어 있는 작의를 가늠하는 부분에 주목할 수 있다. 즉, 화자는 매3에서 매잡이가 "자신의 운명을 매의 그것과 한가지로 받아들이고 있"(133)음을 확인하고 있는데, 어떻게 해서 그렇게 되었는가를 우리는 화자가 제시한 매3의 일부에서 확인할 수 있다. '나'(민태준)는 '사내'(매잡이)를 "못 견디게 하"는 '자극제(刺戟劑) irritant'였고, 이로 인해 '사내'는 깨달음과 함께 죽음으로 가는 길을 걸을 수밖에 없었던 것이다. 하지만 매3은 단순히 화자의 판단을 이해하는 데 도움을 주는 것만은 아니다. 이는 또한 민태준이 죽음에 이를 수밖에 없었던 이유를 이해하는 데 도움을 주는 것이기도 하다. 이와 관련하여 우리는 먼저 '내'가 어떻게 하여 '사내'를 "못 견디게 하"는 자극제 역할을 하게 되었는가를 '화자가 제시한 매3의 일부'에서 확인해볼 필요가 있는데, '사내'가 "아끼고 있"(132)는 대상에 대해 생각해보도록 그 '사내'를 유도하는 가운데 그런 역할을 하게 되었음을 알 수 있다. 문제는 '나'에게도 아끼고 있는 대상이 있다는 사실이다. 민태준이 "언젠가는 필경 소설을 써내고 정말 소설가가 되고 말 것처럼 그는 소설에 대해서 열심이었다"(76)는 말에서 확인할 수 있듯, 그것은 바로 '소설'일 수 있다. 매를 아끼는 매잡이와 만나는 동안 그 매잡이의 모습에서 민태준은 소설을 아끼는 자신의 모습을 보았는지도 모른다. 즉, 매3은 매잡이가 '나'를 "못 견디게 하"는 자극제임을 뒤집어 암시하기 위한 것일 수 있다. 다시 말해, 매잡이와 민태준은 서로에게 거울의 역할을 하고 있다. 이런 점에서 매잡이와 민태준 사이의 관계는 '이야기를 품고 있는 이야기'인 매1과 '이야기 속의 이야기'인 매3 사이의 관계와 크게 다를 바 없는 것이다. 매1은 매3의 의미를 확인케 하는 거울의 역할을 하고 있다면 매3은 매1의 의미를 확인케 하는 거울의 역할을 하고 있다는 점에서 그러하다. 어떤 관점에서 보면, 매1과 매3의 경우와 마찬가지로 매잡이와 민태준의 경우도 서로에 대한 기호의 역할을 끊임없이 번갈아 가며 맡아 한다고 할 수 있거니와, 여기에서 작가의 서사 전략이 무엇인지를 감지할 수도 있다.

그렇다면 매2는 매1과 어떤 관계에 있는 것일까. 매2를 따로 떼어놓는 경우, 이는 제 의미와 기능을 이미 상실한 매잡이가 자신의 존재 이유에 대해 깊이 고민하다가 매잡이 역할을 포기하는 대신 죽음을 택하는 이야기 그 이상도 그 이하도 아니다. 매잡이인 '사내'와 '내'가 함께 등장하는 매₃보다 훨씬 더 단순한 시각을 반영하는 이야기일 수 있다는 뜻에서 그러하다. 물론 의미나 존재 이유의 상실이 인간을 죽음으로 몰아갈 수도 있다는 메시지로 인해 매₂를 평범한 이야기로 읽을 수만은 없다. 그럼에도 불구하고 이 이야기 자체는 사라져가는 "풍속 자체"에 대한 관심의 표현이라는 맥락에서 그 의미를 소진할 수도 있다. 하지만 매₂는 매₁의 한가운데에 자리를 잡음으로써 새로운 의미를 획득하게 된다. 여기에서 우리는 매₁이 무엇보다도 소설가의 소설 쓰기와 관련된 소설—이른바 '소설가 소설'—일 수 있음에 유의해야 할 것이다. 이 점은 화자가 "이번에 다시 이 이야기를 쓰게 된 나의 관심이 매잡이의 풍속 자체보다도 민형과 민형의 죽음, 그리고 그의 소설에 관한 것들 쪽"(136)임을 밝히는 데서도 확인된다. 사실 매₁의 앞부분, 그러니까 매₂가 인용되기 전의 부분에서 우리가 화자와 함께 만나는 인물은 소설을 쓰지 못한 채 언제나 '준비 작업'—이청준이 그의 다른 작품에서 자주 사용한 표현을 빌리자면, '조율 작업'—만을 하는 민태준이다. "소설을 한 편도 쓰지 않은 소설가"(76)인 민태준은 과연 소설을 '쓰지 않은' 것일까 또는 '못 쓴' 것일까. 그가 "취재 여행에서 수집해놓은 소재들이 참으로 진기하고 귀중한 것들뿐"(77)임에도 불구하고 소설을 쓰지 않았다면 그 이유는 무엇일까. 오히려 못 쓴 쪽이 아닐까. 이를 뒷받침하듯 화자는 이렇게 쓰고 있다.

그러나 안타깝게도 민형은 그 어느 하나도 작품으로 다듬어 내지를 못하고 만 것이다. 마치 그는 작가가 되는 것은 도저히 불가능하다는 내심의 깊은 절망을 달래기 위해 그의 일은 작품의 자료를 수집하는 것만으로 만족하려고 애를 쓰고 있었던 것처럼 그 자료만 수집하고 다녔던 것이다. 적어도 민형을 알고 있는 우리 친구들은 그렇게 생각하고 있었다. (78)

민태준에 대한 화자의 호기심이 여행 과정에 증폭되듯 독자의 관심도 증폭된다. 바로 이 순간 화자는 '이야기 속의 이야기'인 매₂를 자신의 이야기 중간에 끼워 넣는다. 말하자면, 작가는 자신의 소설인 「매잡이」의 한복판에 '이야기 속의 이야기'를 배치하고 있는 것이다. 바로 이처럼 이야기 안에 또 하나의 이야기를 배치하는 순간, 두 이야기는 서로를 반영하여 새로운 의미를 획득하게 된다. 즉, '이야기 안의 이야기'는 소설을 쓸 수 없는 소설가에 대한 우의allegory로 읽힌다. 아울러, '이야기를 품고 있는 이야기'는 자신의 존재 이유를 상실한 매잡이에 대한 우의로 읽을 수도 있다.

이 같은 방식의 이해는 여러 면에서 설득력을 얻는데, 우선 "요즘은 매로 잡은 꿩이 장거리에서 돈으로 팔리는 판국이었다"(98)는 말에서 우리는 소설의 타락을 읽을 수도 있고, 매잡이는 이미 "시류"를 벗어난 것이라는 이야기 속의 인물 서영감의 말(108)에서 소설이 차지하던 영광의 자리가 상실의 위기에 있음을 읽을 수도 있다. 모든 것이 상업화된 우리 시대, 또한 영화나 텔레비전과 같은 영상 매체들이 소설의 자리를 위협하는 우리 시대의 모습을 우의적으로 읽을 수 있지 않은가. 아울러, 소설가의 창작 의욕과 상상력을 매에 비유한다면, 꿩은 바로 작가가 창작 과정을 통해 획득하는 소설 작품에 대한 비유로 읽을 수도 있으리라. 요컨대, '이야기 속의 이야기'인 매2는 소설가가 처한 현실이 어떤 것인가를 매잡이의 이야기를 통해 생생하게 보여주는 우의적 이야기로 읽을 수 있다. 아울러, 소설가가 끌어안아야 할 고통의 깊이가 어떤 것인지를 스스로 죽음의 길로 자신을 몰아가는 매잡이를 통해 실감 나게 느낄 수도 있다. 물론 그 역도 성립된다. '이야기를 품고 있는 이야기'인 매1은 매잡이로 대표되는 '풍속'이 치한 위기의 현실을 소설가가 처해 있는 신난한 현실에 빗대어 하는 이야기로 읽을 수도 있으며, 사라져가는 '풍속'에 안타까워하고 괴로워하는 매잡이와 같은 사람들의 마음을 위기에 처한 소설가의 모습을 통해 전하는 이야기로 읽을 수도 있다.

이제 '이야기 속의 이야기'인 매2와 매3의 관계에 대해 살펴볼 차례다. 앞서 주목한 바와 같이, 화자는 "나라는 화자가 하나 더 등장하고 곽서방은 그 화자의 눈을 통해서 그려지는 데 반하여, 나의 것은 곽서방이 '나'라는 화자 없이 3인칭으로 직접 묘사되고 있는 것뿐"(131)이라고 밝힌 바 있다. 과연 이 차이가 의미하는 바는 무엇일까. 무엇보다도 매2가 매잡이를 객관적 입장에서 바라보는 사람(화자)의 이야기라면 매3은 매잡이를 자신의 주관적 눈을 통해 바라보는 사람(민태준)의 이야기라고 할 수 있다. 행여 이는 전자의 작가인 화자보다 후자의 작가인 민태준이 매잡이라는 대상에 대한 관심도가 더 높음을 암시하기 위한 것 아닐까. 사실 화자가 매잡이한테서 볼 수 없었던 것—예컨대, 자기 자신의 모습—을 민태준은 보았다는 점에서 매잡이에 대해 양자가 갖는 관심의 종류가 다르고 따라서 그 의미도 다를 수밖에 없거니와, '나'의 개입이 배제된 매2와 '나'의 시선이 개입된 $매_3$ 사이의 차이는 이를 알게 모르게 반영하고 있는 것이리라.

　$매_2$가 사실을 관찰하고 관찰한 바를 있는 그대로 보고하는 소설이라면 $매_3$은 사실에 근거하되 미래를 예견하는 소설이라는 점에서도 두 이야기 사이에는 차이가 있다. 말하자면, 후자가 전자보다는 더 훌륭한 소설가의 자질을 보여주는 소설로서 의미가 있다. 이와 관련하여 우리는 화자의 다음과 같은 진술에 주목할 수 있는데, 예언자로서 소설가의 자질에 대한 작가의 관심은 다음의 인용에서 확인된다.

사물의 본질을 투시할 수 있는 눈을 가진 훌륭한 작가라면 (그 점에서 나는 벌써 민형을 훌륭한 작가였다고 생각하지만) 그는 어느 정도 미래를 예견할 수 있는 능력을 가진다……. 민형에 의해서 예견된 어떤 필연성이 곽서방에게 받아들여지느냐 않느냐는 별개의 문제인 것이고, 하여튼 그런 작가의 눈(양심이라고 해도 좋겠다)이라는 것은 내가 민형을 증언하거나 「매잡이」라는 세 편의 소설에 대한 긴 해명을 남기는 일 못지않게 관심이 가는 일이다. (134)

　이제 '이야기 속의 이야기'라는 서사 장치에 대한 논의를 끝맺을 때가 되었다. 이 자리에서 짚고 넘어가야 할 문제가 하나 있으니, 이는 왜 작가가 세 편의 작품에 모두 '매잡이'라는 동일한 제목을 붙였는가다. 만일 "세 편의 소설은 사실 거의 같거나 비슷비슷한 것들"(79)이라고 하더라도 여전히 동일한 제목을 붙여야 할 필연적 이유가 무엇인지는 설명되지 않기 때문이다. 여기에서 우리는 작품의 제목과 작품의 텍스트가 기호와 의미 또는 기표signifiant와 기의signifié의 관계를 갖는다는 추론을 해볼 수도 있다. 다시 말해, $매_1$, $매_2$, $매_3$은 동일한 기호 또는 기표가 서로 다른 의미 또는 기의와 관련을 맺고 있는 상황을 보여주는 것이라고 할 수 있다. 또는 기호와 의미 또는 기표와 기의가 서로에 대해 '임의적arbitrary'인 관계임을 암시하는 것일 수 있다. 여기에다가 발의 논리를 덧붙이면, 매2와 매3은 매1의 기호 또는 기표일 수 있고, 또 매1은 매2와 매3의 의미 또는 기의일 수 있다. 이들은 또한 서로가 서로를 반영하는 가운데 기호와 의미 또는 기표와 기의의 자리를 맞바꿀 수도 있다. 이들 사이에 있을 수 있는 복잡한 결합 관계도 문제지만, 매1, 매2, 매3이 제목이 같음으로써 이 복잡한 결합 관계는 더욱더 심각한 것이 된다. 그 모든 가능한 결합 관계를 한번 상상해보라. 스테판 말라르메의 표현을 빌려 말하자면, "아찔한 소용돌이spirale vertigineuse"[5]가 아니고 무엇이겠는가.

「매잡이」는 '이야기를 품고 있는 이야기'와 '이야기 속의 이야기' 사이에, 나아가 하나의 '이야기 속의 이야기'와 또 하나의 '이야기 속의 이야기' 사이에 이루어지는 무수한 의미화signification의 가능성을 약속하는 소설이라 하겠다. 즉, 그 깊이를 쉽게 가늠할 수 없는 소설인 것이다. 이청준의 작품 가운데에는 그처럼 쉽게 깊이가 가늠되지 않는 예들이 적지 않거니와, 그러한 작품과 만날 때마다 우리는 일종의 '심연abyme'으로 인도되는 듯한 느낌을 갖게 된다. 그 심연 앞에서 어찌 우리가 긴장하지 않을 수 있겠는가.

---

5) Stéphane Mallarmé, *Igitur ou la Folie d'Elbehnon*, *Oeuveres cmplètes* (Paris: Gallimard, 1945), 437면.

3. 새로운 논의와 이해의 지평을 위하여

이청준의 「매잡이」는 그 어떤 작가의 작품과도 견줄 수 없는 탁월한 '소설가 소설' 또는 '메타 소설'이다. 이 작품을 메타 소설이라 함은 글 쓰는 사람의 자기 돌아보기를 주제로 한 소설이라는 점에서 그러하다. 사실 『씌어지지 않은 자서전』, 『조율사』와 같은 장편 소설과 『자서전들 쓰십시다』와 같은 연작 소설은 물론, 「병신과 머저리」, 「소문의 벽」, 「예언자」, 「비화밀교」와 같은 중단편 소설 이외에도 이청준의 수많은 소설은 직접적으로든 간접적으로든 글쓰기의 문제를 다룬 '메타 소설'의 성격을 띠는데, 적지 않은 작품에서 작가는 우리가 앞서 검토한 바 있는 '이야기 속의 이야기'라는 서사 장치를 동원하고 있다. 바로 이 서사 장치가 개별 작품에서 어떻게 효과적으로 동원되고 있는가는 이청준 문학을 알고 연구하는 문학도 모두에게 맡겨진 중요한 과제가 아닐 수 없다. 이 글은 이 같은 과제를 궤도에 올려놓기 위한 하나의 작은 시도에 지나지 않는다.

이 작은 시도를 마무리하는 자리에서 우리는 "소설을 한 편도 쓰지 않은 소설가"라는 반어와 역설로 가득 찬 말을 다시 한 번 떠올리지 않을 수 없다. 이는 물론 '소설다운 소설을 한 편이라도 써야 하지 않겠는가'라는 물음—작가의 반성적 사유가 깊이 배어 있는 이 같은 물음—을 그 뒤에 간직하고 있는 말인 동시에 소설다운 소설을 향한 작가의 깊은 염원을 담고 있는 말일 것이다. 사실 "소설을 한 편도 쓰지 않은 소설가"에 대한 소설인 「매잡이」와 같이 역설과 반어의 깊이를 느끼게 하는 작품을 우리는 이청준의 소설 세계에서 자주 만나게 되는데, 우선 우리의 머리에 떠오르는 것이 드러내서는 안 되는 것, 쓸 수 없는 것을 써야만 하는 소설가의 운명을 암시하는 「비화밀교」라든가, 소설이 처한 위기 상황을 소설을 통해 전하는 동시에 파멸을 선명하게 예감하면서도 파멸을 피하지 않는 소설가의 모습을 그린 「예언자」다.

이야기 속에 이야기를 넣음으로써 삶에 대한 이해와 해석의 폭과 깊이를 넓혀주는 서사 전략뿐만 아니라 반어와 역설로 긴장의 끈을 늦추지 않는 서사 전략에도 우리가 진지한 눈길을 주어야 한다면, 이들 작품이 뛰어난 문학성을 성취하고 있기 때문만은 아니다. 자신과 자신이 처한 상황에 대한 깊은 성찰을 그 어느 작가의 작품에서보다 더 선명하게 확인할 수 있기 때문이기도 하다. 아니, 한 걸음 더 나아가, 더할 수 없이 깊은 인간의 정신 세계, 그 심연으로 우리를 몰아가 언뜻 눈길을 주도록 하기 때문이다. 그 심연에 눈길을 주어 측량할 수 없는 깊이에 경외감을 느낀 자, 그의 눈에 비친 인간의 삶은 결코 이전의 것과 같은 것일 수 없으리라.

위로와 치유를 위하여
—백시종의 『서랍 속의 반란』*이 말하는 것

1. '서랍 속' 또는 '소설 속'의 반란

백시종의 『서랍 속의 반란』을 거의 다 읽었을 무렵 문득 떠오르는 것이 있었으니, 그것은 일본의 승려 작가인 겐유 소큐의 『물의 뱃머리』라는 소설에 나오는 다음과 같은 구절이었다.

겐간(玄山)은 그리스도교의 참회에 해당되는 시스템, 즉 죄의 고백에 의해 그 죄가 해소된다는 인식은 불교에는 없다는 이야기를 할까 말까 망설이면서 그 근거를 머릿속에서 나름대로 정리해보았다. 고백으로 죄가 해소될 수 없는 이유는 우리의 입도 머릿속도 과거를 언어로 편집하려 들면 제아무리 성실을 기한다 해도 결국 픽션이 될 수밖에 없는 것이고, 조금 과장하면 역사라고 불리는 것조차 픽션인 것이라는

---

* 백시종, 『서랍 속의 반란』(문학수첩, 2003). 이 책의 인용은 본문에서 작품명과 면수만을 밝히기로 함.

답에 도달했다. (『물의 뱃머리』, 열림원, 2003, 125)

폭력과 야합한 금력이 어두운 사회 현실을 얼마만큼 더 어둡게 하는가를 생생하게 보여주는 백시종의 소설집 읽기가 끝날 무렵에 이처럼 엉뚱한 작가의 엉뚱한 구절이 머리를 스치는 이유는 무엇일까. 아마도 이 물음에 답을 구하는 가운데 우리는 백시종의 작품 세계를 이해하기 위한 하나의 단초를 찾을 수 있으리라.

인간의 죽음과 구원의 문제, 죽음 앞에 선 인간의 내적 갈등과 두려움을 다룬 『물의 뱃머리』에 나오는 이 구절은 무엇보다도 구원의 문제와 관련하여 불교와 기독교의 차이를 보여준다. 즉, 죽음에 임박하여 참회함으로써 그동안 인간이 지었던 죄가 해소되고 따라서 구원을 받을 수 있다는 것이 기독교적 믿음이라면, 이에 상응하는 믿음 체계가 불교에는 존재하지 않는다. 하지만 불교에서도 구원의 가능성은 약속되어 있는데, 이는 '참회'를 통해서가 아니라 '독경(讀經)'을 통해서다. 문제는 왜 '참회'가 아닌 '독경'인가에 있다. 혹시 '참회'가 언어 행위 가운데 '말하기' 또는 '텍스트 쓰기'에 해당하는 것이라면 '독경'은 '듣기' 또는 '텍스트 읽기'에 해당하는 것 아닐까. 이처럼 말하기와 쓰기가 강조되는 믿음 체계와 듣기와 읽기가 강조되는 믿음 체계 사이의 극명한 차이가 기독교와 불교 사이에 존재하는 것 아닐까.

위의 물음에 대한 답이 어떤 것이든 우리가 문제삼고자 하는 것은 불교에서 죄의 고백이라는 의식(儀式)이 존재하지 않는 이유를 소설 속의 주인공인 승려 겐간이 나름대로 추정해보는 부분이다. 물론 겐간의 추정은 지극히 사적이고 자의적(恣意的)인 것일 수 있다. 그럼에도 불구하고, 기독교적 참회 의식은 '말하기' 또는 '텍스트 쓰기'와 관련된다는 우리의 논리를 전제하는 경우, 겐간의 추정은 상당한 설득력을 갖는다. 우리의 삶과 관련하여 말하기 또는 텍스트 쓰기란 겐간의 말대로 "우리의 입"과 "머릿속"이 "과거를 언어로 편집하려"는 행위일 수 있고, 이 경우 "제아무리 성실을 기한다 해도 결국 픽션이 될 수밖에 없"기 때문이다. 바로 이 같은 맥락에서 볼 때 승려 겐간의 말대로 "조금 과장하면 역사라고 불리는 것조차 픽션"이다.

요컨대, 픽션 만들기라는 이유로 고백의 의식을 불교가 받아들이지 않았을 것이라는 식의 추정을 겐간은 하고 있는 것이다. 이 같은 추정에서 우리는 무엇보다도 픽션 자체를 폄하하는 태도를 읽을 수 있다. 그렇다면, 스스로 픽션임을 내세우는 이른바 소설이라고 불리는 문학 장르의 위상은 어떤 것인가. 픽션이 폄하될 수밖에 없다면 스스로 픽션임을 내세우는 소설의 존재 이유는 과연 무엇인가. 여기에서 우리는 다시 한 번 겐유의 소설에 주목하지 않을 수 없는데, 성자(聖者)와도 같은 존재인 다카기 구미코라는 여인이 죽음에 임박하여 겐간에게 자신의 참회를 들어달라는 부탁을 하자 그는 마침내 "참회가 픽션을 짜내는 작업이라고 해도 픽션이 사람을 치유하고 위로해준다는 게 더 거대한 진실이 아닐까?"(『물의 뱃머리』, 126)라는 결론에 이른다. 말하자면, 겐간은 "픽션이 사람을 치유하고 위로해준다"는 "거대한 진실"을 외면할 수 없었던 것이다. 소설의 존재 이유는 바로 여기에 있는지도 모른다. 소설은 픽션임에도 불구하고, 아니, 픽션이기에, 인간의 아픈 마음을 위로하고 또 인간이 지닌 마음의 병을 치유해줄 수 있는 것이다.

소설이란 우리의 체험을 언어로 편집한 픽션일 수 있거니와, 백시종의 소설집 『서랍 속의 반란』은 픽션인 동시에 비약적인 경제 성장을 거듭하던 한국 사회에서 작가가 체험한 바를 기록한 일종의 자기 고백일 수 있다. 특히 이 소설집의 마지막을 장식하는 「서랍 속의 반란」은 기업체에서 근무한 바 있는 작가 자신의 체험담으로 읽히기도 한다. 노동자의 고통과 아픔을 생생하게 전하고 있는 이 소설에서 강준호 차장은 거대한 기계의 부속품처럼 삶을 살아가는 선한 마음의 인물이다. 바로 이 인물에서 작가의 모습을 읽을 수 있지 않을까. 말하자면, 『물의 뱃머리』에 등장하는 구미코와 같이 선한 마음을 지니고 있으면서도 사회의 탁류에 어쩔 수 없이 휩쓸려갈 수밖에 없었던 강준호 차장의 눈에 비친 세상사에 관한 작가의 기록은 곧 작가 자신의 자기 고백일 수도 있다. 물론 이 같은 자기 고백은 정신적 정화를 위해 작가가 거쳐야 했던 필연적 절차였을 것이다. 또는 위로와 치유를 위한 것이 작가에게 「서랍 속의 반란」과 같은 소설을 쓰는 일이었을 것이다. 이 경우 위로와 치유는 기독교적 입장에서 보면 소설가에게 허락된 것이다. 하지만 소설의 위로와 치유 기능은 여기에서 끝나지 않는다. 불교적 입장에서 보면 이 같은 위로와 치유는 바로 그 소설을 읽는 사람인 독자에게 허락된 것일 수 있다.

『서랍 속의 반란』에 수록된 소설 가운데 「서랍 속의 반란」은 여타의 작품에 비해 주제가 선명하게 드러나 있지 않다는 느낌을 주기도 한다. 즉, 서로 관계가 있긴 하지만 전체적으로 다소 느슨한 연결 고리로 엮인 일련의 체험적 에피소드에 대한 기록이라는 인상을 주는 것이 「서랍 속의 반란」이다. 다시 말해, 이 작품의 경우 서사 구조의 응집력이 약해 보인다. 이처럼 이 작품은 여타의 작품과 달리 정치한 소설 문법을 독자들이 일반적으로 기대하는 만큼 만족시켜주고 있지 않다는 느낌을 주는데, 작가가 이 같은 작품을 쓴 이유는 과연 무엇일까. 작가가 자신이 다루고자 하는 소재를 감당하지 못했기 때문일까. 백시종이 이제까지 보여온 작가적 역량에 비추어 볼 때 이런 투의 판단은 섣부른 것일 수 있으니, 그는 결코 이런 정도의 소재를 감당하지 못할 작가는 아니기 때문이다. 바로 이 때문에 우리는 작가 쪽에서 의도적으로 소설 문법에서 벗어나고 있는 것은 아닌가 추론을 해보게 된다. 어찌 보면, 이 작품은 기독교 신자가 사제 앞에서 고백을 하듯 작가가 독자를 향해 하는 자기 고백일 수 있거니와, 이때의 고백이 말 그대로 솔직한 고백이라면 어찌 소설 문법이 요구하는 완벽한 짜임새를 갖춘 것일 수 있겠는가. 따지고 보면, 소설 문법에 성실하고자 하는 것 자체가 성실한 고백을 하고자 하는 의도에서 벗어나는 것일 수 있다. 또는 완벽한 짜임새를 갖춘 고백을 하려는 고의적 노력 자체가 고백이 성실하지 않음을 반증하는 것일 수도 있다. 요컨대, 「서랍 속의 반란」이 완벽한 짜임새를 갖추고 있지 않음은 바로 이 소설이 성실한 체험적 고백임을 드러내려는 작가의 의도—그것이 의식적인 것이든 무의식적인 것이든—를 반영하는 것이라는 추론이 가능하다. 사실 "서랍 속의 반란"이라는 제목 자체가 소설의 중심 인물인 강준호 차장의 마음을 그대로 전하는 것일 수 있으니, "반란"이 "서랍 속"에 국한될 수밖에 없는 답답한 현실에 대한 작가의 체험을 백시종은 회한 내지 자기 반성 속에서 전하고자 했던 것 아닐까.

　"서랍 속"이란 바로 '소설 속'임을 함의할 수도 있거니와, 작가가 "서랍 속의 반란"을 소설집의 제목으로 삼은 이유를 여기에서 찾을 수도 있을 것이다. 작가란 기껏해야 "소설 속"에서—아니, "소설"을 통해서만이—"반란"을 꾀할 수 있는 존재다. 하지만 그와 같은 "반란"은 현실에 대한 저항과 비판의 몸짓일 수 있고 또 바로 그 현실 속

에서 삶을 살아가는 자기 자신에 대한 반성과 비판의 몸짓일 수도 있
다. 그리고 그 저항과 비판과 반성은 "사람을 치유하고 위로해"줄 수
있거니와, 바로 여기에 소설의 근원적 존재 이유가 놓이는 것 아닐
까. 말할 것도 없이, 백시종의 소설집 『서랍 속의 반란』도 작가에게
든 독자에게든 바로 이런 맥락에서 의미를 갖는 것이리라.

2. 삶의 현실에 대한 기록, 하나

　물론 「서랍 속의 반란」 뿐만 아니라 소설집 『서랍 속의 반란』에 수
록된 여타의 소설들 가운데 특히 눈길을 끄는 「논개」, 「갈산만의 새」,
「귀공자」도 숨 돌릴 틈 없이 빠르게 경제 성장을 거듭하던 한국 사회
가 피할 수 없었던 부조리와 모순을 고발하는 작품들로, 작가 백시종
이 그와 같은 부조리와 모순의 현장에서 보고 듣고 느낀 바에 대한
기록으로 읽을 수 있다. 하지만 「서랍 속의 반란」에서와 달리 이들
작품에는 작가 자신의 모습이 좀처럼 짚이지 않는다. 다시 말해, 「서
랍 속의 반란」이 작가 자신의 체험으로 읽힌다면, 여타의 소설은 작
가 자신의 체험이 아닌 타인의 삶에 대한 관찰과 기록으로 읽힌다.
그렇게 읽히는 이유는 무엇보다도 대상과 일정한 거리를 유지하고 있
기 때문이다. 그리고 바로 그 때문인지는 몰라도 이들 세 편의 소설
은 모두 깔끔하고 짜임새 있는 서사 구조를 갖추고 있다.
　작품의 중심에 놓이는 작중 인물을 보더라도 이 세 작품은 타인의
삶에 대한 관찰과 기록임이 확인되는데, 핵폐기물 저장소를 설치하려
는 기업의 음모와 이에 저항하는 섬 사람들의 이야기인 「논개」의 중

심 인물은 고등학교 교감 주두갑이다. 간척지 공사를 구실로 자행되는 기업의 횡포와 이에 따른 바닷가 주민들의 희생과 분노를 소재로 한 「갈산만의 새」에서는 헬리콥터 조종사 조병문 기장이, 폭력배와 기업의 결탁이라는 소재를 다루고 있는 「귀공자」에서는 폭력배 조봉삼이 중심 인물로 설정되어 있다. 이들 인물뿐만 아니라 이들 주변의 사람들은 물론 그들을 둘러싸고 일어나는 사건 역시 어떤 각도로 보나 작가 자신의 직접적인 체험과는 관계가 없어 보인다. 다시 말해, 작가는 그의 눈으로 세태를 관찰하는 제3자의 위치에 있다.

이 가운데 먼저 고등학교 교감 주두갑의 이야기를 담고 있는 「논개」를 살펴보기로 하자. 「논개」의 경우 무엇보다도 이야기를 이끌어나가는 화자가 「갈산만의 새」나 「귀공자」의 경우와 달리 이야기 안쪽에 존재한다는 점에 유의해야 할 것이다. 즉, 「갈산만의 새」나 「귀공자」가 이야기 바깥쪽에 위치한 '전지적 화자'의 관점에서 씌어진 반면, 「논개」는 주두갑의 친구 가운데 하나가 이야기를 전하는 형식으로 되어 있다. 물론 이 사실이 처음부터 확연하게 감지되는 것은 아니다. 「갈산만의 새」나 「귀공자」와 마찬가지로 '전지적 화자'의 관점에서 씌어진 소설로 읽힐 정도다. 하지만 이야기가 어느 정도 진행되었을 무렵 "우리"라는 표현을 통해 작가는 화자가 주두갑과 마찬가지로 욕지초등학교 17회 동기생 가운데 하나임을 암시한다. 문제는 소설 속의 화자가 이른바 출세를 해서 서울로 올라가 사는 욕지초등학교 17회 동기생 가운데 한 사람이라는 암시 이외에 이 소설이 우리에게 어떤 정보도 제공하지 않는다는 데 있다. 심지어 이야기 진행 과정에 나오는 대화나 크고 작은 사건에서조차 화자의 흔적을 찾아볼 수 없다. 이런 의미에서 「논개」의 화자는 이야기 속에 있으면서 동시에 없는 존재라고 할 수 있다. 바로 이 '있으면서 동시에 없는 존재'인 화자를 우리는 작가 자신의 소설적 형상화로 읽고 싶은 충동을 느끼기도 한다. 하지만 「서랍 속의 반란」의 강준호와는 달리 '있으면서 동시에 없는 존재'이기에 「논개」의 화자는 인물의 추상성을 벗어나지 못하며, 따라서 그를 작가와 직접 연계시키는 일 자체가 무의미한 것이 될 수도 있다.

문제는 작가가 왜 「논개」의 화자를 '있으면서 동시에 없는 추상적인 존재'로 설정했는가에 있다. 무엇보다도 이야기의 현장에 들어가 있음으로써 이야기의 현장감을 살리되 바로 그 이야기의 현장과 거리를 둠으로써 이야기의 객관성을 확보하기 위한 것 아니었을까. 즉, '전지적 화자'가 아니면서 동시에 '전지적 화자'의 자격을 부여하기 위한 것은 아니었을까. 물론 그럴 수도 있다. 하지만 보다 더 근본적인 이유는 소설의 마지막 부분을 장식하는 '반전'을 좀더 극적인 것으로 만들기 위한 것으로 보이기도 한다. 이와 관련하여 다음 인용 부분에 눈길을 주기 바란다.

우리 17기는 주두갑이 쓴 그 편지 전문을 신문에 발표되기 하루 전에 읽는다. 김원호가 현장에서 잽싸게 팩스로 보내주었기 때문이다.

주두갑 박주평 살해 사건의 마지막 관련 기사가 신문에 취급된 것은 그로부터 또 일주일 뒤다. 이번에는 사회면 말단 기사다. 제목도 작고, 기사 내용도 짧다. 까딱 잘못하면 그냥 놓치기 쉬운 기사다. 그 전문을 소개하면 다음과 같다.

주원화학 그룹 회장 박주평 살해 사건 범인 주두갑이 갈취한 6억 원의 행적을 수사하고 있는 수사본부는 13일 그 결과를 발표했다. 갈취액

6억 원 중 1억 원은 숙자 어머니로 불리는 김막순씨(71세) 통장에 입금되었으며, 5백여만 원은 욕지초등학교 동창 회비로 납부되었고, 나머지 4억 9천 5백만 원은 욕지섬 핵폐기물 유치 반대 투쟁위원회에 투쟁 기금으로 기증되었음이 은행 계좌 추적으로 밝혀졌다. (「논개」, 45)

옛날의 스승이자 오늘날의 주원화학 그룹 회장인 박주평은 욕지섬에 핵폐기물 저장소 설치를 계획하고 있고, 주두갑은 앞장서서 이에 반대한다. 그러던 주두갑이 어느 날 돌변하여 박주평에게 충성을 맹세한 다음 자신의 땅을 6억에 구입해주기를 간청하는 편지를 써서 그에게 보낸다. 거래가 끝나고 화해가 이루어진 다음 주두갑은 그가 어린 시절 그렇게 했듯 박주평과 둘이서 낚싯배에 오른다. 그리고 얼마 후 "주두갑의 자살"과 "박주평 회장의 의문의 죽음"이 신문에 보도된다. 이 같은 보도를 접한 욕지초등학교 17회 동기생들의 반응은 어떤 것이었을까. 사실 독자 모두가 이들 욕지초등학교 17회 동기생들과 한마음이 되어 사건의 진상이 무엇인지에 궁금증을 갖지 않을 수 없을 것이다. 궁금증은 주두갑이 박주평에게 보냈던 편지로 인해 증폭될 수밖에 없다. 하지만 그 모든 궁금증은 위에서 인용한 신문 기사를 통해 해소된다. 만일 화자가 전지적 존재였다면, 이처럼 궁금증을 유지—나아가 증폭—하는 쪽으로 이야기를 전개할 수 있었을까. 즉, 작가는 화자를 이야기 속의 한 인물로 설정함으로써, 주두갑의 변절, 주두갑의 죽음, 주두갑에 대한 의혹, 주두갑의 진실을 차례로 한 까풀 한 까풀 확인해 나아가는 시점을 담을 수 있었던 것이고, 나아가 반전에 반전을 거듭하는 사건의 전개 쪽으로 독자의 시선을 고정케 하는 데 성공할 수 있었던 것이리라. 하지만 이것이 전부는 아니다. 다시 한 번 말하지만, 화자를 '없는 듯 있는 존재'로 설정함으로써 작가는 화자에게 '객관적 관찰자의 위치'―이른바 '전지적 화자의 위치'―를 확보해줄 수 있었던 것이리라.

'있음'과 '없음'의 논리는 「논개」의 제목에도 적용될 수 있거니와, 이와 관련하여 주두갑이 어린 시절 그가 좋아하던 여자 아이인 숙자와 나누는 다음과 같은 대화에 유의할 수 있다.

"숙자, 닌 커서 뭐가 되고 싶은데?"
"나?"
"그려?"
"음…… 퀴리 부인."
숙자는 금방 고개를 흔든다.
"아녀. 과학자가 되려면 공부를 일등 해야 되는디…… 일등은커녕…… 퀴리 부인이 뭣 말러비틀어진겨? 논개라면 또 몰러두."
"논개라니?"
"논개는 공부 못혀두 될 수 있는 겨. 일본 놈 왜장허고 촉석루 밑으루 떨어지면 그만이니까." (「논개」, 26)

"공부 못혀두 될 수 있는" 논개의 역할을 공부 잘해서 고등학교 교감이 된 주두갑이 맡아 하는 아이러니를 우리는 이 소설의 끝에 가서 확인할 수 있다. "소주를 권커니 잣거니 마시다가 주두갑이 흡사 일본 왜장 게야무라 로쿠스게를 껴안고 남강 촉석루 절벽 밑으로 떨어진 논개처럼, 박주평을 끌어안고 바다 속으로 처박혔으리라는 수사관의 추리"(「논개」, 41)가 암시하듯, 주두갑은 박주평을 끌어안고 바다

속으로 뛰어들었던 것이다. 공부를 잘했던 주두갑이 이 같은 논개식 방법을 택한 이유는 과연 무엇인가. 여기에서 "공부 못혀두"에 대체되는 그 무엇을 상정할 수 있는데, 그것이 '돈이 없어두'라든가 '권력이 없어두' 또는 '재주가 없어두'일까. 단순히 그 때문에 주두갑이 논개식 방식을 택한 것일까. 어쩌면, '못혀두'나 '없어두'가 아니라 '있어서유'라는 말로 그 이유를 설명해야 할지도 모른다. 과연 무엇이 있기에 주두갑은 현대판 논개가 된 것일까. 양심? 의식? 정의감? 박주평에게 희생된 숙자를 위한 복수심? 글쎄, 이 모든 단어들을 초라하게 만드는 그 무엇이 주두갑의 내면에 존재했던 것 아닐까. 주두갑의 죽음과 유언장은 단순히 양심이나 복수심, 의식이나 정의감 등의 단어만을 떠올리게 하지는 않는다.

바로 이 '그 무엇'이 무엇인가를 「논개」는 요란하지 않은 어투로 보여준다. 아니, '그 무엇'이 무엇인지를 작가는 이야기 자체를 통해 보여줄 뿐 '그 무엇'이 무엇인지를 말하지 않는다. 마치 화자는 확연하게 존재하는 소설 속의 한 인물이면서 동시에 어디에서도 그가 누구인지를 확인할 수 없음을 소설이 암시하고 있듯. 바로 이 '그 무엇'이 무엇인지를 읽고 확인하도록 작가는 「논개」라는 소설을 통해 독자에게 요청하고 있는지도 모른다.

3. 삶의 현실에 대한 기록, 둘

「서랍 속의 반란」이나 「논개」와 같은 작품뿐만 아니라 「갈산만의 새」나 「귀공자」와 같은 작품에서도 우리는 백시종 소설 특유의 극적 반전을 확인할 수 있다. 아니, 우리 현실에 비추어 볼 때 이런 종류의 반전은 너무도 일상화되어 있기에 '극적'이라는 표현보다는 '일상적'이라는 표현이 더 적절할지도 모르겠다. 「서랍 속의 반란」에서 노동자 김능길의 죽음이나 「논개」에서 주두갑의 죽음, 「갈산만의 새」에서 조병문 기장의 죽음, 「귀공자」에서 조봉삼의 탈출과 같은 일들이 분명 뜻밖에 일어나는 사건들이긴 하지만, 그리하여 이야기의 맥을 갑작스럽게 끊어버리고 또 독자들에게 인간사를 살아가는 것이 얼마나 요지경 속을 헤매는 것과 같은 것인가를 실감케 하는 사건들이긴 하지만, 이들 사건은 우리의 현실에서 너무도 일상적인 것이어서 '극적'이니 '반전'이니 하는 표현들을 무색하게 한다. 바로 이러한 현실 인식이 백시종의 소설 세계를 지배하고 있는 것 아닐까.

아마도 「갈산만의 새」는 현실이 바로 요지경 속의 세계임을 보여주는 하나의 전형적 예가 될 것이다. 안하무인격으로 무소불위의 힘을 행사하는 폭군이면서 동시에 더할 수 없이 교활하고 파렴치한 인간인 영림 그룹의 김상도 회장이 활개를 치고 살아가는 세상, "고진감래하는 기분으로 묵묵히 일에만 열중해왔"(「갈산만의 새」, 50)던 조병문 기장이 뜻밖에 죽음에 이르거나 "초등학교 때 한 마리 새가 되어 고향 산천을 날고 싶어 했듯, 지금도 그 꿈을 버리지 못한 듯" "시간만 났다 하면 갈산만이 한눈에 내려다보이는 도비산을 자주 오르내리곤"(「갈산만의 새」, 80) 하는 착한 청년 김희출이 상처를 받아야 하는 세상이 우리의 현실인 것이다. 이 기막힌 현실을 어찌할 것인가. 물론 작가에게 해답이 있는 것도 아니고 또 작가의 현실 고발에 눈길을 주는 독자에게 뾰족한 수가 있는 것도 아니다. 작가는 다만 이 부조리한 위기의 현실을 이야기하고, 독자는 그 이야기에 귀를 기울일 뿐이다. 마치 부조리한 위기의 현실을 고발하는 것 자체가, 그리고 그 고발에 귀를 기울이는 것 자체가 위로와 치유에 이르기 위한 첫걸음이라도 되는 양.

아니, 여기에 쓴 '되는 양'이란 표현은 부적절한 것이다. 즉, 부조리한 위기의 현실을 고발하거나 그 고발에 눈길을 주는 것 자체가 말 그대로 위로와 치유에 이르기 위한 첫걸음일 수 있기 때문이다. 무엇보다도 위기에 대한 깨달음이 없으면 현상에 대한 비판 의식도 있을 수 없고, 비판 의식이 없다면 새로운 세계를 향한 의지도 있을 수 없기 때문이다.

어떤 의미에서 보면, 백시종의 다른 소설들과 마찬가지로 현실에 대한 깨달음과 비판 정신이 「갈산만의 새」라는 소설의 요체(要諦)를 이룬다고 할 수 있다. 그리고 이 비판 정신은 조병문 기장을 희미하게나마 새로운 질서와 세계에 대한 꿈으로 인도하는데, 절망의 나락에서 몸부림치는 김희출을 "그의 부모에게 인계한 다음" 돌아선 조병문 기장이 꾸는 꿈에서 이를 확인할 수 있다.

김희출의 혀 꼬부라진 주정 소리가 귀에 쟁쟁해 쉬 잠을 이룰 수 없다. 그날 밤 조병문은 꿈을 꾼다. 김희출이 늘 설명하던 갈산만 해변이다. 바다가 호수처럼 펼쳐져 있고, 검은 돌섬들이 웅크린 짐승인 양 여기저기 앉아 있다. 바닷물은 그렇게 맑을 수가 없다. 여름 풀장처럼 시퍼렇다.

조용하고 평화롭다. 파도가 갈피를 접으며, 흰 비단 띠처럼 밀려오고 있다. 그 위는 새가 날고 있다. 아주 커다란 새다. 목테 모양의 솜털 무늬라든가 어두운 갈색 몸뚱이라든가, 치상돌기(齒狀突起)가 뻗쳐 있는 날카로운 부리 따위로 보면, 겨울에 날아오는, 영락없는 시베리아 수리 같다.

한데 굵은 세로 무늬가 가로지른 가슴은 다르다. 뺨에 수염처럼 묻어 있는 흑색 반문(斑紋)도 그러하다. 저건 분명히 갈산만 해안의 벼랑에 둥지를 틀고 사는 매라고 해야 옳다.

그렇다. 그것은 분명히 방조제를 쌓기 위해 없애버린 수많은 산과 벼랑에 살았던, 그래서 지금은 둥지를 잃어버린 장산곶매임에 틀림없다.

녀석이 유유히 갈산만 하늘에서 맴을 돌고 있다. 뭔가를 찾고 있다. 녀석이 좋아하는 도요새나 물새떼 먹이일 터다.

마침내 놈은 먹이를 발견한다. 최대한의 속도로 급강하한다. 커다란 콧구멍 속의 돌기로 풍압을 조절해가며 먹이를 향해 질주한다. 녀석은 낚아채자마자 특유의 치상돌기로 먹이의 척추를 단숨에 꺾어버릴 것이다. 먹이는 축 늘어져버릴 것이다.

한데, 이게 뭔가. 녀석이 노리고 있는 것은 도요새도 물새도 아니다. 김상도다. 김상도가 막 자동차에서 내리고 있다. 녀석이 맹렬하게 꽂히고 있다. (「갈산만의 새」, 111)

이 인용 부분에 등장하는 "장산곶매"가 함의하는 바는 무엇일까. 이는 바로 "한 마리 새가 되어 고향 산천을 날고 싶어" 했던 김희출일 수도 있고, 헬리콥터를 조종하는 조병문 자신일 수도 있다. 김희출이든 조병문이든 한 마리의 "장산곶매"가 되어 김상도를 공격하는 상황을 담고 있는 이 대목이 시사하는 바는 적지 않다. 어찌 보면, "장산곶매"는 「서랍 속의 반란」에서 영림 그룹에 저항하는 노동자 김능길일 수도 있고 시대의 탁류에 휩쓸리면서도 의식을 잃지 않는 강준호 차장일 수도 있으며, 「논개」의 주두갑일 수도 있다. 하지만 김능길이든 강준호든 주두갑이든 그들의 "장산곶매" 역할은 무위로 끝나는 것처럼 보일 수 있거니와 조병문 기장의 꿈은 마치 이를 예고하는 듯하다.

> "이를 어쩐담! 이를……"
> 조병문 기장은 발을 동동 구른다. 바로 그때다.
> "타앙!"
> 총소리가 들린다. 시베리아 수리 같기도 하고, 장산곶매 같기도 한 정체불명의 새가 던져진 장작개비인 양 힘없이 툭 떨어진다. 아무 일도 없었다는 듯이 파도가 치고 있다. (「갈산만의 새」, 112)

"시베리아 수리 같기도 하고, 장산곶매 같기도 한 정체불명의 새가 던져진 장작개비인 양 힘없이 툭 떨어"지는 존재가 김희출일 수도, 조병문일 수도, 주두갑일 수도, 김능길일 수도, 강준호일 수도 있는 것이다. 아니, 그 어떤 "장산곶매"라도 "장작개비인 양 힘없이 툭 떨어"질 수밖에 없는 것이 우리의 엄연한 현실이다. 하지만 이 엄연한 현실에도 불구하고 작가 백시종은 다시금 "장산곶매"를 하늘에 띄운다. 기약할 수 없지만 그 "장산곶매"가 세상을 "조용하고 평화롭"게 만들 때가 언젠가 올 수 있다는 듯.

> 어쨌거나 〔조병문 기장의〕 장례식은 명색이 영림 그룹장(葬)이다. 그래서 수많은 크고 작은 화환이 여러 겹으로 도열해 있었지만, 참석한 사람은 그리 많지 않다.
> 우선 김상도 회장의 모습이 보이지 않는다. 아니 김상도 회장뿐 아니라, 하다못해 비서실 이진팔 이사의 모습도 찾을 수가 없다. 생각보

다 조촐하고 쓸쓸한 장례식이다.

　한데 이상하다. 서울 상공에 때 아닌 커다란 겨울새 한 마리가 선회하기 시작한다.

　치상돌기의 날카로운 부리를 가진 새다. 커다랗고 둥근 콧구멍으로 풍압을 조절하며 한동안 빌딩 숲 위를 맴돌다가 사라졌는데, 그 방향이 인왕산 쪽인지 관악산 쪽인지, 확인한 사람은 아무도 없다. (「갈산만의 새」, 126)

조병문 기장의 죽음에 이어 "서울 상공에 때 아닌 커다란 겨울새 한 마리가 선회하기 시작"했음을 말하는 것으로 작가는 이 소설을 끝맺고 있거니와, 미지의 그 새를 마음속에 그리는 작가와 독자의 의식에 파릇파릇 돋는 것이 다름 아닌 위로와 치유의 새싹, 가냘프지만 새로운 희망을 예견케 하는 위로와 치유의 새싹이 아니겠는가. (하지만 이 소설의 "겨울새"가 암시하는 바가 지극히 추상적이라는 점에서 그 새가 진정 위로와 치유를 위한 것인지에 대해 의문을 제기하는 사람도 있을 수 있다. 백시종의 다른 작품과 비교할 때 「갈산만의 새」의 경우 치열한 작가 정신을 끝까지 유지하지 못한 채 이야기의 마무리가 다소 이완되어 있다는 지적이 있을 수 있다면, 이는 바로 이와 같은 문제 제기도 가능할 수 있기 때문이다.)

4. 삶의 현실에 대한 기록, 셋

　깨달음과 비판 정신이 새로운 세계의 도래를 가능케 하고 이를 통해 인간의 마음이 위로와 치유에 이를 수 있다는 논리가 공소한 말장난처럼 느껴지게 하는 소설이 있다면 이는 바로 「귀공자」다. 어쩌면 이렇게 악당들이 총체적으로 또 전면적으로 세상을 휘저을 수 있단 말인가. 물론 상황의 극단화를 통해 작가가 현실 비판의 칼날을 세우고 있는 것을 모르는 바 아니다. 하지만, 전혀 엉뚱하게도, 조봉삼이 경찰의 손에서 탈출하여 공항에 도착하여 이른바 그의 "행님"을 만나는 광경이 30여 년 전에 읽었던 조해일의 「무쇠탈」과 계속 겹쳐지는 이유는 무엇일까. 그 무쇠탈은 언제 녹아 없어질 것인가. 과연 그때가 오기라도 할 것인가. 정녕코 우리가 말하고 있는 위로와 치유가 다 말장난은 아닐는지?

　「귀공자」에는 실로 다양한 종류의 악당이 등장한다. 첫째, 조봉삼과 같이 머리는 없고 근육만 있는 악당, 둘째, 고수길과 같이 근육은 없고 머리만 있는 악당, 셋째, 이들 악당 위에 군림하는 박준호와 같이 그 속을 쉽게 가늠할 길이 없는 악당도 등장한다. 아니, 더 있다. 기업의 부품 역할을 착실하게 해나가는 김대리, 폭력배를 동원해서라도 자신의 탐욕을 기어코 채우는 "영림 그룹의 큰손" 등등이 모두 이 악당의 대열에서 키를 재고 있다. 이 악당들이 뒤얽혀 일을 벌이다가 '본의 아닌 실수로' 조봉삼을 비롯한 몇몇 악당들이 경찰에 쫓기는 신세가 되었고, 드디어 국외로 탈출을 기도한다. 그런 와중에 조봉삼은 원조 교제의 유혹에 빠져 도주 대열에서 일탈한다. 그리고는 원조 교제의 현장에서 경찰에 체포되는 신세가 된다. 이야기가 여기까지 전개되었을 때 독자들은 이렇게 생각하게 마련이리라. '드디어 악이 심판을 받는군.' 하지만 작가의 시선은 냉철하다. 악당이 그처럼 손쉽게 잡히고 법의 심판을 받는다면 어찌 그가 악당다운 악당이겠는가.

그리하여 조봉삼의 체포라는 반전에 이어 또 하나의 반전을 작가는 준비하는데, 조봉삼의 탈출과 탈출에 성공한 그가 다른 악당과 합류하기 위해 택시를 잡아타고 공항으로 가는 것이 바로 그 반전에 해당한다.

이들 악당 가운데 특히 우리의 시선을 끄는 것은 이 소설의 중심 인물인 조봉삼이 아니라 그의 "행님"인 박준호다. 사실 인간과 인간 사에 대한 작가의 관찰이 얼마나 탁월한가를 가늠케 하는 인물이 박준호다. 조직 폭력배인 그는 어찌하다가 "조폭 주제에 무슨 민주화 운동이라고 야당 총재를 따라댕"(「귀공자」, 162)기게 되었고, 결국에는 "국가 내란 음모"(「귀공자」, 161)라는 죄목으로 감옥에 갇히게 된다. 이처럼 "폭력 치사나 사기 횡령이 아니라 국가 내란 음모"라는 엄청난 죄목과 조직 폭력배라는 칭호 사이의 부조화는 작가가 의도하는 아이러니의 깊이와 폭을 가늠케 한다. 어쨌든, 그는 "순전히 광화문에서, 서울역에서 열호했던 정치인의 간곡한 배려 덕분"에 "1년 가까운 재판 끝에 기소 중지로"(「귀공자」, 164) 풀려난다.

> 박준호가 출감하는 날, 조봉삼도 생두부를 사 들고 찾아갔지만 한 순간도 박준호를 차지할 수가 없다.
> 교수들로 불리는 몇몇 신사들이다. 똑같이 도수 높은 안경을 낀 그들은 박준호를 껴안으며 애국지사라고 치켜세운다.
> 어떤 청년이 은박지로 싼 난초 화분을 박준호에게 안기며 말한다.
> "출소 기념으로 총재님께서 주시는 겁니다. 고생 많이 하셨습니다."
>
> (「귀공자」, 164)

졸지에 "애국지사"가 된 그에게 "은박지로 싼 난초 화분"이 주어지는데, 이는 바로 "출소 기념으로 총재님께서 주"신 것이다. 그날 이후로 박준호는 어디로 거처를 옮기든 그 "난초 화분"을 "젖먹이 아이 안듯 가슴에 품"고 다닌다. 그리하여 어느덧 "춘란분"은 "박준호의 트레이드 마크 같은" 것이 된다. 도대체 박준호가 이 "난초 화분"을 애지중지함이 의미하는 바는 무엇인가. 아마도 작가는 이를 통해 어느 한 인간의 내부에 존재하는 이른바 '똘마니 근성'을 드러내고자 했던 것은 아닐까. 박준호는 조직 폭력배의 두목으로 부하들에게 절대적인 힘을 행사하고 부하들의 절대적인 굴복을 요구하지만, 그 또한 또 다른 절대적인 힘에 굴복하는 '똘마니'와 같은 존재임을 작가는 암시하고 있는지도 모른다.

문제는 하필 왜 "난초 화분"인가에 있다. 난초란 선비의 품격과 고고한 정신을 상징하는 것 아닌가. 바로 이 선비의 품격과 고고한 정신을 상징하는 난초를 애지중지하는 박준호의 진지한 모습 자체가 우스꽝스럽지는 않은가. 진지함에도 불구하고, 아니, 진지함 때문에 더더욱 드러나는 우스꽝스러움이 바로 작가가 노린 아이러니의 효과인지도 모른다. '아이러니'가 목표하는 것은 이처럼 어색하고 어울리지 않는 진지함으로 인해 그만큼 더 효과적인 것이 되고 있는 우스꽝스러움 아닌가. "대한민국에도 봄은 왔다느니, 너희가 민주화를 아느냐느니, 한창 축제 분위기로 몰아나가다가, 어느 날 아침, 흡사 푸근했던 만추의 가을을 된서리로 짓이겨놓듯, 가증스런 철퇴가 내리쳤던 그 황당했던 봄날 아침"(「귀공자」, 160)이라는 구절이 보여주듯 작가는 들뜨고 과장된 수사(修辭)를 동원하여 "조폭" 박준호가 "국가 내란 음모"라는 어마어마한 죄목으로 수감될 무렵의 시대 상황을 묘사하고 있거니와, 이 또한 진지함을 앞세우지만 우스꽝스러울 정도로 부조리한 현실, 아이러니로 가득 찬 현실을 드러내기 위한 전략일 수 있다. 그리고 진지함에도 불구하고 우스꽝스러운 현실, 아니, 진지함 때문에 더더욱 우스꽝스러운 현실을 극적으로 드러내기 위해 작가가 동원한 것이 바로 "난초 화분"을 든 채 "단전 호흡"의 자세로 앉아 있는 박준호의 모습이다.

조봉삼이 뒷자리의 박준호를 본다. 그는 은박지로 싼 춘란을 안고 있다. 요 며칠 새 꽃집에 보내 영양제를 놓아서인지, 제법 잎사귀에 윤이 돈다. 그래도 정상적인 난초가 되려면 감감 세월이다. 박준호는 춘란의 향이라도 들이마시는 듯 눈을 감고 있다. 명상에 깊이 잠겨 있다. 박준호 특유의 습관이다. 겉으로 보이지 않지만 틀림없이 단전 호흡을 하고 있을 터다. 숨을 크게 들이마시고, 코로 내뱉는 것이 아니라, 항문으로 공기를 내보내는 호흡이다. 아랫배에 힘을 주고, 항문을 크게 수축시켰다가, 풀고 풀었다가 다시 수축하는 호흡…… (「귀공자」, 129)

"영양제를 놓"은 덕분인지 "제법 잎사귀에 윤이" 돌지만 "정상적인 난초가 되려면 감감 세월"인 "춘란"—즉, 춘란의 모양새를 하고 있지만 춘란이라고 하기에는 너무도 춘란 같지 않은 춘란—은 제법 고상한 척하지만 고상함과는 거리가 먼 인간들을 풍자적으로 드러내기 위한 수사적 장치일 수 있다. 사실 이런 종류의 수사적 장치를 통해 드러낼 수 있는 사이비 또는 위선자들이 소설집 『서랍 속의 반란』 곳곳에 등장하는데, "춘란"을 안은 채 "명상에 깊이 잠"겨 "단전 호흡을 하"는 조직 폭력배의 두목 박준호에서뿐만 아니라 영림 그룹의 김상도 회장, 그를 따라다니는 영림 그룹의 간부들, 교수들, 관리들, "할망구 문인덜" 등등에서 그런 종류의 인간상을 확인할 수 있다. 아무튼, 위의 인용에서 보듯 작가가 박춘호라는 폭력배에게 "춘란"뿐만 아니라 "명상"이라는 고고함을 덧씌워놓았을 때, 그 모습에서 읽히는 것은 단순히 희화화(戲畵化)가 유발하는 우스꽝스러움만이 아니다. 전도된 가치에 무감각한 우리 사회의 구성원들에 대한 작가의 풍자와 비판까지도 읽히지 않는가.

5. 아이러니와 풍자를 통해 작가가 말하는 것

사실 「귀공자」에서 확연히 느껴지는 아이러니와 풍자는 백시종의 『서랍 속의 반란』 어디에서도 확인되는 특징이기도 하다. 문체론적인 관점에서 보면, 이 아이러니와 풍자가 어둡고 부조리한 우리 현실에 대한 백시종의 기록에 독특한 힘과 생동감을 부여하고 있다고 할 수 있다. 작품집의 어느 곳을 들쳐도 그 예가 확인되지만 여기에서는 단 한 부분만 문제삼기로 하자.

"이상하게 미국에 사는 사람들이 더 예절에 밝단 말야. 우리 한국이 언제 이렇게 어른도 몰라보는 세상으로 변했는지……"
"그게 바로 민주화의 맹점이라는 겁니다. 사실은 기존 질서를 깨뜨리고 싶은 욕구가 민주화는 아니거든요. 한데, 사람들은 너도나도 자기 욕구를 주장하는 겁니다. 소득 재분배도 좋고, 최저 임금제도도 좋습니다만, 그게 곧 경제 성장률을 둔화시키는 범인이라는 사실은 왜 모르는지…… 저는 미국의 저소득층을 잘 알고 있습니다. 결국 미국은 실패했습니다. 그러나 엄청난 월사금을 지불하고서야 그것을 비로소 터득할 수 있었던 것입니다. 한마디로 소득 재분배의 유형은 인위적인 정책에 의해서보다 수요와 공급의 복잡한 상호 작용에 의해 결정되는 것입니다. 최저 임금제도 그렇습니다. 겉보기에는 미숙련 근로자에게 도움을 줄 것 같지만 이 계층 근로자의 일자리를 줄이고 다른 계층의 임금을 올려 물가 상승을 초래, 결국 저소득 미숙련 근로자에게는 다시 부담으로 돌아오게 하는 것입니다. 저는 이십 년간 미국에 거주하면서 지난 수십 년간 미국 복지 정책의 추이를 보고 빈곤한 사람을 정책적으로 돕는다는 것이 매우 힘들고 비용만 많이 든다는 슬픈 결론에 도달했습니다."

바로 그때, 누군가 박수를 친다. 이번에도 장석남 부사장이다. 그가 말한다.

"너무 감동적입니다. 최교수님!"

그리고 김상도 회장을 힐끔 본다.

"그래, 정곡을 찌르는 얘기구만. 정말 훌륭해요."

김상도 회장의 말이 떨어지자마자 김석호 이사가 기다렸다는 듯이 박수를 쳤고, 덩달아 한전무도, 정이사도, 조상무도, 감사실 직원들도, 한결같이 뜨거운 박수를 보내는 것이다. (「서랍 속의 반란」, 282)

이 장면의 해학성과 아이러니는 따로 설명이 필요하지 않을 것이다. 현 세태에 대한 김상도 회장의 우려에 이어지는 최교수의 민주화에 대한 비판적 견해, 이 비판적 견해에 대해 "너무 감동적"이라는 장석남 부회장의 촌평, "정말 훌륭"하다는 "김상도 회장의 말이 떨어지자마자" 자리를 가득 메운 김석호 이사를 비롯한 모든 사람들의 "뜨거운 박수"—어느 하나도 그 자리에 있는 사람들의 입장에서 보면 진지해 보이지 않는 것이 없다. 하지만 이 진지함을 독자라면 누구도 진지함이라는 맥락에서 읽지 않는다. 마치 누군가가 상대방에게 조롱조로 "잘났어, 정말!"이라고 말했을 때 이 말을 문자 그대로 받아들이지 않듯. 오히려 얼마나 못났는가를 뒤집어서 표현한 것으로 이해하듯. 하지만 누군가가 정말로 이 말을 문자 그대로 받아들여서 자신의 잘남을 말하는 것으로 이해했다고 치자. 이 얼마나 웃음을 자아내는 희극적 상황일까. 바로 이 우스꽝스러운 상황을 김상도 회장 및 그와 함께 자리를 하고 있는 사람들이 연출하고 있는 것이다. 이들이 연출하는 우스꽝스러운 광경을 보고 그 어느 독자가 입가에 웃음을 머금지 않겠는가.

여기에서 확인되는 백시종 특유의 아이러니와 풍자는 주제와 작가 사이에 적절한 거리 유지를 가능케 할 뿐만 아니라 작가의 기록과 독자 사이의 거리 유지 또한 가능케 한다. 만일 우울하고 답답한 현실이 이야기의 소재가 되고 있음에도 불구하고 백시종의 소설집『서랍 속의 반란』에 수록된 모든 작품들이 더할 수 없이 커다란 '읽는 재미'를 선사하고 있다면, 이는 바로 이 같은 특유의 아이러니와 풍자 때문일 것이다. 한 가지 더 들자면, 소설집 전편을 꿰뚫고 있는 해학 적이면서도 재치에 넘치는 인물 묘사 및 각 인물 특유의 생생한 어투 때문이기도 하다.

물론 작가는 우리에게 단순히 한번 웃고 넘어가라는 의미에서 어둡고 부조리한 현실을 아이러니, 풍자, 해학의 색깔로 덧칠하여 제공하

는 있는 것은 아니다. 그렇다면 백시종이 그의 소설집을 통해 말하고
자 하는 바는 과연 무엇일까. 현실에 대한 비판? 물론 그렇다. 하지
만 그것이 전부일 수는 없다. 여기에서 우리는 다시금 겐유의 『물의
뱃머리』 쪽으로 눈길을 돌리지 않을 수 없다.

> 기억이란 이미 픽션이다. 그러나 그렇기 때문에 더더욱 현실적인 힘이
> 되어주는 것이다. (『물의 뱃머리』, 129)

바로 이 인용에 나오는 "기억이란 이미 픽션이다"라는 말을 "소설이
란 이미 픽션이다" 또는 "소설이란 작가의 체험에 대한 기억을 언어
로 재구성해놓은 픽션이다"라는 말로 대체할 수는 없을까. 만일 그러
한 대체가 가능하다면 우리는 이렇게 말할 수도 있다. "그러나 그렇
기 때문에 소설은 더더욱 현실적인 힘이 되어주는 것이다"라고. 아
니, 우리가 앞에서 쓴 표현을 다시 쓰자면, 소설은 작가든 독자든 그
의 마음을 위로와 치유의 길로 들어서게 하기 위한 그 무엇이라고.
작가 백시종이 자신의 소설을 통해 궁극적으로 의도하는 바는 바로
이 위로와 치유는 아닐는지?

환상과 언어, 언어와 현실 사이에서*
—이인성의 「강 어귀에 섬 하나」**에 던지는 열세 번의 눈길

1. 스무 개의 눈 덮인 산 사이/유일하게 움직이는 건/지빠귀의
   눈뿐이었다.

"환상과 언어, 언어와 현실 사이"라니? 이 말은 '환상'과 '언어'의
'사이' 및 '언어'와 '현실'의 '사이'를 지시하기 위한 것인가. 아니면,

---

* 글의 소제목으로 삼은 시구절들은 미국 시인 월러스 스티븐스Wallace Stevens의 「지빠
귀를 바라보는 열세 가지 방법Thirteen Ways of Looking at a Blackbird」에서 차례로
한 연(聯)씩 옮겨놓은 것이다. 이 시를 통해 시인은 새를 바라보며 그의 마음에 떠오른
여러 가지 다양한 생각들을 투사하고 있다. 일련의 간명한 시적 이미지들로 이루어진
이 시는 여백의 미학을 중시하는 동양화의 세계를 연상시키기도 한다. 이 시는 이른바
동양적 미니멀리즘을 서양의 시 세계에 도입한 선구적 작품으로서 의미가 있는 작품이
기도 하다. 번역은 필자의 것이며, 시의 원문은 다음과 같다: I. Among twenty snowy
mountains,/ The only moving thing/Was the eye of the blackbird.//II. I was of
three minds,/Like a tree/In which there are three blackbirds.//III. The blackbird
whirled in the autumn winds./It was a small part of the pantomime.//IV. A man
and a woman/Are one./A man and a woman and a blackbird/Are one.//V. I do not
know which to prefer,/The beauty of inflections/Or the beauty of innuendoes,/The
blackbird whistling/Or just after.//VI. Icicles filled the long window/With barbaric

'환상과 언어'와 '언어와 현실'의 '사이'를 지시하기 위한 것인가. 만일 전자의 경우라면, 이 말은 언어를 중심으로 환상과 현실이 마주보고 있다는 뜻으로 이해할 수도 있으리라. 아니, 환상과 현실 사이의 공간을 언어가 채우고 있다는 뜻으로 이해할 수도 있다. 과연 그럴까. 언어가 환상과 현실을 이어주는 도구라면, 그럴 수도 있다. 다시 말해, 우리가 환상 세계 안에서 현실 세계를, 현실 세계 안에서 환상 세계를 인식하거나 기억할 때, 이를 가능케 하는 것이 다름 아닌 언어라는 점에서 보면, 언어는 인식이나 기억을 가능케 하는 일종의 도구일 수 있다.

하지만 언어는 도구인가. 또는 도구일 뿐일까. 만일 환상과 현실이 시공간적으로 실재하는 그 무엇이라면 언어는 그곳으로 우리를 데려다주는 도구일 수 있다. 문제는 언어와 관계없이 환상과 현실이 과연 실재하는 것인가에 있다. 환상과 현실이 언어를 뛰어넘어 실재하는 것이라면, 언어에 기대지 않은 채 이를 증명해야 하나 우리에게는 달

---

glass./The shadow of the blackbird/Crossed it, to and fro./The mood/Traced in the shadow/An indecipherable cause.//VII. O thin men of Haddam,/Why do you imagine golden birds?/Do you not see how the blackbird/Walks around the feet/Of the women about you?//VIII. I know noble accents/And lucid, inescapable rhythms;/But I know, too,/That the blackbird is involved/In what I know.//IX. When the blackbird flew out of sight,/It marked the edge/Of one of many circles.//X. At the sight of blackbirds/Flying in a green light,/Even the bawds of euphony/Would cry out sharply.//XI. He rode over Connecticut/In a glass coach./Once, a fear pierced him,/In that he mistook/The shadow of his equipage/For blackbirds.//XII. The river is moving./The blackbird must be flying.//XIII. It was evening all afternoon./It was snowing/And it was going to snow./The blackbird sat/In the cedar-limbs.

** 이인성, 「강어귀에 섬 하나」, 『강어귀에 섬 하나』(문학과지성사, 1999). 이 작품의 인용은 본문에서 면수만 밝히기로 함.

리 방도가 없다. 즉, 언어를 통하지 않고서는 이를 증명할 길이 없다. 바로 여기에서 환상과 현실은 언어가 만들어낸 하나의 가상 또는 허상이라는 의혹을 가질 수도 있고, 이로 인해 언어와 환상, 언어와 현실은 서로 떼어낼 수 없는 하나일 수 있다는 논리를 세울 수 있다. 요컨대, 언어는 도구지만, 환상과 현실을 존재하도록 하는 근원적 동인(動因)이기도 하다. 하이데거 투로 말하자면, 언어는 환상이든 현실이든 이 모든 것을 있도록 하는 "존재의 집"이다. 이런 관점에서 보면, 언어는 현실과 환상을 있게 하는 동인인 동시에 언어 자체가 환상과 현실일 수 있다. 따라서 '환상'과 '언어'는 하나일 수 있고 '현실'과 '언어'도 하나일 수 있으며, '환상과 언어'도 '언어와 현실'과 하나일 수 있다. 다시 말해, 현실은 곧 환상일 수 있고 환상은 곧 현실일 수 있다. 철학적 용어를 빌려 말하자면, '현실'이라는 '실제 세계actual world'는 '환상'이라는 무수한 '가능 세계possible world'의 하나일 뿐, 양자 사이에 근원적 차이는 존재하지 않는다.

이인성의 소설 세계는 바로 이 같은 논리의 소설적 형상화일 수 있다. 무엇보다도 그의 『한없이 낮은 숨결』(문학과지성사, 1989)이 보여주듯 그에게 언어란 현실과 환상을 인식하거나 기억하는 도구다. 『한없이 낮은 숨결』 속에서 작가는 애당초 "일부는 현상 그 자체가 되고, 이부는 소설적 재구성이 되"는 "이부로 구상"했지만, 결국 "일부만 가지고 그냥 끝"맺었음을 시인한다. 말하자면, 현실을 기록하는 일—또는 "사실만을 영상으로, 아니, 영상이 아니라 시청각적 언어로, 있는 그대로를 온전히 기록"하는 일—을 담당하는 이른바 "언어 촬영사"의 역할에 만족하게 되었음을 시인한다(「그를 찾아가는 우리의 소설 기행」, 『한없이 낮은 숨결』, 164).

하지만 『한없이 낮은 숨결』은 언어를 도구로 삼아 "언어 촬영사"가 남겨놓는 사실의 기록만은 아니다. 이는 또한 우리의 의식을 뒤흔들 거나 일깨우고 지배하는 이인성 특유의 언어가 살아 숨 쉬는 언어의 숲이기도 하다. 무엇보다도, 정과리가 말하듯, 『한없이 낮은 숨결』은 "소설 속의 모든 나들과 당신들이 흐트러지고 뒤엉키며 넘실대면서 '나'가 작가인지, 이곳의 '나'가 저곳의 '나'인지, 그 '당신'이 내가 상 상하는 당신인지, 당신이 상상하는 내가 상상하는 당신인지, 소설을 읽는 내가 소설을 읽다 말고 아파트 값이 폭등한다는 신문 기사를 보 는 나와 같은 나인지, 모든 게 불투명해지"(해설, 「겹으로 놓인 허구」, 『한없이 낮은 숨결』, 319)는 상황으로 우리를 몰아가고 있지 않은가. 아니, 이인성의 소설 속에 등장하는 '이인성'—즉, 『한없이 낮은 숨 결』이라는 "소설 안의 현실을 사는 존재자"로서의 '이인성'—의 눈 에 "[그]곳이 문득 비현실적인 헛그림자로 보"이듯, "현실을 사는 존 재자"로서의 우리—또는 『한없이 낮은 숨결』의 독자—의 눈에 이 곳 현실이 "문득 비현실적인 헛그림자로 보"이게 되었다면(「그를 찾 아가는 우리의 소설 기행」, 앞의 책, 167), 이는 바로 『한없이 낮은 숨 결』의 언어 때문이다. 요컨대, 이인성의 언어는 "꿈속에서 깨어나니, 깨어난 의식이 오히려 꿈결 같은" 느낌, "현실에서 깨어날 때, 깨어 난 꿈"이 현실 같은 느낌(「그를 찾아가는 우리의 소설 기행」, 앞의 책, 167)으로 우리를 몰아간다. 현실과 꿈 가운데 어느 것이 현실이고 어 느 것이 꿈인지 확신이 서지 않는 의식의 상태로 우리 독자를 몰아감 으로써, 이인성의 언어는 현실과 허구 또는 현실과 환상의 경계를 무 화(無化)하고 있는 것이다.

현실과 허구 또는 현실과 환상 사이에 존재하는 경계의 무화, 바로 이 무화의 경지가 언어를 통해 가능하다면, 이는 바로 현실은 언어일 수 있고 또 언어는 곧 허구와 환상일 수 있기 때문이다. 우리 식의 표현에 따르자면, '환상'과 '언어'는 하나일 수 있고 '현실'과 '언어'도 하나일 수 있으며, '환상과 언어'는 '언어와 현실'과 하나일 수 있기 때문이다. 아니, 언어가 현실을 일깨우고 언어가 환상을 일깨울 수 있기 때문이다. 사정이 그렇다면, 움직이는 것 또는 동인은 오직 언어뿐이다. "스무 개의 눈 덮인 산 사이"에 "유일하게 움직이는" "지빠귀의 눈"과도 같은 언어 때문에 현실과 환상은 일깨워지고 또 하나가된다. 그러한 언어의 움직임이, 현실과 환상을 일깨우고 뒤섞는 언어의 움직임이 생생하게 느껴지는 이인성의 소설, 그 가운데에서도 시간의 이쪽 끄트머리에 놓이는 작품 하나가 1998년 봄에 『문학과사회』에 발표한 「강 어귀에 섬 하나」다.

2. 나는 세 개의 마음으로 이루어져 있느니, / 세 마리의 지빠귀를 품은 / 나무처럼.

「강 어귀에 섬 하나」는 강 어귀의 "집"을 무대로 한다. '나'는 "처음 그 집에 갔을 때 본능이 정해놓았던 순서에 따라" 동쪽 끝방으로 간다. 해 질 무렵 그 집의 "동쪽 끝방의 작은 창문"을 통해 밖을 바라보면 "언제나, 아련하면서도 아뜩한 빛의 점묘화가 펼"쳐져 있다. 이 "아련하면서도 아뜩한 빛의 점묘화"는 이인성의 언어를 통해 더할 수 없이 생생하게 시각화된다.

서서히 온몸을 끌어당겨 가라앉힐 듯, 잠잠하게 꿈틀꿈틀, 두터운 몸
짓으로 유영하는 거대한 강줄기 위에는, 부드럽게 일렁일렁, 그 물의
살의 움직임에 따라 흔들리는 진노랑빛 은행나무 잎들과 선홍빛 단풍
잎들이 가득 떠 흐르며, 산란하게 반짝반짝, 수억만 개의 물비늘처럼
시야를 어지럽히고 있었던 것이다. (107)

하지만 "울긋불긋한 낙엽들의 난반사가 조화를 부"려 만들어내는 "뒤
척이는 빛무늬들"의 세계가 '나'의 관심사는 아니다. "신비롭다면 신
비롭기 이를 데 없는 그곳이 정녕 어떤 곳일까 가보고 싶다는 생각은
〔나에게〕 들지 않"는다. 그리하여 '나'는 "거실의 북향 베란다" 쪽으
로 발길을 옮긴다. 그러면 강을 건너 바위산 꼭대기에 있는 "고풍 누
각"인 "영취루(靈鷲樓)"가 보인다. 하지만 "소나무 몇 그루를 거느린
채 우뚝 서 있"는 영취루가 보이는 이 풍경조차도 '나'의 눈길을 오래
끌지는 못한다. 정작 '나'의 눈길과 마음을 사로잡는 것은 "서쪽 끝방
창문으로만 보"이는 이름 없는 섬, "저 백사장 밑에서 먹물이 스며
나올 때"가 되면 보이는 "이 세상의 마지막 금빛을 머금고 떠오르기
시작하는 섬"이다. 저 너머 "서해의 수평선"을 배경으로 하여 "강 어
귀 바닷머리에 버티고 누워 있는 장승" 같은 그 섬은 밤이 되면 "조
금씩 조금씩 허공으로 들어 올려"져, "자정쯤엔 거의 눈높이에 이르
러 손에 닿을 듯 환히 건너다보"인다. 그때가 되면 "그 섬을 바라보
는 그 자리의 그 집이 바로 그 섬인 듯싶어, 자칫 갈대숲 속에 알을
품고 잠든 철새라도 밟으랴, 온몸은 일어선 장승처럼 그 자리에 그대
로 박혀버"릴 정도다. 소설 속의 '나'는 "높이 떠올라 있는 저 섬으로
당장이라도 건너뛰고 싶다는 맹목적인 충동"을 느끼기도 하지만, 이

소설의 결말 부분에서 밝혀지듯 끝내 그 섬에 이르지 못한다. '나'는 다만 독수리에 의해 영취루로 옮겨질 뿐이다. 결국 자의에 의해 '내'가 찾는 강 어귀의 집, 의지와 관계없이 '내'가 이르게 되는 바위산 꼭대기의 영취루, 가고 싶지만 갈 수 없는 섬 등의 세 가지 요소가 소설의 전체적인 무대에서 도드라지고 있다.

물론 소설의 중심 무대는 어디까지나 강 어귀의 집이다. 그 집은 "한 삼십 개쯤"의 이름을 가지고 있으나 이제 "만희(滿喜)"라는 이름으로 불리는 여자의 소유인데, '나'는 "무엇에 자꾸 발길이 이끌리는 것인지는 도무지 헤집어지지 않았는데도, 어느새 그 집에 가 닿아 있곤" 한다. "있었던 이름이 기억나지 않는 것이 아니라 처음부터 이름이 없었던 것 같"은 존재인 '나'—또는 여자에게서 "처용(處容)"이라는 이름을 받는 '나'—와 '그녀'의 만남은 그리하여 항상 그 집에서 이루어진다. 한편 '나'는 그 집에서 "거실 벽면 가득" 걸려 있는 "온갖 귀면 같은 가면들"과도 마주하게 된다.

가면들은 그 어둠의 벽이 흘리는 어둠의 피가 엉기며 빚어진 어떤 형상들인 양 더 진한 어둠의 굴곡을 만들며 눌어붙어 있었다. 그녀가 거실 몇 군데에 촛불과 향불을 붙이면, 가면들은 희미하게 근육을 씰룩이며 슬그머니 눈꺼풀을 열었다. 사실, 가면과의 첫 대면은 문둥이에게 한쪽 팔을 뜯겨 씹히는 순간으로 다가왔다. (115)

가면들이 "희미하게 근육을 씰룩이며 슬그머니 눈꺼풀을 열"다니? "한쪽 팔을 뜯"어 "씹"다니? 여기서 확인할 수 있듯, 이인성이 우리에게 보이는 세계는 가면들이 살아 숨 쉬고 움직이는 환상의 세계다.

하지만 이 환상의 세계가 환상의 세계로만 읽히지는 않는다. 소설 속에 나오는 이인성의 표현을 빌리자면, "새롭게 깨어난 말이 환상을 부르"지만 "환상이 곧 현실인 그런 공간"으로 이인성의 언어가 우리를 몰아가기 때문이다. "환상이 곧 현실인 그런 공간"이라니? 무엇보다도 가면이란 곧 인간의 얼굴 또는 인간 그 자체에 대한 비유적 표현일 수 있기 때문이리라. 또는 가면들은 현실 속에 존재하는 인간의 다면성을 우의적(寓意的)으로 드러내는 표현으로 읽을 수 있기 때문이리라. 그런 의미에서 보면, "온갖 춤짓들을 난장으로 뒤얽어"대는 이 가면들은 '강 어귀의 집'이라는 우의적 공간에 존재하는 우의적 인물들일 수 있다. 결국 집을 무대로 이야기를 만들어나가는 것은 '나'와 '그녀'만이 아니다. '가면들'도 한몫을 하거니와, 마치 "세 마리의 지빠귀"를 품고 있는 한 그루의 나무와도 같이 강 어귀의 집은 '나'와 '그녀'와 가면들을 함께 품고 있다. 잠깐, 강 어귀의 집 자체가 다면성을 띤 인간 또는 인간성 자체에 대한 우의는 아닐는지?

3. 가을 바람에 지빠귀가 맴돌았다./그건 무언극의 한 조그마한 부분이었지.

이인성의 소설에서 환상성을 띠는 것은 가면만이 아니다. 강 어귀의 집조차도 환상성을 띤다. "갈 때마다 한 층씩 더 높이 올라"가는 집, 처음에는 "4층인가 5층"에 있다가 맨 마지막으로 갔을 때는 "29층 또는 31층"으로 옮겨 가 있는 집이 강 어귀의 집인 것이다. 하지만 그 집이 그냥 "매번 더 높은 곳으로 옮겨" 가기만 하는 것이 아니라,

'내'가 그 집을 찾는 사이 "십몇 층인가부터 이십몇 층까지가 사라져 버"림으로써 "실제로는 십 층쯤 낮"아지기도 한다. 이처럼 위치를 옮겨 가는 환상의 집을 향해 "나선형의 계단을 빙글빙글 돌며 한없이 오르는 길"은 '나'에게 "거의 지옥으로 떨어지는 길"이다. "마파람이 회오리라도 일으키면" 몸이 "노을의 격랑 속에서 한 점 물거품으로 부서질 것"을 알면서도, '내'가 "거의 지옥으로 떨어지는 길"과 같은 그 길을 맴돌아 올라가는 이유는 무엇인가. 이 무모한 몸짓을 멈추지 않는, 아니, 멈추지 못하는 이유는 과연 무엇인가. 무언극의 배우처럼 말없이 불을 향해 온몸을 내던지는 불나비의 몸짓을 우리는 여기서 읽을 수 있지 않을까. 이런 종류의 읽기가 가능하다면, 「강 어귀에 섬 하나」는 인간의 마음 깊은 곳에 똬리를 틀고 있는 욕망, 의지로서는 도저히 제어할 수 없는 근원적 욕망에 온몸을 내던지는 인간의 몸짓을 소설이라는 화면에 투영해놓은 무언극일 수 있다.

4. 남자와 여자는/ 하나. / 남자와 여자와 지빠귀는/ 하나.

　　욕망의 주체는 욕망의 실현을 위해 욕망의 대상을 찾는다. 마치 '내'가 '그녀'를 찾고 '그녀'가 '나'를 찾듯. 또한 '그녀'와 '내'가 '가면들'을 찾고, '가면들'이 '나'와 '그녀'를 찾듯. 이처럼 서로는 서로에 대한 욕망의 대상이자 욕망의 주체가 되고 있다. 서로는 또한 욕망을 실현하는 가운데 대상과 주체의 자리를 뒤바꾸고 양자 사이의 차이를 뛰어넘는다. 바로 이 욕망의 실현을 이인성은 "황홀한 홀레"로 표현하고 있거니와, "황홀한 홀레"는 "두 몸을 하나로 묶고 섞는 그런 환희”로 남자와 여자를 인도한다. 즉, “황홀한 흘레”를 통해 남자와 여자는 하나가 된다.

“황홀한 흘레”에 이르기까지 남자와 여자 사이에 이루어지는 제의적(祭儀的)인 과정에 대한 이인성의 묘사는 더할 수 없이 환상적이다. 먼저 “문신처럼 그려진 뱀 무늬”가 “동아줄 같은 부피감으로 살아나 그녀의 몸에서 풀어져 내”린 다음 ‘나’의 “바짓가랑이 속”으로 들어와 옷을 뜯어내자, “이게 누구 것인가 싶은, 조금 전의 그녀처럼 뱀 문신에 얼룩진 또 하나의 알몸이 모습을 드러”낸다. 이윽고 ‘그녀’는 뱀 문신에 포획되어 있는 “포획물”의 “사타구니에 곧추서 있던 뱀 머리”를 “아예 태워 죽여버릴 듯이 시선의 초점을 모으며 다가선” 다음 “문득 무릎을 접고 몸을 낮추어, 다시 거기에 입을 맞”춘다. 그러자 “짧은 경련과 함께 되살아난 뱀의 기묘한 꿈틀거림이 지극히 비현실적으로 자연스럽게 온몸을 바닥에 눕혔고, 탄력 있는 몸놀림으로 배 위에 타고 오른 그녀”는 “뒷면에 배어 나온 먹물의 선들이 어떤 얼굴의 윤곽을 희미하게나마 내비치고 있는” “타원형으로 오려진 한지”를 살펴본 다음 “손가락으로 귓구멍·눈구멍·콧구멍·입구멍을 하나하나 뚫어나”간다. 곧 내 얼굴을 핥아 접착제와도 같은 침을 바른 다음 그 “얼굴 그림”을 한 겹 ‘나’의 얼굴에 붙여놓고는 “제 몸 속에 그 종이 탈을 쓰고 바뀐 얼굴의 몸을 불러들”인다.

“천백 년 만에 되살아보는 진기한 느낌” 또는 “온몸이 눈멀도록 부시게 번져나가는 낯선 쾌감”을 동반하는 “황홀한 흘레”는 ‘그녀’와 ‘가면들’ 사이에, ‘나’와 ‘가면들’ 사이에, ‘가면들’과 ‘가면들’ 사이에 이루어지기도 하는데, 이 과정에서 ‘나’는 남자의 여자가 되기도 하고 남자의 남자가 되기도 한다. 즉, 나는 나를 뛰어넘어 타자가 되기도 하는 것이다. 아울러, "두 몸을 하나로 묶고 섞는 그런 환희" 가운데 '나'와 '그녀'와 '가면들'은 하나가 되기도 하나, '나'는 여전히 '그녀'를 욕망하고 '그녀'와 하나가 되는 '탈'을 질투한다. 또한 나는 '탈'에게 "부들거리는 수치와 분노"로 인한 원망의 대상이 되기도 하고 또 복수의 대상이 되기도 한다. 모두는 하나일 수 있지만 동시에 남남인 것이다. '나'에게 '그녀'까지도. 하나일 수 있지만 남남인 것이 다름 아닌 인간의 상황 아닌가.

5. 어느 것을 선택해야 할까, / 소리의 아름다움과 / 그 여운의 아름다움 가운데, / 지빠귀의 지저귐과 / 지저귐이 끝난 바로 뒤 가운데.

　　하나일 수 있지만 남남일 수밖에 없음을 무엇보다도 선명하게 보여주는 것이 바로 처용 설화가 아닐까. 신라 49대 헌강왕이 울산의 바닷가로 놀러갔다가 돌아오는 길에 잠시 쉬고 있는 동안 검은 구름과 안개가 주위를 감싼다. 이상히 여긴 왕이 일관(日官)에게 물은즉 동해 용의 조화이니 좋은 일로 이를 풀도록 권유한다. 이에 용을 위해 근처에 절을 짓도록 명하자 구름과 안개가 걷힌다. 왕이 절을 짓도록 명한 곳은 "영취산" 기슭이며, 그리하여 지워진 절의 이름이 "망해사" 또는 "신방사"다. 한편 구름 걷힌 바닷가는 "개운포"라는 이름을 얻게 된다. 왕의 명에 용이 크게 기뻐하여 일곱 아들을 데리고 근처의 섬에 와서 왕의 덕을 찬양하는 춤을 춘다. 그런 다음 그 아들 가운데 한 명에게 왕을 따라 서라벌로 갈 것을 허락하는데, 그가 바로 처용이다. 처용을 오랫동안 곁에 있게 할 요량으로 왕은 그에게 벼슬을 주고 아름다운 여인을 아내로 맞도록 한다. 그런데 어느 날 밤 처용이 집에 와서 보니 아내가 누군가와 잠자리를 함께하고 있는 것이 아닌가. 이를 보고 처용은 어려운 선택을 한다. 상심한 마음을 표출하는 대신 그는 말없이 밖으로 나와 춤을 추며 저 유명한 「처용가」를 지어 부른 것이다. "소리의 아름다움" 대신 "그 여운의 아름다움"을 선택한 것 아닐까.

「강 어귀에 섬 하나」에 등장하는 처용은 그와 같은 선택을 하지 않는다. 아니, 할 수가 없었다. "부네 탈"을 쓴 '그녀'가 "백정 탈에게 팔짝 뛰어올라 두 팔 안에 담"겨 "저 건너 방으로 찾아 들어가"자 '그녀'를 쫓다가 놓친 '나'는 "이글이글 번지는 마음의 불길"을 주체하지 못하기 때문이다. 그렇지만 '나'란 존재도 "백정 탈에게 팔짝 뛰어올라 두 팔 안에 담"기는 '그녀'와 다를 바 없지 않은가. 방에서 나온 '그녀'를 가로막는 '나'에게 '그녀'는 따지듯 말한다. "내가 백정과 살을 섞었다고? 넌, 무당하고도 그랬고, 뚱딴지하고도, 피조리하고도 그랬고, 닥치는 대로 그랬을 텐데?"라고. 질투심을 이기지 못하는 자가 '나'인 이상, '나'는 아직 처용이 되기에 먼 것이다. 즉, 아직은 자신의 욕망을 초월하는 경지에 이르지 못한 것이다.

물론 전혀 다른 해석도 가능하다. 소설의 앞부분에서 '나'는 "애당초 '나'는 없었다"고 말하고 있거니와, '나'의 존재를 부정하는 이 말은 '나'와 '그녀'의 관계를 새롭게 조명해볼 것을 요구하기 때문이다. 이와 관련하여 다음 인용에 주목하기 바란다.

그 집에 오는 '너'가 워낙 많아서인지, '나'는 '나'로 구별되지 않았다. 아니, 구별되지 않았다는 표현은 아무래도 정확지 않다. 수많은 '너'가 수많은 '나'로 뒤섞여 '나'만의 '나'를 가를 수 없었다는 뜻이 아니라는 말이다. 그렇다기보다, 애당초 '나'는 없었다. 그녀가 자신을 가리켜 '나'라 말할 때, 그 대명사는 고유명사나 다름없는, 그 집에서 오로지 그쪽 그녀에게만 해당되는 유일무이한 것이었다. 이쪽의 (나)는 문밖의 개집 같은 괄호 속에 묶여 있었거나, ( )는 그 괄호 속에조차 부재했다. (112)

그렇다면, '나'의 정체는 도대체 무엇인가. 말장난으로 들릴지 모르나, 만일 '나'란 "명사"는 "그녀에게만 해당하는 유일무이한 것"이고, '나'란 애당초 없는 존재인 동시에 또 "그쪽"의 '그녀'에 대해 "이쪽"의 '나'만으로 의미를 갖는 존재라면, '나'란 이를테면 존재하지 않지만 존재한다는 착각을 불러일으키는 허상(虛像)이나 영상(影像)— '그녀'와 대응 관계에 있는 일종의 허상이나 영상—에 지나지 않는 존재일 수도 있다. 또는 소설 속의 '내'가 찾아가는 '그녀'가 바로 '나'에 대응되는 허상이나 영상일 수도 있다. 아울러, "이것저것 바꿔" 가며 "늘 탈을 쓰고 있"던 '그녀'가 소설의 끝에 가서 "〔처용〕 탈에 짚 끈을 꿰어 뭉개진 제 얼굴에 둘러 묶"기도 하거니와, 처용은 '나'일 수도 있지만 때에 따라 '그녀'일 수도 있는 존재가 아닐까. 이런 관점에서 보면, '나'와 '그녀'는 "황홀한 흘레"를 통해서 '하나'가 되기 이전에 이미 존재론적으로나 인식론적으로 하나였을 수도 있다. 즉, '그녀'는 바로 '나' 자신, 또는 또 하나의 '나'일 수도 있다. 아니, 앞서 말한 바와 같이 서로가 서로에 대해 거울에 비친 영상과도 같은 존재일 수 있다. 이런 맥락에서 보면, "황홀한 흘레"는 곧 나르시스적인 자기 사랑의 몸짓으로 이해할 수도 있으리라. 한 걸음 더 나아가, "백정과 살을 섞"은 '그녀'에 대해 언짢아하는 '나'는 곧 '나'에 대해 언짢아하는 '나'일 수 있다. 결국 「강 어귀에 섬 하나」는 나르시스적 자기 사랑의 문제를 탐구하고 있는 소설로도 읽힐 수 있지 않을까. 물론 사랑이란 사랑하는 대상을 전제로 하여 가능한 것이고, 자기 사랑의 경우 자신을 '남'으로 설정할 때 가능한 것임을 우리는 나르시스 신화에서 확인한다. 하지만 바로 그 신화가 말해주듯 나르시스의 자기 사랑은 파멸과 비극으로 끝나지 않을 수 없다. 무엇보다도 물에 비친 자신의 모습을 나르시스는 '남'으로 인식하지만, 바로 그 '남'은 허상일 뿐 존재하지 않기 때문이다. 존재하지 않는 '남'에 대한 사랑이 무위로 끝나듯, '나'에 대한 '그녀'의 사랑 또는 '그녀'에 대한 '나'의 사랑도 무위로 끝나지 않을 수 없다. 이런 의미에서 보면, '나'나 '그녀'는 "소리"가 있은 뒤의 "여운"에 불과한 존재, 새의 지저귐이 끝난 이후에 남는 "여운"과 같은 존재인지도 모른다.

6. 고드름이 기다란 유리창을/울퉁불퉁한 유리로 뒤덮었고, /지빠귀의 그림자가/유리창을 이리저리 가로질렀다. 분위기는/그 그림자에서/해독할 수 없는 원인을 찾아냈고.

처용 설화를 여기저기 감추듯 드러내고 드러내듯 감추고 있다는 점에서도 「강 어귀에 섬 하나」는 투명한 텍스트가 아니다. 고드름이 유리창을 뒤덮고 있듯, 처용 설화의 흔적이 「강 어귀에 섬 하나」를 뒤덮고 있는 것이다. 무엇보다도 그 흔적은 장소와 거처를 지칭하는 이름에서 짚인다. 즉, "저 강 어귀 굽이에 불빛 몇 점[이] 반짝거리는"

곳의 지명이 "개운포"라는 점, 또한 바위산 꼭대기에 있는 누각이 "영취루"라는 점, "거실의 탈들 위에" '그녀'가 새로 건 현판에 새겨진 글자가 "망해정"이라는 점, 서쪽 끝방의 벽을 밀치고 들어갔을 때 그곳에서 '내'가 발견한 현판에 새겨진 글자가 "신방사"라는 점 등등에서 우리는 처용 설화의 흔적을 읽어낼 수 있는 것이다. 하지만 보다 더 구체적인 처용 설화의 흔적은 '나'와 '그녀'가 주고받는 다음과 같은 대화에서 찾을 수 있다.

"그립다면 기억이 있어야 되는데, 떠오르질 않는걸." "천백 년 전의 기억이니까." 그녀의 단정에 얼떨떨해져서, 간신히 내뱉는다는 게 "뭐라구?"였다. "언젠가는 기억나게 될 거야. 그때 자긴 바다에서 왔어." "뭐라구!" 기가 막혀 잠깐 멈춰 섰던 생각이 방향 없이 번졌다. (116)

아무 말 없이 황금빛 수평선의 침몰을 바라보고 있으니까, 그제서야 눈치를 챈 건지, 그녀는 다시 "저기가 그렇게 가고 싶어?" 하며 대꾸를 끄집어내려 애썼다. 마지못해, "처용은 동쪽에서 왔잖아. 돌아가려면 동해로 가야겠지." 침묵을 접었다. "동쪽에서 왔으면 서쪽으로 가야지. 돌고 돌면 결국 거기가 거기겠지만." (128)

『삼국유사』에 따르면, 처용이 「처용가」를 지은 것은 헌강왕 5년경인 서기 879년경의 일로, 처용이 살던 때는 현재와 대략 천백 년의 시차가 있다. 따라서 '그녀'가 말하는 "천백 년 전의 기억"이란 '처용 설화의 주인공인 처용'이 오늘날 살아 있다면 가지고 있음직한 기억 ― 동해 용의 아들로서 동쪽 바다에서 육지로 왔던 옛날 일에 대한 기억 ―

을 지칭하기 위한 것이다. 그렇다면 이 소설 속의 '내'가 곧 '처용 설화의 주인공인 처용'이란 말인가. 물론 이는 환상 세계에서나 가능할 법한 이야기다. 그리고 「강 어귀에 섬 하나」는 바로 이 환상 세계의 분위기를 갖고 있지 않은가. 하지만 이 소설을 통해 '천백 년 전의 처용'을 오늘날에 되살리는 것이 작가의 의도가 아님을 우리 모두는 알고 있다. "천백 년 전에도 처용이란 이름이 고유명사였을까"라는 '그녀'의 수사적 물음이 암시하듯, 처용은 특정 인물을 지칭하는 고유명사일 수도 있지만 이와 동시에 하나의 인간형을 지칭하기 위한 보통명사일 수도 있다. 다시 말해, "천백 년"의 세월을 뛰어넘어 존재하는 초시간적atemporal인 인간 유형일 수 있는 것이다. 이런 의미에서 "천백 년 전의 기억"이란 무의식적인 신화적 기억이다. 그와 같은 무의식적인 신화적 기억을 의식 저편에 간직하고 있는 한 '나'는 처용이기도 하지만, 그 기억이 의식 저편에서 잠들어 있는 한 '나'는 '아직 처용이 되지 못한 처용'—말하자면, 아직 "미완의 탈"인 "처용 탈"을 쓰고 있는 인간—이기도 하다.

그렇다면, '나'의 말대로 처용은 "동쪽에서 왔"으니 "돌아가려면 동해로 가야" 하는데, 왜 '그녀'는 "동쪽에서 왔으면 서쪽으로 가야" 한다고 말하는 것일까. 여기에서 잠깐 처용 설화를 다시 살펴보기로 하자. 처용 설화에 의하면 처용은 오늘날 "처용암"으로 알려진 바위섬에서 그 모습을 드러냈다고 전해진다. 이 바위섬이 울산 앞바다로 흐르는 강—오늘날 "외항강"으로 불리는 강—의 어귀에 위치해 있다는 점을 감안하면, "천백 년 전" 처용이 바다에서 처음 그 모습을 드러냈던 곳도 역시 강 어귀의 섬임을 알 수 있다. 결국 「강 어귀에 섬 하나」의 소설적 무대와 처용 설화의 무대는 공간적으로 동일한 모습을 하고 있다. 다만 "외항강"이 아닌 "한강"의 하구라는 점만이 다를 뿐이다. 따라서 이야기의 무대를 지리적으로 옮겼을 뿐, 섬으로 간다는 것은 자신의 근원지로 돌아가고자 한다는 의미로 읽힐 수 있다. 하지만 "동쪽에서 왔으면 서쪽으로 가야" 하는 것일까. "해독할 수 없는 원인"을 찾아내긴 하였지만, 우리에게는 그 "원인"을 해독해낼 능력이 없다.

7. 오, 해덤의 여윈 사나이들이여, / 그대들은 왜 황금 새를 마음에 그리는가? / 그대들에게는 보이지 않는가, / 그대들 주변 여인들의 발치 주위를 / 지빠귀들이 맴돌고 있음을.

　문제는 처용인 '내'가 그리도 갈망하는 "은은히 떠올라 있는 창밖의 저 섬" 또는 '그녀'가 '나'와 함께 가기 바라던 "저 강 어귀 밖, 바다"가 의미하는 바는 무엇인가다. '섬'을 통해 이인성이 의미하고자 하는 바는 과연 무엇인가. 물론 바다는 생명의 근원 또는 시원(始原)의 장소로 이해되기도 하거니와, 이런 맥락에서 '나'나 '그녀'의 바람은 일종의 무의식적 회귀 본능과 관계되는 것으로 볼 수도 있다. 하지만 "패어 있는 심연"의 저편에 놓여 있는 "창밖의 저 섬," 그리도 매혹적이지만 끝내 다다를 수 없는 "저 섬"은 무엇을 암시하기 위한 것인가. 이는 다만 설화에 충실하기 위해 이인성이 설정한 하나의 소설적 장치에 불과한 것일까. 아주 소박한 이해긴 하나, 이는 인간이 욕망을 초극했을 때 다다를 수 있는 그 어떤 경지를 암시하는 것일 수도 있으리라. 그것은 또 일종의 유토피아와도 같은 곳일 수도 있으리라.

아니면, "해덕의 여윈 사나이들"이 "마음에 그리는 황금 새"와 같은 것일까. 그들이 마음에 그리는 "황금 새"는 현실의 "지빠귀"와 대비되는 비현실의 세계를 지칭하는 것이라는 점에서 수긍은 가나 해석이 만족스럽지 못하기는 다른 경우와 다를 바 없다.

그리하여 우리는 여전히 물음을 던지지 않을 수 없다. "넓고도 깊"은 "검은 심연"을 가로질러 "높이 떠올라 있는 저 섬으로 당장이라도 건너뛰고 싶다는 맹목적인 충동"에 시달리는 소설 속의 '나'에게 그 섬은 과연 무엇일까. 무슨 이유로 '나'는 그 섬을 "마음에 그리는가." 이 물음과 관련하여 우리는 다음의 구절에 눈길을 줄 수 있다.

뜬 감정을 빨아들이는 저 밑바닥으로부터 무거운 목소리가 울려 나왔다. "저 섬엔 이름이 없다 그랬었지?… 나도 이름이 없고 싶었는데, 이름이 없고 싶어서 너를 만났던 건데, 근데 넌, 거꾸로 이름을 붙여 놓고 그 이름의 탈을 만들고… 왜 이렇게 된 거지?" 사이. "왜 이렇게 됐지가 아니라, 어쩌면 이거야말로 진정으로 이름을 지우는 길인지도 몰라. 지금은 너한테 처용이라는 이름이 붙여져 있지만, 나중엔 그게 네 이름이 아니고 네 탈의 이름이 될 테니까. 머지않아 넌 탈을 벗게 될 거고, 그러면 이름도 내던질 수 있을 거야." 사이. "그럴 거라면, 애당초 이름 없이는 안 되나?" 사이. "글쎄. 이름이란 게 저리로 건너가선 필요 없다 하더라도 여기선 필요한 거 아닐까? 뭐랄까, 저기로 가는 길을 찾는 이정표 같은 거랄까…" (136)

무엇보다도 그 섬은 이름을 가지고 있지 않다. 또한 그 섬으로 건너가서는 이름이 필요 없다. 어찌 보면, 이름이 없는 곳이란 현실적인 의미나 가치를 부여받지 못한 곳일 수 있고, 현실을 초월하여 존재하는 미지의 세계일 수도 있다. 인간이 경험이나 이성을 통해 인식하거나 확인한 세계 바깥쪽의 세계, 그리고 상상력을 통해 창조해낸 세계 바깥쪽의 세계란 도대체 어떤 곳일까. 자신이 몸담고 있는 세계 바깥쪽으로 눈길을 주는 '내'가 궁극적으로 바라는 것은 무엇일까. 이름이 없는 "저 섬"처럼 "이름이 없고 싶"은 것? 글쎄. 이름을 없앤다는 것은 무엇을 의미하는 것일까.

'나'는 말한다. "이름이 없고 싶어서" '그녀'를 만났다고. 하지만 '나'는 '그녀'한테서 "처용이라는 이름"을 부여받는다. 그리고 '그녀'는 말한다. 그 이름이 '나'의 이름이 아니고 탈의 이름이라고. 또 머지않아 "탈을 벗게 될 거고, 그러면 이름도 내던질 수 있을 거"라고. 따지고 보면, 우리 인간의 삶이란 어떤 형태로든 탈을 쓰고 그 뒤에 숨어 사는 삶이 아닐까. 사실 이름 자체가 또 하나의 탈이 아닌가. 어디 이름뿐이랴. 누군가가 우리를 인식하거나 기억할 때 인식이나 기억의 근거가 되는 우리의 개성이나 속성 일체가 탈이 아니겠는가. 바로 그 모든 탈을 벗어버리면 남는 것이 무엇일까. 이 같은 근원적인 물음을 던지고 있는 소설이 다름 아닌 이인성의 「강 어귀에 섬 하나」가 아닐까.

8. 나는 알지, 고결한 억양과/명료하고 피할 수 없는 운율을./하지만 나는 또 안다,/내가 아는 것에는/지빠귀도 포함되어 있음을.

탈의 의미에 대한 이인성의 관심은 오래전으로 거슬러 올라갈 수 있거니와, 그가 대학생 시절 서울대학교 대학신문 주최 대학 문학상 소설 부문에 당선한 후 쓴 당선 소감에서도 이를 확인할 수 있다.

내 방의 벽에는 절묘한 탈의 표정이 걸려 있다. 그것이 내 언어와 기억과 상상을 해체시키고 재구성시킨다. 나는 탈춤을 출 것이다. 그리고 한순간 그 탈의 표정을 얻는 대가로 타인의 모든 보복과 나의 타락을 감수할 것이다. 그 탈이 지닌 사랑의 침묵에 나는 감사한다. (서울대학교 대학신문, 1974년 4월 29일자 4면)

"내 언어와 기억과 상상"을 해체하고 재구성할 만큼 "탈의 표정"이 "절묘"하다면, 그 "탈의 표정"은 과연 어떤 것일까. 어쩌면, 이인성에게 글쓰기란 이 같은 "절묘한 탈의 표정"을 얻기 위한 탈춤 추기인지도 모른다. 따지고 보면, "타인의 모든 보복"과 "나의 타락"까지 감수하면서 얻고자 했던 "절묘한 탈의 표정"은 그가 발표한 일련의 소설들이 드러내는 바로 그 표정 아닐까. 이런 의미에서 볼 때, 「강 어귀에 섬 하나」는 "탈의 표정" 또는 "탈"에 관한 소설이기도 하지만, 동시에 그 자체가 또 하나의 "탈의 표정" 또는 "탈"일 수 있다. 다시 말해, 그 소설 자체가 더할 수 없이 섬세하고 세련된 언어와 명증한 상상력—달리 표현하자면, "고결한 억양"과 "명료하고 피할 수 없는 운율"—을 재료로 하여 빚어낸 "탈의 표정" 또는 "탈"인 것이다. 그러한 "탈의 표정" 또는 "탈" 뒤에 숨어 있는 것은 무엇일까. 이는 바로 삶 아닐까. 실체를 갖고 있으나 탈을 쓰기 전에는 무정형의 상태로 존재하는 우리의 삶—역시 달리 표현하자면, "지빠귀"로 대변되는 물리적 실체만으로서의 삶 또는 의미를 부여받기 이전의 삶—을 "탈의 표정" 또는 "탈"은 숨기는 동시에 드러내는 것 아닐까. 또한 바로 그 삶이 "탈의 표정" 또는 "탈" 때문에 의미 있는 그 무엇이 되는 것 아닐까. 「강 어귀에 섬 하나」에서 이인성은 '의미를 부여받기 이전의 삶' 또는 탈이 제거된 무정형의 상태를 이렇게 묘사한다.

단칼질의 손길로 탈을 벗겼고, 베어나가는 탈의 단말마가 터졌다. 너무 컴컴해 보이지 않는 어둠의 얼굴의 굴곡을 촉감으로라도 확인하려고 두 손을 뻗었고, 꽉 물고 있는 아랫도리를 더욱 옥죄며 필사적으로 자기 얼굴을 감싸는 무당의 두 손을 어렵게 끌러냈다. 점점 맥이 빠져가는 가는 손목이 안쓰러워, 마침내 방어를 포기한 그 얼굴을 마음 깊이 다정스런 손길로 더듬으려는데, 아아
　　　　　　　　　　　　　얼굴이 없었다. 처음엔 그저 밋밋하기만 한 탄력의 살덩이를 얼굴로 믿을 수 없어서, 잘못 다른 데를 잡았겠지 하며, 어깨 위에서부터 다시 손길을 쓰다듬어 올렸는데도 사정은 마찬가지였다. 무당의 얼굴은 입도 코도 눈도 없는 그냥 달걀 모양의 살덩이였던 것이다. (131~32)

그리하여 "탈 뒤에 얼굴이 있는 게" 아니라 "탈이 얼굴"이라는 역설이 성립한다. 이인성은 바로 이 역설의 진실을 '알았던' 것이리라.

9. 지빠귀가 날아 시야에서 사라지면서/수많은 원 가운데 하나의/
　　경계를 선명하게 드러냈다.

다시 소설 속으로 들어가서 이인성이 펼쳐 보이는 탈의 향연에 눈

길을 주기로 하자. "백정 탈과 살을 섞"고 나온 '그녀'가 '나'에게 말한다. "이젠 탈을 만들러 갈게. 혹시나 해서 부탁하는 건데, 내가 탈을 만드는 방엔 절대 들어오면 안 돼. 부정 타면 모든 게 끝나. 알아?"라고. "탈을 만드는 방"에 들어오면 "부정" 타다니? 이 말이 우리를 또 하나의 설화로 이끄는데, 그것은 바로 하회탈과 관련하여 전해오는 슬프고도 아름다운 설화다. 약 8백 년 전의 일이다. 하회 마을에 재앙이 찾아온다. 이 재앙을 어떻게 물리칠 것인가. 젊은 청년인 허도령은 재앙을 물리치기 위해 산신령의 계시를 받고 별신굿에 사용할 탈을 파게 된다. 두문불출의 상태에서 문밖에 금줄을 치고 탈을 파는 허도령에게 그를 사랑하는 처녀가 찾아온다. 매일 밤 찾아오던 사랑하는 허도령이 발길을 끊자 기다림에 지쳐 찾아왔던 것이다. 부름에 대답도 없고 방문도 열리지 않자 처녀는 문에 구멍을 뚫고 안을 들여다본다. 이에 탈을 파던 허도령은 부정을 타서 피를 토하고 그 자리에서 숨을 거둔다. 마지막으로 그가 파던 탈인 '이매 탈'에 턱이 없는 이유는 이 때문이란다. 슬픔을 못 이긴 처녀 역시 숨을 거두었다고 한다.

'그녀'는 자신이 마치 설화 속의 허도령인 양 모든 탈을 만든다. "어떤 건 나무로, 어떤 건 바가지로, 또 소나무 껍질이나 종이로." 무엇보다도 '그녀'는 "아주 특별한 방식으로" '나'의 탈인 "처용 탈"을 만든다. 그것도 혼자서 아주 은밀하게. 이 탈 만들기는 무엇을 의미하는 것일까. 또한 탈을 만드는 '그녀'의 정체는 도대체 무엇인가. 사실 탈 만들기란 이름 붙이기와 마찬가지로 누군가에게 정체성을 부여하는 일일 수 있다. 하지만 그 정체성이란 일반화 또는 정형화를 벗어나지 못하는 것일 수 있음을 '그녀'의 다음과 같은 말을 통해 확인할 수 있다.

> "탈들이 여러 가지 다른 생김새를 하고 있긴 해도, 그 이름들은 다 일
> 반명사야. 그걸 알고 있었어, 혹시? 탈춤판은 여러 군데가 있었지만,
> 거기 나오는 탈들은 모두가, 말뚝이, 취발이, 눈끔적이, 무당, 양반,
> 선비, 그저 그런 이름밖엔 가지고 있지 않아. 기껏 갈라봐야, 중을 놓
> 고 옴중·목중·팔먹중이라 부르는 정도지. 그러니까 조금씩 달라 보
> 이는 생김새란 건 어떤 특정한 시간이나 공간의 흔적에 불과한 것이
> 아니겠어?" (132)

물론 "처용의 탈"과 같이 "아주 여러 겹"인 탈, "여러 얼굴이 쌓여
하나가 된" 탈 또는 "온갖 얼굴들을 다 겹쳐" 만든 탈도 있을 수 있
다. 그럼에도 불구하고, 앞서 살펴본 바와 같이 처용 역시 보통명사
일 수 있다. 어떤 경우든 이처럼 보통명사와 다름없는 이름을 지닌
탈들을 만드는 일이란 과연 무엇에 대한 은유일까. 물론 이인성의 경
우 그것은 소설 쓰기일 수 있다. 그렇다면, 이인성이 「강 어귀에 섬
하나」에 '그녀'라는 인물을 등장시켰을 때 소설가를 염두에 두고 있었
던 것일까. 물론 그럴 수도 있고 그렇지 않을 수도 있다. 이렇게 생각
해볼 수는 없을까. 즉, "인간은 하나의 작은 우주"라는 피타고라스의
말에 기대어, 탈 만들기란 각각의 탈로 대변되는 하나의 작은 우주의
범위와 경계를 선명하게 부각하는 일로 볼 수 있지 않을까. 전통적으
로 우주는 원(圓)의 형상으로 이해되기도 했거니와, "수많은 원 가
운데 하나의/경계를 선명하게 드러"내는 일이 바로 탈 만들기일 수
있다. 물론 이것이 만족스러운 해석은 아니다. 「강 어귀에 섬 하나」

가 이야기하는 탈 만들기는 얼마든지 새로운 해석을 가능케 하기 때문이다. 요컨대, 「강 어귀에 섬 하나」는 그 자체가 열린 텍스트다.

10. 푸른빛 한가운데를 날아가는/지빠귀를 보면, /감언을 일삼는
    뚜쟁이들조차/날카로운 탄성을 지르리.

　「강 어귀에 섬 하나」의 상당 부분은 탈들의 탈춤놀이에 바쳐지고 있다. 격렬한 춤사위와 거침없는 욕정이 지배하는 탈춤놀이가 강 어귀 집의 거실에서 연속적으로 펼쳐지는데, 소설 속에서 벌어지는 탈춤놀이를 따라가 보면 대체로 하회 별신굿 탈놀이의 순서를 따르고 있음을 알 수 있다. 무동(사자)마당, 백정마당, 파계승마당, 혼례마당 등으로 탈춤은 이어지며, 춤판이 이어지는 동안 다양한 하회탈들이 등장한다. 하회 별신굿 탈놀이에서는 선비와 양반의 허구성이 폭로되기도 하고, 타락한 사회나 종교에 대한 통렬한 비판이 이루어지기도 한다. 또 기존의 윤리·신분·성·질서가 자유롭게 전도(顚倒)되기도 한다. 어떻게 하회라는 양반 마을에서 이 같은 탈놀이가 용납되었을까. 사실 양반들은 이 탈놀이에 경제적 지원까지도 아끼지 않았다. 그 이유는 무엇인가. 이는 물론 상민들의 억눌린 감정과 불만이 자유롭게 해소되도록 하기 위한 것이었다. 다시 말해, 억눌린 계층의 감정과 불만을 해소하도록 함으로써 계층 간의 갈등을 해소하는 데 그 목적이 있었다고 할 수 있다. 노골적인 폭로와 가치 전도, 신랄한 비판과 풍자 앞에서 가식적인 선비들—즉, "감언을 일삼는 뚜쟁이들"—조차 "탄성"을 지르지 않을 수 없도록 했던 것이 하회 별신굿

탈놀이였다고 할 수 있지 않을까. 바로 그 탈놀이가 「강 어귀에 섬 하나」에서 새롭게 조명된다. 그것도 인간의 욕망에 대한 예민하고도 섬세한 탐구를 위해.

11. 그는 유리마차를 타고/코네티컷을 지나갔다./일순 공포가 그를 꿰뚫었지./그는 잘못 보았던 것이었으니,/마차의 그림자를/지빠귀로.

「강 어귀에 섬 하나」가 거의 끝나갈 무렵, '나'는 '그녀'의 권유에 따라 "순례"의 길을 나선다. "행렬을 따라가"던 '나'는 "하룻밤도 지나지 않은 것 같은데" 벌써 "무한 증식하는 그 퍼즐의 방들" 가운데 어느 하나에 홀로 남게 된다. '그녀'에 대한 "믿음"과 "의혹" 사이에서 '나'는 갈등하다가 오던 길로 되돌아온다. 즉, 의혹이 믿음을 이겼던 것이다. 하지만 "거실"로 되돌아와 '그녀'가 있는 곳을 어렵게 찾았으나, '그녀'가 누워 있는 것으로 짐작되는 "침대 매트" 위의 "이불 아래로, 다리가 넷"이다. 설화 속의 처용처럼 '나'의 입에서 「처용가」가 흘러나오지만, 어느 지점에서 '나'는 더 이상 노래를 계속하지 못한다. 「처용가」를 끝까지 부를 수 없다는 것은 무엇을 뜻하는가. 이는 어떤 의미에서 보면 저 설화 속의 처용이 이르렀던 바로 그 경지에 '내'가 이르지 못했음을 의미하는 것이리라. 홀로 남게 된 '나'를 "꿰뚫었"던 것은 '의혹'이었으니, 나는 이 '의혹'에 이끌려 "숨어 있는 무언가"를 "믿음의 대상"이 아닌 "의혹의 대상"으로 "잘못" 보게 된다. 이리하여 '나'는 "은은히 떠올라 있는 창밖의 저 섬"에 끝끝내 이를 수 없게 된다. 처용의 꿈은 이처럼 덧없는 것으로 끝날 수밖에 없었던 것일까.

12. 강물은 흐르고/지빠귀는 여전히 날고 있으리.

꿈을 못 이룬 '나'는 이제 '그녀'와 이별의 의식을 치른다. 그 과정에 "그토록 완벽하게 붙어 있던 처용 탈"이 '나'의 얼굴에서 떨어지고, "몸의 얼굴이 사라져"버린다. 그리하여 "얼굴에는 그냥 민둥민둥한 둥근 살덩어리뿐"이다. 이윽고 얼굴을 잃은 채 거적에 말린 '나'는 "거대한 새의 발톱" 끝에 잡혀 어디엔가로 옮겨진다. 곧 "멀었던 눈이 갑자기 트이"자 "'나'는 강이 아찔하게 내려다보이는 어떤 절벽 위의 누각에 던져져 있"음을 알게 된다. 그때 이미 "커다란 새가 하늘 아득한 곳에서 눈동자만 한 크기로, 빙글빙글 맴을 돌고 있"다. 바라보니, "이쪽 절벽을 치고 도는 강 건너편에는, 고운 백사장이 물도리동을 이루고 있"고. '내'가 옮겨진 곳 ― "영취루"로 짐작되는 바로 그곳 ― 은 여전히 환상의 공간인가, 현실의 공간인가. 아니, 무엇보다도 "거대한 새" ― "독수리"로 짐작되는 바로 그 새 ― 가 의미하는 바는 무엇인가. 이인성은 아주 작은 암시를 남기고 있다.

한순간, 회오리가 일었다. 하늘 기둥이라도 세울 듯 끝없이 솟구치던 그 불 기둥 같은 모래 기둥은, 그러다가 하늘 꼭대기에서 사방으로 퍼져 내리기 시작했는데, 한낮의 햇살을 받아 황금빛을 드넓게 펼치는 그 모습이 바로 그곳으로 데려다준 새 혹은 시의 날갯짓이 아니었나

싶었다. 회오리가 솟구쳐 날아간 그 자리엔, 그리하여
이제 아무것
도 없었고, 그러므로
그 집에는 다시 갈 수 없을 것이었지만, 그럼
에도
발밑에, 웬 새알 하나가 떨어져 있었다. (156)

"새"와 "시"가 한자리에 있지 않은가. 그렇다면 '나'를 여기까지 옮겨
온 것은 '시'일 수 있다는 말인가. 이 물음에 대한 답이 무엇이든, 오
랜 환상 여행은 "웬 새알 하나"로 마감된다. "새알"이라니? 이는 새
로운 탄생, 생명을 암시하기 위한 것일까. 이 물음이 대한 답 역시 무
엇이든, "강물은 흐르고" 새는 "여전히 날고 있"다.

13. 오후 내내 어슴푸레한 저녁이었다. /눈이 내리고 있었고, /또
눈이 내릴 것이었다. /지빠귀는 앉아 있었고, /삼나무 가지 위에.

다시 「강 어귀에 섬 하나」의 시작 부분으로 돌아가기로 하자. '내'
가 찾았던 그 집에서는 "계절이 따로 없이, 늘 가을이었다." 아니, 그
집에서는 "빛쪼가리들이 문득, 새초롬하게 봄물 오르는 진달래 꽃잎
이나 개나리 꽃잎으로, 또는 여름의 열기에 농익은 흑장미 꽃잎으로
보일 때"도 있고, "색감마저 바뀌어, 끈적한 땀기가 느껴지는 여름
나무의 암록색 잎새, 거꾸로는 창백한 한기 속에서 희한하게 녹지 않
고 솜털처럼 물 위에 떠 있는 흰 눈송이로 여겨진 적마저 있기는" 있

지만, "모두가 잠시의 환영일 뿐, 눈을 몇 번 껌벅이고 나면, 강 건너편 숲이 푸르렀거나 헐벗었거나, 물결에 찰랑이는 것은 결국 울긋불긋한 가을의 낙엽들"이다. 즉, "그 집의 계절로는 항상〔울긋불긋한 색조의〕가을"이다. 마치 지빠귀가 있는 풍경이 "오후 내내 어슴푸레한 저녁"이듯. 그리고 그 집에서 보면 나뭇가지 위에 앉아 있는 한 마리의 새처럼 "칠흑의 어둠 속에서도 밤새 꺼지지 않을 그 섬"은 거기에 늘 그렇게 있다. 이처럼 소설의 첫머리로 되돌아와 다시금 소설 읽기를 시작하는 순간 한 가지 떠오르는 의문이 있으니, 우리가 읽고 있는 것은 과연 무엇인가. 한 편의 소설인가. 아니면, 한 편의 시인가. 우리가 읽고자 한 것은 분명 이인성의 「강 어귀에 섬 하나」라는 소설이다. 하지만 월러스 스티븐스의 「지빠귀를 바라보는 열세 가지 방법」이라는 시와 겹쳐놓았을 때 이인성의 소설은 한 편의 거대한 시가 되어 우리의 눈길을 사로잡고 있지 않은가.

현실과 환상, 그 경계를 넘어
—최인석의 『아름다운 나의 귀신』*과 환상 문학의 가능성

1. 고갈에 대한 위기 의식과 환상 문학

소설 쓰기란 하나의 가능 세계a possible world를 창조하는 작업이다. 가능 세계의 창조를 통해 작가는 우리의 삶을 이야기하고, 나아가 우리 삶의 깊이와 넓이를 가늠한다. 우리 삶의 깊이와 넓이를 가늠하기 위해 작가가 창조하는 가능 세계는 우리가 몸담고 있는 실제 세계the actual world의 논리를 충실하게 재현하는 방향으로 이루어질 수도 있으며, 경우에 따라서는 이를 철저하게 위반하는 방향으로 이루어질 수도 있다. 예컨대, 후자의 경우에는 인간이 새의 날개를 가질 수도 있으며 새보다 더 빨리 날 수도 있으나, 전자의 경우에는 결코 그럴 수 없다. 만일 작가가 전자의 논리에 충실할 경우 우리에게 주어지는 것은 리얼리즘 또는 사실주의 경향의 작품 세계일

---

* 최인석, 『아름다운 나의 귀신』(문학동네, 1999). 이 책의 인용은 본문에서 작품명과 면수만을 함께 밝히기로 함.

것이며, 후자의 경향을 극단으로 몰아가는 경우 우리에게 주어지는 것은 신화적 또는 환상적 작품 세계가 될 것이다. 바로 이 두 작품 세계 가운데 우리에게 좀더 낯익고 친숙한 것은 물론 전자의 세계다. 이렇듯 전자의 세계가 더 낯익고 친숙함은 우리가 근대 이후의 시대적 특징이라고 할 수 있는 이른바 과학과 합리주의에 길들어 있다는 징표기도 하다.

그렇다면 후자의 작품 세계는 과거의 것일 뿐일까. 후자의 세계를 문학 안에 복원하는 일은 이미 누구도 관심을 갖지 않는 일, 시대에 뒤떨어진 일일까. 물론 그렇지 않다. 비록 문학적 주류에서는 밀려나 있긴 하지만, 환상 소설이나 미래 소설이라는 문학 양식이 환상 세계를 복원하려는 노력을 보여주고 있는 것도 사실이다. 하지만 이 같은 문학 양식은 현실 도피라는 비판에서 벗어나기 어려운 것도 사실이며, 또한 이를 통해 우리 삶의 깊이와 넓이를 제대로 가늠하기란 불가능해 보이는 것도 사실이다. 오늘날 환상 세계를 복원하려는 노력이 문학의 오락적 기능에만 치우친 것으로 비판받는 이유는 여기에 있다. 이러한 노력이 제아무리 치밀하고 정교한 환상 세계를 구축하더라도 문학적 성실성의 법칙에 위배되는 것으로 치부되는 이유도 또한 여기에서 찾을 수 있다.

그럼에도 불구하고, 환상 세계를 복원하려는 노력이 우리 삶의 깊이와 넓이를 가늠하는 데 전혀 무용한 것은 아니라는 사실을 보여주는 문학 작품들이 사실주의 문학의 시대가 도래한 이후에도 없었던 것은 아니다. 아마도 메리 울스턴크래프트 셸리Mary Wollstonecraft Shelley의 『프랑켄슈타인』이나 로버트 루이스 스티븐슨Robert Louis Stevenson의 『지킬 박사와 하이드 씨』와 같은 소설들이 그 예가 될 수 있을 터인데, 이들 작품은 현실적으로 불합리하거나 불가능한 것처럼 보이는 일들을 과학적 실험이라는 이름 아래 이루어질 수 있는 것으로 제시하고 있으며, 이를 통해 인간의 가능성과 한계 또는 인간의 본성에 대해 깊이 있는 사색을 전개하고 있다. 이들 작품은 과학의 잠재적 가능성에 대한 믿음을 바탕으로 하여 환상을 현실 세계 안에 편입시키고 있다는 점에서 이전 시대에 풍미하던 환상 문학과는 명백히 구분이 된다. 하지만 지나치게 작위적이라는 느낌을 준다는 점에서뿐만 아니라 문학사의 주류에 편입시키기 어려울 정도로 예외적인 것이라는 점에서 문학적 깊이를 가늠하기에는 여전히 문제가 있다.

우리가 프란츠 카프카Franz Kafka를 주목하지 않을 수 없음은 바로 이런 맥락에서다. 카프카 역시 환상 세계를 현실 세계 안에 편입시키고 있지만, 그는 셸리나 스티븐슨과는 전혀 다른 문제 의식과 세계 이해의 시선을 갖고 그와 같은 작업을 시도한다. 카프카의 작품 세계와 관련하여 무엇보다도 우리가 주목해야 할 것은 수사적 은유의 세계가 마치 현실화한 것처럼 보인다는 점이다. 여기에는 약간의 설명이 필요한데, 예컨대 '인간은 한 마리 벌레에 불과하다'는 수사가 축어적으로 현실화된 것이 다름 아닌 카프카의 『변신』이 보여주는 세계다. 이로 인해 그의 작품 안에서는 정상적인 것과 환상적인 것이 뒤얽혀 난처할 정도로 불가해한 세계, 처음부터 합리적 설명을 거부하는 세계를 이루게 되는데, 일상의 정상적 논리가 거부된 그와 같은 세계 안에서 사람들은 헛되이 타자와의 의사 소통을 시도하고 세계를 이해하려 한다. 그와 같은 상황에 처한 작중 인물들의 절망적이고 정신병리학적인 모습은 역설적으로 그로테스크한 사건과 폭력의 세계를 너무나도 사실적인 것으로 만들고 있거니와, 이런 의미에서 카프카의 작품들은 사실주의적 의미에서 소설이라기보다는 우화에 가깝다고 할 수 있다.

현실 세계와 환상 세계 사이의 결합이 또 다른 차원에서 시도되고 있는 문학의 현장이 있다면 이는 바로 남미의 마술적 사실주의다. 여기서도 현실 세계와 환상 세계의 동시 존재 가능성이 추구되고 있지만, 셸리나 스티븐슨의 경우처럼 작위적이지도 않고 카프카의 경우처럼 절망적일 정도로 사실주의적 경향으로부터 멀리 떨어져 있지도 않으며, 또한 적나라하게 우화적이지도 않다. 그만큼 현실과 환상 사이의 결합이 절묘하다. 가브리엘 가르시아 마르케스Gabriel García Márquez나 호르헤 루이스 보르헤스Jorge Luis Borges의 작품에서 보듯, 현실 세계와 환상 세계 사이의 결합은 양자 사이의 접합 부분이 보이지 않을 정도로 완벽하며, 또한 현실 세계 속에 편입된 환상 세계가 이질적이라는 느낌도 주지 않는다. 문제는 이 같은 마술적 사실주의가 왜 남미에서 시작되었는가에 있다. 물론 이 자리는 남미든 구미든 그 지역을 문예사회학적으로 천착하기 위한 자리도 아니며 또한 그렇게 할 시간적 여유와 지면도 없다. 여기서는 우선 마술적 사실주의가 남미 특유의 문화적·사회적·정신사적 현실을 반영하는 것일 수 있다는 너무나도 빤한 진단은 접어두기로 하고, 다만 기법 면으로든 또는 언어 면으로든 고갈의 시대를 맞이한 구미의 사실주의 문학이 남미의 마술적 사실주의에서 그 탈출구를 찾고 있다는 몇몇 문학 연구자들의 진단에 유념하기로 하자. 만일 그러한 진단이 올바른 것이라면 또 하나의 문제 제기가 가능한데, 고갈에 대한 위기 의식이 다만 구미에만 국한된 것일까.

오늘날 한국 문단이 보르헤스나 마르케스 등의 남미 작가에게 보이는 관심의 열기를 보면 유사한 위기 의식이 한국 문단을 지배하고 있는 것처럼 보이기도 한다. 하지만 고갈에 대한 위기 의식은 '넘침'을 경험한 경우에만 가능한 것일 수 있다. 한국 문단이 과연 위기를 운위할 만큼 '넘침'을 경험한 적이 있는가. 이런 의문에 답하기란 결코 쉽지 않다. 다만 여기서는 남미의 마술적 사실주의에 대한 높은 관심에도 불구하고 그 관심이 피상적이라는 느낌을 지울 수 없다는 점만을 지적하기로 하자. 그 이유는 무엇보다도 그 어떤 진지한 소설 작품(진지함의 강도가 크면 클수록!)도 감히 전통적 사실주의의 영역에서 벗어나려 하지 않는 것처럼 보이기 때문이다.

2. 현실 세계와 환상 세계의 결합

바로 이런 상황에 돌연히 그 모습을 드러낸 것이 최인석의 『아름다운 나의 귀신』이다. 최인석이 「내 사랑 나의 귀신」, 「직녀 내 사랑」, 「염소 할매」, 「내 사랑 나의 암놈」이라는 네 개의 서로 연관된 이야기로 구성된 이 연작 소설 『아름다운 나의 귀신』을 통해 시도하고 있는 현실 세계와 환상 세계의 결합은 정녕코 우리의 현대 문학사에서 유례를 찾아보기 힘들 만큼 진지하고도 본격적인 것이다. 어찌 보면, 『아름다운 나의 귀신』으로 인해 한국 문학도 이제 피상적 관심의 차원을 넘어서 존재하는 본격적 의미에서의 환상 문학 작품을 소유하게 되었다는 판단도 가능할 것이다. 그만큼 환상 세계와 현실 세계를 결합하려는 최인석의 시도는 값져 보인다. 단편적으로나마 이를 확인케 하는 몇 개의 예를 『아름다운 나의 귀신』에서 찾아보기로 하자.

당골네의 집 위, 높다란 새벽 하늘 밑 검은 송전 철탑에 귀연이가 올라서 있는 것을 나는 보았다. 눈보라 속에서 그녀는 송전탑 위를 걷고 있었다. 팔랑팔랑 나비처럼 그녀의 발걸음은 가벼웠다. 어느새 승규도 송전탑 위로 기어오르고 있었다. 〔……〕 나는 귀연이가 네 손 네 발을 다 치켜들고 하늘 높이 나비처럼 날아가는 것을 보았고, 승규가 그녀의 손에 매달린 것을 보았으며, 나의 방울과 삼신 부채는 저 혼자 절경절경 팔랑팔랑 흔들리고 펄럭거렸고, 나는 당골네의 음성으로 부르짖고 있었다. (「내 사랑 나의 귀신」, 41)

대학 병원에서는 온갖 수단을 다 취해보았으나, 나의 의식은 회복되지 않았다. 의사들은 나의 몸에서 기이한 현상들을 발견하고 당혹감에 사로잡혔다. 살아 있다고도 죽었다고도 얘기할 수 없는 상태, 죽었으나 그렇게 말하고 보면 설명할 수 없는 일들이 너무 많았고, 그렇다 하여 살아 있다고 해도 설명할 수 없는 일이 많기는 마찬가지였다. 그와 같은 현상을 지칭할 적합한 개념을 어디에서도 배운 바도 들은 바도 없었으므로 의사들은 이런 경우에 늘 그렇게 하듯이, 회의를 열었다. (「직녀 내 사랑」, 97)

나는 갑자기 나타난 그 검은 염소에 놀라 발을 멈췄다.
　"부지런히 가야 쓰겠습니다, 부인. 거기 타요."
　그 말소리와 함께 이번에는 안개 속에서 염소 할배가 나타났다. 나는 딸년 다니는 공장에 가야 한다고, 나중에 다시 뵙자고 말했으나 노인은 따님은 거기 없어요, 했다. 마포에 있는 야당 당사에 들어가 농성(籠城)을 하고 있다는 것이었다. 〔……〕 그년이 어째서 농성을 한

단 말인가?

어서 타요. 노인의 말에 떠밀려 나는 검은 염소의 등에 주저앉았다. 염소는 뜻밖에도 거뜬히 내 체중을 짊어지고 걸음을 떼어놓았다. 노인이 그 옆을 따랐다. 엉뚱하게 염소는 골목 꼭대기를 향해 움직여갔다. 올라갈수록 안개는 짙어졌고, 차츰 아무것도 보이지 않게 되었다. 내가 타고 있는 검은 염소의 뿔이 얼룩처럼 희미했고, 바로 옆에서 걷고 있는 노인은 말소리와 발자국 소리로 그가 거기 따라오고 있다는 것을 알 뿐, 모습은 전혀 보이지 않았다. 〔……〕

염소가 멈춰 섰다. 여전히 자욱한 안개 속이었다. 나는 염소 등에서 내려섰다. 염소가 마지막 인사인 듯 매애, 하고 울었다. 안개 속으로 노인을 향해 돌아섰을 때에 이미 그는 보이지 않았고, 염소는 벌써 안개 속으로 떠나가버렸다.

〔……〕 안개가 차츰 엷어지고 건물들이, 도로가, 사람들의 모습이 조금씩 드러났다. 나는 바삐 걸음을 옮겨놓았다. 어찌 된 영문인지 알 수가 없었으나, 그곳은 마포였다. (「염소 할매」, 134~38)

나의 혼에서 날개가 펼쳐졌다. 나는 정이의 손을 잡았다. 우리의 몸이 중력을 벗어났다. 우리는 슬픔과 더불어 어둠 속으로 기우뚱, 솟아올랐다. 정이가 눈물을 그치고 으으, 짓눌린 신음 소리를 내놓았다. 이미 교회의 첨탑은 우리의 발 아래 까마득히 멀어져 있었다. 정이는 놀라 숨을 헐떡거리며 너, 너, 너……, 할 뿐 말을 잇지 못했다. 나는 대꾸하지 않았다. 그것은 벙어리의 특권이었다. 〔……〕 너 누구냐? 어떻게 마음대로 날아오를 수가 있는 거야? 너 내 말 듣는 거지? 나는 대답하지 않았다. 그것은 귀머거리요 벙어리의 특권이니까. (「내 사랑 나의 암놈」, 188~89)

합리주의와 과학의 논리로는 도저히 설명이 불가능한 사건들이 이처럼 최인석의 소설 곳곳을 장식하고 있다. "발 하나를 올려놓기도 아슬아슬한 벽돌 담장 위를 마치 사방치기라도 하듯 태연하고 유쾌하게 팔랑팔랑 발을 움직여 달"리기도 하고 "김정호 귀신"이 자신의 "몸주님"이라고 말하는 귀연이, 도처에서 자신의 죽은 형 및 "내 사랑" 직녀와 만나기도 하고 죽음 안에서도 죽음을 초월한 채 살아 있기도 하는 한정수, "염소 할매"의 삶이 질곡에 처할 때마다 그녀 앞에 나타나서 도움을 주는 "염소 할배," "형의 꼬리에서 떨어져 나온 깃털" 하나를 움켜쥐고 세상에 태어나 하늘을 자유롭게 떠돌기도 하는 솔개—이 모든 인물들은 최인석의 소설 세계에 환상과 비현실의 색채를 덧씌워주고 있다. 물론 귀신이 들렸다거나 죽은 사람이든 누구든 엉뚱한 사람을 엉뚱한 곳에서 만났다는 정도의 이야기는 정신병리학적 관점에서 설명이 가능한 것이기도 하다. 따라서 현실 세계의 논리를 크게 벗어나는 것이 아닐지도 모른다. 문제는 우리가 알고 있는 시간, 공간, 생명의 개념을 거스르는 사건들에 있다. 이들 사건을 어떻게 설명할 것인가. 이들 사건에 대해서도 역시 정신병리학적 관점을 동원하든 또는 그 밖에 어떤 관점을 동원하든 합리적 설명을 시도할 것인가. 물론 그럴 수도 있겠지만 이는 아마도 작가 최인석이 원하는 바는 아닐 것이다. 그의 소설에 대한 이해 자체를 평면적인 것으로 만들 위험이 있으니까. 또한 최인석의 소설은 현실에 대한 너무나도 생생하고 깊이 있는 이해와 비판의 시선을 담고 있기에 그 어떤 합리적 설명을 가하더라도 그의 소설이 갖는 의미는 쉽게 드러나지 않을 것이다.

사실 『아름다운 나의 귀신』에 대해 합리적 설명을 시도하는 경우 엉뚱한 곳에서 난관에 부딪히게 된다. 무엇보다도 의식을 잃은 한정수가 우리에게 전하는 일인칭 화법의 이야기나, 벙어리에다가 귀머거리인 솔개가 구사하는 현란한 언어 세계를 과연 어떻게 이해해야 할까. 이를 작가 자신이 자신도 모르게 범한 전지적 작가의 개입으로 치부해버리고 말 것인가. 이렇게 하는 것은 최인석과 같이 소설 문법에 능통한 작가에게 모욕일 수 있다. 사실 그 모든 비합리는 의도적인 것일 수 있다. 의도적임이 선명하게 드러나는 곳이 있으니, 「내 사랑 나의 암놈」에서 솔개가 누나인 혜선의 숫자 개념에 말하는 부분에 유의하기 바란다. 솔개는 누나가 "열 이상을 셀 수가 없"다고 말하면서, "솔개야 솔개야 열일곱 살도 못 살고 죽는 솔개야. 열일곱도 못 살다니. 불쌍한 우리 솔개"(「내 사랑 나의 암놈」, 167)라는 누나의 말을 인용한다. 이는 논리적 모순이 아닌가. 열 이상 셀 수 없는 사람이 어떻게 열일곱이라는 숫자를 이해하고 말할 수 있는가. 여기에 작가는 솔개의 입을 빌려 그녀는 "모든 죽음"을 거의 정확하게 예견하지만 "자신이 그런 얘기를 했다는 것마저 기억하지 못했다"(「내 사랑 나의 암놈」, 165)고 말한다. 즉, 열입곱이라는 숫자는 혜선의 입을 통한 것이지만 혜선의 의식에서 나온 것은 아니다. 즉, 설명 가능한 현실과 불가해한 환상의 동시 존재를 작가는 의도적으로 작품 속에 투사하고 있다.

그렇다면 최인석의 소설에 등장하는 불가해한 환상 세계적 요소를 어떻게 이해할 것인가. 최인석의 소설 세계에 투사된 정상 세계와 환상 세계의 뒤얽힘은 앞서 논의한 카프카의 소설 세계를 연상케도 하는데, 실제로 카프카의 『변신』이 작품 안에 언급되기도 한다. 「직녀

내 사랑」의 한정수는 공장에서 벌어진 농성 도중 우연히 일련의 책과
만나게 되며, 그렇게 해서 그가 읽게 된 글 가운데 하나가 바로 『변
신』이다.

> 그 얘기를 읽으며 나는 나의 아비와 어미를, 형과 나를, 형이 죽었을
> 때 아비 어미가 한 짓을 떠올렸다. 나는 그것이 곧 우리 집 얘기라는
> 것을 알았다. 카프카라는 사람이 우리 집을 마치 들여다보기라도 한
> 듯 고스란히 옮겨 써놓은 것이다. (「직녀 내 사랑」, 65)

물론 정상적인 것과 환상적인 것이 뒤얽혀 난처할 정도로 불가해한
세계를 이룬다는 점에서 최인석의 이번 소설에는 카프카적 울림이 있
다. 또한 그와 같은 불가해한 세계가 병리학적 상태에서 일어나는 환
상을 연상케 하거나 수사의 세계를 축어적으로 옮겨놓은 것처럼 보인
다는 점에서도 카프카적 울림을 짚어볼 수 있다. 예컨대, 최인석의
「내 사랑 나의 암놈」은 '인간은 정신적으로 구속을 모르는 한 마리의
새'라는 수사적 표현이 현실화된 세계라고 할 수 있지 않을까.

문제는 한정수와 같은 작중 인물의 시각과 작가의 시각을 같은 것
으로 보아야 할 것인가에 있다. 사실 한정수가 카프카의 시각을 빌려
자신의 세계를 보고 있다고 해서 작가 최인석이 카프카의 시각을 빌
려 한정수의 세계든 작가 자신의 세계든 세계를 보고 있다고 말하는
것은 지나친 단순화일 수 있다. 카프카의 시각을 빌려 자신이 처한
현실 세계를 이해할 수만 있다면 작가는 굳이 자기 나름의 소설 세계
를 창조하지 않았을 것이기 때문이다. 또한 카프카가 처했던 현실 세
계와 작가 최인석이 처한 현실 세계가 유사점을 지니고 있더라도 동

일한 것일 수는 없기 때문이다. 더욱이 카프카의 작품 세계가 형식과 내용 면에서 적나라하게 우화적이라면, 최인석의 작품 세계는 직접적이고 사실적인 현실 고발의 측면이 강력하기 때문에 우화적이라고 할 수 없다는 점도 그의 작품 세계를 카프카적인 시각에서만 설명하기 어렵게 만든다.

그렇다면 남미의 마술적 사실주의를 보는 시각으로 최인석의 작품 세계를 이해해야 할 것인가. 물론 그럴 수도 있을 것이다. 하지만 어떤 의미에서 그러한가. 무엇보다도 20세기 말엽 한국의 빈민 계층이 처한 참담하고 아픈 현실에 대한 강력한 고발을 담은 사실주의 소설이면서도 여전히 사실주의적 세계 이해의 한계를 뛰어넘어 환상 세계에 맞닿아 있다는 점에서, 또는 사실주의 소설 문법을 포기하지 않으면서도 여전히 기법 면으로든 내용 면으로든 그러한 소설 문법을 넘어서려는 작가의 의지를 담고 있다는 점에서, 그리고 환상적 요소가 환상적 요소로 느껴지지 않을 만큼 환상과 현실의 결합이 매끄럽다는 점에서, 최인석의 이번 작품은 남미의 마술적 사실주의를 떠올리게 한다. 문제는 최인석이 왜 이 같은 시도를 했는가다. 흔히 말하듯, 기법 면에서든 언어 면에서든 기존의 소설 문법이 갖는 한계를 의식했기 때문일까. 물론 그렇게 말할 수도 있다. 하지만 이런 투의 피상적이고도 빤한 대답으로 논의를 마감할 수는 없다. 그 이유는 한계를 의식하게 되었다면 무슨 이유로 그렇게 되었는가에 대한 논의가 뒤따라야 할 것이기 때문이다. 아울러, 최인석의 작품 세계에는 이제까지 언급한 것 이외에도 또 하나의 환상적 요소—어떻게 보면, 그 어떤 것보다 중요한 환상적 요소—가 담겨 있거니와, 이에 대한 천착이 없이는 최인석 소설의 환상성 또는 비현실성에 대한 논의가 완결될 수 없을 것이기 때문이다. 즉, 그의 이번 소설에는『산해경』,『신이경』 등의 중국 기서에 등장하는 기이한 인간, 동물, 귀신의 이름과 그러한 기서에 제시된 환상적 신선 세계에 대한 진술이 자유롭게 인용되어 작품의 일부를 이루고 있는데, 바로 이 점 때문에 우리의 논의는 여기에서 끝날 수 없는 것이다. 우리가 새삼스럽게 1990년대 중반 이후에 전개된 최인석의 작품 세계를 지배하는 문제 의식에 주목하는 이유는 여기에 있다.

최인석의 1990년대 중반 이후의 작품 세계를 지배하는 문제 의식 가운데 무엇보다도 두드러진 것은 아마도 낙원에 대한 동경일 것이다. 이 점을 우리는『내 영혼의 우물』(고려원, 1995)과『나를 사랑한 폐인』(문학동네, 1998)에서 확인할 수 있는데, 현실 세계가 결여하고 있거나 상실한 그 무엇에 대한 동경과 갈망이 이들 소설집에 수록된 대부분 작품들의 기본 정조를 이루고 있다. 물론 이들 소설집에 반영된 이 같은 문제 의식이 한결같은 형태로 드러나고 있는 것은 아니다. 전자의 경우「새, 떨어지다」,「내 영혼의 우물」,「세상의 다리 밑」 등의 작품에서 보듯 낙원에 대한 동경을 끝까지 포기하지 않는 인물들과 만날 수 있다면, 후자의 경우「나를 사랑한 폐인」,「지리산에 저 바다」,「약속의 숲」 등의 작품에서 확인되듯 낙원에 대한 꿈에서 깨어난 인물들의 망연자실한 모습과 만나게 된다. 물론『내 영혼의 우물』에 등장하는 인물들도 결국에 가서는 좌절이나 파멸에 이른다. 문제는 그것이 '우리'의 현실적 시각에서 보았을 때 좌절이나 파멸이지 소설 속의 인물들에게는 낙원으로 향해 가는 길에 거쳐야 할 하나의 과정일 뿐이라는 데 있다. 최악의 순간에 이르러서도 그들은 여전히 낙원에 대한 꿈과 확신 자체를 잃지 않는 모습으로 제시되고 있는 것이다. 반면 삼류 기자임을 뼈저리게 의식하는 「나를 사랑한 폐인」의 동찬, 운동권에서 제도권으로의 진입을 위해 오래전에 헤어진 아내를 만나는 「약속의 숲」의 대영, "사람이 사람이 아니라 저주고, 일이 일이 아니라 저주가 된 지 벌써 오랜 것 같"(「지리산에 저 바다」, 156)다고 생각하는 「지리산에 저 바다」의 만득은 모두 꿈을 잃은 채 현실 앞에서 몸을 제대로 추스르지 못하는 인간의 모습을 보여준다. 꿈에서 깨어난 이들에게 세상은 여전히 어둡고 나아갈 길이 보이지 않는 것이다. 바로 이런 상황에서 사람들이 느끼는 정신적 공황을 최인석은 고유의 섬세하고 예민한 필체로 우리에게 보여주고 있다.

물론 만득에게는 "구름 바다"라는 꿈의 세계에 대한 믿음이 있고, 「나를 사랑한 폐인」에 또 하나의 주요 인물로 등장하는 정순은 바다 저편의 세계에 대한 동경이 있는 것도 사실이다. 하지만 이들이 꿈꾸는 세계는 한 마리의 새가 되고자 했던 「새, 떨어지다」의 심형숙이 가려고 한 "호주"라는 낙원, 한 마리의 개가 되고자 했던 「내 영혼의 우물」의 심형배가 꿈꾸는 개들과 더불어 사는 "행복한" 세계, 「세상의 다리 밑」의 이복기 병장이 좌절에도 불구하고 포기하지 않는 "영원과 유토피아"와는 달리 꿈꾸는 사람의 구체적인 의지가 담겨 있지 않다. 어떤 의미에서 보면, 이들이 꿈꾸는 세계란 자연 현상을 즉물화하거나 자연을 신비화하는 가운데 꾸며지고 만들어진 막연하고도 추상적인 환상 세계일 뿐이다. 예컨대, 「나를 사랑한 폐인」에서 정순이가 동경하는 세계는 고대의 중국 기서에 기록되어 있음직한 세계다.

선원산이 있는데, 거기 짐승은 암놈 수놈이 없어도 스스로 새끼를 배고 낳는다요. 그 너머에는 하택이라는 나라가 있는데, 거기에서는 남

자 여자가 서로 쳐다보기만 해도 새끼를 낳는다요. 그 너머에는 사
(思)라는 나라가 있는데, 거기 남자들은 아내 없이 정을 통하고 거기
여자들은 남편 없이 아이를 밴다요…… 거기서 더 멀리 한없이 가면
고망지국(古莽之國)이라는 나라가 있는데, 음양의 기운이 교접되지
않는 곳이라서 추위와 더위가 구별이 되지 않는다요. 해와 달이 비추
지 않아 낮과 밤이 없다요. 그 나라 사람들은 먹지도 않고 입지도 않으
며, 잠을 많이 자는데, 50일을 자고 하루 정도 깨어난다요. 그 사람들
은 꿈속에서 한 일을 사실이라고 생각하고 깨어나서 본 것을 허망한
것이라 생각한다요…… (「나를 사랑한 폐인」, 42~43)

이 같은 세계에 대한 동경이 아무리 절실한 것이라고 하더라도 엄정
한 현실 세계의 관점에서 볼 때 이는 한낱 '공상(空想)'에 지나지 않
는 것이다. 엄정한 현실 세계라고 함은 합리주의와 과학의 논리에서
한 치도 빠져나가기 힘든 세계를 지칭하기 위한 것으로, 따지고 보면
우리가 몸담고 있는 세계와 최인석이 『나를 사랑한 폐인』에 투사해놓
은 세계가 바로 그런 세계인지도 모른다.

　낙원의 상실과 이에 대한 동경은 최인석의 『아름다운 나의 귀신』에
서도 여전히 중요한 소설적 모티프가 되고 있는데, 어떤 의미에서 보
면 『나를 사랑한 폐인』에서 작중 인물들이 추구하던 낙원은 성격상
동일한 것이라고 할 수 있다. 즉, 이 소설의 작중 인물들이 꿈꾸는 세
계도 자연 현상을 즉물화하거나 자연을 신비화하는 가운데 꾸며지고
만들어진 막연하고도 추상적인 환상 세계며, 이 역시 고대의 중국 기
서에 기록되어 있음직한 내용으로 이루어진 세계다. 말하자면, 다음
의 인용문들이 보여주듯, 기본적으로 『아름다운 나의 귀신』에 제시된

낙원의 모습은 「나를 사랑한 폐인」에 제시된 것과 크게 다를 바 없다.

그분은 그 지도를 통해 우리 눈에 보이지 않는 곳, 어떤 지도에도 표기
될 수 없는 곳을 확인하고, 그곳으로 넘어가려 한 거야. 이 땅을 넘어,
이 세상을 넘어. 양 같은 범이 살고 범 같은 양이 사는 곳, 금 같은 돌
이 나고 돌 같은 금이 나는 곳, 꽃 같은 비가 내리고 비 같은 꽃이 피어
나는 곳, 별 같은 노래가 있고 노래 같은 별이 빛나는 곳, 곰과 사람이
혼례를 치르고, 물고기와 새가 나란히 하늘을 나는 곳, 담장 같은 뜰이
있고 뜰 같은 담장이 있는 곳, 자기를 사랑해주지 않는 사람을 사랑하
게 되는 곳이 아니라 모든 사랑이 고스란히 성취되는 곳, 친구와 친구
어미가 사랑을 이루고, 서로가 서로를 향하여 별이 되고 달이 되는
곳…… (「내 사랑 나의 귀신」, 34~35)

그것은 완벽한 아름다움, 완전한 균형이었다. 그가 말하고 있었다. 거
긴 누구나 세 개의 유방을 가지고 있어. 남자도 여자도. 개도 토끼도.
제비도 독수리도. 나비도 거미도. 감나무도 장미도. 달도 별도. 아아,
나는 그곳으로 가고 싶었다. 나의 꿈이 이미 현실인 그곳으로. (「직녀
내 사랑」, 72)

영감은 말했다. 우리네 세상은 이런 데가 아니라 거기였다네. 거기는
참 편안하다네. 빚에 쫓겨 고향 떠날 필요 없다네. 자식새끼들 굶주리
는 꼴이나 남들에게 멸시당하는 꼴 보며 한숨 쉴 필요도 없다네. 살고
싶은 데서 살고 싶은 대로 살면 되는 거라네. 거기서는 양이 범 같고
범이 양 같다네. 금이 돌 같고 돌은 금 같다네. 비는 꽃 같고 꽃은 비

같다네. 별 같은 노래는 사시사철 흘러넘치고 노래 같은 별은 하늘 가
득 빛난다네. 들 같은 집이 있고 집 같은 들이 있다네. 거기서 다시 만
나세. 장모도 장인도 거기서 우릴 기다리고 있다네. (「염소 할매」, 136)

나의 고향 근처에 있는 사(思)라는 나라 사람들은 서로 바라보기만 하
는 것으로도 능히 정을 통하여 아이를 낳고 키우며 행복하게 살아갔
다. (「내 사랑 나의 암놈」, 216)

문제는 낙원에 대한 동경이 「나를 사랑한 폐인」에서는 막연한 공상
에 불과하다는 느낌을 주지만 『아름다운 나의 귀신』에서는 결코 그런
것만은 아니라는 느낌을 준다는 데 있다. 이와 관련하여, 「나를 사랑
한 폐인」에서 정순이 동찬에게 전하는 낙원의 모습은 "다른 사람과
마주 앉으면" 마치 "안개처럼 그만 묘연해"지는 그녀 자신의 "생각"
(「나를 사랑한 폐인」, 43)으로 제시되어 있는 반면, 『아름다운 나의
귀신』에 제시된 낙원은 누군가의 말을 통해 또는 자신의 체험을 통해
작중 인물이 알게 된 것으로 제시되고 있다는 점에 유의해야 할 것이
다. 물론 이때의 '누군가의 말'이나 '자신의 체험'을 합리주의적이고
과학적인 관점에서 설명하면 정신병리학적 인물의 공상에서 나온 것
으로 치부해버릴 수도 있을 것이다. 하지만 단순히 그렇게 치부해버
릴 수 없도록 만드는 것이 있는데, 그것이 바로 소설 속의 환상적 요
소들이다. 말하자면, 환상적 요소들이 합리주의와 과학의 논리를 기
계적으로 작품 이해에 대입하지 못하도록 막아주는 역할을 하고, 이
로 인해 『아름다운 나의 귀신』에 제시된 낙원은 작중 인물들의 막연
한 공상만은 아니라는 느낌을 독자에게 갖도록 한다. 어차피 소설 속

에 투사된 세계가 엄정한 현실 세계의 논리로 설명할 수 없는 세계라면, 작중 인물들이 꿈꾸는 낙원은 우리가 우리 자신의 현실 세계를 이해하려는 시각으로 이해할 수 없는 세계일 수 있기 때문이다.

요컨대, 「나를 사랑한 폐인」에 제시된 낙원이 그 작품 안에서는 실체감이 없는 막연한 공상 세계가 되고 있지만, 『아름다운 나의 귀신』에 오면 작중 인물들이 동경하는 낙원은 작품의 현실 세계 안에 유기적으로 뿌리를 내리고 있는 환상적 요소들의 도움을 받아 실체감과 생명감을 얻는다. 즉, 적어도 작중 인물들에게는 그들이 동경하는 낙원이 막연한 꿈의 세계가 아니라 그 존재를 확신할 수 있는 실명의 세계로서 의미를 갖게 되는 것이다. 아울러, 만일 독자가 작품에 몰입하는 경우, 그의 의식은 작중 인물들의 의식과 조응하는 가운데 그들이 동경하는 낙원이 막연한 공상 세계가 아니라 쉽게 다가갈 수는 없지만 어딘가에 존재하는 세계라는 느낌에 빠져들게 된다. 『아름다운 나의 귀신』이 갖는 환상적 요소의 존재 이유는 아마도 여기서 찾을 수 있을 것이다.

물론 모든 작가가 자신의 작품에 환상적 요소를 끼워 넣는다고 해서 모두가 여기서 우리가 말하는 심리적 효과를 거두는 데 성공할 수 있는 것은 아니다. 이를 위해서는 무엇보다도 작가의 서사적 언어 구사 능력이 관건이 되는데, 최인석의 소설이 펼쳐 보이는 서사적 언어는 특히 주목할 만한 것이다. 작중 인물들이 느끼는 고통과 슬픔과 혐오감, 동경과 그리움과 사랑, 그 모든 것이 최인석 특유의 언어 안에서 생생하게 살아나고 있다. 특히 「직녀 내 사랑」의 중심 인물인 한정수의 시선을 통해 세상의 천박함과 야비함을 보여줄 때 최인석이 구사하는 언어는 마치 세상의 어두움을 그대로 옮겨놓기라도 한 듯 그 분위기마저 어둡고 답답하다. 매스꺼움마저 느끼게 할 정도로 어둡고 답답한 글의 분위기는 작가의 탁월한 언어 구사력, 바로 거기서 나오는 것 아니겠는가.

3. '해탈'이 아닌 '풍자'를 위하여

하지만 여전히 문제는 남는다. 무엇보다도 최인석이 그의 작중 인물을 통해 제시하는 낙원은 다음과 같은 현실에 대해 다만 수사적(修辭的)인 대안일 뿐, 실질적인 대안일 수는 없기 때문이다.

이해할 수 없을 만큼 집을 다닥다닥 붙여 짓고 살면서도 그들은 서로 정답지 않았다. 싸움이 그칠 날이 없었다. 이웃과 이웃이, 아비와 어미가, 아비와 자식이 다투고, 주먹다짐을 하고, 몽둥이질에 칼부림까지 해치웠다. 그 동네 사람들은 사람들끼리 싸워도 말리지 않았다. 구경만 했다. 잘 웃지도 않았다. 게을렀다. 더러웠다. 〔……〕 사람이 살기 위해 만들어진 동네가 아니라 망가지기 위해, 서서히 죽어가기 위해, 산다는 것이 얼마나 비참하고 세상이라는 것이 얼마나 잔인한 곳인지를 입증하기 위해 만들어진 동네였다. (「내 사랑 나의 귀신」, 26~27)

즉, 최인석의 작중 인물들이 꿈꾸는 낙원은 "살아내기가 참 힘"든 현실, "진실을 찾으려 하지만 그럴수록 어차피 허위에 목이 졸리"게 만드는 현실(「직녀 내 사랑」, 93)을 잠시나마 잊게 할 수 있는 진통제의 역할을 할 수 있을지언정, 이를 극복할 수 있는 대안일 수는 없다. 물론 제아무리 허망한 것이라도 하더라도 무언가의 희망이 있다면 그만큼 삶의 무게가 가벼워질 수도 있을 것이다. 그럼에도 불구하고, 최인석이 제시하는 대안은 현실의 무자비함과 어두움에서 잠시나마 시선을 돌리게 하는 것, 삶의 아픔 자체에 대한 너무도 손쉬운 해답을 암시하기 위한 것이라는 비판에서 크게 자유로울 수는 없다. 예컨대, 「염소 할매」의 마지막을 장식하는 다음과 같은 부분을 통해 작가가 말하고자 하는 바는 무엇인가.

> 양 같은 범이 놀고 범 같은 양이 노는 곳, 금 같은 돌이 있고 돌 같은 금이 있는 곳, 꽃 같은 비가 내리고 비 같은 꽃이 피어나는 곳, 별 같은 노래가 사시사철 흘러넘치고, 노래 같은 별들이 하늘 가득 빛나는 곳, 들 같은 집이 있고 집 같은 들이 펼쳐진 곳, 그곳이 그 너머 어딘가에 보이는 것 같았다. 나는 그곳을 향해 염소 뿔을 움켜쥐고, 염소 떼와 염소 할배와 도깨비 선생과 이웃들과 함께 그곳으로 염소를 휘몰아 갔다. 그러나 어째설까. 피비린내가 코끝을 스치고 새로운 눈물이 계속해서 눈앞을 가리는 것은. (「염소 할매」, 155)

공권력이라는 합법적인 폭력 앞에 속수무책으로 삶의 터전을 잃어버리고 있는 사람들의 아픔이 이런 방식으로 표현될 수도 있는 것이다! 하지만 시적 아름다움마저 느끼게 하는 이런 방식의 결말이 과연 그들의 아픔을 다루는 데 합당한 방식일까. "코끝을 스치"는 "피비린내"와 "계속해서 눈앞을 가리는" "눈물"이 시적 아름다움 뒤로 숨어버리거나 시적 아름다움 속으로 희석되고 마는 것은 아닐까. 이런 의미에서 볼 때, "그러나 어째설까"라는 물음에 이어 "피비린내가 코끝을 스치고 새로운 눈물이 계속해서 눈앞을 가리는 것은"이라는 말로 끝맺음은 작가가 자신의 글쓰기 방식에 대한 불안감을 암시하는 것일 수도 있지 않을까.

소설의 존재 이유 가운데 하나가 새롭고 아름다운 삶을 추구하고자 하는 인간의 꿈이 좌절될 수 있음을 보여주고, 그 좌절의 결과와 의미가 무엇인가에 대해서도 함께 생각하도록 하는 데 있다면, 『아름다운 나의 귀신』도 『내 영혼의 우물』이나 『나를 사랑한 폐인』과 마찬가지로 더할 수 없이 깊이 있는 소설적 존재 이유를 갖는다. 하지만 인물 설정뿐만 아니라 이 같은 주제에 대한 접근 방식에서도 최인석의 최근 소설들은 1990년대 중반의 『내 영혼의 우물』과 확연히 구분된다. 『내 영혼의 우물』에서는 현실 안에서 이루어지는 한 개인의 고뇌에 찬 실존적 선택이 이야기를 끌어가는 동인(動因)이 되고 있지만, 『나를 사랑한 폐인』뿐만 아니라 『아름다운 나의 귀신』도 이 부분을 결여하고 있다. 즉, 『나를 사랑한 폐인』에서 보듯 꿈에서 깨어나 망연자실해 있는 수동적 인간이, 『아름다운 나의 귀신』에서 보듯 어둡고 무자비한 현실 앞에서 현실 도피적으로 꿈속에 빠져드는 인간이 소설의 중심 인물이 되고 있다. 특히 『아름다운 나의 귀신』에서 '나'의 "성지"요 "순례지"인 "민둥산 꼭대기 빈 터"나, 한정수의 "세계"이자 "영토"인 "염소 할매네 집 앞"의 "커다란 느티나무"나 솔개와 정이가 찾곤 하는 "교회 첨탑"은 현실 도피의 공간이 되고 있는데, 이러한 공간의 설정은 작중 인물들을 평면적이고 나약한 인간으로 만들고 있다. 결국, 「직녀 내 사랑」의 한정수가 말하듯, 그들은 "이곳에 남아 해야 하는 일"이 무엇인지를 안다고 하더라도 "그 일을 이루지 못"할 수밖에 없다.

바로 이런 이유 때문인지 몰라도 소설의 긴장감이 이전의 작품에 비해 다소 이완된 듯한 느낌을 주기도 한다. 어떤 의미에서 보면, 이들 작품의 결말이 예외 없이 모호하거나 미완의 막연한 상태에서 끝나는 것과 같은 느낌을 주는 것도 이와 관련이 있을 것이다. 최인석의 소설에 힘을 빼는 이 같은 징후들의 원인은 무엇이며, 최인석은 무슨 이유로 이 같은 방식으로 소설을 쓸 수밖에 없었던 것일까. 이는 어쩌면 1990년대 초에 우리가 경험한 사회주의적 이상국가의 건설이 얼마나 허망한 꿈이었던가에 대한 자각과 더불어 수많은 자기 모순에도 불구하고 우리 사회가 추구해야 할 현실적 대안이 막연하고 모호하다는 인식을 반영하는 것일 수도 있다. 따라서 최인석의 소설이 보이는 작가의 방황은 작가 개인만이 아니라 우리 모두의 것일 수도 있다. 그런 상황에서 작가는 앞서 말한 바와 같은 세계, 작중 인물들이 꿈꾸는 것과 같은 환상 세계를 지향할 수도 있지만, 환상 세계는 현실에 대한 적극적 대안이 아니라 현실로부터의 소극적 도피일 수 있다는 점에서 힘을 유지하기 어려운 것도 사실이다. (이렇게 말한다고 해서 최인석의 환상 문학 자체에 문제가 있다는 뜻은 아니다. 다만 낙원에 대한 꿈이 비현실적 환상 세계 안에 갇힐 때 꿈을 갈망하는 주체의 현실 의식까지도 소극적이고 비현실적인 것 또는 현실 도피적인 것이될 수 있음을 지적하고자 하는 뜻에서 하는 말이다.)

여기에서 우리는 "풍자가 아니면 해탈"(「누이야 장하고나!」)이라는 김수영의 명제를 떠올리지 않을 수 없는데, 최인석은 "풍자"라는 아픔의 과정을 너무 손쉽게 뛰어넘고 있는 것은 아닐까. 그는 너무도 성급하게 "해탈"의 경지에 빠져들고 있는 것은 아닐까. 『나를 사랑한 폐인』에 수록된 「소설가 최보의 어제, 또 어제」에 우리가 각별히 유념하는 이유는 여기에 있다. 이 작품은 박태원의 「소설가 구보씨의 일일」에 대한 일종의 패러디라고 할 수 있는데, 이 소설을 대상으로 한 패러디는 물론 최인석의 것만 있는 것이 아니다. 하지만 최인석의 패러디는 『인형 만들기』(1991)의 「이설 홍길동전」에서 그가 보인 특유의 언어적 잠재력을 다시 한 번 확인케 한다는 점에서 단순히 동일 소설에 대한 수많은 패러디 가운데 하나로 치부할 수는 없다. 무엇보다도 이 작품에서는 대상과의 거리 유지에 대단히 효과적 방법인 패러디와 작가 특유의 언어적 잠재력이 서로 촉매 작용을 하는 가운데 자신의 삶에 대한 작가의 관찰이 독특한 힘을 얻고 있다. 여기에는 그 어떤 추상적 일반화나 감상적 자기 연민이 끼어들 여지가 없는 것이다. 그런 측면에서 이 작품은 최인석이 계속 작품 활동을 해나가는 데 또 하나의 의미 있는 출발점이 될 수도 있을 것이다. 요컨대, 『나를 사랑한 폐인』에서 『아름다운 나의 귀신』에 이르기까지의 작품 세계는 최인석의 소설가적 이력에 하나의 과정일 수는 있어도 귀착점이 될 수는 없다. 하지만 우리는 알고 있다. 최인석이 앞으로도 수많은 변신을 수행해나갈 수 있는 잠재력과 역량을 지닌 작가라는 점을.

백 년 동안의 슬픔과 고통을 넘어
—임철우의 『백년여관』*이 우리에게 일깨우는 것

1. 『백년여관』, 고통과 상처의 '현재화'

참을 수 없는 존재의 가벼움에 탐닉하는 문학 작품들이 넘쳐나고 있는 것이 요즈음의 우리 문학계다. 상황이 이러할 때, 견디기 어려운 존재의 무거움과 힘겨운 싸움을 마다하지 않는 작가 임철우의『백년여관』과 같은 예외와 만날 수 있어 우리는 즐겁다. 그렇지만『백년여관』과의 만남이 즐겁기만 한 것은 아니다. 이 소설은 우리를 고통스럽게도 한다. 마치 죽음 속의 생명을 일깨우는 엘리엇의 잔인한 4월처럼, 임철우의『백년여관』은 잠자는 우리의 의식을 고통스럽게 일깨우기 때문이다. 하지만 우리의 의식을 고통스럽게 일깨우는 문학이 여전히 죽지 않고 살아 있다는 사실에 우리는 여전히 즐겁다. 가벼움과 나른함이, 농담과 말장난이 판을 치는 이 시대에도 무엇을 위한

---

* 임철우,『백년여관』(한겨레신문사, 2004). 이 작품의 인용은 본문에서 면수만 밝히기로 함.

문학인가라는 무거운 질문에 버텨 내세울 수 있는 작품이 여전히 나올 수 있다는 사실에 우리는 즐겁다.

따지고 보면, 『백년여관』의 작중 화자가 말하듯, "인터넷 소설, 전자 책, 뉴 밀레니엄, 영화, 동성애, 무라카미 하루키, 원조 교제〔……〕 온갖 잡다한 화제와 농담이 게거품처럼 밑도 끝도 없이 보글보글 피어"(19) 오르고 있는 곳이 우리 문학판이고 또 우리 주변의 세상이다. 물론 "뉴 밀레니엄"과 같이 언제 화제가 되었냐는 듯 이미 잊힌 것도 있지만 말이다. 이런 가볍고 변덕스러운 세태를 반영하듯, 수많은 사람들이 "전쟁이나 분단 따위 민족 내부의 지엽적 소재만 가지고 지난 수십 년간 어지간히 우려먹었"(19)다는 투의 말을 수없이 되풀이한다. "이젠 제발 오월이니 육이오니 하는 거 좀 벗어나"(21)자는 투의 짜증 섞인 제안이 제법 힘을 얻고 있는 것도 사실이다. 하지만 과연 "전쟁이나 분단 따위"가 "민족 내부의 지엽적 소재"일 뿐일까. 또는 "시효"나 "유효 기간"이 지난 "폐품"에 불과한 것일까. 만일 그렇다면 우리에게 폐품이 아닌 것은 무엇인가. 참을 수 없는 존재의 가벼움을 드러내는 문학 작품들이 끊임없이 늘어놓는 삶의 나른함과 권태로움, 인간 관계의 허무함, 존재의 덧없음 등등이 폐품 목록에서 제외될 수 있는 것들일까. 참을 수 없을 만큼 가벼운 현대인의 삶과 관계되는 것이야말로 현대적인 것이고, 현대적인 것이기에 이것들은 폐품이 아니란 말인가. 좋다, 그렇게 생각하는 사람들의 말을 액면 그대로 받아들이기로 하자. 그렇다면 문학이, 소설이 왜 필요한가. 그까짓 문학이든 소설이든 이 세상에서 자취를 감춘다고 한들 무슨 대수겠는가. 정녕코 문학이든 소설이든 참을 수 없을 만큼 가벼운 그네들의 존재와 삶에 아무런 문제도 되지 않고 도움도 되지 않을 것이기 때문이다. 아니, 오히려 방해가 될 것이다. 문학은, 그것도 진지하고 소중한 문학은 읽는 이에게 고통스러운 자기 반성을 촉구하기 때문이다.

문학이 고통스러운 자기 반성을 촉구하다니? 문학은 잠들어 있는 의식을 깨워 삶에 대한 자신의 태도를 새삼 되돌아보도록 우리를 유도한다는 점에서 그러하다. 말하자면, 문학이란 삶이 가벼워지는 것을 막기 위해 사람들에게 던지는 무거운 질문이기도 하다. 특히 소설이 그러하다. 소설은 그 어떤 문학 장르보다도 더 구체적이고 사실적인 시간의 맥락 안에서 인간의 삶을 되짚어보려는 노력의 반영물이기 때문이다. 그리고 그와 같은 되짚어보기 작업은 예외 없이 인간이 처했거나 처할 수 있는 위기 상황과 관련하여 이루어지는 법이다. 따라서 전쟁이든 분단이든 인간의 삶에 극한적인 아픔과 분노를 가져다주는 역사적 사건에 소설은 관심을 갖게 마련이다. 그리고 그렇기 때문에 소설이 살아 있는 이상 한 시대의 아픔과 분노는 항상 현재적인 것으로 되살아날 수 있다. 특히 아픔과 분노가 어떤 형태로든 해소되지 않을 때 그러하다. 아니, 시대의 아픔과 분노는 단순히 잊는다고 해서 해결되는 것이 아니기 때문에, 이를 뛰어넘기 위해서는 고통스러운 자기 성찰이 요구되기 때문에, 소설이라는 문학 장르가 존재한다.

따라서 소설이 존재하는 한 어둡고 무거운 삶의 현장들은 "시효"나 "유효 기간"을 넘긴 "폐품들"일 수 없으며, 전쟁이든 분단이든 한 시대의 아픔과 분노의 현장은 결코 현재적 의미를 잃을 수 없다. 특히 "학살의 주범들이 개선장군처럼 파안대소하며 교도소 문을 걸어 나"(263)오고, 당시 현장에는 없었으면서도 "군사 재판에서 내란의 수괴로 몰려 사형을 선고받았던 장본인"(264)이 "이젠 모든 걸 과거로 묻어둡시다"(263)라고 말하는 정황이 우리의 현실인 이상, 적어도 문학은, 아니, 소설은 아픔과 분노의 현장으로 계속 남아 있을 수밖에 없다. 진실이 가려지고 과거가 쉽게 망각되면 갈등과 고통의 역사는 되풀이될 수밖에 없는 법. 바로 이 때문에라도 소설은 어둡고 슬픈 과거를 고통스럽게 '현재화'해야만 한다.

우리에게 임철우의 『봄날』(전 5권, 문학과지성사, 1997)과 함께 『백년여관』이 소중한 이유는 여기에 있다. 인간의 야만성에 맞서 힘겨운 싸움을 했던 고귀한 정신들에 관한 피 끓는 기록인 그의 『봄날』과 마찬가지로 『백년여관』도 역시 우리 시대가 거쳐야 했던 고통과 상처를 생생하게 '현재화'한 값진 소설이기 때문이다. 두 작품 사이에 차이가 있다면, 『봄날』이 5월 항쟁에 무게 중심을 드리우고 있다면 『백년여관』은 해방 이후 한국 현대사를 피로 물들인 '문제적' 사건들을 두루 아우르고 있다는 점일 것이다. 아니, 이런 것은 굳이 차이라고 할 수 있는 것도 아니다. 차이가 있다면, 『봄날』이 비록 "자유와 정의와 생명을 향한 찬란한 그리움의 불꽃들"(제5권, 401)에 대한 긍정으로 마무리되고 있긴 하지만 그럼에도 불구하고 고통과 분노의 기록이라면 『백년여관』은 천형처럼 내려진 고통과 분노에서 벗어나려는 사람들의 힘겨운 몸부림에 관한 기록이라는 점, 바로 그것이다. 고통과 분노를 훌훌 털어버리기 위한 몸부림을 담고 있는 기록이라는 점에서 소설 『백년여관』은 그 자체가 하나의 씻김굿일 수 있다. 소설의 마지막 부분을 장식하는 조천댁이라는 무당의 씻김굿―말하자면, 억울하게 죽어간 자들의 맺힌 원한을 풀어주고 또 고통스럽게 살아남은 자들에게 마음의 위안과 평화를 내리기 위한 굿―과도 같은 것이 바로 이 소설이다.

2. 영혼의 피 흘림으로서의 소설 쓰기

『백년여관』의 주된 서사 공간은 "그림자의 섬, 영도"다. 이 섬에 있는 "백년여관"을 중심으로 하여 닷새 동안 일어난 일이 소설의 골격을 이루고 있다. 사실 닷새 동안 누군가에게 무슨 특이한 일이 일어난 것은 아니다. 다만 각자 다른 이유로 섬을 찾아와서 백년여관에 머물던 사람들과 그 주변 사람들이 "동짓달 그믐"이 되어 조천댁의 굿마당에 참여하는 것이 이야기의 전부다. 그 외에 사건이라고 할 만한 것이 있다면, 소설가 이진우가 영도로 가는 도중 시애틀에서 온 재미 교포 김요안 및 백년여관의 주인 강복수와 우연히 "서울역 대합실"에서 만나는 것, 그리고 그들 모두가 백년여관에 머무는 것, 며칠 머무는 사이에 김요안이 기억 상실증에서 벗어나는 것 정도다. 또한 이진우가 옛날에 몸담았던 야학의 학생이었던 양순옥을 우연히 섬에서 다시 만난 다음 "지난 십수 년 동안 혼자 가슴속에 못질해놓았던 그 아픈 비밀"(82)을 그녀에게 털어놓는 것 정도가 닷새 동안 있었던 일 가운데 주목할 만한 것의 전부라고 해도 무리는 아니다. 하나 더 사건이라고 할 만한 것이 있다면, 소설의 앞부분에서 경찰과 마을 사람들이 "진짜로 시체가 우물에 빠졌나"를 조사하기 위해 "뒷산 붉은 샘"에 갔다가 "다 말짱 지어낸 헛소리"(46)임을 확인하고 돌아오는 것 정도다.

하지만 이 소설을 채우고 있는 이야기는 이것이 전부가 아니다. 소설에는 각 등장 인물들의 과거사가 당사자들의 회상 또는 전지적 작가의 진술 형태로 제시되고 있거니와, 이 이야기들을 통해 우리는 그들이 왜 영도에 오게 되었는가를 짐작할 수 있다. 강복수, 김요안, 이진우의 과거사는 각각 "1948년 10월부터 1949년 3월"까지 자행되었던 제주 양민 학살, 1950년에 시작되어 몇 년이나 계속되었던 육이오, 1980년 광주의 5월 항쟁과 관련된 것으로, 이들은 지울 수 없이 생생한 것이든 정신적 외상으로 인해 단편적으로 남아 있는 것이든 당시의 고통스럽고 슬픈 기억을 가슴에 간직한 채 섬을 찾는다. 개별적으로 보면, 강복수야 할머니의 기일을 앞두고 집을 찾은 것이다. 하지만 김요안과 이진우는 '시간이 없으니 돌아오라'는 환청에 이끌려 섬을 찾는다. 그들이 듣는 환청이 의미하는 바가 무엇인지는 소설의 마지막 부분에 가서 드러난다. 그것은 "백 년 동안"의 기다림 끝에 마침내 "산 자의 세상으로부터 훌훌 떠나"(299)갈 수 있는 기회를 얻은 "수중고혼들"의 부름이었던 것이다. 부름에 이끌려 왔든 또는 다른 이유에서 왔든 이들 세 사람은 그 주변의 사람들과 함께 조천댁의 굿을 통해 "그러잡고" 있던 "혼령들의 발목"을 놓아주고 비로소 "혼령들"을 "훌훌" 떠나도록 한다. 아니, 마지막으로 그 혼령들과 만나고 또 이별의 의식을 치른다.

『백년여관』에는 강복수, 김요안, 이진우 이외에 등장 인물 거의 모두가 나름의 슬프고 고통스러운 기억을 간직하고 있다. 강복수의 아내인 허미자는 한때 "귀머거리에다가 벙어리"(127)인 청년과 사랑했으나 그와 사별하고 모든 것을 잊으려는 절망의 몸부림 속에서 임신 중이던 아이마저 수술로 지운 적이 있었다. 하지만 그녀는 그때의 기억에서 벗어날 수 없다. 그녀의 오빠 허문태도 예외는 아니다. 그는 월남전 참전 당시 사살했던 "베트콩 용의자"로 잡아온 한 소년과 "단발머리에 몸집이 깡마른 계집아이" 등에 대한 기억과 한때 사랑했던 응웬 마이라는 여자에 대한 기억에서 벗어나지 못한다. 또한 양순옥도 5월 항쟁 당시 "헌혈차를 타고 화순으로 향하다가 집중 사격을 받아 현장에서 사망"한 친구 은숙에 대한 아픈 기억을 간직하고 있다. 이들뿐만이 아니다. 작년 이맘때 세상을 뜬 강복수의 할머니와 그보다 훨씬 전에 스스로 죽음의 길로 떠난 그의 어머니, 백년여관의 "안채 기와집에 이십 년 전부터 세 들어 살고 있는 함흥택 노인," 이미 세상을 떠난 무당 조천댁의 "어미인 귀덕녀" 등등 모두가 원통하게 죽은 사람들에 대한 기억으로 인해 죽음이 아닌 삶을, 삶이 아닌 죽음을 살았거나 살아가고 있다. 요컨대, "세상 사람들에겐 고작 케케묵은 과거의 사건일 뿐인데, 시효가 지나도 한참 지난 지겨운 넋두리에 지나지 않을 뿐인데, 왜 어떤 이들에겐 그것이 평생토록 벗겨지지 않는 족쇄여야 하는 거죠?"(317)라는 순옥의 절규는 이 소설의 거의 모든 인물에게 해당하는 것이기도 하다.

앞서 우리는 『백년여관』이 고통과 분노에서 벗어나려는 사람들의 힘겨운 몸부림에 대한 기록이라고 밝힌 바 있다. 사실 이 소설은 순옥이 말하는 "족쇄"에 묶인 채 신음하는 사람들의 아픔과 분노에 대한 기록이라고 설명하는 것이 더 적절할지도 모른다. 하지만 이 역시 만족스러운 것이 될 수는 없다. 이 소설에 대한 이 같은 설명조차 만족스러운 것이 될 수 없음은 이 소설의 "대단원"에 해당하는 조천댁의 굿이 있기 때문이다. 따지고 보면, 『백년여관』의 이야기 자체가 바로 이 굿에 이르기 위한 준비 과정일 수 있고, 바로 이 점에서 이 소설은 고통과 분노에서 벗어나려는 사람들의 몸부림에 대한 기록일 수 있다. 물론 "현재도 과거도 아니고 낮도 밤도 아닌, 미망과 백일몽이 지배하는 허허한 중음(中陰)의 영토"(10)에 머물러 고통스러워

하는 사람들은 "아직 살아 있되 실은 오래전 죽은 자들"(10) 뿐만이 아니다. 말하자면, 강복수, 김요안, 이진우 등 살아남은 자들만이 아니다. 여기에는 또한 "이미 오래전 죽었으나 차마 아직 섬을 떠나지 못하고 맴도는 자들"(10)—즉, "산 자의 세상으로부터 훌훌 떠나"지 못하는 "혼령"들—도 포함된다. 그들도 역시 족쇄에서 벗어나고자 하는 몸부림의 주인공들일 수 있다. 굿마당이 벌어지기 바로 전에 조천댁은 이 혼령들을 대신하여 이렇게 말한다.

"자아, 이제 손님들을 맞을 채비를 해야지. 세상천지 그림자로 헤매는 외로운 손님들, 천 길 물길 따라 끝도 없이 떠도는 가엽고 서러운 영혼들, 햇빛 한 줌 안 드는 캄캄한 바다 밑바닥에 가라앉아 목놓아 울부짖는 억울한 혼령들이 지금 우리를 찾아오고 있어. 그들은 이 순간을 백년 동안 기다려왔어. 시간이 없어. 이제 한번 떠나면 다시는 돌아오지 않아." (334)

"불쌍하고 원통하게 죽어간 혼령들," "한세상 활짝 피지도 못하고 무참히 사그라진 어린 목숨들," "무덤도 형체도 없이 떠도는 한 맺힌 수중고혼들"을 위한 조천댁의 굿마당에서 모든 이들은 그들 가슴속에 묻어두었던 사람들과 만나고 또 이별한다. 이진우 역시 "지난 십수 년 동안 혼자 가슴속에 못질해놓았던 그 아픈 비밀"의 중심부를 차지하는 그의 친구 케이—마지막 고백의 기회도 얻지 못한 채 떠나보낸 그의 친구 케이—의 모습을 보지는 못하지만 그의 나지막한 속삭임을 듣는다.

"그래. 결코 지난날들을 잊어서는 안 돼. 망각하는 자에게 미래는 존재하지 않아. 기억해. 기억해야만 해. 하지만 친구야. 그 기억 때문에 네 영혼을 피 흘리게 하지는 마."(336)

아마도 이 소설을 통해 작가가 말하고자 하는 바를 한마디로 요약하고자 할 때 이 속삭임보다 더 적절한 것은 없을 것이다. 아니, 이 소설은 바로 이 한마디의 말을 위해 존재하는 것일 수도 있다. 문제는 이 한마디의 속삭임이 계기가 되어 이진우가 견디어야 했던 '영혼의 피 흘림'은 끝날 수 있을 것인가에 있다. 또는 이 소설을 통해 작가 자신의 영혼의 피 흘림은 멈춰질 수 있을 것인가에 있다. 그런데 이 소설의 마지막 페이지를 넘길 때까지 이에 대한 확신이 서지 않는 이유는 무엇인가. 영혼의 피 흘림은 그것이 등장 인물들의 것이든 작가 자신의 것이든 아직도 계속되어야 할 것처럼 느껴지는 이유는 무엇인가. 굿마당이 있던 그 벅찬 밤을 보낸 다음 날 아침 이진우는 아무에게도 말하지 않고 섬을 떠난다. 그는 섬을 떠나면서 "그들 모두가 이제는 저마다의 무거운 짐들을 내려놓고, 부디 조금이나마 평화로운 시간들을 맞이할 수 있게 되기"(340)를 빈다. 그것으로 끝인가. 아니다. 그의 기원에도 불구하고, 가위눌림과 무거운 짐에서 적어도 작가 임철우 자신은 벗어나지 못한 것처럼 느껴진다. 그렇다면 이런 느낌은 어디에서 비롯되는 것인가. 이 물음에 대한 답을 위해, 아니, 이 물음에 대한 답을 찾아 『백년여관』에 대한 우리의 읽기 작업은 계속되지 않을 수 없다.

3. 작품 속의 초자연적 요소가 의미하는 것

『백년여관』에는 주인공이라고 내세울 만한 인물이 따로 없다. 굳이 주인공을 내세운다면 이 소설에서 "당신"으로 묘사되고 있는 소설가 이진우가 이에 해당할 수 있다. 무엇보다도 이 소설은 "[창작] 메모를 벽에 붙여놓은 그날 이후 [……] 단 한 줄의 글도 쓰지 못"(16)하고 있던 소설가 이진우가 환청을 듣고 섬을 찾는 것으로 시작하여 섬을 떠나는 것으로 끝을 맺고 있기 때문이다. 하지만 이진우의 이야기는 이른바 '액자 소설'로 불리는 소설의 '액자'에 해당하는 것일 수도 있다. 그리고 그 액자의 안쪽에 놓이는 것이 백년여관의 주인 강복수의 이야기고 또한 재미 교포 김요안의 이야기다. 바로 이런 점에서 이 소설은 복수의 주인공이 등장하는 소설일 수도 있고, 주인공이 따로 없는 소설일 수도 있다. 어찌 보면, 역사의 현장을 힘겹게 헤쳐 온 민중의 모습이 그러하듯 누구나 주인공일 수 있는 동시에 누구도 주인공이 아닐 수도 있다. 하지만 아무리 이런 식으로 논의를 이끌어가더라도 소설에 등장하는 또 하나의 중요한 인물인 강복수와 허미자의 아들 신지는 좀처럼 논의의 구도 안에 포착되지 않는다. 과연 이 소설에서 신지가 갖는 의미는 무엇인가.

앞서 우리는 시체의 유무를 확인하기 위해 경찰과 동네 사람들이 "뒷산 붉은 샘"에 가는 이야기에 대해 잠깐 언급한 바 있다. 사실 아이들은 시체가 아니라 "형광등같이 푸르스름한 빛"이 나는 "손"을 보았다고 증언하며, "최초의 목격자"(35)로 신지를 지목한다. 하지만 "자폐 증세"가 있는 "정신이 온전치 않은 아이"인 신지가 사람들에게 말해줄 수 있는 것은 아무것도 없다. 그 아이는 말하자면 현실에 살면서도 현실과는 단절된 존재, 어찌 보면 현실 저편의 혼령들과의 교감 속에서 살아가는 존재다. 실제로 그 아이는 "손"이 "그들의 얼굴이고 머리고 몸뚱이"인 존재들이 내는 소리—짐승들의 울음소리나 세상의 소음들과는 "전혀 다른 아주 특별한 소리"—를 듣기도 하고 또 그 "손"들을 보기도 한다. 아니, 신지는 "하나같이 공포와 고통으로 끔찍하게 일그러진" 얼굴의 혼령들(72)을 바다 위에서 만나기도 하고, 백년여관의 마당에서 "어린 여자 아이"의 혼령을 보기도 한다. 또 돌아가신 증조할머니의 방에서는 "언제나처럼 방 한가운데 앉아 있는 할머니의 모습"(77)을 발견하기도 한다.

　하지만 신지가 예사롭지 않은 존재임을 무엇보다도 생생하게 보여주는 것은 바다에 빠진 그 아이가 며칠이 지난 다음 살아 돌아온다는 이야기일 것이다. "수십 개"의 "푸른 손들에 의해 가마처럼 떠받쳐진"(54) 채 물에 빠진 아이는 해변가로 미끄러지듯 떠밀려 오고, "오장육부와 사지가 멀쩡한 상태"(55)로 살아난다. 이 소설에는 유사한 사건에 대한 기록이 또 하나 나오는데, 그것은 김요안의 어릴 적 이야기다. "절벽에서 뛰어내"린 김요안을 살린 것 역시 "푸르스름하게, 아주 환히 빛나는 여러 개의 손들"(296)이었다. 이 이야기를 어떻게 받아들여야 할까. 혼령들과 만난다거나 또는 돌아가신 할머니의 모습을 발견한다는 이야기야 비정상적인 정신 상태에 있는 한 개인이 경험하는 착시 현상으로 치부할 수도 있다. 하지만 "푸른 손"의 모습을 한 혼령들이 물에 빠진 사람을 떠받쳐 육지로 보낸다는 이야기는 도저히 그런 식으로 설명이 될 수 없다.

　『백년여관』의 곳곳에서 우리는 이 같은 초자연적 요소와 만난다.

인간 세계에 재난이 닥치거나 누군가가 세상을 뜨게 되면 파리 떼나 쥐 떼가 세상을 뒤덮거나 나무의 사지가 잘려 나가거나 때 아닌 꽃을 피우기도 한다. 아울러, 신지뿐만 아니라 강복수와 같은 사람에게도 혼령과의 만남은 일상사의 하나다. 강복수의 할머니 설분네의 임종 모습까지도 합리적 설명의 한계를 넘어서는 그 무엇이다. 또한 이진우나 김요안이 섬에 도착한 이후 환청을 듣지 않는 것 역시 합리적인 설명으로는 해결이 될 수 없는 그 무엇이다. 그리고 무엇보다도 "무수한 혼령들과 자유자재로 대화를 나누고 하소연을 들어주"(145)는 귀덕녀의 삶은 초자연적 세계와 분리해서 설명할 길이 없다.

여기에서 우리는 라틴 아메리카의 '마술적 사실주의'를 떠올릴 수도 있다. 사실 "백년여관"이라는 이 소설의 제목조차 가브리엘 가르시아 마르케스의 『백 년 동안의 고독』이라는 소설의 제목을 연상케 하지 않는가. 라틴 아메리카에서 시작된 이 마술적 사실주의는 무엇보다도 현실 세계와 초자연적 환상 세계가 공존하는 문학 작품을 지칭하는 개념이다. 하지만 현실과 환상이 공존하는 예는 이른바 '환상 문학'으로 알려진 작품에서도 발견된다. 바로 이 때문에, 인간과 사회에 대한 묘사가 정통적인 사실주의 기법에 의거하여 이루어지되, 여기에 아무런 무리 없이 환상 세계의 초자연적 요소가 개입되는 경우가 마술적 사실주의로 정의된다. 또는 초자연적 요소들이 지극히 산문적이고 사실적인 현실 세계 안에 존재해 있되, 이런 요소들이 현실 세계의 합리적 질서를 깨뜨리고 있지 않을 경우가 이에 해당한다.

하지만 이 같은 정의에 『백년여관』이 정확하게 들어맞는다고 해서 이 작품의 설명에 라틴 아메리카의 문학 전통이나 마르케스를 끌어들일 이유는 없다. 따지고 보면, 문학에서의 마술적 사실주의는 반드시

라틴 아메리카 특유의 것일 수만은 없다. 인간 세계에 대한 이해가 도저히 합리적 이성의 힘만으로는 불가능하다는 자각이 존재하는 곳이라면 어디에서나 마술적 사실주의는 발견될 수 있다. 특히 우리나라와 같이 무속 신앙과 주술 신앙이 오랫동안 민중의 삶에 중요한 자리를 차지하고 있는 사회에서는 더욱 그러하다. 서양의 합리주의에 밀려 미신이라는 이름 아래 억압당해왔던 이 같은 민간 신앙에 바탕을 둔 세계 이해 방식은 문자 그대로 마술적 사실주의의 영역에 속하는 것이라고 해도 무리는 아니다. 하지만 문제가 되는 것은 『백년여관』이 마술적 사실주의의 기법을 담고 있다는 사실 자체가 아니다. 문제는 작가 임철우가 이 같은 세계 이해 방식에 새삼 기대고 있는 이유는 무엇인가에 있다.

여기에서 우리는 그가 십여 년의 피나는 노력 끝에 발표한 『봄날』에 다시 눈을 돌리지 않을 수 없다. 무엇보다도 『봄날』은 사건 현장 하나하나에 대한 충실한 재현이라고 할 수 있거니와, 이 같은 재현 과정을 통해 작가는 생생한 지옥의 나날들을 우리에게 보여준다. 하지만 작가는 이 같은 지옥의 나날들이 어찌하여 인간 세계에서 있을 수 있는지는 물론 이 지옥의 현장 이후의 삶에 대해서도 별다른 말을 하지 않는다. 아니, 그에게는 지옥의 현장을 따라가는 것만으로도 힘겨웠을 것이다. 하지만 고통스러울 정도로 참담하고 불가해한 이 지옥의 현장은 또한 역사적 현실의 현장이기도 하고, 역사적 현실의 현장인 이상 이 현장에서 살아남은 사람들은 죽어간 사람들의 모습을 가슴속에 담은 채 어떤 형태로든 삶을 살아가게 마련이다. 그처럼 끔찍한 지옥을 경험하고도 삶을 살아갈 수 있다는 사실 자체가 불가해한 일 아닐까. 이를 과연 어떻게 설명할 것인가. 아니, 이들의 삶은 어떤 것일까. 그것은, 작가가 『백년여관』의 프롤로그에서 말하듯, "초, 분, 시로 분절 가능한 혹은 시작과 끝을 지닌 선형적(線形的) 시간이 아니라, 현재와 과거가 공존하는 환원적 시간, 영원히 쳇바퀴처럼 끊임없이 반복될 뿐인 '죽은 시간'"(10) 속에서의 삶이다. 이처럼 "죽은 시간" 속에서 이어지는 삶을 이해하고 설명하기 위해 작가는 현실과 초자연의 경계가 없는 세계를 설정하고 있는지도 모른다.

『봄날』과 『백년여관』은 사실주의의 서로 다른 두 모습을 드러내는 작품이라고 할 수 있다. 말하자면, 두 소설은 모두 현실에 대한 충실한 반영이며, 이를 접근하는 시각에 차이가 있을 뿐이다. 그 차이는 물론 정통적 사실주의와 마술적 사실주의의 차이라고 해도 좋을 것이다. 무엇보다도 냉혹한 사실주의에 숨구멍을 뚫어놓은 것이 마술적 사실주의라는 점에서 그러하다. 즉, 전자가 지옥과도 같이 참담한 현실 속에서 절망과 분노로 신음하는 사람들의 처절한 모습에 대한 냉정한 기록이라면, 후자는 이 같은 현실 속에 처해 있으면서도 여전히 현실 너머 어딘가에 존재하는 불가사의에 대한 믿음을 버리지 않는 사람들의 모습에 대한 따뜻한 기록이라고 할 수 있다. 이런 관점에서 보면, 그 어떤 선(善)도 약속되지 않는 지옥과도 같은 현실에 대한 형상화가 『봄날』이라면, 최소한의 정신적 치유의 가능성을 담은 채 이루어진 지옥에 대한 형상화가 『백년여관』일 수 있다. 요컨대, 인간이 '끝까지' 지옥에 자신의 몸을 맡기고 고통과 분노 속에서 처절하게 살아갈 수만은 없다면, 『봄날』에서 『백년여관』으로의 이행은 필연적인 것이다.

문제는 치유가 진실로 가능한가에 있다. 『백년여관』의 마지막 부분은 이 물음에 대한 답일 수 있다. 조천댁의 굿마당에 참석했던 사람

들에 대한 다음의 묘사에서 치유 가능성을 확신하는 작가와 만날 수
도 있다.

다른 사람은 아무도 없는, 그 버려진 바닷가에 주저앉은 당신들은 오
래도록 움직이지 않았다. 누구도 입을 열지 않았다. 저마다 오래도록
막혀 있던 눈물이 뺨 위로 흘러넘쳤다. 어느 사이 당신들의 메마른 가
슴으로 따스한 물기가 소리 없이 흘러들기 시작했다. (338)

하지만 씻김굿에 의한 상처의 치유는 그 자체가 문제의 궁극적 해결
이 되지 못할 수도 있다. 이는 오히려 되돌아가기 위한 것일 수도 있
으니, 그 어떤 마음의 상처도 가해자의 깨달음과 참회를 통하지 않고
서는 완전한 것일 수 없기 때문이다. 물론 살아남은 자들의 상처는
그들 서로가 보듬어 안으려는 사랑의 힘으로 치유될 수도 있다. 그래
서 그런지 몰라도, 이 소설에서 조천댁의 굿마당보다 더욱더 감동적
인 것은 "발작"을 일으킨 요안을 조천댁이 끌어안은 다음 "한 손으로
왼쪽 젖을 움켜쥐고 불쑥 꺼내어 요안의 얼굴에 갖다 대고 문지르"
(301)는 장면이다. 굿마당이 일종의 절차상 치유의 의식이라면 가슴
을 뭉클하게 만드는 이 장면이 암시하는 것이야말로 실질적인 치유의
의식이 아닐까. 하지만 이는 여전히 개별적인 것이지 보편적이고 총
체적인 것일 수 없다.
  어떤 의미에서 보면, 조천댁의 굿마당으로 "대단원"을 삼고 있는
이 소설은 상처의 치유를 바라는 작가의 열망을 우회적으로 드러낸
것일 수도 있다. 또는 고통과 슬픔에서 이제는 벗어나고 싶은 작가의
열망을 반영하는 것일 수 있다. 이 같은 열망이 통제가 어려울 정도

로 강한 것이었기에, 구성에 허점으로 느껴지는 부분이 걸러지지 않은 채 남게 된 것은 아닐까. 후에 가서 바로잡히긴 했지만, 이 소설의 시간적 배경은 동짓달 25일에서 그믐까지 엿새 동안이지만 실제 소설에 묘사된 것은 닷새 동안의 일로 하루가 모자란다. 한편, "동짓달 그믐"과 같은 표현은 음력에 적용되는 것이라는 점에서 그날 밤 "만월이 두둥실 떠올랐다"(334)는 표현도 어색하다. 물론 텔레비전 뉴스에 "나흘 후인 30일, 보름날"(137)이라는 말이 나오는 것으로 보아 "동짓달 그믐"은 양력을 가리키는 것임을 알 수 있지만, 오해의 여지를 없애기 위해 "동짓달"과 같은 표현은 피했어야 하지 않았을까. 하나 더 지적하자면, "수천수만"의 "수중고혼"들을 이 세상에서 떠나보내는 일이 어찌 "복수와 미자, 문태, 신지, 금주, 함홍댁, 그리고 요안, 순옥, 은희, 조천댁"에다가 이진우를 합쳐 "딱 열한 사람"(333)만의 일일 수 있겠는가. 그들의 눈앞에 보이거나 속삭임을 들려주는 혼령들 이외의 그 많은 혼령들, 일부를 제외한 "수천수만"의 혼령들은 어찌할 것인가. "산 자의 세상으로부터 훌훌 떠"날 수 있도록 이 많은 혼령들을 놓아줄 당사자들은 다 어디에 있는 것일까. 작가는 말하고 있지 않지만, 작중 인물들이 모르는 여기저기에서 또 다른 굿마당이 벌어지고 있는 것일까. 그렇다고 하더라도, 상처의 치유와 아픔으로부터의 벗어남을 보편적이고도 총체적인 것으로 만들려는 작가의 열망에서 비롯된 구도의 어색함은 여전하다.

아무튼, 이 모든 지적은 지엽적인 것일 수 있다. 무엇보다도 중요한 구조상의 문제가 남아 있으니, 이는 앞서 논의한 바 있는 신지라는 아이의 소설 속 위상과 관계되는 것이다. 소설의 시작 부분에서 누구보다도 생생하고 동적인 인물로 묘사되던 신지가 작품의 중반에 이르기도 전에 이야기의 구도에서 사라지는 이유는 무엇일까. 물론 이야기 진행에 따른 자연스러운 결과일지 모르지만, 이야기에서 사라진 신지는 소설 마지막 부분의 굿마당에 잠깐 이름을 드러내는 것이 전부다. 신지라는 인물에 그처럼 공을 들이던 작가가 그를 잊은 이유는 무엇일까. 어찌 보면, 신지는 한국 현대사의 그 어떤 문제적 사건과 직접 관련이 없으면서도 모든 이들의 아픔과 고통을 온몸으로 형상화하고 있는 인물이기도 하다. 바로 그런 신지를 중심으로 하여 『백년여관』의 후편이 있어야 하지 않을까. 또는 『백년여관』의 이야기는 앞으로도 계속되어야 하지 않을까. 이 같은 이유 때문에라도 상처를 치유하려는 몸부림은, 족쇄에서 벗어나려는 몸부림은 적어도 작가 임철우에게만큼은 완결형일 수 없다. 아니, 완결형이어서는 안 된다. "개선장군처럼" 행세하는 가해자들이 존재하는 한, 결코 완결형이어서는 안 된다. 이 때문에 우리는 안쓰러움에도 불구하고 작가 임철우가 인고와 고통의 작업을 여전히 계속 이어나가기를 바란다. 그가 아니라면 누가 그처럼 무겁고 힘든 작업을 해낼 수 있겠는가.

끝으로 이 소설의 제목인 "백년여관"이 의미하는 바를 잠깐 검토하고 논의를 마치기로 하자. 소설의 여러 곳에서 조천댁은 혼령들이 "백 년 동안"을 기다린 끝에 드디어 "산 자의 세상으로부터 훌훌 떠나갈" 기회를 맞게 되었음을 말한다. 말하자면, 혼령들에게 이 세상이란 길게는 백 년 동안 머물러야 하는 여관이나 다름없다. 백 년 동안의 고통과 분노를 가슴에 간직한 채 머물러야 할 여관이 바로 이 세상인 것이다. 이런 의미에서 볼 때, 영도에 자리 잡고 있는 백년여관 — "외벽 여기저기 벗겨져 나간 칠 자국과 거무죽죽 흘러내린 빗물 흔적 때문에 가뜩이나 추레하고 음울한 분위기"(36)의 그 여관 — 은 고통 속에 떠도는 혼령들이 거주하는 이 세상 전체에 대한 일종의 환유(換喩)metonymy일 수 있다. 세상의 일부이면서 그 어느 곳보다 세상의 슬픔과 아픔을 선명하게 드러내는 어느 한 지점이라는 점에서 일종의 환유일 수 있는 것이다. 나아가, 이 여관에 머물거나 그곳을 드나드는 사람들은 온갖 혼령과 함께 세상을 살아가야 하는 상처 받은 사람들 전체에 대한 환유일 수도 있다. (『백년여관』은 환유적 이미지들로 가득 차 있거니와, 대표적인 예가 "푸르스름한 빛"의 "손"들로 묘사되는 혼령들이다.) 어찌 보면, 앞서 문제삼은 "딱 열한 사람"만의 굿마당에 대한 해명은 이런 맥락에서 가능할 수도 있다. 하지만 이 소설에는 이들 "열한 사람"이 환유적 구도 속에서 떠나보내야 하는 혼령들 이외에 "수천수만"의 혼령들이 함께 존재한다. 환유적 구도만으로는 여전히 잡히지 않는 이 모든 혼령들 하나하나의 슬픔과 고통은 어찌할 것인가. 이 때문에도 존재의 무거움과 벌이는 힘겨운 싸움을 임철우는 계속해야 할지 모른다. 그것은 또한 임철우와 같은 작가만이 감당할 수 있는 싸움이기도 하다.

'글'에 저항하는 '말'의 세계로
—성석제의 『순정』, 어떻게 읽을 것인가

1. 성석제의 소설 쓰기 전략

성석제의 작품 세계를 이해하는 데 하나의 길잡이 역할을 하는 것은 그의 장편 소설 『순정』에 덧붙인 짤막한 작가의 말일 것이다.

나는 이 소설에서, 내가 듣고 보고 겪었으며 앓고 갈무리한 현실의 순수한 재현보다는, 순정한 가짜를 선택했다. 내 생각이 틀렸다면, 그러지 않기를 바라지만, 이 소설은 순진한 척하는 나쁜 소설이다. 영리하고 바쁜 도둑들이 이 소설을 읽으며 한숨 돌리기를 바란다.

"내가 듣고 보고 겪었으며 앓고 갈무리한 현실의 순수한 재현보다는, 순정한 가짜를 선택했다"니? 무엇보다도 우리는 "내가 듣고 보고 겪

었으며 앓고 갈무리한 현실의 순수한 재현"이 말처럼 가능한가를 물을 수 있다. 순수한 재현이 가능하기 위해서는 무엇보다도 언어와 현실 사이에 간극이 없어야 할 것이기 때문이다. 물론 우리의 관념 속에서는 언어와 현실이 동일한 것일 수 있으나, 존재론적으로 볼 때 언어와 현실은 결코 동일한 것일 수 없다. 현실과 언어는 각각 자기 나름대로의 질서와 체계에 의해 작동하기 때문이다. 예컨대, '현실 세계 속의 소설'은 우리가 직접 펼쳐 들고 읽을 수 있지만, '소설이라는 언어 기호'를 그렇게 할 수는 없다. 이처럼 언어와 현실은 결코 동일한 것이 아님에도 불구하고 누군가가 양자를 동일한 것으로 '의식'할 때 그는 "현실의 순수한 재현"이 가능하다는 투의 환상을 갖게 된다. 그와 같은 환상을 갖도록 우리를 끊임없이 유혹하는 것은 바로 언어다. 다시 말해, 언어는 마치 언어적 진술과 진술의 대상인 세계 사이에 전혀 간극이 존재하지 않는 듯한 착각에 빠져들도록 우리를 유도하고, 나아가 언어를 통한 세계와의 만남이 다만 '허구적'인 것일 뿐이라는 사실을 은폐한다. 따라서 제아무리 명징한 언어라고 하더라도 우리를 '현실의 순수한 재현'으로 이끌 수는 없다. 언어가 우리에게 제공하는 것은 다만 '가짜' 또는 '허구'일 뿐이다.

　문제는 "내가 듣고 보고 겪었으며 앓고 갈무리한 현실의 순수한 재현보다는, 순정한 가짜를 선택했다"는 성석제의 말이 비록 자신이 선택은 하지 않았지만 "현실의 순수한 재현"이 가능함을 믿고 있음을 암시하는 것처럼 보인다는 데 있다. 즉, "현실의 순수한 재현"과 "순정한 가짜"라는 두 개의 가능한 선택 항목을 상정하는 것처럼 보이기도 한다. 하지만 성석제의 말은 다른 각도에서 읽힐 수도 있거니와, 사람들이 이른바 "현실의 순수한 재현"이 가능함을 믿건 말건 그것은 자신의 능력 밖이기에 선택할 수 없음을, 따라서 자신은 기껏해야 '가짜'—그것도 "순정한 가짜"—를 선택할 수밖에 없음을 암시하는 것으로도 읽힐 수 있기 때문이다.

"순정한 가짜"라니? 가짜면 가짜지 가짜 가운데 '순정'한 것이 따로 있다는 말인가. 여기에서 어떤 이는 순정한 가짜인 소설과 그렇지 않은 소설 사이의 구분이 가능하다고 말할지도 모른다. 비록 소설이란 꾸민 이야기 또는 허구이긴 하지만 그럼에도 여전히 "내가 듣고 보고 겪었으며 앓고 갈무리한 현실"을 바탕으로 하여 꾸며진 것이 있을 수 있고, 따라서 "순정한 가짜"가 아니라 '어느 정도 현실 재현에 가까운 가짜'가 있을 수 있다는 논리를 펼지도 모르겠다. 하지만 순정한 가짜와 순정하지 않은 가짜—또는 어느 정도 현실 재현에 가까운 가짜—를 구분하는 것 자체가 무의미한 일일 수 있다. 『순정』에서 왕확이 만든 "태자관"이 아무리 진짜 같아도 가짜는 가짜듯, 순정하든 순정하지 않든 가짜는 가짜일 뿐이지 순정한 가짜가 따로 있고 순정하지 않은 가짜가 따로 있을 수 없기 때문이다. 이런 의미에서 볼 때, "순정한 가짜를 선택했다"는 성석제의 말은 하나의 전략일 수 있다. 즉, 기존의 소설들과는 다른 문법으로 소설을 쓰겠다는 신호를 보내기 위한 하나의 전략일 수 있는 것이다. 성석제의 말을 빌리자면, "듣고 보고 겪었으며 앓고 갈무리한 현실의 순수한 재현"이 가능하든 가능하지 않든 이에 집착하는 것이 기존의 소설이라고 할 때, 이와는 다른 소설 문법을 추구하는 것이 자신의 소설임을 암시하기 위한 것일 수 있지 않을까.

사실 기존의 소설 작품들을 지배하는 소설 문법의 관점에서 볼 때 성석제의 『순정』과 같은 소설은 "순진한 척하는 나쁜 소설"이다. "순진한 척하는 나쁜 소설"이라니? 무엇보다도 이야기의 짜임새가 결여되어 있거나 결여되어 있는 것처럼 보인다는 점에서 『순정』과 같은 소설은 "나쁜 소설"이다. 성석제의 "생각이 틀렸"든 맞든, 또한 그가 "바라"든 바라지 않든, 이 소설은 짜임새 있는 서사 구조, 의미심장한 플롯, 이야기의 개연성 등등을 중시하는 정통적 소설 문법에서 벗어나 있다는 점에서 "나쁜 소설"인 것이다. 또한 기존의 소설 문법에서 벗어나 있으면서도 이에 전혀 구애받지 않는 듯한 작가의 태도가 작품 자체에 암시되어 있다는 점에서 이는 또한 "순진한 척하는" 소설이기도 하다. 『순정』뿐만 아니라 성석제의 소설들은 장편이든 단편이든 글쓰기와 씨름하고 있는 소설가보다는 마음 가는 대로, 이야기 흘러가는 대로 이야기를 하고 있는 달변의 이야기꾼을 연상케 하거니와, 바로 이런 점에서 그의 소설은 서사 문학의 원형Ur-form이 지닐 법한 순수함—다시 말해, 오늘날의 소설 형식이 확립되기 훨씬 전부터 존재하던 구비 문학의 순수함—을 보이기도 한다. 물론 그러한 순수함은 의식적인 것이고 또 가장된 것이라는 점에서 성석제는 구비 문학의 이야기꾼과는 구분된다. 바로 이 때문에 『순정』과 같은 성석제의 소설은 "순진한 척하는" 소설이기도 하다.

　우리가 이처럼 "순진한 척하는 나쁜 소설"이라는 성석제의 표현에 기댈 때, 이는 결코 부정적 가치 판단을 드러내기 위한 것이 아니다. 이는 다만 기존의 소설 문법에 저항하는 성석제 특유의 소설 형식을 지칭하기 위해 전략적으로 사용하는 용어일 뿐이다. 앞서 지적한 바와 같이 "순정한 가짜를 택했다"는 말이 전략적인 것이라면, 자신의 소설이 "순진한 척하는 나쁜 소설"이지 "않기를 바라지만"이라는 말도 전략적인 것일 수 있다. 즉, 이 말은 "순진한 척하는 나쁜 소설"이라고 하더라도 자기로서는 개의치 않겠다는 의미를 담기 위한 것일 수도 있고, 나아가 자기 소설의 낯섦과 새로움을 옹호하기 위한 공격적인 자기 방어일 수 있다. 이런 의미에서 볼 때 성석제는 일종의 충격 요법을 동원하고 있는지도 모른다. 그러한 충격 요법이 효과적인 것임을 우리는 "나쁜 영화"라는 제목으로 사람들의 주목을 끌던 장선우 감독의 영화에서도 확인할 수 있지 않은가.

그렇다면 구체적으로 어떤 면에서 『순정』과 같은 성석제의 소설이 기존의 소설 문법에 저항하고 있는가. 우리는 이 물음에 대한 답을 『순정』 자체를 통해 찾아보되, 필요에 따라 그의 최근 단편집인 『홀림』(문학과지성사, 1999)을 참조할 것이다. 또한 우리의 작업은 성석제 자신이 말하는 이른바 "순정한 가짜"란 우리가 알고 있는 '가짜' 또는 '허구'와 어떤 점에서 다르며, 나아가 어떤 의미 매김이 가능한가를 가늠해보는 일과 무관하지 않을 것이다.

2. 글에 대한 성석제의 저항

이치도라는 "영리하고 바쁜 도둑"의 성장 과정, 사랑, 활약상 등등을 이야기의 뼈대로 삼고 있는 성석제의 소설 『순정』은 일종의 피카레스크 소설이라고 할 수 있다. 널리 알려져 있듯, 피카레스크 소설에서는 죄악에 물든 삶의 여정을 살아가는 천박한 태생의 악한이 주인공으로 설정되며, 주인공인 악한은 기존의 사회 제도와 관습에 도전하고 그 도전에 따른 응징에 시달리기도 하나 이를 딛고 끊임없이 새로운 도전과 모험에 뛰어든다. 이처럼 파란만장한 삶을 살아가는 인간을 주인공으로 삼고 있다는 점에서 『순정』은 피카레스크 소설로 분류될 수 있다. 하지만 피카레스크 소설이 자서전적 진술의 형태로 이루어져 있는 데 반해 『순정』은 3인칭 서술 기법을 채택하고 있다. 즉, 이치도의 삶의 여정을 달변의 이야기꾼이 독자에게 전하는 형식으로 이루어져 있다. 여기에서 우리는 이야기꾼의 정체가 무엇인지, 주인공 이치도와 어떤 관계인지 의문을 가질 수도 있으리라. 이와 관련하여 소설 속에는 후에 소설가가 되는 성억제라는 인물이 등장한다는 점에 유의하기 바란다. 이치도의 어린 시절 친구인 성억제라는 인물은 작가 성석제가 자신을 희화화하여 마치 영화의 카메오처럼 등장시켜놓은 것 아닐까. 이런 관점에서 보면, 성석제 자신을 이야기꾼으로 상정하는 것이 자연스러울지 모른다. 하지만 이러한 추정에 제동을 거는 것이 바로 이 이야기는 "순정한 가짜"라는 성석제의 말이다. 즉, 소설을 이끌어가는 이야기꾼이든 또는 소설 속의 성억제든, 그를 '현실 속의 인간 성석제'와 연결하려는 시도를 작가는 처음부터 차단하려 한다. 따라서 이야기꾼의 정체는 끝내 모호한 상태로 남는다. 물론 『순정』은 성석제의 소설이고 이야기꾼을 만들어낸 사람은 작가 성석제다. 하지만 이야기꾼이 누구인가를 모호한 상태로 남겨둠으로써 작가가 구비 문학의 익명성을 부활시키고 있는 것 아닐까.

　하기야 이야기꾼의 이야기가 너무도 재미있는 경우 이야기꾼은 사라지고 이야기만 남는다. 아니, 사람들은 이야기 자체에 신경을 쓰는 가운데 누가 이야기하고 있는지에 대해 개의치 않게 된다. 이야기가 재미없는 경우에만 도대체 이야기하는 자가 누구인지 문제삼게 마련이다. 사실 『순정』의 경우 이야기꾼의 이야기가 너무도 재미있기 때문에 이야기꾼이 도대체 누구인지 의문을 가질 틈을 주지 않는다. 막

힘없이 한 굽이에서 또 한 굽이로 넘어가는 이야기꾼의 능변, 청산유수와도 같은 말솜씨로 인해『순정』의 독자들은 이야기 자체 속으로 흠뻑 빠져든다. 마치「놀부전」이든「흥부전」이든 판소리의 유장한 사설을 들으며 사람들이 풍요로운 말의 성찬 속으로 빠져들듯. 요컨대, 이야기와 이야기를 구성하는 수사(修辭)가 전경화(前景化)되는 가운데 독자는 자신에게 이야기를 전하는 이야기꾼의 존재를 잊게 된다.

『순정』에서 성석제가 구사하고 있는 수사의 유창함을 보여주는 예를 들기란 쉽지 않다. 그 이유는 이야기 전체가 하나의 거대한 말의 강(江)을 이루고 있기 때문이다. 어느 한 부분을 덜어내서 보면 이미 유장한 흐름이 제대로 살아나지 않을 만큼 거대한 말의 강을 이루고 있는 것이다. 그럼에도 불구하고 조심스럽게 몇 부분 덜어내어 살펴보기로 하자.

역시 입에서 군내가 나도록 불러 젖힌 그 노래가 그 노래로, 수천 년을 변함없이 은척을 싸고 흐르는 냇물처럼 서로가 지겨워진 사내들은 감칠맛 나게 짝짝 달라붙으며 때로는 어머니 손처럼 부드럽게, 때로는 애간장이 녹도록 처연하게 사잇소리까지 넣는 세계적 수준의 솜씨 앞에 녹아나지 않을 도리가 없었다. 따라서 춘매옥에서 노래를 하지 않으면 술을 마시지 않은 것이요, 술을 마시지 않았으면 춘매옥에 가지 않은 것이며, 춘매옥에 가지 않았으면 은척에 사는 사내라고 할 수도 없는 것이다. (16)

"아아아, 지미랄 것, 너희 똥도 못 처먹는 개새끼들, 다 나와. 너 술도가 나와. 너 농약가게 하는 놈 나와, 너 고무신 장수 나와. 너 기름 팔아 처먹는 놈 나오고 떡 쳐서 파는 놈, 말고기를 소고기라고 속여 파는 놈 나와. 쌀 배달하는 놈, 소리사 하는 놈 다 나와. 〔……〕 개새끼들아, 나왔으면 일렬로 서. 이놈의 새끼들, 내 마누라하고 재미본 그 대가리들, 잘 놀게 내가 그냥 놔둘 줄 알았냐. 야, 너 흔들거리는 놈, 똑바로 서! 내가 땜장이라고 우습게 봤어. 사나이 봉달이를 우습게 봤다 이 말이야. 내가 오늘부터 너희 대가리에 헛구멍 난 걸 몽땅 때우겠다 이 말씀이야. 너희 마누라들, 그 구멍도 다 때워버리겠어. 이놈의 새끼들, 똑바로 안 서! 차렷, 열중 쉬어, 차렷, 경례!"(21~22)

이런 식으로 거침없는 말의 향연이 한 순간도 쉬지 않고 이야기의 시작부터 끝에 이르기까지 이어지고 있다. 물론 위의 인용 가운데 전자에서 확인되듯 『순정』의 이야기는 엄밀한 의미에서 이야기꾼의 이야기가 아니다. 무엇보다도 문장의 종결 어미가 '-다'임에 유의하기 바란다. 하지만 이 종결 어미 '-다'를 바꿔 '없었어'라든가 '없었다, 이 말씀이야' 등으로 바꿔보라. 이야기꾼의 숨결과 활기가 생생하게 살아나지 않는가. 한편 후자의 인용은 호적상으로든 사실적으로든 이치도의 아버지인 봉달의 술주정을 옮겨놓은 것이다. 「심청전」의 뺑덕어멈이든 「흥부전」의 놀부든 뛰어난 입씨름꾼들의 기개가 여기서 되살아나고 있지 않은가. 성석제의 표현대로 "장쾌"하다는 표현이 아주 잘 어울리는 봉달의 술주정과 같은 사설(辭說)이야 우리네 저잣거리 여기저기에서 오늘날에도 여전히 확인할 수 있는 것 아닌가.

이런 의미에서 볼 때 성석제의 이야기꾼이 구사하고 있는 유장하고 화려한 말의 향연은 멀게는 구비 문학의 전통, 가깝게는 우리네 삶의 마당과 맥이 닿아 있다고 할 수 있다. 사실 이야기꾼의 이야기 전통은 판소리나 저잣거리의 입씨름에서뿐만 아니라 우리네 할머니나 어머니 또는 할아버지들이 이웃 사람들이나 아이들을 모아놓고 해주던 구수한 옛날 이야기에서도 확인된다. 이제는 라디오나 텔레비전이 상황을 바꿔놓아 할머니나 어머니 또는 할아버지의 옛날 이야기를 들을 길이 없다. 물론 이야기하기의 전통이 완전히 사라진 것은 아니거니와, 서정인의 『달궁』이나 박완서의 「나의 가장 나종 지니인 것」과 같은 작품에서 이야기하기의 전통이 확인된다. 바로 이 전통의 이쪽 끄트머리에 놓이는 것이 성석제의 『순정』과 같은 소설 아닐까.

성석제의 작품 세계를 문제삼는 경우 이야기꾼의 이야기하기로서의 소설 쓰기는 『홀림』에 나오는 여러 중단편 소설에서도 확인된다. 우선 「꽃피우는 시간—노름하는 인간」을 예로 들기로 하자. "한국이 낳은 최고의 도박사 피스톨 송 선생"의 "강연"에 참석해서 그의 이야기를 몰래 녹음한 다음 이를 전하는 형식으로 되어 있는 이 소설도 따지고 보면 이야기꾼의 이야기하기다. 한편, "피스톨 송"이 거물이라면 "우린 다 거물"일 수 있다는 '나'의 친구의 말이 암시하듯, "거물"로 선전되지만 우리네와 다를 바가 없는 사람의 이야기, 이런 의미에서 익명의 이야기꾼이 전하는 이야기인 셈이다. 사정은 "대낮부터 물 마시듯 술잔을 기울이는 폐품 같은 사십 대 사내"(『홀림』, 67)가 술꾼으로서의 자기 삶을 세 사내와 한 여자 앞에서 이야기하는 「해방—술 마시는 인간」이나, 이제 고인이 된 "바늘처럼 먼저 나아가"는 형님에게 "혼자서는 아무것도 못 하는 무능한 실 같은" 아우(『홀림』, 179~80)가 말을 거는 형식으로 된 「붐빔과 텅 빔」의 경우에도 마찬가지이다. 또한 "이때까지 소설은 물론이고 소설 비슷한 편지도 써본 적이 없"(『홀림』, 91)는 지극히 "평범"한 사람이 춤과 얽힌 자신의 삶을 이야기하는 「소설 쓰는 인간」도 넓게 보아 이야기꾼의 이야기하기로서의 소설이다. 이러한 판단은 「방」의 경우에도 적용될 수 있는데, 이야기 속의 ‘내’가 던지는 “그다음 이야기가 궁금한가”(『홀림』, 218)와 같은 물음이 암시하듯 이 역시 이야기꾼의 이야기하기로 작품이 구성되어 있다.

이처럼 성석제의 소설 가운데 상당수가 이야기꾼의 이야기하기 형식으로 되어 있다. 바로 그 때문에 성석제의 소설 세계에서는 ‘글’의 간접성에 대비되는 ‘말’의 직접성이 생생하게 느껴진다. 아울러, 이야기꾼들이 살아가는 삶의 현장성이 더할 수 없이 잘 살아나고 있다. 문제는 짜임새를 미덕으로 삼는 글의 세계와 달리 말의 세계는 본질적으로 임의적이고 즉흥적이라는 데 있다. 여기서 우리는 소설 쓰기란 무엇인가라는 원론적 질문을 제기하지 않을 수 없는데, 소설 쓰기란 성석제의 소설 창작이 하나의 예가 되듯 글을 쓰는 행위 가운데 하나다. 따라서 짜임새가 곧 소설의 전제 조건이 된다. 이 때문에 누군가가 말로 전한 이야기를 있는 그대로 소설의 형식에 담는 경우에라도 소설 문법에 충실한 작가라면 그 이야기를 재구성하여 짜임새를 부여하게 마련이다. 소설 근처에조차 가보지 않았지만 소설보다 더 소설 같은 삶을 살아온 사람들이 자신의 삶에 대해 사람들에게 이야기한다고 해서 그것이 다 소설이 될 수 없음은 이 때문이다. 요컨대, 글이 아닌 말로 이루어진 소설이라고 하더라도 그 소설을 구성하는 것은 이미 글로 바뀐 말—따라서 표면적으로는 어떨지 몰라도 내면적으로는 임의성과 즉흥성을 상실한 말—의 세계일 따름이다.

말과 글이 서로에 대해 갖는 이 이율 배반에 성석제는 어떻게 대처하고 있는가. 무엇보다도 성석제는 소설의 전제 조건으로 여겨왔던 짜임새에 저항하고 있다는 것이 우리의 판단이다. 다시 말해, 그는 말의 즉흥성과 임의성을 있는 그대로 살리기 위해 말을 글에 굴복시키는 따위의 작업을 하지 않는다. 오히려 글의 짜임새를 고의로 무너뜨림으로써 글을 말에 굴복시키고 있는 듯한 느낌을 주는 것이 성석제의 소설 세계다. 하나의 예로 「꽃피우는 시간―노름하는 인간」에서 피스톨 송이 열거하는 노름의 철칙에는 세번째 철칙이 누락되어 있음에 유념할 수 있다. 물론 말의 세계에서는 누락과 비논리가 지극히 자연스러울 수 있다. 하지만 글의 세계는 이를 허락하지 않는다. 그리하여 말이 글로 바뀔 때 누락 부분은 채워지고 비논리는 논리로 다듬어지게 마련이다. 성석제는 그와 같은 누락 또는 비논리를 그의 소설 안에 허용함으로써 글에 저항하고 있는 것이다.

『순정』에서도 글에 대한 성석제의 저항이 생생하게 느껴진다. 이와 관련하여 우리는 이 소설의 제5장을 주목할 수 있는데, 여기에는 " '피도 눈물도 없는 고양이'라는 약간 장황한 별명을 가진 인물"(183)이 어떻게 은척의 술 판매업계와 노름판을 평정하는가의 이야기가 나온다. 사실 이 이야기는 소설의 전개 과정에 아무런 도움을 주지 않는 일종의 일탈digression이다. 말하자면, 옆길로 빠져나감으로써 소설의 짜임새를 흐트러뜨리고 있는 것이다. 성석제가 이를 의식하지 못했을까. 만일 그가 의식하지 못했다면 "피도 눈물도 없는 고양이"의 이야기는 『순정』을 이른바 "나쁜 소설"이 되도록 하는 데 결정적 기여를 하고 있다는 판단이 가능하다. 하지만 만일 그가 의식했다면 이는 바로 글에 대한 저항의 한 예가 될 수 있을 것이다. 글의 세계가 아닌 말의 세계에서는 이 같은 일탈, 또는 글의 논리와는 관계없는 비논리가 얼마든지 가능한 것일 뿐만 아니라 자연스럽기까지 한 것이기 때문이다.

　사실 기존의 소설 문법에 비추어 볼 때 『순정』은 짜임새의 면에서만 논란의 여지를 안고 있는 것이 아니다. 무엇보다도 이야기의 개연성을 문제삼을 수 있거니와, 이치도가 어린 시절 "가슴이 새카맣게 타들어가도록 기다리"던 소녀이자 어른이 되어서도 마음에서 떠나보내지 못하는 "순정"의 대상인 왕두련의 타락 과정에 대한 이야기는 작위적일 뿐만 아니라 지나치게 단순하다는 느낌까지 준다. 소설에 의하면, 더할 수 없이 똑똑하고 성실한 모범생이었던 왕두련이 아버지의 동성애 사실에 충격을 받아 학교를 가지 않고 타락의 나락으로 떨어진다. 또는 왕두련이 이치도에게 나중에 하는 이야기에 의하면 타락의 원인은 그것이다. 타락에도 불구하고 왕두련은 지체 장애자를 돕기 위한 돈을 마련하기 위해 몸을 파는 여자가 된다. 동생이나 애인의 학비를 벌기 위해 화류계에서 자신을 희생한다는 신파조의 이야기보다 더 소박하게 느껴지는 이야기가 아닌가. 또한 아무리 왕두련이 어린 시절 "째보"였다고 하더라도 몸을 팔아 지체 장애자들을 돕는다는 설정은 지극히 작위적이다. 이야기의 전개가 작위적인 부분은 이 외에도 여러 곳에서 확인되는데, 우선 이치도가 우등생이 되어 왕두련과 가까운 사이가 되는 사건을 문제삼을 수 있다. 물론 이치도가 여학생들을 훔쳐보기 위해 "똥통"에 들어갔다가 우연히 "시험 문제"가 적힌 종이를 발견하고는 모범생 왕두련의 도움으로 1등을 했다는 투의 이야기는 그럴듯하다. 하지만 이치도가 "모범생, 우등생"이 되어 "은척여중에서 1등을 맡아놓고 하는 소녀"인 왕두련과 함께 "인생과 사랑과 자연, 희망과 역사, 전쟁, 고독 따위에 관해 이야기를 나누"(116)는 사이가 되었다는 투의 이야기 전개는 작위적이다. 또 하나의 예를 들자면, "피도 눈물도 없는 고양이"의 저금통을 훔치고 그의 보복을 피하기 위해 갈 수 없는 군대로 "도망"가기로 작정하고, 이를 위해 "검정고시"를 치르고 "고등학교 학력 인정 고등 공민학교인지, 전수학교인지"에서 "고졸 학력"을 취득한다는 이야기도 억지에 가깝다. 또한 군대로 도망가기 위해 그 모든 일을 하는 동안 "피도 눈물도 없는 고양이"는 어디에서 무엇을 하고 있었는지, 말이 안 되기는 마찬가지다.

하지만 이 같은 비판을 모두 무의미하게 만드는 것이 있으니 그것은 바로 앞서 문제삼은 바 있는 "순정한 가짜를 선택했다"는 작가의 말이다. 말하자면, 성석제는 개연성 있는 이야기를 소설에 담고자 한 것이 아니라 "순정한 가짜"를 만들어내고자 했으며, 이상과 같은 작위적인 이야기 전개는 바로 그와 같은 가짜 만들기 작업의 일환이라고 할 수도 있을 것이다. 그럼에도 불구하고, 여기에서 우리는 여전히 "순정한 가짜를 선택했다"는 작가의 말이 부실한 그 모든 작위적 이야기 전개에 대한 비판에서 작가를 자유롭게 할 수 있느냐는 의문을 제기할 수 있으리라.

성석제의 소설 쓰기와 관련하여 또 하나 우리의 시선을 끄는 것은 다음과 같이 한 편의 작품 안에서 동일한 서술이 변조되어 반복 사용되고 있다는 점이다.

그 물체는 있는 듯 없는 듯했다. 없는가 하면 있고 있는가 하면 엷은 어둠 속으로 스며들었다. 이치도는 조그만 눈을 한껏 크게 뜨고 코를 벌름거리며 귀를 세웠다. 그런데 눈, 코, 귀가 훨씬 더 발달된 존재가 이치도에게서 이십여 미터밖에 떨어지지 않은 곳에 있었으니, 바로 이치도가 정체를 알려 하는 그 물체였다.

그건 개였다. 아니 늑대였다. 아니 여우였다. 아니 은척 근처에만 산다는 호랑이의 새끼, 지나가는 나그네의 머리 위를 건너뛰며 혼을 빼고 결국은 간만 빼먹고 간다는 개호주였다. 일 분, 이 분, 이 분 삼십이 초, 서로가 무엇인지 알아차리는 데 충분한 시간이 흘렀다. 그리고 두 존재는 각자 행동을 개시했다. 이치도는 주먹을 쥐고 오던 길로 내달리기 시작했다. 개호주는 펄쩍펄쩍 도약하면서 이치도를 쫓았다. 한 가지 다행스러운 것은, 개호주는 특기가 머리 위를 날면서 혼을 빼는 것이지, 일직선으로 쫓아오는 것은 아니라는 것이었다. 이치도는 젖 먹던 힘을 다해 달렸다.

이치도는 어머니가 대포에 술 채우고 까르륵 웃고 노래하느라 바빠 충분히 먹지 못한 젖의 힘을 금방 다 쓰고, 할 수 없이 죽, 밥에서 나온 힘까지 쓰고 애를 쓰고 용을 쓰고 죽을힘을 다해 달렸다. 귀 밑으로 바람이 휙휙 지나갔다. 이치도는 자신이 바람을 만들고 있다고 느꼈다. (31~32)

그 물체는 있는 듯 없는 듯하다. 없는가 하면 있고 있는가 하면 엷은 어둠 속으로 스며들어 경계선이 없다. 이치도는 눈을 한껏 크게 뜨고 코를 벌름거리며 귀를 세운다. 그런데 눈, 코, 귀가 훨씬 더 발달된 존재가 이치도에게서 이십여 미터밖에 떨어지지 않은 곳에 있었으니, 바로 이치도가 정체를 알려 하는 그 물체였다.

그건 개, 아니 늑대, 아니 여우, 아니 은척 근처에만 산다는 호랑이의 새끼, 지나가는 나그네의 머리 위를 건너뛰며 혼을 빼고 결국은 간만 빼먹고 간다는 개호주였다. 일 분, 이 분, 이 분 삼십이 초, 서로가 무엇인지 알아차리는 데 충분한 시간이 흐른다. 그리고 두 존재는 각자 행동을 개시한다. 이치도는 주먹을 쥐고 그 물체를 향해 내달리기 시작한다. 개호주는 펄쩍펄쩍 도약하면서 도망을 친다. 한 가지 다행스러운 것은, 개호주는 특기가 머리 위를 날면서 혼을 빼는 것이지, 일직선으로 도망가는 것은 아니라는 것이다. 이치도는 젖 먹던 힘을 다해 쫓아간다. 언제 절뚝거렸는가 싶게 다리에 속력이 붙는다.

이치도는 어머니가 대포에 술 채우고 까르륵 웃고 노래하느라 바빠 충분히 먹지 못한 젖의 힘을 금방 다 쓰고, 할 수 없이 죽, 밥에서 나온 힘까지 쓰고 애를 쓰고 용을 쓰고 죽을힘을 다해 쫓아간다. 귀 밑으로 바람이 휙휙 지나간다. 이치도는 자신이 바람을 만들고 있다고 느낀다. (264)

물론 이 같은 반복 서술의 예는 『순정』에만 있는 것이 아니다. 『홀림』에 수록된 단편 소설 「방」에서도 212면에 나오는 "가령 수석·양돈·분재와 같은 실용적인 분야에서"로 시작되는 서술이 단 한 군데 변조된 채 221면에 재등장한다. 말하자면, 성석제는 반복 서술 방식을 일종의 글쓰기 전략 가운데 하나로 채용하고 있다고 할 수 있다. 문제는 이러한 서술 방식을 통해 성석제가 노리는 효과가 무엇인가다. 물론 사변적 언어 유희에서 크게 벗어나지 않는 「방」의 경우 서술의 반복은 사변적 언어 유희 자체를 화려하게 만들기 위한 일종의 보조적 장치일 수 있다는 점에서 별도의 논의가 필요하지 않을 수도 있다. 하지만 『순정』의 경우 서술 반복이 갖는 의미에 대한 논의는 간단하지 않다. 여기에서 우선 서술 반복이 어떤 맥락에서 이루어지고 있는가를 검토해보기로 하자. 전자의 인용에서는 봉달이 죽던 날 자기도 모르게 둑방을 따라 걷다가 짙어진 "땅거미"로 인해 "감당할 수 없는 두려움에 휩싸"이게 된 어린 이치도가 등장한다. 둑방을 따라 "죽을힘을 다해" 달리던 이치도가 우연히 다다랐던 곳은 왕확의 집이었다. 한편 후자의 인용에서는 "신흥 그룹의 총수"인 정회장과 "현직 대통령의 외사촌 형인 박회장"을 상대로 "도둑질"을 한 다음 은척으로 도망 온 이치도가 등장한다. 죽을 결심을 한 이치도는 죽기에 앞서 "마지막으로 왕확을 만나고, 어머니의 산소에 들"(262)러야 하겠다는 생각을 한다. 이윽고 왕확의 집을 향해 "방죽"을 걷던 이치도는 어린 시절 처음 그곳에 갔을 때와 마찬가지로 "문득 두려움에 휩싸인다"(264). 기본적으로 어릴 적이나 어른이 되어서도 이치도가 두려움에 휩싸인다는 점, 왕확의 집 쪽으로 이어지는 길이라는 점, 옛날이나 지금이나 여전히 사람들이 모여 사는 곳에서 떨어져 있는 곳에 이치도가 있다는 점 등등이 공통분모로 지적될 수 있을 것이다. 또한 서술이 과거형에서 현재형으로 바뀌었다는 점, "개호주"에 쫓기던 이치도가 이제 "개호주"를 쫓고 있다는 점 등등이 상황의 변화를 인식하게 한다. 아마도 이 같은 변조된 서술 반복이 제공하는 효과는 세월의 흐름에도 불구하고 어릴 적이나 어른이 되어서나 정서적으로 변하지 않은 인간으로서의 이치도를 보여주는 데 있지 않을까. "모두에게 요즘 보기 드문 순정을 지닌 청년"(182)으로서의 이치도를 이보다 더 극적으로 보여줄 수는 없을 것이다.

문제는 우리가 과문한 탓인지는 몰라도 이 같은 변조된 동일 서술이 소설 쓰기 관행에서 아직 일반화되어 있지 않다는 데 있다. 물론 이 같은 글쓰기 전략을 가능케 한 것은 필경 컴퓨터일 것이다. 하지만 컴퓨터를 이용한 글쓰기가 일반화된 지 오래되었지만 이 같은 시도는 여전히 낯선 것이다. 모르긴 해도 이런 식의 글쓰기는 불성실한 것으로 여겨져 금기가 되어왔던 것 아닐까. 사실 이 같은 금기가 일반화되어 있는 곳에서라면 컴퓨터의 복사 기능을 사용해서 서술의 일부를 손쉽게 그대로 복사해놓고 최소한의 변조만으로 여분의 지면을 채우고 있다는 점에서도 성석제의 소설은 문자 그대로 "나쁜 소설"로 치부될 수 있을지도 모르겠다. 이런 비판에 성석제는 뭐라고 할까. 컴퓨터에 지나치게 의존하여 글을 쓰다 보니 어쩌다 그렇게 된 것이라는 투의 변명을 할까. 성석제는 그처럼 "순진한" 변명에 자신을 맡길 작가로 보이지는 않는다. "순진한 척하는 나쁜 소설"이지 "않기를 바"란다는 그의 말은 결코 "순진한" 작가한테서 나오는 것일 수는 없다. 아울러, 한 번도 아니고 반복해서 변조된 동일 서술 방식을 사용하고 있다면 이는 어쩌다 그런 것이 아니라 의식적인 것일 수 있다. 다시 말해, 성석제 자신이 의식적으로 금기를 범한 것일 수 있다. 하지만 이처럼 금기를 범했다고 해서 성석제의 소설이 문자 그대로 "나쁜 소설"일까. 아마도 "나쁜 소설"이라는 말이 문자 그대로 해석되어서는 안 된다는 생각이 옳은 것이라면 그 이유 가운데 하나는 여기에서 찾을 수 있지 않을까.

3. 이야기꾼 또는 소피스트로서의 성석제

성석제가 정녕 의식적으로 소설 문법에 저항하고 있는 것일까. 아니면, 이야기꾼의 이야기하기에 충실하다 보니 자신도 모르게 소설 문법을 거스르고 있는 것일까. 그것도 아니라면, 단지 시간에 쫓기다 보니 짜임새와 개연성이 결여된 또는 결여된 것처럼 보이는 소설을 우리에게 제공하고 있는 것일까. 이런 의문으로 인해, "순진한 척하는 나쁜 소설"이 아니길 바란다는 그의 말만큼이나 성석제의 소설 세계는 소설이란 무엇인가라는 원론적인 질문에 대해서도 움츠러드는 우리에게 또 하나의 풀기 어려운 수수께끼가 되고 있다. 적어도 우리가 아는 것은, 또는 알고 있다는 심증을 갖는 것은 자신이나 자신의 작업과 관련하여 '순진한 척하다'와 같은 표현을 쓰는 사람이라면 그는 적어도 순진하거나 소박한 사람이 아니라는 점이다. 어느 평론가가 암시하듯, 그와 같은 사람이야말로 "소피스트의 세계"에서 세상을 내려다보고 있는 사람이리라. 성석제는 소설에 대한 우리의 기대감을 깨뜨리기도 하고 새로운 가능성을 제시함으로써 우리를 어리둥절하게 하기도 하는 소피스트 아닐까.

소피스트로서의 성석제, 바로 이 말이 우리에게 또 하나의 뛰어난 이야기꾼, 하지만 소피스트적인 자질을 전혀 갖추고 있지 않은 또 하나의 뛰어난 이야기꾼을 떠올리도록 한다. 그는 바로 아프리카 서해안 가운데쯤에 위치한 나라인 나이지리아 출신의 작가 아모스 투투올라Amos Tutuola다. 학력이라고 해야 요즘의 초등학교 6년 과정 정도밖에 되지 않는 그가 철자와 어법상의 오류가 확연한 작품을 영어로 써서 출판사로 가지고 갔던 것은 1900년대 중반의 일이었다. 구전문학의 전통 이외에 이렇다 할 문학적 전통에 익숙해 있지 않던 그가 영어로 써서 출판사로 가지고 갔던 것은 바로 『야자열매 술꾼*Palm-Wine Drinkard*』(1953)이라는 소설이었는데, 그의 소설은 서구적 소설 문법에 비추어 볼 때 이루 말할 수 없는 결함 덩어리였다. 한두 가지 결함을 짚어보자면, 우선 그의 소설의 첫 부분에서 야자열매 술꾼인 주인공의 아버지가 세상을 뜬 것을 확인할 수 있는데, 그는 오랜 여행을 마치고 와서 고향 마을에서 바로 그 아버지와 재회한다. 또한 여행을 마친 것으로 이야기가 끝나는 것이 아니라 이른바 일탈에 해당하는 이야기가 덧붙어 소설의 결말을 모호하게 한다. 그럼에도 불구하고 그의 소설은 서구인들에게 하나의 신선한 충격이었다. 서구인들은 아프리카의 민담이나 설화가 뒤엉켜 있는 그의 소설에서 소설의 원형, '이야기꾼의 이야기'다운 이야기의 생동감과 생명력을 확인할 수 있었기 때문이었다. 마치 판소리에서 우리가 여전히 구비 문학의 생동감과 언어의 힘을 확인하듯.

문제는 우리의 문학적 상황이 1900년대 중반 아프리카 나이지리아와 같을 수 있는가에 있다. 사실 오늘날 한국의 문학적 상황을 투투올라가 『야자열매 술꾼』과 같은 원형적 소설을 세상에 내놓았을 때와 비교할 수는 없을 것이다. 민담과 설화가 모두 현재적인 것이 아닌 20세기 후반 또는 21세기 초반에 『순정』과 같은 이야기꾼의 이야기가 갖는 의미는 무엇일까라는 질문을 던지는 이유는 이 때문이다. 투투올라의 작품에 열광적 반응을 보였던 서구인들만큼 기존의 소설 문법에 식상한 소피스트로서의 독자들이 우리 주변에 넘치기 때문에 그와 같은 소설이 필요한 것일까. 설사 그렇다고 하더라도, 투투올라의 작품에 비교될 만한 소설, 짜임새와 개연성이 결여된 또는 결여된 것처럼 보이는 소설이 오늘날 우리에게 과연 얼마나 의미 있는 것일까. 투투올라는 뛰어난 작가이지만 그의 소설 쓰기와 궤를 같이하는 것은 시대 착오적인 것 아닐까.

물론 우리는 기존의 소설 문법에 대한 성석제의 저항을 존중하고 특히 이야기꾼으로서의 그의 언어 감각에 경탄한다. 하지만 성석제는 복고적 세계를 향하는 저항과 새로운 세계를 창조하기 위한 저항은 서로 다른 것임을 인식해야 하지 않을까. 이런 관점에서 볼 때 눈여겨보아야 할 점은 서정인이나 박완서의 소설이 보여주는 이야기꾼의 이야기들이 짜임새와 개연성을 유지하고 있다는 사실일 것이다. 성석제의 "순정한 가짜"가 손쉬운 자기 변명의 차원을 뛰어넘어 의미 있는 가짜, 진짜임을 내세우는 이른바 자칭 진짜들보다 더 값진 가짜가 되기 위해서는 어느 평론가가 말하는 식의 "소설의 회춘"이라는 평가에 자족해서는 안 될 것이다. "회춘"은 부활과 재생을 의미할 수도 있지만, 노망과 주책을 의미할 수도 있기 때문이다.

필자는 성석제의 『순정』을 한나절도 되지 않는 시간에, 그러니까 단숨에 읽었다. 그만큼 성석제의 언어는 살아 있을 뿐만 아니라 유장하고 독자 친화적이다. 문제는 읽기를 마치고 난 다음의 '나'와 읽기 전의 '나' 사이에 어떤 차이가 있는지가 확연하게 짚이지 않았다는 데 있다. 그냥 재미있게 읽고 돌아서야 한다면 얼마나 허무한가. 소설 쓰기란 "순정한 가짜"를 표방하든, "내가 듣고 보고 겪었으며 앓고 갈무리한 현실"의 반영이나 재구성을 표방하든, 단순히 재미있는 이야기를 전하는 것으로 끝나서는 안 될 것이다. 하지만 이야기에 깊이와 의미를 부여하기에는 성석제는 아직 젊지 않은가. 위대한 소설은 언어적 재능뿐만 아니라 세계에 대한 깊은 성찰을 가능케 하는 연륜을 필요로 하는 것이다. 도스토옙스키의 『카라마조프의 형제들』은 거의 60여 년에 가까운 연륜이 만들어낸 산물임을 잊어서는 안 될 것이다. 우리 시대의 보기 드문 뛰어난 이야기꾼 성석제의 소설 세계에 대해 거는 기대는 그만큼 크다.

제4부 비평 또는 '담론의 마당'

'부재하는 현존, 현존하는 부재' 앞에서
—김현의 비평사적 위치

1. 김현을 기억하며

독보적인 문학평론가였던 김현은 지난 1990년 4월 26일 세상과 작별하였다. 그리고 오랜 세월이 흘렀다. 비록 그의 육신은 세상을 떠났지만, 그는 여전히 우리의 머리와 가슴 속에 살아 있다. 아니, 그가 남긴 방대한 저작물을 통해 김현은 현존의 형태로 우리와 함께하고 있다. 그는 우리에게 '부재하는 현존'이며 '현존하는 부재'인 것이다. 그가 작고한 지 6개월 후에 발간된 유고 평론집 『말들의 풍경』에 나오는 다음과 같은 구절과 함께.

죽음은 늙음이나 아픔과 마찬가지로 인간의 육체가 반드시 겪게 되는 한 현상이다. 한 현상이라기보다는, 실존의 범주이다. 죽음은 그가 앗아간 사람의 육체에 대한 기억을 간직하고 있는 사람들의 눈에서 그의 육체를 제거하여, 그것을 다시는 못 보게 하는 행위이다. 그의 육체는 그의 육체를 기억하는 사람들의 머릿속에 환영처럼, 그림자처럼 존재한다. 실제로 없다는 점에서, 그의 육체는 부재이지만, 머릿속에 살아 있다는 의미에서, 그의 육체는 현존이다. 말장난 같지만, 죽은 사람의 육체는 부재하는 현존이며, 현존하는 부재이다. 그러나 그의 육체를 기억하는 사람들이 다 사라져 없어져버릴 때, 죽은 사람은 다시 죽는다. 그의 사진을 보거나, 그의 초상을 보고서도, 그가 누구인지를 기억해내는 사람들이 하나도 없게 될 때, 무서워라, 그때에 그는 정말로 없음의 세계로 돌아간다. 그 없음의 세계에서 그는 결코 다시 살아날 수 없다.[1]

기형도 시론의 앞부분을 장식하는 이 구절은 젊은 시인의 예기치 않은 죽음에 놀란 김현의 마음을 생생하게 전하고 있다. "무서워라"와 같은 김현 특유의 표현이 문장의 친밀감과 역동감을 절묘하게 살리고 있는 이 구절에서 우리는 한 시인의 죽음을 아쉬워하는 김현의 마음뿐만 아니라 자신의 죽음에 대한 그의 예감까지 읽을 수 있다. 죽음을 단순히 죽음으로 받아들이지 않으려는 마음, 그럼에도 불구하고 종국에는 없음의 세계로 돌아갈 것이라는 예감을 떨치지 못하는 그의 마음이 오랜 세월이 지난 지금에도 여전히 생생하게 살아 우리의 마음을 아쉬움으로 채운다. 그의 표현대로 그의 육체는 사람들의 머릿속에 다만 환영처럼, 그림자처럼 존재할지 모르나, 이처럼 생생하게 살아 있는 그의 글로 인해 그의 정신은 결코 없음의 세계로 돌아가지 않은 채 영원한 현존으로 남을 것이다.

---

1) 김현, 『젊은 시인들의 상상 세계/말들의 풍경』(김현 문학 전집 제6권, 문학과지성사, 1992), 308~09면. 이하 김현 문학 전집 인용은 권수와 면수만을 표시하기로 함.

죽음에 대한 김현의 명상은 김현의 현존을 확인케 하는 단서로 읽히기도 하지만, 이와 동시에 글쓰기에 대한 그의 생각을 담고 있는 일종의 고백으로 읽히기도 한다. 무엇보다도 '죽음'이라는 단어가 자꾸 '글쓰기 행위의 중단'으로 읽히는 이유는 무엇일까. 그리고 '사진'과 '초상'이 '글'로 읽히는 이유는 무엇인가. 사실 김현은 글읽기와 더불어 글쓰기를 통해 자신의 존재와 자신의 살아 있음을 확인했던 사람이었다. 이제 그는 그의 글과 함께 우리에게뿐만 아니라 문학을 사랑하는 미래의 모든 사람에게도 오랫동안 '부재하는 현존'으로, '현존하는 부재'로 살아남을 것이다. 그 유례를 찾아보기 힘든 섬세하고 따뜻한 글, 때로는 다감하고 솔직하게, 때로는 뜨겁고 힘차게 자신을 드러내는 글로 인해 김현의 이름은 한국의 비평사에서 결코 지워지지 않을 것이다.

2. 공감, 자기 반성, 균형 감각의 비평

글쓰기란, 요컨대, '부재하는 현존, 현존하는 부재'를 기약하기 위한 작업이다. 그렇다면, 글읽기란 무엇인가. 다시 한 번 김현의 표현을 빌려 말하자면, 글읽기란 '부재하는 현존, 현존하는 부재'를 확인하는 작업이 아닐까. 우리가 김현의 글을 읽으면서 '김현'이라는 '부재하는 현존, 현존하는 부재'를 확인하듯. 일찍이 김치수는 김현을 회고하는 글에서 "언제 어디에서나 글을 읽었"던 김현에게 글읽기란 "그 자신과 세계, 문학과 학문, 다시 말하면 그의 삶 자체의 길이와 넓이를 획득하기 위"한 것(전집 16권, 391)이라고 말한 적이 있다. 그 말은 글읽기에 커다란 의미를 두는 모든 이에게도 적용되는 것 아닐까.

이제 글읽기에 대한 김현 자신의 생각으로 옮겨 가기로 하자. 무엇보다도 우리는 김현이 마지막으로 출간한 평론집『분석과 해석』에 나오는 다음과 같은 구절에 주목할 수 있는데, 김지하 시론의 앞부분을 장식하는 이 구절에서 우리는 글읽기에 대한 김현 자신의 생각을 명료하게 읽을 수 있다.

> 문학비평가로서 가장 즐거운 때는 〔첫 줄부터 마음을 사로잡아 되풀이 그것을 읽게 만들고, 나아가 그것에 대해 무엇인가를 말하게 하는〕 그런 글을 만날 때이다. 내 마음속의 무엇이 움직여 그 글로 내 마음을 무의식적으로 이끌리게 하는 것일까? 그것을 생각하다 보면 때로 내 마음을 움직인 글은 자취도 없이 사라지고 내 마음이 움직인 흔적들만 남아, 마치 달팽이가 기어간 흔적처럼 반짝거린다. 그 흔적들을 계속 쫓아가면, 그것은 기이하게도 다시 내 마음을 움직인 작품으로 가 닿고, 그 길은 다시 그것을 쓴 사람의 마음의 움직임으로 다가간다. 내 마음의 움직임과 내 마음을 움직이게 한 글을 쓴 사람의 마음의 움직임은 한 시인이 '수정의 메아리'라고 부른 수면의 파문처럼 겹쳐 떨린다. (전집 7권, 57)

우리는 무엇보다도 "내 마음의 움직임과 내 마음을 움직이게 한 글을 쓴 사람의 마음의 움직임은 한 시인이 '수정의 메아리'라고 부른 수면의 파문처럼 겹쳐 떨린다"는 부분을 주목할 수 있는데, 이는 김현의 지론이었던 글읽기 과정에서의 '공감' 또는 '교감'의 중요성을 암시하고 있다. 여기에서 김현은 후설과 하이데거가 말하는 '인식 주체와 체험 대상 사이에 존재하는 연속적인 체험의 장(場)'을 상정하고 있는 것처럼 보이기까지 한다. 사실 김현의 평론관 형성에 많은 영향을 미쳤던 메를로-퐁티나 바슐라르는 바로 이 같은 현상학적 개념을 바탕으로 하여 텍스트와 텍스트의 수용자 사이의 분리 불가능성을 상정하는 읽기 이론을 전개했다. 바로 이런 영향 관계를 명료하게 보여주는 것이 "그것 자체로서는 하나의 의미의 잠재태"인 "문학 텍스트는 그것 자체로 갇혀 있는 하나의 독립체이지만, 그것이 의미를 갖기 위해서는 그 갇힌 텍스트를 열고 거기에 들어가는 독자의 참여가 필요하다"(전집 1권, 88)는 김현의 입장일 것이다. 요컨대, 김현의 입장에 따르면, 문학 작품에 대한 이해는 "두 개의 자아가 마주치고 부딪히는 순간에 이루어"(전집 3권, 380)지는 것이다.

나아가, 김현에 의하면, 비평가가 "작품을 분석한다고 할 때, 분석자는 작품이 가지고 있는 여러 가지 의미 중의 하나를 분석하는 것이지, 그 작품을 완전히 분석하는 것이 아"(전집 4권, 309)닌데, 이는 물론 문학 텍스트 또는 작품이 의미의 잠재태기 때문이다. 아울러, 의미의 잠재태기 때문에 "독자의 입장에서 생각해본다면, 문학 텍스트에는 의미가 없는 것 같아 보"(전집 1권, 88)이며, 글읽기란 문학 텍스트에 의미를 부여하는 행위라고 할 수 있다. 텍스트란 의미의 잠재태라는 입장은 작가의 의도와 관련되어 설명되기도 하는데, "작가의 의도가 그대로 투명하게 그리고 완벽하게 작품 속에 이입되는 경우란 거의 없다"는 입장이나 "작품이 작가의 의도에 의해서 이루어지는 것은 사실이지만, 그 의도는 작가의 무의식에 때때로 간섭을 받는다"(전집 1권, 89)는 입장으로 이어진다.

요컨대, 김현의 논리에 따르면 글읽기란 완전히 객관적인 것일 수 없다. 그 이유는 물론 작품이 작가의 의도를 담는 '하나의 의미'만을 갖고 있지 않기 때문이다. 아울러, 완전히 주관적인 것일 수도 없는데, 그 이유는 작품과 독자 사이의 공감이 어우러지는 가운데 "작품이 가지고 있는 여러 가지 의미 중의 하나를 분석하는" 것이 글읽기기 때문이다. 바로 이런 이유 때문에 글읽기에 대한 김현의 입장은 미적 판단을 주관적인 것도 아니고 객관적인 것도 아니라고 했던 칸트를 떠올리게 한다. 칸트의 미학 이론에 정통해 있던 르네 웰렉의 표현을 빌리자면, 김현의 글읽기 개념은 "주관 속의 객관, 객관 속의 주관"을 인정하는 상호주관적intersubjective인 글읽기로 명명할 수 있을 것이다. 우리의 좁은 시각 때문인지는 모르지만, 한국의 비평사에서 글읽기의 상호주관적 성격을 이론적으로나 실천적으로 김현만큼 철저하게 의식했던 비평가는 찾아보기 어려울 것이다.

부재하는 현존, 현존하는 부재를 기약하기 위한 작업이 글쓰기고, 주관 속에서 객관을, 객관 속에서 주관을 찾는 일이 글읽기라면, 글읽기와 글쓰기 사이의 긴장 속에서 이루어지는 문학 비평 — 또는 글읽기를 바탕으로 하여 글쓰기로 이행하는 작업인 문학 비평 — 이란 무엇인가. 이에 대한 답을 위해 우리는 김현의 다음과 같은 발언에 유의하지 않을 수 없다.

나는 이제야말로 문학비평가가 정말 해야 하는 것은 무엇인가를 명확하게 생각해야 할 시기라고 생각한다. 반체제가 상당수의 지식인들의 목표이었을 때, 문학 비평이 무엇이냐는 질문은 사치스럽기 짝이 없는 질문처럼 생각되었다. 그러나 이제는? 문학은 그 어느 예술보다도 비체계적이다. 나는 그것을 문학은 꿈이다라는 명제로 표현한 바 있다.

문학이 있다는 것만으로도 사회는 꿈을 꿀 수가 있다. 문학이 다만 실천의 도구일 때 사회는 꿈을 꿀 자리를 잃어버린다. 꿈이 없을 때 사회 개조는 있을 수가 없다. 문학 비평은 문학 비평이 문학 비평으로 남을 수 있게 싸워야 한다. 그 싸움과 동시에 문학 비평은 문학 비평이 정말 할 수 있는 것은 무엇인가, 문학 비평이란 무엇인가라는 자신에 대한 질문과도 싸워야 한다. (전집 4권, p.346)

문학 비평이 무엇인가라는 질문을 던지는 이 구절에서 우리는 문학에 대한 김현 특유의 입장을 읽을 수 있다. 그에 의하면, 무엇보다도 문학은 꿈이며, 문학으로 인해 사회는 꿈을 꿀 수가 있다. 김현은 문학이 부재한 사회를 "인간을 억압하는 힘에 대한 반성을 중단"한 사회로 표현하기도 했는데, 이 같은 그의 입장은 "문학을 완전히 버릴 수 있다는 것은 결국은 인간을 억압하는 힘에 대한 반성을 중단할 수 있다는 것에 다름 아니다"(전집 1권, 185)로 요약된다. 말하자면, 억압에도 불구하고 억압에 저항하여 사람들이 꿈을 꿀 수 있게 하는 것이 문학이다. 결국 문학 비평은 사회 안에 문학을 문학으로 존재하도록 돕는 데 그 존재 이유가 있다고 할 수 있다. 구체적으로 문학을 실천의 도구로 만드는 비평 또는 "작가에게 이래라, 저래라 하고 강요"하는 "구호 비평"(전집 2권, 108)이 되지 않음으로써, 문학 비평은 "문학 비평으로 남을 수 있"다는 것이다.

김현이 '순수'와 '참여' 사이의 대립이나 '사회학적 관점'과 '미학적 관점'의 극단화를 우려했던 이유는 바로 이로 인해 문학이 꿈으로 존재하기 어려워질 수 있다는 데 있다. "사회학적 방향의 극으로 움직이면 그곳에서 우리는 마르크스주의로 무장된 프롤레타리아 봉기 고

취의 문학 비평과 부딪히며 미학적 방향의 극으로 움직이면 이해할 수 없을 만큼 난해한 모더니즘의 와중에 빠져버"(전집 2권, 108~09)릴 수 있다는 그의 경고가 암시하듯, 김현이 비평가들에게 주문한 것은 "문학 비평이 문학 비평으로 남을 수 있"도록 하기 위한 싸움과 함께 "자신에 대한 질문"과의 "싸움"이다. 말하자면, 그는 일종의 자기 반성을 요구한다.

비평가에게 자기반성을 요구한다는 점에서도 김현의 비평사적 위치는 각별한 것이라고 할 수 있는데, 이와 관련하여 한국에서의 비평은 대체로 일방적인 비판 또는 분석이나 해석으로 이해되어왔음에 유의해야 할 것이다. 비평 행위는 비록 표면적으로 "타자에 대한 관찰이나 해명"의 형태를 취하지만 "항상 자신에 대한 관찰을 유도하는 수단"이 되어야 한다는 폴 드 만의 충고가 서구의 비평계에 있다면, 우리의 비평계에는 문학에 대한 모든 논의와 관련하여 철저한 반성을 촉구하는 김현이 있다.

문학에 대한 나의 모든 논의가 더욱 선명해지기 위해서는 그 문제들에 대한, 그것들이 문제로서 제기될 수 있는 문제인가에서부터 시작하여, 그것들이 해답이 가능한 문제들인가에 이르기까지 철저한 반성이 있지 않으면 안 된다. (전집 1권, 188)

텍스트 또는 작가의 의식과 무의식을 담고 있는 작품과의 대화, 문학을 문학으로 존재하게 하는 비평, 그리고 자기 반성으로서의 비평이라는 개념이 김현 비평의 배경을 이룬다면, 김현 비평의 전경을 차지하는 것은 바로 문학 텍스트의 언어 구조와 의미에 대한 탐구라고 할 수 있다. 물론 문학 텍스트의 언어 구조와 의미에 대한 김현의 탐색은 단순히 이에 대한 분석과 이해의 선에 머무는 것은 아니다. 김춘수·김지하·고은 등에 대한 비평문에서 확인할 수 있듯, 그의 분석과 이해는 작품 저편에 숨어 있는 인간의 무의식 세계—그의 표현을 빌리자면, "말들의 물질성" 안에 있는 "노회한 욕망"(전집 6권, 212)—에 대한 추적으로 이해될 수도 있거니와, 바로 이런 이유 때문에 김주연은 "김현 비평의 핵심은 심리주의적 방법론에 입각해 있"[2]음을 지적하기도 한다. 그럼에도 불구하고, 김현은 김인환[3]이나 정과리[4]의 지적대로 언어에 '민감'한 비평가라고 할 때 그의 비평이 갖는 미덕은 어느 때보다도 선명하게 부각된다.

언어에 민감하다는 말은 텍스트의 언어 조직과 그 언어 조직이 만들어내는 의미가 비평의 일차적 관심사라는 말로 이해할 수도 있다. 바로 이런 이유 때문에 김현의 비평은 역사와 현실의 맥락을 도외시한 '자기 본위 비평'이라는 비난을 받기도 한다. 하지만, 일찍이 매슈 아놀드가 경고했듯, '사적 평가the personal estimate'와 마찬가지로 '역사적 평가the historical estimate'도 비평상의 오류fallacy를 이끌 수 있다. 김현은 이 같은 오류에 빠져들지 않기 위해 문학 작품을 '무엇보다도 우선' 문학 작품으로 보고자 했던 것일 뿐, 역사와 현실을 외면했던 것은 아니다. "나는 거의 언제나 4·19 세대로서 사유하고 분석하고 해석한다"(전집 7권, 13)는 말이나 『문학과지성』 창간사

---

2) 김주연, 『문학, 그 영원한 모순과 더불어』(현대소설사, 1992년), 117면.
3) 김인환, 「20세기 한국 비평의 비판적 검토」, 『문학과사회』 통권 48호 (문학과지성사, 1999년 겨울), 1588면.
4) 정과리, 「김현 문학의 밑자리」, 『문학과사회』 통권 12호 (문학과지성사, 1990년 겨울), 1381면.

에서 밝힌 "한국 현실의 투철한 인식이 없는 공허한 논리로 점철된 어떠한 움직임에도 동요하지 않을 것이며, 한국 현실의 모순을 은폐하기 위한 어떠한 노력에도 휩쓸려 들어가지 않을 것"이라는 말에서, 역사와 현실을 향한 그의 강렬한 시선을 확인할 수 있을 것이다. 김현의 다음과 같은 발언은 이런 의미에서 특히 음미할 만한 것이다.

> 글을 쓴다는 개성적인 행위는 글을 쓰는 자의 자리에 대한 탐구가 없는 한, 도로에 그쳐버릴 우려가 많다. 자기 문화의 특수성을 깨닫지 못하는 자가 어떻게 자기 문화를 만들어낼 수 있단 말인가? (전집 3권, 28)

그렇다면, 김현이 비난의 위험을 무릅쓰고 언어에 민감한 비평으로 일관했던 이유는 무엇일까. 무엇보다도 문학을 '실천의 도구'가 아닌 '문학'으로 남게 하려는 그의 의지에서 그 이유를 찾을 수 있을 것이다. 아울러, 순수와 참여 또는 사회학적 관점과 미학적 관점 사이의 이분화 경향에 대한 그의 논의에서 확인되듯 그가 추구하고자 했던 것은 일종의 균형 감각으로, 이 균형 감각이 그를 그 특유의 비평 세계로 이끌었다고도 할 수 있다. 이와 관련하여, 우리는 "한국 비평의 정당한 발전을 위해서는 어느 한편의 정당함만을 주장, 딴 방법을 못 쓸 것으로 타기"하기보다는 "오히려 딴 방법과의 계속적인 조응을 통해서 자기 자신을 확대시키지 않으면 안 된다"는 그의 충고(전집 2권, 106)에도 귀를 기울여야 할 것이다.

하지만 무엇보다도 중요한 것은 "문학이〔란〕 우리가 익히 아는 경험적 현실의 구조 뒤에 숨어 있는, 안 보이는 현실의 구조를 밝히는 자리"(전집 7권, 234)라는 믿음이다. 이런 믿음에 따라 그는 자신의 비평이 '분석적 해체주의'에 속한다고 규정한 바 있는데, 이는 물론 "좋은 작품이라고 판단한 작품들에 대한 면밀한 분석에 더욱 공을 들"(전집 5권, 269)이고자 했던 그의 태도와도 관련된다. 사실 문학 작품에 대한 면밀한 분석을 통해 그 작품이 갖는 "정서의 풍요로움과 축제성을 낭만적으로 보여주는 평론가를 우리는 일찍이 가진 적이 없었"[5]다는 평가가 지나친 것이 아님은 김현의 수많은 비평문들이 증명해주고 있다. 이런 관점에서 볼 때, 한국 비평사에서 김현이 갖는 무엇보다도 중요한 의미는 문학 작품에서 결코 떠나지 않는 비평 세계를 확립했다는 데 있다고도 할 수 있다.

3. 김현 비평에 대한 정당한 이해와 평가를 위하여

글을 시작하며 우리는 "무서워라"와 같은 표현이 김현 특유의 것임을 말한 바 있다. 사실 김현의 비평문을 읽다 보면, "아, 이제야 알겠다.", "오호라.", "놀라워라.", "편안치 않다!.", "그러나 어쩌랴!.", "보라.", "왜?.", "무엇 때문에?.", "왜 그럴까?"와 같이 다분히 구어적이고 격의 없는 어조로 개인의 느낌이나 의문을 전하는 표현이 많이 등장한다. 이런 표현들은 또한 "나를 감동케 한다.", "겁난다.", "끌린다.", "서둘러 이 서투른 글을 찢어 버리고 싶다!.", "이 뛰어난 시를 되풀이 읽고 싶다.", "빛이여, 오래 머물라!.", "아! 김원일! 하고 느낌표를 찍고 싶다.", "이청준과 같은 시대에 살고 있는 것이 무섭고 즐

---

5) 최하림, 『문예중앙』 통권 13호 (중앙일보사, 1990년 가을), 227면.

겁다,” “그런 곳이 있다면 그곳에 가서 살고 싶다,” “믿는 자에게 복이 있을진저!,” “시 속으로 들어가, 편안히, 한 번은, 잠들고 싶다” 등의 표현과 함께 김현의 비평문에 독특한 분위기를 부여한다. 즉, 그의 비평문을 읽는 사람에게든 또는 그 밖의 다른 사람에게든 말을 하고 있는 것과 같은 느낌을 갖게 한다. 이러한 느낌은 또한 그의 비평문에 자주 등장하는 물음표와 느낌표에 의해 더욱더 강화된다.

누군가에게 자신의 느낌과 감정을 스스럼없이 전하고 있다는 느낌을 주는 김현의 이 같은 비평 문체가 갖는 의미는 무엇일까. 지극히 자의적인 판단일지 모르지만, 김현의 이 같은 문체는 밝은 무대 위에 서서 컴컴한 관객석을 바라볼 때 배우가 느끼는 고독의 표현일 수도 있겠다. 다시 말해, 보이지 않지만 내 앞에 있음이 틀림없는 관객들을 향해 말을 던지고, 그럼으로써 빛 속에 홀로 서 있는 배우가 '혼자'가 아님을 스스로 확인하기 위한 제스처일 수 있다. 하지만 이 같은 자의적 판단에 앞서 우리는 무엇보다 김현은 「비평은 심판인가 대화인가」라는 글에서 다음과 같이 말한 적이 있음에 유의해야 할 것이다.

비평가가 할 수 있는 것은 그의 탐구의 결과를 작품을 통해 재확인하고 수정하고 극복하는 것이다. 작가는 비평가의 촌평이 그가 쓴 작품의 어느 한 부분을 건드린 것이라는 것을 숙고하지 않으면 안 된다. 비평은 심판이 아니라 비평가와 작가의 열린 대화의 장소이다. (전집 13권, 280~81)

이 같은 발언은 '월평' 또는 '촌평'에 대한 반성적 논의의 자리에서 나온 것이긴 하나, 넓게 보아 '비평'의 본분에 대한 김현의 견해를 반영

344

한 것으로 볼 수 있다. 이와 관련하여 무엇보다도 우리가 유념해야 할 것은 비평이란 비평가와 작품 사이의 대화라는 그의 생각일 것이다. 또한 작가 쪽에서 이 같은 대화에 귀를 기울임으로써 궁극적으로 "비평가와 작가" 사이에 "열린 대화"가 이루어져야 한다는 그의 생각에도 유념해야 할 것이다. 이런 의미에서 볼 때, 앞서 지적한 김현 문체의 특성은 열린 대화를 향한 작가의 의식적·무의식적 마음 자세를 반영하는 것일 수 있다. 하지만 비평은 단순히 작가와 비평가 사이의 대화일 수만은 없거니와, 작품과 비평문을 읽는 독자 역시 대화에 참석하는 일원일 수 있기 때문이다. 그렇지 않다면 애초 비평가는 자신의 비평문을 문예지나 기타 매체에 발표하지 않았을 것이다. 이 때문에, 비평이란 작가와 비평가 사이의 열린 대화를 위한 것이기도 하지만 비평가와 독자 사이의 열린 대화를 위한 것일 수도 있고, 나아가 비평문을 매체로 하여 이루어지는 작가와 독자 사이의 열린 대화를 위한 것일 수도 있다. 열린 대화가 진정으로 '열린' 대화가 되기 위해서는 무엇보다 필요한 것이 대화 당사자들 사이의 열린 마음일 것이다. 비평가 김현의 열린 마음이 앞서 말한 문체상의 특징으로 발현된 것 아닐까. 자신의 마음을 감추기 위한 가식(假飾)이나 상대를 향한 경계의 마음은 결코 '열린' 대화를 이끌지 못한다.

이 같은 김현의 문체와 관련하여 "대단히 주관적이면서 선동적"[6]이라는 혹평까지 존재하는 것도 사실이다. 하지만 '대단히'라는 과장된 언사에서 일별할 수 있듯 이 같은 혹평 자체가 '주관적이며 선동적'인 것일 수 있음을 우리는 경계하지 않을 수 없다. 김현 자신의 말

---

6) 이동하, 『한국 문학과 비판적 지성』(새문사, 1996), 52면.

을 빌려 말하자면, 무언가에 대한 비평이 "심판"이 되어서는 안 될 것이다. 아니, '주관적이며 선동적'인 "심판"이 되어서는 안 될 것이다. "대단히 주관적이면서 선동적"이라는 "심판"이 올바른 것인가의 의문을 지울 수 없음은 김현의 문체가 김현만의 것이 아니라는 데 있다. 물론 김현과 동시대를 이루는 그 어떤 비평가의 글에서도 그의 문체와 유사한 문체는 확인되지 않는다. 하지만 그의 문체가 발휘하는 영향력을 우리는 후속 세대 비평가들의 글에서 확인하지 않을 수 없다. 필경 1980년대 후반 및 1990년대에 등장한 몇몇 젊은 비평가들의 글이 갖는 문체의 자유분방함은 다름 아닌 김현의 문체가 있었기에 가능했던 것이리라. 가히 혁명적이라고 할 수 있는 1980년대 후반 및 1990년대 한국 비평계의 문체상 변화 저편 끄트머리에 김현이 있다는 점에서도 김현의 비평사적 위치는 쉽게 가늠하기 어려운 것이라고 하겠다.

김현은 그의 문체로 인해 주관적이라는 부당한 평가를 받기도 하지만, 또한 인상주의적 비평가라는 또 다른 의미에서의 부당한 평가를 받기도 한다. 아마도 그 가운데 대표적인 예가 곽광수의 김현 비판론일 것이다. 곽광수의 비판은 "김현의 문학 비평은 적어도 내가 보기에는 인상주의의 혐의가 짙다"[7]로 요약될 수 있거니와, 이 말에 담긴 '내가 보기에는'이라는 언사나 '혐의가 짙다'라는 언사 자체가 증명하듯 곽광수는 자신의 판단이 주관적 인상주의와 막연한 추측에 의한 것임을 숨기지 않고 있다. 이 같은 주관적 인상주의와 막연한 추측에서 벗어나고자 했다면, 그는 무엇보다도 김현이 이루어놓은 비평 작

---

7) 곽광수, 「외국 문학 연구와 텍스트 읽기—김현의 바슐라르 연구 성과에 대하여」, 『문예중앙』 통권 22호 (1992년 겨울), 232면.

업에 대한 구체적이고도 개별적인 검토 작업에 적극적인 관심을 가져야 했을 것이다. 이와 관련하여 곽광수의 비판이 김현의 실천 비평에 대한 분석 작업이 아닌 "김현의 바슐라르 연구 성과"에 대한 검토 작업에 따른 것이라는 점에서 그의 비판 자체가 인상주의적인 것일 수 있음을 지적할 수도 있다. 곽광수의 비판에도 불구하고, "김현은 글을 눈에 보이는 것에 국한시키는 객관적 사실주의"를 거부했지만 이와 동시에 "자기 마음의 흔적만 전부라고 생각하는 주관적 인상주의"도 거부했다[8]는 김인환의 판단이 그 힘을 잃지 않음에 우리가 유념하는 것은 바로 이 때문일 것이다.

다시 처음으로 돌아가 새삼스럽게 말하자면, 1990년 4월 26일 김현이 우리 곁을 떠난 후 세월은 흐름을 거듭했다. 하지만 우리 곁에는 그가 30여 년의 세월을 걸쳐 이룩해놓은 15권의 업적이 있다. 이처럼 김현은 우리 곁에 없는 동시에 우리 곁에 있다. 그의 말을 빌리자면, 김현은 우리에게 "부재하는 현존이며, 현존하는 부재"다. 만일 문자 그대로 '현존'으로 그가 우리 곁에 있었다면 우리에게 1990년 4월 26일 이후의 세월은 어떤 것이었을까. 또한 '현존'하는 비평가 김현에 대한 논의와 평가는 어떤 방향으로 진행되었을까. 이 물음에 어떤 구체적인 답변이 가능할지 모르지만, 적어도 비평가 김현에 대한 근거 없고 책임 없는 속단(速斷)과 단정(斷定)만큼은 쉽게 얼굴을 내밀지 못했을 것이다. 하지만 이제 그가 "부재하는 현존이며, 현존하는 부재"인 이상 그에 대한 무책임한 '탈신비화'뿐만 아니라 무망한 '신비화'도 막을 길이 없다. 그리고 사정은 앞으로도 마찬가지일 것

---

8) 김인환, 「글쓰기의 지형학—김현론」, 『문학과사회』 통권 3호 (문학과지성사, 1998년 가을), 1187면.

이다. 그렇다고 하더라도, 성민엽의 말대로, "김현 비평에 대한 정당한 이해, 정당하게 비판적인 분석과 해석"[9]에 따라 탈신비화든 신비화든 이루어지기 바랄 따름이다.

9) 성민엽, 「김현 혹은 열린 문학적 지성」, 『문학과사회』, 통권 12호 (문학과지성사, 1990년 겨울), 1390면.

수사적 차원과 논리적/축어적 차원 사이에서
─곽광수와 이동하의 김현 비판론 재고

1. 텍스트 이해의 수사적 차원과 논리적/축어적 차원

지난 2000년 총선을 앞두고 나라 안이 시끄럽고 어수선할 무렵 일간지의 시사 만화에 자주 오르내리는 소재 가운데 하나가 총선 후보의 납세 실적 신고였다. 그 당시 이 소재를 다룬 시사 만화 가운데 대구에서 발행되는 매일신문에 게재된 김경수 화백의 2000년 3월 29일자「매일희평」은 우리 사회의 전도된 가치관과 현실을 재치 있게 그리고 있다는 점에서 우리의 주목을 끈다. 만화가 담고 있는 장면은 관청의 내부 모습이다. 뒤편에 있는 접수처에는 여직원이 앉아 있고, 그 위에 "총선 후보 납세 실적 신고서 접수"라는 안내판이 걸려 있다. 그 앞에는 서류 작성대를 사이에 두고 몸을 앞으로 숙인 채 종이 위에 무언가를 쓰는 두 사람이 있다. 물론 이들은 납세 실적 신고서를 작성하고 있는 것이리라. 그런데 한 사람이 땀을 뻘뻘 흘리며 "사실대로 또박또박" 서류를 작성하고 있는 것과 대조적으로 다른 한 사람은

서류 작성에 영 관심이 없는 것처럼 보인다. 상대방을 흘끗 바라보며 "아이고 이 바보야"라고 속으로 중얼거리고 있는 것에서 알 수 있듯. 물론 이 만화는 "사실대로 또박또박" 작성하는 사람들이 "바보" 취급을 받고 또한 손해를 보는 세태에 대한 풍자로 읽힐 수도 있으며, 실제로 이번 총선 후보 가운데 상당수의 '똑똑한' 사람들이 "사실대로 또박또박" 작성하지 않았음에 대한 비판으로 읽힐 수도 있다.

문제는 텍스트의 의미가 이처럼 명료하게 읽힐 수 있는 경우조차도 엉뚱한 이해를 유도할 수 있다는 데 있다. 만일 누군가가 이 만화를 보고 납세 실적 보고서를 "사실대로 또박또박" 작성하는 것은 "바보"나 하는 일이라는 생각을 실제로 하게 되었다면 어떨까. 그래서 이 만화의 영향을 알게 모르게 받은 관계로 앞으로 어떤 서류나 보고서도 "사실대로 또박또박" 작성하지 않으려 한다면, 그것은 누구의 잘못일까. 이 만화를 그린 사람의 잘못일까. 아닌 게 아니라, 만화에 등장한 사람들 가운데 "사실대로 또박또박" 서류를 작성하는 사람은 그렇지 않은 사람과 달리 어딘가 비루하고 초라해 보인다. 마치 이 만화를 그린 사람이 '의도적으로' 그를 비하하려고 한 것처럼. 하지만 이는 만화를 그린 사람의 의도를 반영한다기보다 "사실"에 충실한 사람들에 대해 사회가 무의식적으로 던지는 시선을 그대로 옮겨놓은 것이라고 보아야 하지 않을까. 마치 영화에서 악역은 인상이 험악한 사람에게 돌아가듯. 결국 납세 실적 보고서를 "사실대로 또박또박" 작성하는 사람을 "바보"로 이해하는 사람이 있다면, 그렇게 이해한 사람의 잘못이지 만화를 그린 사람의 잘못이라고 할 수 없을 것이다.

그렇다면 만화를 그린 사람에게는 아무런 책임이 없는 것일까. 행여 책임이 있다면, 만화를 그린 사람이 "아이고 이 바보야"라는 표현을 썼기 때문인지도 모른다. 아니, 텍스트에 담긴 언어적 표현—즉, 만화를 그린 사람을 포함하여 우리 모두가 쓰고 있는 언어적 표현—에 책임이 있는지도 모른다. 어떤 이유에서 그러한가. 무엇보다도 "아이고 이 바보야"라는 말은 수사적으로 이해될 수도 있지만 또한 논리적/축어적으로 이해될 수도 있다는 데서 그 이유를 찾을 수 있다. 물론 정상적인 독자의 입장에서 볼 때 "아이고 이 바보야"는 수사적 차원에서 받아들여야 할 반어(反語)irony로, 이를 통해 독자는 "사실"에 충실한 사람을 "바보"로 폄하하는 사회에 대한 풍자와 비판을 읽는다. 하지만 이 만화에서 상대에게 "아이고 이 바보야"라고 말하는 사람의 입장에서 보면 그것은 반어가 아닐 수 있다. 진정 그렇게 생각했기 때문에 그렇게 말한 것일 수 있는 것이다. 그리고 독자에 따라서는 이를 수사적으로가 아니라 축어적으로 받아들이는 이도 있을 수 있다. 말하자면, 앞서 말한 바와 같이 누군가는 전혀 엉뚱한 방향으로 이 만화를 이해할 수도 있다. 하지만 이를 염려하여 만화를 그린 사람이 "아이고 이 바보야" 대신에 "아 나도 저렇게 해야 하는데"라든가 "아 나는 출마할 자격도 없어" 등등의 표현을 넣었다면 이 만화는 얼마나 무미건조한 것이 되었을까. 이 만화의 매력은 바로 여기에 있다. 논리적/축어적으로 읽어야 하는 비문학적 글과 달리 문학적 글은 그 매력이 수사적으로 읽힐 수 있는 언어에 있듯. 말하자면, 이 만화는 전혀 다른 각도에서의 읽기 가능성에 문을 열어놓음으로써, 텍스트의 깊이와 묘미를 더할 수 없이 잘 살리고 있다.

김현에 대한 비판을 문제삼기 위한 자리에서 웬 만화 이야긴가. 무엇보다도 텍스트에 대한 이해가 수사적 차원에서 이루어져야 할 때임에도 불구하고 논리적/축어적 차원에 머무는 때가 있음을 예시(豫示)하기 위해서다. 나아가, 수사적 차원에서 읽음으로써 깊이와 묘미를 느낄 수 있는 텍스트를 논리적/축어적 차원에 국한하여 읽을 때 어떤 문제가 제기될 수 있는가를 생각해보기 위해서다. 사실 비평가의 문학론이나 비평론 또는 비평 자체에 대한 비판의 전통이 확립되어 있지 않아서 그런지는 몰라도 우리 주변에서 보는 비평가의 저작에 대한 비판은 경직된 논리의 차원 또는 '비판을 위한 비판'의 차원에 머무는 경우가 적지 않다. 김현에 대한 이른바 '신화화'를 문제삼은 몇몇 비판문들도 여기에서 예외는 아닌 것처럼 보인다. 따라서 김현에 대한 신화화를 '탈신화화'하려는 몇몇 노력들이 적절한 방향으로 이루어지고 있는가의 문제를 제기하지 않을 수 없다. 요컨대, 우리가 만화를 빌려 수사적 차원에서의 텍스트 읽기와 논리적/축어적 차원에서의 텍스트 읽기에 주목한 이유는 김현에 대한 비판에 문제가 있다면 무엇이 문제인가를 생각해보기 위함이다.

물론 우리의 논의가 김현에 대한 모든 비판을 하나의 지평에서 아우르기 위한 것은 아니다. 아마도 이 같은 포괄적인 작업을 위해서는 한결 더 폭넓게 문제를 바라보는 시각이 필요할 것이다. 따라서 우리는 그동안 이루어진 김현에 대한 비판 가운데 잠재적으로나 실질적으로 논쟁력을 갖추고 있는 것, 그리고 그 가운데에서도 수사적 차원에서의 텍스트 읽기와 논리적/축어적 차원에서의 텍스트 읽기의 문제를 특히 선명하게 보여주는 몇몇 예만을 문제삼기로 할 것이다. 우리가 곽광수의 「외국 문학 연구와 텍스트 읽기─김현의 바슐라르 연구 성과에 대하여」[1]와 이동하의 「한국 비평의 재조명·2─김현의 『한국 문학의 위상』에 나타난 몇 가지 문제점」[2]을 논의 대상으로 삼고자 하는 것은 이 때문이다.

2. 곽광수의 「김현의 바슐라르 연구 성과에 대하여」

곽광수는 김현의 사후에 씌어진 김현에 관한 글 가운데 그가 "읽은 것들 가운데에는, 비판적인 논의를 한 것은 하나도 없고, 지엽적으로 비판적인 언급이 있더라도 그것은 필경에는 전체적인 찬탄에 수렴되는 것"(210)이었음을 주목하면서, "격앙된 찬탄에서 조금 벗어나 냉정하게 그의 업적을 평가하려는 노력을 시도해보아도 좋을 때"(210)라고 진단한다. 이어서 곽광수는 "김현의 바슐라르 연구 성과"에 대한 비판을 시도하는데, 무엇보다도 김현의 비평이 "바슐라르에게 많이 빚지고 있다는 것은 대개들 하는 말"(210)이라는 점을 고려하여 김현이 "그 스스로 바슐라르 연구에 대한 독창적인 기여로 생각한 이른바 '감싸기' 개념"(211)에 대한 비판을 시도한다. 곽광수의 비판을

<hr>

1) 곽광수, 『문예중앙』 1992년 겨울호 (중앙일보사). 이하 인용은 면수만 밝히기로 함.
2) 이동하, 『한국 문학과 비판적 지성』 (새문사, 1996). 이하 인용은 면수만 밝히기로 함.

한마디로 요약하면, '감싸기'에 대한 김현의 해명은 "바슐라르 텍스트에 대한 오독이 야기〔한〕 것"(215)으로, 이로 인해 '감싸기'라는 개념이 애매모호한 것이 될 수밖에 없었다(215)는 것이다. 아울러, 곽광수는 이 개념의 애매모호성이 김현의『한국 문학의 위상』에서 "다시 한번 드러날 것"(221)임을 예고하면서, 이에 대한 비판도 시도한다. 구체적으로 그는 전통의 단절과 새로운 전통의 과거 전통 감싸기에 대한 김현의 논의를 검토하고 있는데, 그에 의하면 도해와 함께 제시된 김현의 "'감싸기'적인 문학사 이론은 가장 상식적인 전통 수용관을, 현대의 가장 중요한 과학철학자의 한 사람인 바슐라르의 과학사에서 도출했다는 개념을 가지고—그것이 빈 내용의 것인 만큼—제멋대로 분석한 것"(224)이라는 식의 부정적 평가를 할 수밖에 없다는 것이다.

곽광수의 비판은 한국 문학사에서 그 유례를 찾기 어려울 만큼 치밀하고 철저하다. 그가 논의한 바와 같이, 김현이 바슐라르 연구를 통해 이해한 '감싸기enveloppement'는 "쿤의 패러다임의 경우와 같이 감싸는 이론과 감싸이는 이론 '사이의 단절이 있다는 것을 인정하면서도' 전자가 '전연〔후자와〕 동떨어진 것이 아니라 그것의 확장이라는 것을 계속 인정'한다"(214)는 점에서의 감싸기다. 따라서 "단절"인 동시에 "확장"이라는 점에서 '감싸기'라는 개념은 모순을 안고 있다. 곽광수에 의하면, 바슐라르 자신도 이에 대해 "해명을 하고 있지 않"(215)으며, 김현의 해명이라고 할 수 있는 부분도 앞서 말한 바와 같이 "오독이 야기〔한〕 것"이라는 혐의에서 벗어나기 어렵다는 것이다. 요컨대, 김현이 이해한 바슐라르의 '감싸기' 개념은 "설명되지 않은 모순점을 담고 있"는 "부실한" 것이 되고 말았으며, 따라서 '감싸기'라는 개념에 의거하여 "바슐라르 사상의 두 측면의 유기적인 종합"을 시도하려 했던 김현의 노력은 "필경 실패하고 말았"다는 것이 곽광수의 잠정적 결론(216)이다.

　문제는 '감싸기'라는 개념이 곽광수의 지적대로 논리적 관점에서 보면 "모순점을 담고 있"는 "부실한" 것일 수밖에 없으나 이를 오로지 논리적 관점에서만 보는 것이 타당한가에 있다. 이른바 '모순 어법oxymoron'이 나름의 의미를 갖는 것은 논리적으로 모순되는 어법이 의미론적으로 새롭고도 강력한 힘을 발휘할 수 있기 때문이다. 김현이 바슐라르 연구를 통해 '감싸기'라는 개념에 주목한 이유는 바로 여기에 있었던 것 아닐까. 말하자면, 모순을 통하지 않고서는 설명할 것이 없는 현상을 설명하려는 의지가 바로 이 모순된 개념을 주목하게 한 것 아닐까. 이와 관련하여 우리는 곽광수도 인용한 바 있는 김현의 다음 진술에 유의하지 않을 수 없다.

　객관적으로 이해할 수 없는 것들이 있다는 것을 깨닫는 순간에서부터, 내면성의 신화는 오류가 아니라, 인간 정신의 한 중요한 측면으로 나타난다. 거기에서 바슐라르 사상의 중요한 감싸기가 이루어진다. 객관화objectivation의 한 보완적 정신 작용으로서의 가치 부여 작용valorisation에 대한 관심이 이루어지는 것이다.[3]

"객관적으로 이해할 수 없는 것들," 바로 이 같은 것들에 대한 관심이 이른바 바슐라르의 '감싸기'라는 개념으로 김현을 유도한 것 아닐까. 아울러, '감싸기'란 "객관화objectivation의 한 보완적 정신 작용으로서

---

3) 김현, 『행복의 시학』(김현 문학 전집 제9권, 문학과지성사, 1991), 76면.

의 가치 부여 작용·valorisation에 대한 관심"이라면, 그것 자체가 "객관화"를 뛰어넘어 존재하는 것 아닐까. 만일 이 같은 점을 인정한다면, 김현의 "논리적 오류"(217)에 대한 곽광수의 지적은 수사적 이해를 요구하는 것일 수도 있는 개념을 논리적으로만 해명하려는 오류를 범한 것이라고 할 수 있을 것이다. 곽광수는 "과학철학과 상상력 연구의 두 분야를 '감싸기'라는 개념으로 종합하려" 했던 김현의 노력을 비판하면서 이 같은 노력이 "범주 오류"와 관련된 것임을 지적(217)하기도 했는데, 수사적일 수 있는 개념을 논리적 관점에서만 이해하려 했다는 점에서 유사한 지적을 곽광수에게도 할 수 있지 않을까.

『한국 문학의 위상』에 나타난 '감싸기'라는 개념의 애매모호성을 비판하는 자리에서도 우리는 수사적인 것을 논리적으로 이해하려는 곽광수와 만난다. 앞서 언급한 바와 같이, 여기에서 곽광수가 문제삼고 있는 것은 "전통"에 관한 김현의 논의인데, 우선 곽광수가 인용한 김현의 전통 논의를 살펴보기로 하자.

전통의 단절이 없으면, 과거의 것을 뛰어넘는 새로운 전통을 만들어낼 수가 없는 것이기 때문이다. 전통이 단절되었다고 해서 과거의 전통이 부인되는 것은 아니다. 그것은 새로운 전통에 의해 폭넓게 감싸이는 것이다. 마치 유클리드 기하학이 비유클리드 기하학에 의해 폭넓게 감싸이는 것과 같이 말이다. 그것을 도해하면 다음과 같이 될 것이다.

전통 1	전통 2	
전통 2-1		전통 3

전통 1과 전통 2 사이에는 단절이 있다. 그러나 전통 1은 전통 2에

흡수되어 전통 2-1을 이루며, 그것은 전통 3과 단절되어, 전통 3의 한 내용을 이루게 된다. 그 변증법적 과정을 전통의 단절과 감싸기라는 말로 표현하고 싶다. 전통의 단절은 그러나 흔히 생각하듯 그렇게 갑작스러운 현상이 아니다. 앞의 도표를 계속 이용하자면, 전통 1은 그 자체 내의 구조적 모순에 의해서, 다시 말하자면, 그 자체 내의 규칙을 벗어나는 요소에 대한 오랫동안의 억압에 의해서, 전통 2의 씨앗을 그 속에서 키우는 것이며, 그 씨앗이 예외적인 개인이나 집단에 의해 표면화되었을 때, 전통의 단절이라고 부를 수 있는 현상이 〔……〕 생겨난다. 전통 2는 전통 1의 어떤 요소의 부인이며, 어떤 요소의 긍정이다. 전통 2는 전통 1 속에 내재해 있던 어떤 것이 표면화되면서 전통 1의 어떤 요소를 의식적으로 배척하는 것이다.[4]

이 같은 김현의 논의와 관련하여 곽광수는 먼저 "도해와 설명에 의하면, '감싸기'가 이루어지기까지 두 단계가 있는 것으로 여겨진다"(222)고 말한다. 아울러, "전통 2가 전통 1을 감쌌다기보다는 전통 2-1이 전통 1과 2를 감쌌다고 해야" 할 것(222)임을 지적한다. 그리고 이런 해명은 "유클리드 기하학이 전통 1이라면 비유클리드 기하학은 전통 2인가 전통 2-1인가"를 확인시켜주지 못한다는 점에서 "앞서고 뒤서는 두 과학적 패러다임 사이의 관계와 맞지 않는 것 같다"는 지적(222)을 한다. 물론 이 같은 곽광수의 지적은 논리적 관점에서 보면 나무랄 데가 없는 것이다. 하지만 "전통 2와 전통 3의 관계에 대한 언급을 보면, 이 경우는 전통 3이 첫째 단계(단절)뿐만 아니

---

4) 김현, 『한국 문학의 위상』(김현 문학 전집 제1권, 문학과지성사, 1991), 95면.

라 둘째 단계(감싸기)까지 모두 포함하여, 과학적 패러다임 사이의 관계와 같아져 있다"는 지적(222~23)에서 볼 수 있듯, 곽광수의 지적은 김현의 텍스트를 축어적으로 읽음으로써 나온 것이라고 할 수 있다. 우리는 여기에서 "그것〔전통 2-1〕은 전통 3과 단절되어, 전통 3의 한 내용을 이루게 된다"는 김현의 설명은 다음과 같이 확장 가능한 도표를 전제로 하여 이루어진 것일 수 있다는 점에 유의해야 할 것이다.

전통 1	전통 2		
전통 2-1		전통 3	
전통 3-1			전통 4

말하자면, 전통 2-1이 전통 3과 단절 및 흡수의 과정을 거쳐 전통 3-1을 이루게 됨을 설명하고자 했던 것이지, 전통 1과 전통 2의 관계와 전통 2와 전통 3의 관계를 다르게 설명하고 있는 것은 아니다.

그렇다면, 전통 1과 전통 2의 관계를 포함하여 전통 2-1로 표현된 것과 전통 3의 관계에 이르기까지, 김현의 설명이 곽광수의 지적대로 여전히 과학적 패러다임 사이의 관계와 맞지 않는다고 해야 할까. 이에 대한 반박을 위해 우리는 바슐라르의 글에 대한 곽광수 자신의 번역에 등장한 아인슈타인의 "범(凡)천문학"이라든가 로바쳅스키의 "범(凡)유클리드 기하학"이라는 용어(216)에 유의할 필요가 있다. 어찌 보면, 김현이 말하는 전통 2-1은 이처럼 '범'의 개념을 담기 위한 용어가 아닐까. 즉, '단절'의 관점에서 볼 때 "비유클리드 기하학"으로 명명할 수 있는 것이 '흡수'의 관점에서 보면—바슐라르에 대한 곽광수의 번역에 나오는 표현을 따르자면, "환원에 의해"(216)—"범

유클리드 기하학"으로 이해될 수 있는 것 아닐까. 바로 이런 시각에서 보면, 김현이 정반합의 중간 단계인 "반에 해당하는 중간 단계를 슬며시 갖다 놓은 게 아닐까"(223)라는 곽광수의 의문은 적절한 것이 아니라고 할 수 있다.

사실 "있다"와 "흡수되어〔……〕이루며"와 같은 표현으로 인해 김현의 설명이 시간의 경과만을 암시하고 있는 것으로 이해될 수도 있고, 이렇게 본다면 시간의 경과를 전제로 하는 곽광수의 지적은 타당한 것일 수 있다. 즉, 전통 2가 등장한 다음 이 전통 2가 전통 1을 흡수하여 전통 2-1을 이루게 되었다면, 전통 2와 전통 2-1의 관계는 모호한 것이 된다. 하지만 도표 윗부분의 설명에서 보듯 인용문에 담긴 김현의 설명을 시간의 경과만을 암시하는 것으로 읽기는 어렵다. "전통이 단절되었다고 해서 과거의 전통이 부인되는 것은 아니"며, "그것은 새로운 전통에 의해 폭넓게 감싸이는 것"이라는 표현이 보여주듯, 김현의 설명은 전통의 변화를 '관점에 따라' 단절과 흡수로 동시에 이해할 수도 있음을 보여주기 때문이다. 이를 고려하지 않은 채, 곽광수는 "'감싸기'가 이루어지기까지 두 단계가 있는 것으로 여겨진다"고 말함으로써 시각을 고정하고 있는 것 아닐까. 시각을 고정함으로써 곽광수는 김현의 설명뿐만 아니라 과학적 패러다임조차도 "앞서고 뒤서는" "두 단계"의 현상으로만 이해하게 된 것 아닐까. 그리하여 전통 2와 전통 2-1 사이의 관계가 무엇이냐는 질문에 이르게 되었는지도 모른다. 곽광수 자신의 바슐라르 텍스트 번역문(216)에서 볼 수 있듯, "초월적 귀납"이나 "환원"은 패러다임의 변화 과정 자체를 설명하기 위한 개념이라기보다는 관점 또는 시각의 변화 과정을 설명하기 위한 개념이라고 보아야 할 것이다.

　김현의 설명을 논리적으로 분석하려는 곽광수의 노력은 위의 인용 뒷부분에 대한 논의에서도 계속된다. 즉, "전통 2는 전통 1의 어떤 요소의 부인이며, 어떤 요소의 긍정"이라는 김현의 설명과 관련하여, 곽광수는 이 설명이 "그것〔전통 2-1〕은 전통 3과 단절되어, 전통 3의 한 내용을 이루게 된다"는 설명과 어긋나 있다는 사실을 주목한다. 말하자면, "앞의 전통에서 뒤의 전통이 받아들이는 것이 '어떤 요소' 즉 일부분"으로 풀어 쓸 수 있는 설명과 "앞의 전통 전체가 뒤의 전통의 '한 내용'이 되는 것"으로 풀어 쓸 수 있는 설명 사이의 차이가 "문제될 수 있"음을 지적한다(225~26). 그에 의하면, 전자의 설명은 각 요소들의 "유기적인 관계보다는 독립성을 더 연상시킨다"는 점에서, 후자의 설명은 "'변증법적'인 통일의 이미지에 잘 안 맞는 것 같다"는 점에서 문제가 있다는 것이다. 바로 이런 문제점으로 인해 김현이 "사용하는 '감싸기'라는 개념이 확실한 뜻을 부여받지 못하고 있"(224)음을 지적하면서, 곽광수는 "그가 '감싸기'라는 개념으로 묘사하려고 하는 문학사 전개의 양상의 구체적인 발상은, 기실, 평범하고 상식적인 전통 수용관—과거의 전통에서 선택적으로 받아들인다는 생각에 놓여 있었던 게 아닌가 하는 의념이 떠오른다"(224)고 말한다. 이어서 "이런 의념을 가지고 〔……〕 인용 부분 전체를 다시 읽어보면, '감싸기'라든가 '변증법'이라는 용어와 관계없이 텍스트가 완벽히 이해된다는 것을 확인할 수 있을 것"(224)이라는 또 하나의 잠정적 결론에 이른다.

　물론 김현의 설명에 대한 곽광수의 지적은 논리적 분석의 관점에서 보면 타당한 것이다. 하지만 여기에서 곽광수가 문제삼고 있는 김현의 두 설명은 현상을 이해하는 관점의 차이를 반영하는 것일 뿐, '전체'와 '부분'과 관련하여 모순되고 불확실한 입장을 드러내는 것이라고 보기는 어렵다. 아울러, 곽광수가 갖는 "의념"은 지극히 자연스러운 것이기도 하지만, 그와 같은 "의념"이 김현 고유의 문체와 논리를 "평범하고 상식적인 전통 수용관"으로 '환원'하기 위한 것이라면 이 또한 모호한 감싸기, 곽광수 자신이 경계한 모호한 감싸기 아닐까.

곽광수의 지적에서 확인할 수 있듯, 김현의 텍스트에는 적지 않은 오독, 오역, 오해가 있다. 따라서 곽광수의 김현 비판은 수긍할 만한 것이기도 하고 그 나름의 설득력을 갖는 것이기도 하다. 그것도 '불문학자로서의 김현'만을 대상으로 하는 한에는. 하지만 곽광수의 비판은 그 범위를 넘어서서 수사적으로 읽힐 수 있는 개념과 텍스트를 논리적 관점에 국한하여 분석하는 가운데 개념과 텍스트의 잠재적 힘과 생명력을 고갈시켰다는 혐의에서 벗어날 수 없다. 불문학자 김현에 대한 곽광수의 비판을 수긍한다고 하더라도, 비판의 마지막 부분에서 곽광수가 밝힌 "독창적인 내용이 없더라도 오독 없는 정연한 소개만으로도 좋을 것"(232)이라는 입장은 재고되어야 한다. 이는 비판의 선을 넘어서는 것일 뿐만 아니라, 형식 논리적인 단순화일 수 있기 때문이다. 비록 "문학 작품이 아니라 학문적인 저작을 대상으로 하는 연구 논문을 인상주의적으로 쓸 수 없는 법"(232)이라는 곽광수의 지적이 타당한 것이라고 하더라도, 이런 지적에 근거하여 "김현의 문학 비평은 적어도 내가 보기에는 인상주의의 혐의가 짙다"(232)는 곽광수의 판단도 문제삼지 않을 수 없다. 김현의 비평적 저작 자체에 대한 검토 작업이 없이 내린 그와 같은 판단 자체가 '인상주의적'이라는 혐의에서 벗어날 수 없기 때문이다.

사실 비판이든 비판에 대한 재비판이든 그 모든 논의를 뛰어넘어

우리가 지향해야 할 것은 김현이 세우고자 했던 개념을 적극적 시각
에서 개념 그 자체로 이해하고, 이 개념이 김현의 실제 비평적 저작
에서 어떤 역할을 하는가를 살피는 작업일 것이다. 오독, 오역, 오해
때문에 김현이 그 나름대로 이해하고 정립하고자 했던 개념 자체를
부정할 수는 없는 일이다. 이는 김현의 실존적 의미 자체를 부정하는
일이 될 수도 있기 때문이다. 이와 관련하여 우리는 김현의 이른바
'오독'은 "정연한 소개"를 뛰어넘어 "한국적 제 현상을 설명하면서도
동시에 다른 현상까지도 설명할 수 있는 폭넓은 일반 문학 이론"[5]을
수립하려는 김현 나름의 의욕의 결과일 수도 있다는 점을 잊지 말아
야 할 것이다. 아니, 김인환의 표현을 자유롭게 빌리자면, 김현의 '오
역'은 "정확성의 신화에 대한 정면 도전"[6]일 수도 있다. 이에 대한 궁
극적인 평가는 그가 수립한 이론에 담긴 '오독' 여부에 따라 이루어지
기보다는 그 이론이 유도한 비평 세계가 얼마만큼 우리에게 의미 있
는 것인가에 따라 이루어져야 할 것이다. 만일 김현이 곽광수가 읽은
바대로 "1세기에 한 명쯤 나올 수 있는 비평가로 평가되기도"(210)
한다면, 이 같은 평가에 대한 재평가 또는 비평가로서의 김현에 대한
비판은 그가 세운 이론보다는 무엇보다도 그가 이룩해놓은 '비평적
업적'—다시 말해, 그의 실천적 비평문들—자체에 초점을 맞추어
수행해나가야 할 것이다.

---

5) 김현, 『한국 문학의 위상』, 99면.
6) 김인환, 『문학과사회』, 1998년 가을호, 1176면.

3. 이동하의 「김현의 『한국 문학의 위상』에 나타난 몇 가지 문제점」

　　이동하는 무엇보다도 "문체상의 특징"을 주목하면서 김현 비판을 시작한다. 이동하는 김현이 그의 글에서 "거침없이 '나'를 내세우며 비평문치고는 이례적으로 숱한 느낌표를 뿌려놓는" 것에 주목하면서 그의 문체가 "대단히 주관적이면서 선동적"(52)이라고 평한다. 그는 또한 "생전에 김현이 그토록 많은 추종자를 거느릴 수 있었고 그의 사후에도 그를 숭배하는 사람들의 열기가 좀처럼 식지 않고 있는 이유의 상당히 중요한 부분"은 "거의 마취적인 효과를 발휘하는 경우가 허다"한 김현의 문체에 "근거하고 있다"(52)고 진단하기까지 한다. 이어서 "김현의 글이 그와 같은 스타일상의 특징을 가지고 있다는 것은 반드시 좋은 일이라고 할 수 없"지만 "그것이 반드시 나쁜 일이라고 할 수도 없다"(52)는 입장을 덧붙인다.

　　무엇보다도 우리는 "김현의 글이 그와 같은 스타일상의 특징을 가지고 있다는 것은 반드시 좋은 일이라고 할 수 없"지만 "그것이 반드시 나쁜 일이라고 할 수도 없다"는 이동하의 입장을 문제삼지 않을 수 없는데, 반드시 좋은 것도 아니고 반드시 나쁜 것도 아니라면 애초에 무엇 때문에 이를 '거론'했는가를 묻지 않을 수 없기 때문이다. 또한 이동하는 무엇 때문에 반드시 좋은 일이라고도 할 수 없지만 이와 동시에 무엇 때문에 반드시 나쁜 일이라고 할 수도 없는지 이유를 제대로 밝히고 있지 않는 것처럼 보이기 때문이다. 혹시 "그와 같은 스타일상의 특징"은 김현의 글이 "당시 문학계의 주목을 끌어당기도록 만드는 데 커다란 역할을 했을 뿐만 아니라, 오늘날까지 〔그의 글이] 매력적인 읽을거리로 살아남아 있게 만드는 데 다대한 역할을 했"(53)기 때문에 "좋은 일"일 수 있다는 말일까. 그렇다면 "나쁜 일"일 수 있음은 무엇 때문인가. "대단히 주관적이면서 선동적"이어서, 또는 "문체상의 특징에 지나치게 현혹당"(53)할 수 있기에? 하지만 이 같은 판단만으로 김현의 문체 자체가 "나쁜" 것이라고 단정하기란 어렵다. 사실 이동하의 논의 안에서 "김현의 글이 그와 같은 스타일상의 특징을 가지고 있다는 것"이 왜 "나쁜 일"인지 이유가 확실치 않다. 이로 인해 이동하의 이 같은 발언은 일종의 '허사'가 되고 있다.

하지만 보다 중요한 문제는 김현의 문체에 대해 이동하가 부정적 입장을 갖고 있으면서도 이처럼 이것도 아니고 저것도 아니라는 식의 애매모호한 입장을 밝힘으로써 스스로 그의 논의가 갖는 논쟁력을 약화시키고 있다는 데 있을 것이다. 문제는 또한 이동하의 이 같은 '점강법적(漸降法的)anticlimactic'인 글쓰기 전략이 글의 끄트머리에서도 확인된다는 데 있다. 즉, 김현의 몇몇 평론집들이 "비평이 무엇인가를 나에게 가르쳐준 기본적인 교과서였"으며 "20세를 전후한 시기에 김현의 글들을 읽지 않았더라면 나는 지금의 내가 되어 있지 않을 것"이라고 고백(80)하거나, "김현의 신화라고 부를 만한 현상이 그의 사후 하나의 강력한 흐름을 이루게 된 것은 수긍이 가고도 남는 일이 아닐 수 없"음을 인정(81)함으로써, 이동하는 이제까지 진행해온 자신의 비판을 맥 빠진 것으로 만들고 있다. 물론, 그와 같은 고백과 인정에도 불구하고, "오늘날 대세를 이루고 있는 '김현의 신화화' 현상이 일백 퍼센트 자연 발생적인 것만은 아니며, 김현이 세상을 떠난 뒤에도 여전히 문학계의 한 막강한 권력 집단으로 군림하고 있는

'문학과지성' 그룹과 그 후계자들에 의한 의도적 조장의 영향이 거기서 적어도 부분적인 역할은 수행하고 있음이 분명하기 때문에, 김현의 유산을 냉정하게, 객관적으로 조명하는 작업의 필요성이 더 절실하게 제기되는 바"(81)임을 이동하가 힘주어 말하고 있는 것도 사실이다. 즉, 이동하는 자신의 김현 비판이 김현의 신화화에 대한 반성의 계기가 되기 바라는 충정에서 나온 것임을 밝히고 있다. 하지만 그의 충정이 감상적이라고 느껴지는 이유는 무엇일까. 앞서 언급한 점강법적 글쓰기 전략 때문은 아닐까.

다시 김현의 문체에 대한 이동하의 논의로 돌아가자면, 그는 "위에서 언급한 김현의 문체상의 개성을 쉽게 확인할 수 있"(53)는 예로서 김현의 『한국 문학의 위상』에 나오는 다음 부분을 제시하고 있다. 그는 이와 관련하여 "이러한 문체상의 특징에 지나치게 현혹당하는 것을 항상 경계하면서, 그러한 특징 저 너머에 있는 메시지의 요체를 포착해나가지 않으면 안 된다"(53)는 입장을 피력한다.

아무짝에도 써먹지 못하는 것을 무엇 하려고 하느냐? 그 질문은 아직까지도 나를 떠나지 않고 나를 괴롭힌다. 아무짝에도 써먹지 못한다! 중세기처럼 문학을 이해하는 것이 권력에 가까이 가는 길도 아니며, 몇몇의 날렵하고 재치 있는 수필가·작가들이 비록 그들의 저술로 치부를 하였다는 소문이 있다고 하더라도, 문학을 해가지고 아무나 돈을 크게 벌 수 있는 것도 아니다. 그렇다고 식민지 치하의 몇몇 작가들처럼 모두들 지사(志士)로서 대접을 받는 것도 아니다. 그런데도 문학을 한다. 무엇 때문에? 누구를 위해서? 그리고 그것은 그것을 할 만한 가치를 그 자체 내에 갖고 있는가? 문학이란 아무짝에도 쓸모가 없다

는 비난은 여러 가지의 문제를 제시한다.[7]

무엇보다도 위의 인용과 관련하여 묻지 않을 수 없는 질문이 있다면, 위의 인용에서 확인할 수 있는 김현의 문체가 어떤 면에서 "주관적이면서 선동적"인가다. 주관적이면서 선동적인 것은 오히려 김현의 글을 주관적이며 선동적이라고 평한 평자의 판단 아닐까. 우리가 이렇게 판단하는 이유는 주관적이라 함은 자신의 자의적인 판단을 강요함을 뜻하는 것일 수 있고 선동적이라 함은 자의적 판단을 공격적으로 강요하여 이유 없이 이를 따르게 함을 뜻하는 것일 수 있기 때문이다. "오늘날 대세를 이루고 있는 '김현의 신화화' 현상이 일백 퍼센트 자연 발생적인 것만은 아니"라는 이동하의 발언으로 되돌아가서, 과연 누가 "'김현의 신화화' 현상이 일백 퍼센트 자연 발생적인 것"이라고 했는가를 이동하에게 물을 수 있을 것이다. 이러한 의문으로 인해 이동하의 입장 천명에서 확인되는 그의 문체야말로 주관적이고 선동적이라는 판단을 내릴 수도 있을 것이다. "문학계의 한 막강한 권력 집단으로 군림"한다는 표현이나 "그 후계자들에 의한 의도적 조장의 영향"이라는 공격적 표현이 그러한 판단을 뒷받침한다고 말할 수 있지 않을까.

요컨대, 김현의 글에서 우리는 자신의 자의적 판단을 강요하는 '김현'과도, 이유 없이 자신의 판단을 따르게 하는 '김현'과도 만날 수 없다. 다만 누군가에게 자신의 느낌과 감정을 빠른 어조로 거침없이 전하고 있는 '김현'과 만날 수 있을 뿐이다. 문제는 김현이 왜 이런 문

---

7) 김현, 『한국 문학의 위상』, 40면.

체를 구사하였는가에 있을 것이다. 그는 "비평가와 작가의 열린 대화"로서의 비평을 꿈꾸었듯, 비평가와 독자의 열린 대화[8]를 희망했기 때문이 아니었을까. 아니면, 밝은 무대 위에 서서 컴컴한 관객석을 바라볼 때 배우가 느끼는 것과 같은 고독을 감추고자 했던 것은 아닐까. 어떤 의미에서 보면, 글쓰기란 중인의 환시 아래 이루어지는 외롭고 고독한 작업인 것이다.

아닌 게 아니라, 김현의 비평문을 읽다 보면, 격의 없는 어조로 자신의 느낌이나 생각을 전하는 표현과 자주 만날 수 있다. 또한 그의 글에는 자신의 감정을 생생하게 드러내는 표현이라든가 느낌표와 물음표 같은 기호가 자주 등장한다. 이로 인해 그의 비평문은 그 자신이 누군가에게 말을 하고 있는 듯한 느낌을 주기도 한다. 하지만, 그렇다고 해서 김현의 문체가 "주관적이면서 선동적"이라고 할 수 있는 것은 아니리라.

문체에 대한 논의에서 한 걸음 나아가, 이동하는 김현의 저작—구체적으로는 『한국 문학의 위상』과 같은 책—이 갖는 미덕에 관해서는 최인훈의 「부드러운 마음」과 성민엽의 「김현 혹은 열린 문학적 지성」과 같은 글에 "자세히 언급되어 있으므로 나로서는 그냥 넘어가도 무방하다고 여겨"(53)지기 때문에, "심각한 문제점이라고 생각되는 부분들을 지적하는 작업으로 곧장 들어가기로 하겠다"(54)는 뜻을 밝힌다. 이에 따라 이동하는 김현의 『한국 문학의 위상』에 나타난 세 가지 종류의 문제점을 치밀하게 논리적으로 파헤치는 동시에 이에 대한 비판을 시도하고 있다. 이동하의 폭넓고 세밀한 논의 가운데 우리

---

8) 김현, 『반고비 나그네 길에』(김현 문학 전집 제13권, 문학과지성사), 1991, 280~81면.

가 이 자리에서 문제삼고자 하는 것은 앞서 인용한 바 있는 김현의 문학 무용론에 대한 이동하의 비판이다.

이동하의 앞의 인용에 나오는 "문학은 써먹을 수가 없다"는 명제가 자기 어머니에 의해 던져진 것이고, 김현 자신이 "그 명제 자체에 대해서는 분명히 동의한다는 사실"(55)을 지적한다. 이와 관련하여 이동하는 "당신이 그렇게 판단한다면, 그러한 판단의 근거는 무엇인가?"(55)라는 질문을 던진다. 이동하는 질문에 대한 답이 인용에 있음을 확인하면서, 문학은 "권력"이나 "부"를 가져다주는 것도 아니고, 문학으로 인해 "지사"로 존경받을 수도 없다는 김현의 말을 주목한다. 나아가 "문학을 함으로써 우리는 서유럽의 한 위대한 지성이 탄식했듯 배고픈 사람 하나 구하지 못"[9]한다는 말에도 유의한다. 이어서 이동하는 "그리고 보면 결국 문학이 무용한 것으로 간주되는 이유는 (가) 권력과의 관계, (나) 부와의 관계, (다) 명예와의 관계, (라) 세상에 대한 실제적 기여라는 당위적 요청과의 관계 등 네 가지 측면에서 제시되고 있는 셈"(55)이라고 정리한 다음, 다음의 인용으로 눈길을 돌린다.

문학을 함으로써 우리는 서유럽의 한 위대한 지성이 탄식했듯 배고픈 사람 하나 구하지 못하며, 물론 출세하지도, 큰돈을 벌지도 못한다. 그러나 그것은 바로 그러한 점 때문에 인간을 억압하지 않는다. 인간에게 유용한 것은 대체로 그것이 유용하다는 것 때문에 인간을 억압한다. 유용한 것이 결핍되었을 때의 그 답답함을 생각하기 바란다. 억압

---

9) 김현, 『한국 문학의 위상』, 50면.

된 욕망은 그것이 강력하게 억압되면 억압될수록 더욱 강하게 부정적으로 작용한다. 그러나 문학은 유용한 것이 아니기 때문에 인간을 억압하지 않는다. 억압하지 않는 문학은 억압하는 모든 것이 인간에게 부정적으로 작용하는 것을 보여준다.[10]

위의 인용과 관련하여 이동하는 네 개의 질문을 던진다. 먼저, 첫 번째 질문은 '문학의 고유한 특성이 무엇인가?'다. 즉, 이동하는 김현이 위의 인용에서 한 "얘기만 가지고서는 문학의 고유한 특성이 무엇인가는 전혀 밝혀낼 수 없다"(56)는 주장과 함께, 유용한 것이 아니면서 동시에 인간을 억압하지 않는 예로 "바둑"을 든다. 그런 다음 "바둑과 김현이 말하는 문학의 차이는 도대체 무엇인가?"(56)라고 묻는다. 이동하의 이 같은 논리는 '유인원에게 눈이 두 개, 코와 입이 각각 한 개 있고, 인간에게도 눈이 두 개, 코와 입이 각각 한 개 있기에, 인간과 유인원 사이에는 차이가 없다'는 논리를 연상케 한다. 유인원에게서 인간과 공통된 요소를 찾을 수 있다고 해서 유인원을 인간이라고 할 수는 없는 법이다. 유인원에게서 인간과의 공통 요소를 찾는 일과 유인원이 인간인가 아닌가를 확인하는 일은 전혀 별개의 문제라는 점을 이동하는 인식했어야 했다. 이와 관련하여, 이동하의 주장대로 바둑이 문학과 마찬가지로 억압하지 않는다고 하더라도, 문학과 마찬가지로 "억압하는 모든 것이 인간에게 부정적으로 작용하는 것을 보여"주는 역할을 하는 것이 바둑은 아니다.

이동하의 두번째 질문은 '문학이 정말 아무런 유용성도 없는가?'로

---

10) 김현, 『한국 문학의 위상』, 50면.

요약될 수 있는데, 이에 대한 그의 비판에 의하면 문학을 한 사람 가운데 권력이나 부를 얻은 예를 "금방 몇 개라도 댈 수 있"을 뿐만 아니라 "김현 자신"을 포함하여 명예를 얻은 문인들도 하나 둘이 아니라는 것이다(57~58). 모든 것을 종합하여 볼 때 "'문학은 정말 아무런 유용성도 없다'는 김현의 주장은 완전한 붕괴의 운명에 직면하지 않을 수 없다"(58)는 것이 이동하의 주장이다. 바로 이 지점에서 우리는 이동하의 논리가 갖는 결정적인 문제점을 확인하지 않을 수 없다. 즉, 그는 김현의 문학 무용론을 축어적으로 받아들여서 문학 때문에 어떤 형태로든 덕을 본 사람들을 '예거'할 수 있다면 그의 문학 무용론을 깨뜨릴 수 있다고 생각하고 있는 것처럼 보인다. 김현의 문학 무용론을 포함하여 모든 문학 무용론은 수사적 차원의 함의를 담고 있으며, 따라서 이동하의 것과 같은 소박한 논리를 초월하여 존재하는 것이다. "아무짝에도 써먹지 못하는 것을 무엇 하려고 하느냐?"라는 수사적 물음에 대해 '써먹을 데가 있음'을 조목조목 이야기하고자 하는 이동하에게 문학이란 과연 무엇일까.

경우에 따라 우리는 이렇게 하라고 또는 저렇게 하라고 말하면서 성가시게 구는 상대방에게 '이렇게 하는 것과 그렇게 하는 것 사이에 도대체 무슨 차이가 있지?'라고 반문할 수 있다. 이를 수사적으로 이해하면 명백히 '아무런 차이도 없다'는 뜻을 전하는 말이 될 것이다. 하지만 상대방이 이 같은 반문을 고지식하게 축어적으로 받아들여 '무슨 차이가 있는지 잘 모르겠으니, 설명을 좀 해주시오'의 뜻으로 받아들였다고 하자. 그리하여 어떻게 차이가 있는지를 조목조목 설명한다고 하자. 이때 반문을 던진 사람이 느끼는 답답함과 짜증은 짐작할 만한 것이리라. 물론 '아무짝에도 써먹지 못하는 문학을 무엇 하려고 하느냐?'라는 물음과 '이렇게 하는 것과 그렇게 하는 것 사이에 도대체 무슨 차이가 있지?'라는 반문이 동일한 종류의 수사적 반문은 아니라고 하더라도, 고지식하고 축어적인 답변을 바라는 것이 아니라는 점에서 양자가 갖는 시사적 의미는 같은 종류의 것일 수 있다.

이동하가 던지는 세번째 질문은 '유용한 것이 결핍되었을 때 왜 답답한가?'로 요약될 수 있는데, 그에 의하면, "집수리를 하기 위해 못이 필요한데, 찾아보니 못이 마침 다 떨어져서 없다"고 했을 때 "못은 우리를 억압하는 존재"라고 말할 수 있겠냐(60)는 것이다. 여기에서도 이동하는 김현이 말하는 "억압"의 개념을 축어적으로 받아들여, 평면적이고도 피상적인 이해에 도달하고 있다는 혐의에서 벗어날 수 없을 것이다. 어찌 보면, 이동하의 말대로 "김현의 자못 엄숙한 문제제기를 함부로 희화화해버리려는 데"(60~61)에 그의 의도가 있는 것은 아닐지도 모른다. 하지만 앞서 살펴본 바와 같이 "바둑"이나 "못"과 같이 소박하고도 엉뚱한 예를 들어 자신의 논리를 전개하는 가운데 이동하는 스스로 자신의 논리를 "희화화"하고 있는 것은 아닐까.

마지막으로 던지는 이동하의 질문은 '문학에 대한 김현의 논의가 매우 배타적이고 독선적인 것이 아니냐'로 정리될 수 있을 것이다. 말하자면, "김현이 말하고 있는 '문학'이 '문학의 전부' 혹은 '가치 있는 문학의 전부'라고 결코 말하지 못할 것"(61)이라는 것이다. 이와 관련하여 이동하는 조건을 달고 있는데, "만약 김현을 지극히 신뢰하는 어떤 독자가 있어 그의 논리를 액면 그대로 받아들이고자 결심한다 하더라도, 그가 건전한 상식을 가진 이라면"(61)이 이에 해당한다. 즉, "아무리 열렬한 김현의 추종자라 할지라도, 그가 인정할 수 있는 것은, '문학 혹은 가치 있는 문학의 '전부'가 아닌 '일부'만이 김현의 논리에 부합한다'는 선에서 더 나아가지 못할 것"(61)이라는 것이 이동하의 주장이다. 물론 김현을 포함하여 누구라도 가치 판단을 배제한 중립적인 관점에서 문학을 운위하는 것은 아닐 것이다. 이동하 자신이 김현의 문학론을 비판하는 가운데 문학에 대한 자기 자신의 입장을 세우고 있듯. 그럼에도 불구하고, 이동하는 자신이 김현에게 던진 것과 같은 비판—즉, 문학에 대한 이해가 배타적이고 독선적이라는 비판—에서 자유로운 것처럼 말하고 있다. 이렇게 말한다고 해서 문학에 대한 이동하의 이해가 독선적이고 배타적이라는 뜻은 아니다. 다만 누구도 "'문학의 전부' 혹은 '가치 있는 문학의 전부'"를 말하기란 쉽지 않다는 뜻에서 하는 말이다.

김현의 문학 무용론과 관련하여 이동하는 위의 네 질문에 덧붙여 또 하나의 비판을 가하는데, 김현이 "서양의 현대 이론가들 가운데 몇 사람"의 글을 "너무 조급하게 읽고, 너무 성급하게 수용하였다"는 비판과 "그 이론가들 자신의 논리도 원래 허점투성이"라는 비판(62)이 그것이다. 어떻게 허점투성이인가 하면, 예컨대, 김현이 수용한 "사르트르 나름의 휴머니즘은 칭찬할 만한 것인지 모르되, 그 말이 '위대한 지성'의 발언치고는 너무나 단순 소박하다"(62)는 점에서 그러하다는 것이다. 물론 이동하의 비판적 시각을 따르면 사르트르의 발언은 단순 소박한 것일 수도 있다. 하지만 "김현의 글들을 읽"어 "지금의 내가 되어 있"는 '나'의 논리치고는 "너무나 단순 소박"한 것이 이동하의 비판적 시각인지도 모른다. 이 단순 소박함은 언어의 수사적 차원과 논리적/축어적 차원을 구별하지 않은 데에서 나온 것 아닐까.

하지만 이상과 같은 우리의 추론과 문제 제기는 과연 타당한 것이

372

고 설득력이 있는 것일까. 이제 논의를 마감하는 지점에 이르러 우리는 새삼 우리 자신을 되돌아본다. 따지고 보면, 조목조목 문제를 제기하고 이를 풀어나가고 있는 이동하의 논리를 단순 소박한 것일지도 모른다고 매도하는 우리야말로 정녕 단순하고 소박한 사람 아닐까. 그래서 우리는 우리 자신을 향해 이렇게 중얼거린다. "아이고 이 바보야"라고. 만화에 담긴 표현 그대로, 하지만 반어적 분위기를 이 표현에서 제거한 채.

죽음으로써 사는 삶, 그 현장에서
—정과리의 『무덤 속의 마젤란』*에 이르는 길

1. 정과리의 글쓰기 방식

정과리의 시론은 쉽게 읽히지 않는다. 그의 시론은 그가 다루고 있는 시보다 더 시적이기에. 그의 시론은 항상, 그리고 이미, 단선적 논리의 단조로움을 뛰어넘어 직관의 미로 속으로 치닫기에. 그의 언어와 문체는 시인의 그것보다 더 암시적이고 화려하기에. 그리고 무엇보다도 그가 다루고 있는 시들이 그러하듯 그의 시론은 요약 자체를 거부하기에. 다음을 요약해보라.

그는 아픔을 산다. 아픔을 사는 사람은 아픈 줄 모른다. 그는 아픔 자체이기 때문이다. 그가 습기 자체를 산다면, 그의 기억의 자리는 곧 습기의 자리이며, 그게 습기의 자리라면 기억의 중심은 곧 기억의 둘

---

* 정과리, 『무덤 속의 마젤란』 (문학과지성사, 1999). 이 책의 인용은 본문에서 면수만 밝히기로 함.

레이다. 시인은 기억을 가두려 한다. 그러나 그것은 가두어진 채로 있지 못한다. 기억은 "찌르면 되돌아오는 기억"이다. 그는 기억의 실체를 산다기보다는 기억의 습기를 산다. 기억의 습기는 변용된 기억이며, 퍼지는 기억의 흔적들이다. 그렇다면, 기억은 압축적으로 강렬하게 제시되면서, 동시에 분산적으로 퍼진다. (56)

요약할 수 있겠는가. 물론 아픔, 기억, 습기 등을 핵심어로 삼아 어떤 형태로든 요약을 시도할 수 있을지도 모른다. 하지만 그렇게 하는 경우 요약은 얼마나 싱거운 것이 될까. 과연 위의 글을 통해 정과리가 전하고자 하는 메시지는 요약이 가능할까. 어쩌면 우리의 요약은 위의 글만큼 길어지거나 또는 위의 글보다 더 길어질 수도 있다. 따라서 우리의 요약은 요약이 아닌 해석이 될 수도 있다.

정과리의 시론은 읽기 어렵지만, 그럼에도 불구하고 재미있게 읽힌다. 재미있게 읽히다니? 수없이 늘어선 비밀의 문을 하나씩 열고 들어가 차례차례 비밀들과 만나듯 언어의 문을 열고 들어가 예기치 못했던 언어의 의미들과 만날 때 느끼는 경이로움과 충격, 바로 이 같은 경이로움과 충격을 주기 때문에 정과리의 시론은 읽기에 재미있다. 정과리가 장경린의 시 세계를 논의하는 과정에 시도한 다음과 같은 해명은 정과리 자신의 글에도 적용되는 것이리라.

[장경린의 「맥콜」이라는] 시가 재미있는 것은, 그러나, 그 반어적 인식에만 있는 것은 아니다. 그 반어적 인식이 열린 곳에서 무슨 일이 일어났는가 하면, 더위에 질식한 존재의 학학거림이 있다. 학문이라는 그 무거운 의미가 학학대는 의성어로 날아가버리는 것이다. 시니피에에

의 덩어리 그 자체가 순수 시니피앙으로 변해서 분해되고 증발하고 튕
튕 튀는 것이다. (49)

"시니피에의 덩어리 그 자체가 순수 시니피앙으로 변해서 분해되고
증발하고 튕튕 튀는" 듯한 느낌, 이것이 바로 정과리의 시론을 읽으
면서 우리가 갖게 되는 느낌이다. 이런 의미에서, 롤랑 바르트의 개
념을 확대 해석하여, 정과리의 시론은 단순히 읽힘으로서 그 목적을
달성하는 "읽기용 텍스트le texte lisible, the readerly text"가 아니
라 독자 측에서 능동적으로 참여하여 의미의 비밀을 열도록 유도하는
"쓰기용 텍스트le texte scriptible, the writerly text"라고 할 수도
있다.

독자 측의 능동적 참여가 없이는 순순히 그 의미를 드러내지 않는
다는 점에서뿐만 아니라 글을 전개해나가는 방식이 동심원적이라는
점에서도 정과리의 글쓰기는 여느 비평가들의 글쓰기와 다르다. 하나
의 쟁점을 제시하고 이에 대한 논리적 추론과 해명의 과정을 거쳐 결
국에는 어느 한 지점에 귀착하는 방식으로 이루어지는 글쓰기를 '선
형적 글쓰기'라고 한다면, 정과리의 글쓰기는 명백히 이와는 다른 방
식으로 진행된다. 정과리는 마치 호수에 돌을 던져 파문을 일게 하듯
동심원적 방식으로 글을 쓴다. 즉, 온갖 방향으로 논리가 퍼져나간
다. 동심원의 변두리에서 또 하나의 파문점이 생겨나 이를 중심으로
새롭게 논리가 확산되기도 하며, 그러다가 다시 논의의 중심부로 되
돌아오기도 한다. 따라서 글의 중간 부분을 접어두고 앞부분과 뒷부
분만을 보면 그가 무엇을 말하고 있는지 파악하기 어려운 경우가 적
지 않다. 고통스럽지만 끈기 있게, 그리고 차분히 따라가지 않으면

정과리의 텍스트는 아무것도 독자에게 보여주지 않을 것이다. 또한 경우에 따라 쟁점을 중심으로 맴돌기도 하는 것이 정과리의 독특한 글쓰기 방식이라고 할 수 있다. 쟁점을 중심으로 맴돌다니? 이 의문에 대한 답은 아마도 다음 인용에서 찾을 수 있을 것이다.

> 형상이 부재함으로써 시에 남는 것은 딱딱한 형해와 유령 같은 동작들, 떠도는 말들, 무거운 침묵만이 남는다. 이것은 '누아르'이다. 이것이 누아르라는 것은 삶은 누아르이다, 라는 뜻이다. 삶이 누아르라는 것은 삶에는 색채, 다시 말해 형상이 없다는 뜻이다. (115)

"형상이 부재함으로써"로 시작된 위의 인용은 "형상이 없다는 뜻이다"로 일단락이 된다. '부재'와 '없다'는 같은 의미를 갖는 말이 아닌가. 그렇다면 정과리는 같은 말을 되풀이하기 위해 수고스럽게 위의 문장을 쓴 것일까. 만일 그렇게 생각하는 사람이 있다면, 그는 정과리의 글이 지닌 묘미를 즐길 자격이 없는 사람이리라.

아마도 이 같은 정과리 고유의 독특한 글쓰기 방식을 그 자신의 표현을 빌려 설명하자면 '방사성의 구름 이루기'에 비유할 수 있을 것이다.

> 시집은 산문과는 달리 완결과 흐름이라는 이중의 움직임 속에 놓인다. 한편 한편의 시는 저마다 우주 전체를 표상하는 한편으로 동시에 의미의 발생적 매듭들이 되어 시집이라는 이름의 또 다른 전체(그렇다고 '더 큰' 전체라고 할 수는 없다)를 구성하는 데 참여한다. 완결과 흐름이라는 그 모순된 움직임의 동시성 때문에, 시집으로 가는 길은 결코

선형(線形)적 구조를 가질 수가 없다. 시집은 끊임없이 시라는 이름
의 개개의 완결점들로 회귀하고 시들은 시시각각 시집으로 반향해 그
것을 변화시킨다. 일종의 방사성의 구름을 이루며 몸체에서 끝없는 전
진-회귀가 되풀이되고, 가두리에서는 특이한 몸짓·인식·감각들이 생
성과 소멸을 반복한다. (233)

채호기의 시집 『슬픈 게이』의 독특한 담론 구조를 설명하고 있는 위
의 인용은 거의 그대로 정과리의 담론 구조에도 적용될 수 있다. 물
론 이러한 담론 구조는 개개의 시론에도 적용될 수 있지만, 그와 동
시에 정과리의 비평집 『무덤 속의 마젤란』 전체에도 적용될 수 있을
것이다. 즉, 그의 글은 문장 단위로, 나아가서 글 단위로 저마다 하
나의 문제를 규명하는 "한편으로 동시에 의미의 발생적 매듭들이 되
어" 비평서라는 이름의 또 다른 전체를 구성하는 데 참여한다.

2. 정과리의 비평이 말해주는 것

정과리의 비평집 『무덤 속의 마젤란』을 구성하는 '전체'는 과연 무
엇일까. 그 해답은 아마도 비평집의 서명과 그가 비평집 앞에 붙인
책머리에서 확인될 수 있을 것이다. 무엇보다도 우리는 "무덤 속의
마젤란"이라는 수수께끼 같은 서명에 주목하지 않을 수 없는데, 무엇
때문에 "무덤 속의 마젤란"인가. 정과리가 책머리에서 밝힌 바에 의
하면, "이 책은 죽음으로부터 생으로의 귀환이라는 오디세우스적 주
제가 아니라, 탐험의 미궁 속에서 소실되어 스스로 탐험의 심연이 되

어버린 마젤란적 주제에 맞"(7)기 때문이다. 한편 그는 "마젤란의 지리상의 발견이라는 제국주의적 모험〔이〕여기에서 부동의 운명에 처한 유배자들의 소용돌이치는 순환으로 바뀌어 있"(7)음을 덧붙여 밝히고 있다. "부동의 운명에 처한 유배자들"이란 누구인가. 그들은 바로 1990년대의 시인들이고, 그들이 처한 "부동의 운명"이란 "문학의 위기"와 "시의 죽음"을 지시한다. 하지만 정과리가 여기에서 말하는 "문학의 위기"는 "문학의 죽음을 예정하고 있는 위기가 아니라, 문학의 형질 변경을 강요받고 있다는 뜻에서의 위기"(6)며, "시의 죽음"은 "시의 몰락 그 자체가 아니라 시가 죽음으로써 사는 방식, 즉 저의 본성을 박탈당한 상태에서 본성을 지켜가는 방식"(7)과 관계된 것이다. 요컨대, "시가 죽음으로써 사는 방식, 즉 저의 본성을 박탈당한 상태에서 본성을 지켜가는 방식"에 대한 탐구와 규명이 바로『무덤 속의 마젤란』을 구성하는 '전체'며 이와 동시에 정과리가 의도한 기획이기에, 이 책의 서명은 다름 아닌 "무덤 속의 마젤란"인 것이다.

이 같은 정과리의 기획을 보다 더 선명하게 이해하기 위해서는 아무리 요약에 저항하더라도 그의 글에 대한 서투른 요약이나마 시도하지 않을 수 없다. 우선 정과리가 이해하는 바의 1980년대 한국의 상황에 유의할 필요가 있는데, 그에 따르면, 한국의 1980년대는 "정치적인 죽음"(138)의 시기면서 이와 동시에 "정치적 울타리의 바로 안쪽"에서 "시의 꽃들이 흐드러지게 피어난"(15) 시기였다. "진리의 전면적 상실의 시대"라고 할 수 있는 이 시기에 시가 풍요를 구가할 수 있었던 것은 "진리의 전면적 복원"이라는 역할을 시가 떠맡았기 때문이라는 것이 정과리의 설명(17)이다. 즉, "이 세상의 악마성이 설명되고 단죄되기를, 저 세상의 광휘가 우리의 마음속에 재림하기를 열망하"(17)는 시대적 분위기가 시의 융성을 가능케 했다는 것이다. 하지만, 정과리에 의하면, 6월 항쟁 이후에 "시는 죄의식을 벗어던"지고 "80년대 전반기에 그가 떠맡았던 역할, 즉 전면적 진리의 즉각적 복원을 담당할 특권도 함께 버리"게 되었고, 이와 때를 맞춰 "독자들은 서서히 시의 지대로부터 철수하"(27)기에 이른다.

이제 시가 할 일은 무엇인가. 이와 관련하여 우리는 "80년대 시인들의 행동은 죽음에 대한 삶의 저항으로 수렴"될 수 있었던 반면 1990년대 시인들에게는 "그 삶의 영역, 혹은 남는 부분이 〔……〕 없다"(318)는 정과리의 진단에 주목하지 않을 수 없다. 그에 의하면, "삶의 영역, 혹은 남는 부분"이 없기에 "죽음의 모습으로 굳어버리기"(134)가 1990년대 젊은 시인들의 면모가 되었다는 것이다. 결국 "죽음"은 "90년대적 주제"(319)가 되었으며, 1990년대 시의 관심이 "정치적 학살이 아니라 보편적 사망에 있"(319)게 된 연유는 여기에 있다는 것이다. 이때 "보편적 사망"이라 함은, 정과리의 설명에 따르면, "이념의 사망, 삶의 뜻의 사망, 그리고 시의 사망"(320)을 지시한다. 바로 이 같은 "보편적 사망"으로 인해 시는 형질 변경을 강요받지 않을 수 없게 되었고, 따라서 "죽음으로써 사는 방식, 즉 저의 본성을 박탈당한 상태에서 본성을 지켜가는 방식"을 스스로 모색하지 않을 수 없게 되었다는 것이다. 이제 "탈출을 꿈꾸지도 못"하게 된 상황에서 "여전히 꿈꾸기를 포기하지 않"는다(344)면 시인들이 할 일은 무엇인가. 정과리에 의하면, "시인들은 죽음을, 무덤을, 바로 저의 현세를 꿈꾸기로 작정"할 수밖에 없게 되었으며, "그들은 죽음을 넘어 삶으로 가기 위해서가 아니라 죽음 그 자체로서 살"지 않을 수 없게 되었다는 것이다(344).

"시가 죽음으로써 사는 방식, 즉 저의 본성을 박탈당한 상태에서 본성을 지켜가는 방식"에 대한 정과리의 탐구와 규명은 장경린에서 시작하여 김갑수, 진이정, 이승하, 이윤학, 차창룡, 채호기, 조은, 유하, 김태동에 이르기까지 계속된다. 하지만 무엇보다도 우리의 눈길을 끄는 것은 "시인의 죽음과 함께 90년대 시의 상징도로 자리 잡"은 "기형도의 시"(7)에 대한 탐구다. 정과리는 책머리에서 "시가 문학의 죽음이라는 장기 지속적 과정을 예시적으로 비추는 상징 구슬의 기능을 하였다면, 기형도의 시는 그 상징의 상징, 거울의 거울이었"고, 바로 이 때문에 "그의 시의 의미를 밝히는 작업은 〔……〕 90년대 시의 존재태를 밝히는 데 핵심적인 관문을 이룬다"(7)고 힘주어 말한다.

사실 정과리의 비평집에서 두뇌와 심장의 역할을 동시에 수행하는 것이 바로 기형도론이라는 것이 우리의 판단이다. 정과리가 아니라면 감히 넘보지도 못할 안목과 예지와 직관이 창조한 언어의 세계—이것이 바로 정과리의 기형도론인 것이다. 역시 좀처럼 요약을 허락하지 않는 이 글은 "〔기형도의〕 시는, 그러니까, 시인의 죽음과 함께 태어났다고 할 수 있다"(87)는 놀라운 발언을 하나의 기점으로 하여 전개된다. 만일 시인이 돌연한 죽음을 맞지 않았다면 그의 시는 "무명 속"에 묻힌 채 "신화의 궤도에 진입"할 수 없었을 것이라는 뜻으로 이해될 수 있는 위의 발언을 앞에 놓고 우리는 과연 기형도만이 그런가라는 의문을 가질 수도 있다. 이런 의문에 대해 정과리는 적어도 1990년대 시인을 문제삼는 한 오직 기형도만이 그렇다고 단호하게 말한다. 왜 그런가. 정과리의 답변은 다음의 진술에 암시된다.

시인〔기형도〕의 죽음은 판타지이고 신비이다. 신비의 힘은 신체적 죽음의 몸통을 깔때기처럼 늘여 시인의 생(그러니까 시) 전체를 담도록 충동한다. 그 죽음의 깔때기는, 그의 시도 죽음이 아닐까? 아니, 죽음의 비밀이 아닐까?라고 묻는다. 과연, 김현은 그의 시 전체가 이미 죽음 덩어리였다는 것을 밝혀낸다. (88~89)

말하자면, 기형도의 시에는 '이미' "죽음의 운동성〔이〕, 그 무시무시한 불가역적인 진행"이 내재되어 있기에, 또한 "살아 있는 개별자로서의 인간의 모습〔이〕 '타인들과의 소통이 불가능해져, 자신 속에 암종처럼 자라나는 죽음을 바라다보는 개별자, 갇힌 개별자의 비극적 모습이, 마치 무덤 속의 시체처럼 뚜렷하게 드러나 있'는 것으로 돌변하고, 시인의 꿈은 온통 망가져, '죽음만이 망가져 있지 않은 시인의 유일한 꿈'이"었기에, 기형도의 시는 "죽음과 더불어" 태어날 수 있었다는 것이다(89). 그리하여 "기형도에게 죽음은 의미의 종말이 아니라 의미의 시원"이었으며 "죽음이 없는 한 그의 시도 없는 것"이다. 이처럼 "기형도 시의 핵자 혹은 중심은 그의 시 바깥에 있"(90)기에, "우리는 불가피하게 기형도 시의 중심을 시 바깥에 놓을 수밖에 없다"(91). 아울러, "문학은 빛나는 보석 혹은 튼튼한 건물이 아니라 거대한 문화적 흐름 속의 특별히 색깔 진한 띠이거나 몸통은 없고 오직 신경만으로 이루어진, 따라서 체적도 무게도 없는 문자의 거미줄"(91)이라는 논리를 포용하지 않을 수 없다. "기형도의 시는 순수-텍스트로 현존"(92)하기 때문이다. 이어서 정과리는 무엇이 기형도 시를 이처럼 "순수-텍스트로 살게 하"(123)는가를 밝히기 위해 "기형도 시의 내부 구조가 그의 죽음의 외적 반향에 적절히 상응한다는 가설"(123)을 더할 수 없이 철저하고 치밀하게 입증한다.

　기형도론에서 특히 그러하지만 『무덤 속의 마젤란』을 구성하고 있는 정과리의 모든 시론은 보이지 않는 것을 보이도록 만드는 마력을 발휘하고 있다. 물론 그처럼 보이지 않는 것을 보이도록 했을 때 이를 제대로 보기 위해서는, 앞서 말한 바와 같이, 읽기의 과정에 능동적으로 참여하려는 독자의 자세가 필수적이다. 문제는 경우에 따라 정과리가 우리에게 보여주는 의미가, 또는 그의 글에서 우리가 캐낸 의미가 낯설게 느껴지는 경우도 있다는 데 있다. 때로는 너무도 낯설게 느껴져서 해석의 동인(動因)을 제공하는 것이 과연 작품인지, 해석자의 마음인지 판단하기 어려운 경우도 있다. 이런 의미에서 우리는 정과리의 시론을 읽으면서 예일의 해체구성론자deconstructivist들 가운데 특히 제프리 하트먼Geoffrey Hartman의 글을 떠올리게 된다. 이와 관련하여, 텍스트에 대한 꼼꼼한 읽기를 기본 원칙으로 삼고 있다는 점에서 예일의 해체구성론자들은 하나의 범주 안에 묶일 수도 있지만, '텍스트'에 충실하면서 여전히 '작품'에서 일탈하지 않는 폴 드 만과 달리 하트먼은 '텍스트'에 충실하되 자유롭게 '작품'에서 일탈하기도 한다는 점에 유의 할 수 있다.

3. "영원한 지속, 지속의 영구화"로서 정과리의 글쓰기

　정과리의 『무덤 속의 마젤란』과 관련하여 마지막으로 한 가지 짚고 넘어가야 할 사항이 있다면, 이는 「아흔여덟 개의 검은 凹와 한 개의 하얀 凸―서시의 시학을 위하여」가 책의 구성상 갖는 의미는 무엇인가일 것이다. 사실 이 글은 일종의 점강법적anticlimactic 결말에 해당한다는 느낌까지 줄 정도다. 말하자면, 이 글이 책의 구성상 반드시 필요한 것인가 의문을 갖게 한다. "죽음으로 사는 생! 그러니까…… 생의 끝없는 유예, 죽음의 끝없는 결핍…… 그래서, 무덤 속의 이 오랜 방랑…… 소란하기 짝이 없는 침묵들…… 이 고삐에 매인 영문 모를 헛소리들, 헛소리들, 고삐가 자유인 착란들……"(365)이라는 암시적이고 계시적인 어투의 말로 끝나는 「무덤 속에서도 시는 꿈꾼다 ―90년대의 시인들」은 정과리의 기획에 더할 수 없이 만족스러운 대단원이 되고 있지 않은가. 그럼에도 불구하고 그가 사족과도 같은 「아흔여덟 개의 검은 凹와 한 개의 하얀 凸」을 그의 책 뒤에 덧붙인 이유는 무엇인가.

무엇보다도 이 물음에 대한 답을 찾기 위해 우리는 문제의 글이 "'문학과지성 시인선'이 200호에 이른 것을 기념하기 위해 마련된"(366) 서시 모음집인 『시야 너 아니냐』의 의미를 논의하는 것이라는 점에 유의할 수 있다. 『시야 너 아니냐』는 1991년 초 101번째로 발간된 황동규의 『몰운대행』에서 약 7년 후인 1997년 중반에 발간된 김혜순의 『불쌍한 사랑 기계』까지를 대상으로 하고 있거니와, 대체로 이 서시 모음집의 시들은 1990년대 시의 문제 의식을 대변하는 것들이라고도 할 수 있다. 이런 의미에서 볼 때, 문제의 「아흔여덟 개의 검은 凹와 한 개의 하얀 凸」이라는 글은 1990년대의 시를 개관한 또 하나의 글인 「무덤 속에서도 시는 꿈꾼다」와 나란히 놓일 수 있다. 바로 여기에서 이 글이 정과리의 비평집에 들어간 이유를 찾을 수 있지 않을까. 하지만 단순히 이것이 이유라면 어딘가 궁색해 보인다. 문제의 이 글은 「무덤 속에서도 시는 꿈꾼다」와 달리 이 책의 기획과는 상당히 거리가 있기 때문이다.

따라서 또 다른 이유를 찾지 않을 수 없는데, 이로 인해 우리는 다음 인용에 유념하지 않을 수 없다.

> 본래 그저 흐름일 뿐인 시간에 순환의 틀을 부여하는 주기적 의례는 종결과 완성을 직접적 목표로 가지고 있지 않다. 그것은 오히려 영원한 지속, 지속의 영구화를 위해 존재한다. (367)

요컨대, 『시야 너 아니냐』에 대한 정과리의 논의는 '문학과지성 시인선'과 관련해서든 또는 『무덤 속의 마젤란』과 관련해서든 '종결과 완성'을 위한 것이 아니라, 앞으로 이어질 시 또는 시론의 "영원한 지속, 지속의 영구화"를 위한 것일 수 있다. 바꿔 말하자면, 정과리는 이 글을 빌려 이 비평집이 "하나의 대완성을 위한 것도, 작은 완성들의 영구 소유를 위한 것도 아닌 끝없는 쇄신으로서의 되풀이를 새기"(368)기 위한 것임을 간접적으로 말하고자 했던 것 아닐까. 바로 이런 의미에서 이 글이 '서시'와 관계되는 것이라는 점도 흥미를 끈다. 정과리 자신이 진이정론에서 밝힌 바와 같이, "서시는 시집의 환유"이자 "최초의 증거, 혹은 최초의 유혹이어야 하"(70)거니와, 서시에 관한 정과리의 글은 최초의 순간(적어도 현재 우리가 문제삼고 있는 비평집의 책머리)으로, 또는 정과리의 시론 쓰기의 시발점으로 되돌아가도록 우리를 유도하는 것일 수도 있고, 나아가 미래의 글쓰기에 대한 또 하나의 시발점 역할을 하는 것일 수도 있다. 그런 의미에서 볼 때 이 글의 마지막을 장식하는 시구, 서시의 잠재적 무한 가능성을 암시하는 다음 시구는 시사적 의미를 갖는다.

무한 變身을 춤추며
밀려오는 게 무엇이냐
오 詩야 너 아니냐.

　이 글의 마지막 부분에서, 동시에 『무덤 속의 마젤란』의 마지막 부분에서 이렇게 외치는 정과리를 흉내 내어 우리는 이렇게 외쳐본다. "무한 변신을 춤추며 밀려오는 게 무엇이냐? 오 언어야 너 아니냐?" 라고. 무한 변신을 춤추며 밀려오는 언어의 교묘하고 경이로운 조합, 이것이 정과리가 자신의 비평 텍스트를 통해 이제까지 만들어놓은, 그리고 앞으로 만들어놓을 궤적이다.

비평적 조망 작업의 시대적 의미 확인을 위해
―김인환, 우찬제, 김춘식의 비평 세계

1. '자아'를 투사하는 작업으로서의 비평적 글쓰기

비평이란 '분석'과 '판단'을 아우르는 개념이다. 문제는 비평이라는 하나의 용어 아래 분석과 판단이라는 서로 대립되는 두 개의 개념이 공존하게 된 이유가 무엇인가에 있다. 말할 것도 없이, 비평의 객관성을 추구하는 입장에서 보면, 분석이야말로 비평의 궁극적 목표다. 따라서 주관적 가치의 개념이 개입되는 판단은 마땅히 비평에서 배제하려고 할 것이다. 물론 누구든 자신의 비평이 객관적인 것이기 바랄 것이다. 그렇다면 왜 판단이 여전히 비평의 한 영역으로 남아 있는 것일까. 그 이유는 아주 간단하게 설명할 수 있다. 비평의 객관성을 확립한다는 명분 아래 가치의 개념을 배제하려는 입장 자체가 이미 가치 판단에 의한 것이 아닌가. 요컨대, 비평에는 비평가의 주관적 자아가 개입되지 않을 수 없으며, 극단적으로 말해 비평이란 작품을 매개로 하여 비평가가 '자아'를 투사하는 작업이라는 논리도 성립할 수 있다.

아니, '투사'라는 표현보다 '반영'이라는 표현이 어떨까. 즉, 나는 문학을 반영하고 문학은 나를 반영하는 가운데 이루어지는 작업이 비평일 수 있다. 한편 나에 대한 성찰은 나를 주변의 모든 것과 분리하여 유아론적(唯我論的)인 존재로 상정하는 데서 출발할 수도 있고, 또 시공의 지평 위에 위치하는 존재로 상정하는 데서 출발할 수도 있다. 마찬가지 논리로, 비평은 나와 문학을 유아론적 존재로 상정하는 가운데 시작될 수도 있고, 시공의 지평 위에 위치하는 존재로 상정하는 가운데 시작될 수도 있다. 말하자면, 비평이란 유아론적 존재로서의 비평가가 문학을 유아론적으로 점검하는 작업일 수도 있지만, 시공적 존재로서의 비평가가 문학의 현재 위치를 확인하는 공간적 작업일 수도 있고 또 문학의 과거를 점검하고 현재를 확인하는 동시에 미래를 예견하는 시간적 작업일 수도 있다. 이처럼 비평이란 공간 및 시간 속에서 존재하는 내가 문학을 반영하고 문학이 나를 반영하는 작업일 수 있다.

말할 것도 없이, 어디에 있는지, 지금이 어느 순간인지를 확인하고자 하는 마음은 긴장감에서 나오는 것이며, 이때의 긴장감은 상황 판단에 따른 것이 아니라 순전히 '심리적'인 것일 수 있다. 하지만 시공의 좌표를 확인하더라도 그 긴장감은 해소될 수 없다. 시공은 불변의 상수가 아니기 때문이다. 즉, 새로운 확인 작업이 끊임없이 새롭게 요구되기 때문이다. 문제는 이 같은 심리적 긴장감이 어떤 특정한 시점에 특히 강화된다는 점이다. 그러한 시점 가운데 하나가 10년 단위든 또는 100년 단위든 일정한 시간이 경과했을 무렵이다. 이를테면, 1990년대를 보낸 직후, 또는 21세기의 문턱에 들어선 직후 등등이 바로 그런 시점이라고 할 수 있다. 서력(西曆)은 수많은 연대 표기 방법 가운데 하나일 뿐 서력으로 1990년대를 넘겼다거나 21세기에 들어섰다는 사실이 대단한 의미를 갖는 것은 아니다. 그럼에도 불구하고, 서력에 의지하여 시간을 계산하는 오늘날의 우리에게, 예컨대, 1990년대를 거쳐 21세기에 들어섰을 때 그 시점이 주는 심리적 긴장감은 결코 가볍게 볼 수 없다.

바로 그 긴장감이 비평가들에게 지난 1990년대의 문학 또는 20세기의 문학을 되돌아보도록 하고, 또 21세기의 문학에 대해 이런저런 생각을 하도록 유도한다. 최근 몇 년 사이에 이처럼 시간적 관점에서나 공간적 관점에서 문학의 총체적·거시적 구도 또는 경향을 확인하려는 시도가 활발한 것은 바로 이 때문이리라. 즉, 문학이 지난 일정 기간 동안 어떤 모습이었으며 또 어떤 위치를 차지했던가, 문학은 앞으로 어떤 모습을 하고 또 어떤 자리를 차지할 것인가 하는 물음과 이에 대한 비평가 나름의 진단과 답이 여기저기서 그 모습을 드러내고 있다. 거의 같은 시기에 문학과지성사에서 출간된 세 권의 비평집인 김인환의 『다른 미래를 위하여』(2003년 3월), 우찬제의 『고독한 공생』(2003년 2월), 김춘식의 『불온한 정신』(2003년 1월)은 모두 그와 같은 비평가 나름의 진단과 답을 제시하고 있거니와, 각각 50대, 40대, 30대 나이의 이들 비평가는 그들의 비평집 안에 문학을 보는 자신들의 안목을 반영하고 있다는 점에서뿐만 아니라 각각의 세대가 갖는 시각을 담고 있다는 점에서도 우리의 주목을 끈다. 이 글은 이들의 시각을 검토하고 또 이들 자신을 반영하고 있는 문체에 대해 간략하게 살펴보는 데 바치고자 한다.

2. 김인환, 우찬제, 김춘식의 비평적 조망 작업

김인환의 『다른 미래를 위하여』는 크게 둘로 나눌 수 있는데, 앞부분은 문학 연구의 성격이 강한 글들로 이루어져 있으며 뒷부분은 일종의 현장 비평의 글들로 이루어져 있다. 비평집의 첫머리를 장식하는 「고전 문학과 현대 문학의 통합과 확산」에서 「조지훈론」까지가 전자에 해당하며, 「2002년의 작가 상황」과 개별적으로 소설가와 시인의 작품을 분석하고 평가하는 글들의 모음인 「소설 산책」과 「현대시화」가 후자에 해당한다고 할 수 있다. 이 모든 글에 대한 서문에서 김인환은 "국문학 분야에서 『우리말본』과 『고가 연구』를 이을 세번째 책은 아직 나오지 않았다는 것"이 자신의 판단임을 전제하면서 "나의 이 책이 후학에게 세번째 책을 내도록 격려하는 데 기여할 수 있었으면 하는 희망"을 피력하고 있다. 물론 이 비평집에 수록된 글들 하나하나가 모두 국문학 연구에 중요한 방향을 제시하고 문제를 제기하고 있지만, 특히 우리는 첫번째 글을 주목하지 않을 수 없는데 무엇보다도 한국 문학에 대한 김인환의 총체적·거시적 시각이 잘 드러나기 때문이다. 오늘날 한국 문학에 대한 논의는 대체로 19세기까지의 고전 문학과 20세기의 현대 문학을 따로 나누어 이루어지는 경향이 있거니와, 20세기를 보낸 지금 한국의 현대 문학이 약 1세기 동안의 연륜을 쌓아왔다는 점을 감안할 때 양자 사이의 통합 가능성에 대한 논의는 더 미룰 수 없는 시점에 왔다고 해도 지나친 말이 아닐 것이다. 김인환이 이 점을 의식했든 의식하지 않았든 바로 이 때문에도 우리는 이 글에 각별한 의미를 부여하고자 한다.

「고전 문학과 현대 문학의 통합과 확산」에서 김인환은 우선 "국문학사 연구는 이제 방만 늘릴 것이 아니라 집 전체의 설계를 고려해야 할 시기가 되었"음을, 고전 문학과 현대 문학의 통합과 확산을 위해서는 무엇보다도 "상호 분리의 위험성과 상호 참조의 필요성"을 자각해야 함을 힘주어 말한다. 이어서 그는 국어사 쪽의 시대 구분을 참조하여 "14세기에서 19세기까지를 중세라고 부른다면 근대 국어와 근대 문학이란 20세기 이후의 시기에 부여될" 수 있음에 유의하면서, "고대 문학중세 문학근대 문학이라고 할 때에는 13세기와 19세기를 경계로 삼고, 고전 문학현대 문학이라고 할 때에는 19세기를 경계로 삼아서 고대 문학과 중세 문학을 고전 문학이라고 하고 20세기 이후의 문학을 중세 문학과 대비하여 일컬을 때에는 근대 문학이라고 부르고 고전 문학과 대비하여 일컬을 때에는 현대 문학이라고 부르자는" 제안을 한다. 이러한 제안에 이어 김인환은 "19세기 이전의 우리 문화를 긍정의 문화라고 부르고 20세기 이후의 우리 문화를 부정의 문화라고 불러도 무방할" 것이라는 가설에 맞춰 고전 문학과 현대 문학을 구분할 수 있다고 본다. 이 같은 일반론에 이어, 김인환은 시 장르와 소설 장르를 나눠 고전 문학과 현대 문학의 통합 가능성을 진단한다. 먼저 전자의 경우 율격과 비유에 대한 논의를 토대로 하여 "시조에 비추어 현대 시를 이해할 수밖에 없고 현대 시에 비추어 시조를 이해할 수밖에 없다는 사실"을 확인한다. 한편 후자의 경우 김인환은 "현실성의 밀도가 증가되어 나아"간다는 데 초점을 맞춰 "영웅 소설 단계와 판소리계 소설 단계에 이어〔역사와 계급 의식을 묘사하는 염상섭과 이기영의 작품으로 대표되는〕주류 소설을 한국 소설사의 셋째 단계로 설정할 수 있"다고 본다.

이상과 같은 김인환의 논의가 각별한 의미를 갖는다면, 이는 고전 문학과 현대 문학을 변별케 하는 특징들을 그 자체로 받아들이되 이를 단절의 논리가 아니라 연속의 논리에 의거하여 새롭게 이해하고자 했기 때문이다. 물론 현대 문학과 고전 문학의 연속성을 찾기 위한 노력이 없었던 것은 아니나, 그런 노력에도 불구하고 단절론을 쉽게 불식할 수 없었던 것도 사실이다. 사실 그와 같은 현실을 선명하게 보여주는 하나의 예가 오늘날 우리나라 대학의 국문과인지도 모른다. 과문한 탓인지는 모르지만, 고전 문학과 현대 문학이 엄격하게 나뉘어 운영되고 있는 것이 오늘날 우리나라 대학의 국문과 아닌가. 아마도 이 단절의 현실을 극복하고자 할 때 김인환의 시대 구분과 논의의 틀은 이제까지 제시된 그 어떤 것보다 더 유용한 역할을 할 수 있을 것이다. 무엇보다도 그의 시각에 기대는 경우 고전 문학과 현대 문학을 하나의 지평에서 다루는 문학사—그 예를 찾기 힘들 정도로 일관성과 연속성을 갖춘 통합적 문학사—의 기술이 가능할 것이다. 김인환이 기대하는 "국문학 분야에서 『우리말본』과 『고가 연구』를 이을 세번째 책"은 바로 이런 맥락에서 나올 수 있지 않을까.

김인환의 논의가 설득력을 지니는 데에는 현대 문학 전공자면서도 고전 문학을 포함하여 국문학 전반에 폭넓고 오랜 관심을 가져온 덕택일 것이다. 또한 단단한 사회·경제학적, 철학적 배경 지식이 그의 논의 전반을 받치고 있거니와, 이 점 또한 한국 문학 전반에 대한 그의 포괄적 일반화가 설득력을 지닌다. 하지만 그는 "루카치가 규정한 그리스 문화의 성격은 자본주의 사회 이전의 동아시아 문화에도 해당될 것"이라는 식의 논리라든가 "지식은 덕목이 되고 덕목은 행복이 될 수 있었던 시대, 궁리(窮理)는 거경(居敬)이 되고 거경은 기쁨이 될 수 있었던 시대에 완성된" 것이 "시조"라는 식의 논리를 펴기도 하거니와, 이를 수긍하기란 쉽지 않다. 이런 논리는 동아시아 문화든 시조든 이를 신비화할 뿐 실체에 접근하는 데 아무런 역할을 할 수 없기 때문이다. 낭만적 환상 속에서가 아니라면 과연 "지식은 덕목이 되고 덕목은 행복이 될 수 있었던 시대, 궁리는 거경이 되고 거경은 기쁨이 될 수 있었던 시대"가 있었던가. 루카치가 말하는 "별이 빛나는 창공을 보고 갈 수 있고 또 가야만 하는 길의 지도를 읽을 수 있었던 시대"는 루카치의 관념 속에 존재하던 그리스 시대가 아닐까. 루카치가 상상하는 그리스와 실제 역사적으로 존재하던 그리스 사이에는 엄연한 차이가 있는 것 아닐까. 김인환이 말하는 "지식은 덕목이 되고 덕목은 행복이 될 수 있었던 시대, 궁리는 거경이 되고 거경은 기쁨이 될 수 있었던 시대" 역시 관념의 산물일 뿐 실제와는 구분되어야 할 그 무엇은 아닐까.

우찬제의 『고독한 공생』은 책의 제목부터 독자의 호기심을 부추긴다. 우찬제는 이 말이 "츠베탕 토도로프의 'Living Alone Together'란 표현"에서 나온 것임을 밝히면서, "함께인 듯 홀로 살고, 홀로인 듯 함께 사는 우리네 삶의 어정쩡한 혹은 불우한 모습이나 실상"에 대해 생각하는 단초였음을 말하고 있다. 나아가, "삶과 문학의 관계"뿐만 아니라 "문학과 비평의 관계" 역시 "고독한 공생"으로 볼 수 있다는 점에서 붙인 제목이라는 것이다. 이 책은 크게 4부로 이루어져 있는데, 제1부와 제2부는 "20세기에서 21세기로 건너오는 과정에서 경계선의 글쓰기를 시도한 것들"과 "리얼리티 문제에 대한 새로운 인식과 몇몇 구체적 사례를 살펴"본 글들을 모아놓은 것이고, 제3부와 제4부는 "1990년대 소설 담론"을 몇 가지 측면에서 정리한 글들 및

"밀레니엄 시기에 특기할 만한 몇몇 문학적 풍경들을 작가/작품론 형식으로 개진한" 글들을 모아놓은 것이라고 한다. 이상의 설명에서도 확인할 수 있듯, 우찬제는 20세기가 지나가고 새로운 밀레니엄이 시작되었음에 유의하면서 그의 비평 세계를 개진하고 있다. 말하자면, "경계선"에 서서 글쓰기를 하고 있는 자신을 의식하면서 우찬제는 지난 세기 한국의 문학적 상황—특히 소설의 경우—에 대한 '포괄적 조명'—우찬제 자신의 표현을 빌려 말하자면, "문학 지도" 또는 "서사 지도" 그리기—을 시도하기도 하고, 또 21세기의 문학에 대한 전망을 시도하기도 한다. 그러한 시도는 여러 곳에서 확인되는데, 이 자리에서는 「한국 소설의 고통과 향유」만을 문제삼기로 한다. 우리가 이 글에 주목하는 이유는 이 글이 현대 소설을 전공한 국문학자로서 우찬제 고유의 독특한 시각이 선명하게 드러난다는 점에서다.

「한국 소설의 고통과 향유」라는 글의 제목이 암시하듯, 이 글에서 우찬제는 20세기 한국 소설을 "고통"과 "향유"라는 관점에서 총체적·거시적으로 분석하고 있다. 이 글에서 우찬제는 우선 "고통의 향유를 실천하는 두 가지 방식"으로 "이념적 실천의 방식"과 "심미적 실천의 방식"을 상정한다. 그에 의하면, "시대의 성격에 따라" 이 두 방식 가운데 어느 한쪽이 우세한 경향을 띤다는 것이다. 이러한 논리를 20세기 한국 소설에 적용하여 우찬제는 개화기 소설에서는 이념적 향유의 방식이, 1920년대 초는 심미적 향유의 방식이, 그러다가 카프 계열의 소설이 나오면서 다시 이념적 향유의 방식이, 다시 모더니즘에 이르러서는 심미적 향유의 방식이 우세했음에 유의한다. 결국 "이 같은 교차 진행의 방식은 계속되어 1980년대는 이념적 향유 지향이, 1990년대는 심미적 향유 지향이 우세했다고 볼 수 있다"는 것이 우찬제의 논지다. 바로 이러한 큰 그림을 그린 다음, 그는 "계몽주의로부터 벗어나기, 현실의 논리를 포월하여 소설 담론의 논리를 추구하기, 동일자 내지 남성 중심 서사에서 타자 지향 내지 여성 지향으로 관심 확산하기"라는 "세 가지 맥락"에서 20세기 한국 소설에 대한 전반적이고도 포괄적인 논의를 이어나간다.

우찬제의 분석은 독창적일 뿐만 아니라 정치(精緻)하고 세련되어 있다. 또한 한국 소설을 전공한 국문학자로서 그의 감식안과 통찰력을 확인케 하는 분석이기도 하다. 문제는 논의의 출발점이 다소 거칠어 보인다는 데 있다. 이와 관련하여 우찬제는 이 논문을 시작하면서 "나 개인적으로는 20세기 하면 우선 '고통'이란 단어가 떠오"르며, "두 차례에 걸친 세계 전쟁, 히틀러주의와 스탈린주의의 만행" 등등 "거칠게 예를 들더라도 20세기가 고통의 역사였다는 내 느낌이 과히 헛된 것만은 아니라는 생각을 하게 된다"고 말하고 있음에 유념하기 바란다. 그 자신이 인정하고 있듯 "누구나 자기가 사는 세상과 세기에 대한 민감한 의식에 사로잡히게 마련"이다. 사실 누구든 자신이 몸담고 있는 시대가 고통의 시대라고 말할 수 있을 뿐만 아니라 고통의 시대임을 증명하는 자료를 나름대로 얼마든지 제시할 수 있다. 만일 20세기가 고통의 시대라고 말하고자 했다면 "거칠게 예를 들"기에 앞서 무언가 필연의 논리를 앞세웠어야 하지 않을까. 그렇게 하지 못할 바에야 아예 인간의 역사 자체가 고통의 역사라는 논리로 글을 시작했어야 하지 않았을까. 바로 이런 문제 때문인지는 몰라도, 『고독한 공생』에 수록된 우찬제의 글들이 힘과 속도감을 두루 갖추고 있는 탁월한 것임에도 불구하고 수사의 힘이 논리의 힘을 앞섬으로써 비평적 긴장감이 떨어지는 경우가 확인되기도 한다.

우찬제의 비평집이 소설을 향한 것이라면 김춘식의 비평집 『불온한 정신』은 시를 향한 것이다. 김춘식의 비평집은 크게 5부로 나뉘어 있는데, 그의 설명에 의하면 제1부는 "90년대 이후 시의 문학적 지형과 핵심적 징후에 관한 글"로, 제2부는 "90년〔대〕 후반에 나타난 시의 다양한 전략과 시적 진지성의 척도에 관"한 글로, 제3부는 "미적 근대성과 90년대 시의 상관성"을 다룬 글로, 제4부는 "90년대 이후 시에 나타난 시적 예언과 구원의 기능에 관"한 글로, 제5부는 "시의 존재성과 시정신에 관한" 단상으로 이루어져 있다. 그의 설명만 보더라도 쉽게 확인할 수 있듯, 김춘식은 1990년대를 보내고 2000년대에 들어선 비평가의 눈으로 1990년대를 총체적으로 조망하고 또 "21세기 비평의 지형도"를 가늠해보기도 한다. 말하자면, '포괄적 조망'이 비평집의 두드러진 특징 가운데 하나다. 여기에서 하나 흥미로운 사실은 김춘식도 우찬제와 마찬가지로 공간적 메타포를 담는 언어 표현을 글의 제목이나 부제에 사용하여 '포괄적 조망'을 시도하겠다는 뜻을 전하고 있다는 점이다. 김춘식의 경우 "지형도"라는 표현이 이에 해당하거니와, 포괄적 조망을 하는 일이 김춘식에게는 아마도 '지형도 작성하기'가 될 것이다. 바로 이런 지형도 작성하기 작업은 여러 군데에서 이루어지고 있지만 특히 우리의 눈을 끄는 것은 비평집의 제목을 담고 있는 글인 「불온한 정신, 순교의 언어—90년대 시의 지형도」다.

이 글에서 김춘식은 우선 "90년대 시의 특징"을 "공적인 가치의 중심이 파괴된 직후 가치 기준과 공준(公準)을 탐색하는 과정에서 미시적인 문제, 계보학적 사고, 작은 자아들의 내면 탐구 등에 시적 관심의 촉수가 모아졌다는 사실"에서 찾고 있다. 또한 김춘식은 1990년대 시단이 "한국 문학사의 어떤 시기보다도 '영향에 대한 불안'에 크게 흔들렸던 시기"라고 진단한다. 나아가, 21세기가 되면서 "90년대 후반 이후 대세를 차지하기 시작한 '서정주의'의 일반화 추세"가 "새로운 비판의 표적"이 되었다는 판단을 덧붙이면서, 김춘식은 "서정시의 주류화에 대한 우려"를 드러낸 것으로 판단되는 어느 한 시인의 글을 조목조목 비판적으로 검토한다. 서정시에 대한 '옹호'로 요약될 수 있는 김춘식의 비판적 검토는 "이 시대의 미학주의와 서정주의를 감싸고 있는 진정한 아우라"는 "불온한 자존심"임을, 그 "불온한 자존심"을 지닌 시인들이 지켜나가려 하는 것이 바로 "아름다움과 시의 세계"임을 확인하는 데서 완결된다. 요컨대, 김춘식은 요즈음 일반화되고 있는 서정시는 "순응적이고 순수와 초월을 몽상하는 폐쇄된 미학의 산물"이 아니라는 점을 힘주어 말하고 있다.

지난 1990년대와 21세기 초엽의 우리 시단을 대상으로 김춘식이 그린 시적 지형도는 다채로운 색깔과 미묘한 선들로 이루어져 있다. 그 지형도에는 또한 좀처럼 윤곽이 잡히지 않는 지형지물들과 어디로 향한 것인지 쉽게 가늠이 되지 않는 길들이 산재해 있기도 하다. 이처럼 그가 그린 지형도가 복잡한 이유는 자신이 몸담고 있는 세계가 그만큼 복잡하기 때문이기도 하겠지만, 이를 조망할 만큼 거리 확보가 쉽지 않기 때문인지도 모른다. 또는 거리를 확보하기도 전에 세계에 대한 조망을 시도하려고 한 데 그 원인이 있는 것처럼 보이기도 한다. 예컨대, 김춘식이 "나는 90년대 시단이 한국 문학사의 과거 어떤 시기보다도 본질적인 문제와 맞서 싸워왔다고 생각한다"고 했을 때 이는 그의 생각일 뿐 1990년대의 한국 시단에 대한 관찰의 결과라고 할 수는 없다. 설사 관찰의 결과라고 해도 준거가 확립되지 않은 자의적 관찰의 결과라고 해야 할 것이다. 만일 그가 제대로 준거를 확보하고자 했다면, 어떤 이유에서 "과거 어떤 시기보다도"라는 단정적인 표현을 사용하지 않을 수 없었는지를 밝혀야 했을 것이다. 막연하게 "과거 어떤 시기보다도"라고 말하는 경우 이는 판단의 자의성을 드러낼 뿐 책임 있는 논의의 출발점으로서의 역할을 하기 어렵다. 김춘식의 비평집에서 확인되는 '지형도' 가운데 적지 않은 경우가 이 같은 의혹을 갖게 한다. 그가 자주 사용하는 이른바 '공준'이라는 개념이 무엇을 가리키는지 확실하게 파악하기 어렵거니와, 이는 바로 그의 '지형도'가 확실한 준거를 바탕으로 하여 마련된 것이 아닌 경우가 있기 때문인지도 모른다.

3. 김인환, 우찬제, 김춘식의 비평 문체

앞서 살펴본 바와 같이, 세 권의 비평집은 그 규모가 크든 작든 한국 문학에 대한 비평가 나름의 총체적 또는 포괄적 전망을 반영하고 있다. 물론 작품이 씌어지는 현장에 뛰어들어 작품 하나하나, 또는 작가 하나하나에 대한 세밀한 분석과 관찰을 시도하는 각 비평가들의 개성적 모습이 이들 세 비평집에서 확인되기도 한다. 다시 말해, 개별적 작품에 대한 분석과 관찰을 할 때에도 이들 비평가의 글은 전체적 조망을 시도할 때 보였던 특유의 시각과 방법론을 확인케 한다. 하지만 이들의 비평가적 개성을 무엇보다도 선명하게 드러내는 것은 그들의 '문체'다. 김인환이 『다른 미래를 위하여』에 실린 그의 글 「2002년의 작가 상황」에서 말한 바 있듯, "문체는 글〔文〕의 몸〔體〕"

이며 "작가를 작가답게 만드는 것도 문체"다. 아니, 한 걸음 더 나아가, 문체는 곧 작가 또는 비평가 자신이라는 오래된 말도 이 자리에서 상기할 수 있을 것이다. 우리가 이 글의 마지막 부분에서 세 비평가의 문체를 간략하게나마 검토하려 함은 문체에서 각 비평가들의 개성을 선명하게 확인할 수 있다는 판단에서뿐만 아니라 문체와 관한 이들 일련의 말에 담긴 무게가 결코 가벼운 것이 아니라는 판단에서다.

먼저 김인환의 글에서는 세계와 문학을 보는 안목이 넓고 활달하다. 바로 이를 반영하여 그의 문체는 선이 굵고 힘이 넘친다. 굳이 문제점을 지적하자면, 선이 굵고 힘이 넘치는 문체 때문인지는 몰라도 때로 글의 흐름에 비약이 느껴지기도 한다. 그런 비약으로 인해 생긴 여백을 채워가면서 그의 글을 읽다 보면, 때로는 학생들 앞에서 열정적으로 강의를 하는 교수의 모습이 책에 그대로 반영되어 있는 듯도 하고, 때로는 세상 사람들에게 진리의 말씀을 전하는 선각자나 예언자의 모습이 그의 책 뒤에 숨어 있는 듯도 하다. 말하자면, 그는 세상의 비밀과 문학의 정체를 탈신비화하는 바로 그 순간 자신을 신비화하고 있다는 느낌을 주기도 한다. 무언가 전해야 할 것이 너무 많아서 주체하지 못하는 인간의 열정이 그를 신비화하고 있다고까지 할 수 있으리라. 하지만 그는 또한 엄격하게 자신의 열정을 통제하고 또 그 통제를 여백을 통해 전하기도 한다. 다음의 예에서 우리는 그의 그러한 모습을 읽기도 한다.

시어머니의 위선을 맞춰주고 남편의 누이 노릇을 하는 데 지친 인영은 집을 나왔다. 그녀는 화해를 간청하는 남편의 편지를 무시한다. 여기까지는 나도 이해할 수 있다. 그러나 내가 이해할 수 없는 것은 다음과 같은 문장이다. "인영이 할 말을 삼키고 그들의 요구대로 손자를 남겨둔 것은 아이가 진창 같은 집안을 정화시킬 샘물이며 희망의 나무가 되리라는 것을 알기 때문이다." 나는 무엇이라고 정확하게 표현할 수 없으나 이 문장에서 안이하고 무책임한 도덕을 느낀다. (『다른 미래를 위하여』, 172~73)

"무엇이라고 정확하게 표현할 수 없으나"라는 부분에서 우리는 숨을 고르는 비평가 김인환과 만날 수 있다. 하지만 이어지는 말에서 그러한 숨 고르기가 "안이하고 무책임한" 발뺌을 위한 것이 아님을 느낀다. 사실 "이 문장에서 안이하고 무책임한 도덕을 느낀다"는 말에 무언가를 더 보태는 것 자체가 사족이 될 수 있으리라.

우찬제의 경우 더할 수 없이 문체의 밀도가 높다는 점에 우선 유의하지 않을 수 없다. 또한 폭넓은 이론으로 무장하고 있기에 또한, 뛰어난 분석력이 문체를 뒷받침하기에 그의 글은 화려하다. 그리하여 때때로 미로 속을 헤매고 있는 듯한 느낌을 주기도 한다. 또는 어딘가를 향해 가고 있다기보다는 어느 지점을 맴돌고 있다는 느낌을 주기도 한다. 물론 여기에서 탈출하도록 우리에게 도움을 주는 것은 그의 탁월한 분석 능력이다. 그 분석 능력에 기대어 그는 설득력 있는 전체적 지형도를 그리기도 하거니와, 바로 그 지형도가 그의 문체라는 미로에서 우리에게 길을 가르쳐주는 별의 역할을 하기도 한다. 그럼에도 불구하고 그가 계속 조심해야 할 것은 지형도가 잘못되는 경우 독자를 더욱 미혹시킬 수 있다는 점일 것이다. 이와 관련하여 예를 하나 들어보기로 하자.

태초에 말씀이 있었다. 인간과 세상의 창조주는 자신이 창조한 형상을 대하면서 보기에 좋았다고 말했다. 보기에 좋았다는 태초의 말씀은 흐뭇했다라고 달리 풀린다. 창조주는 왜 흐뭇했을까? 아마도 그럴듯했기 때문이리라. 그 어떤 참조의 틀도 없는 혼돈 상태에서 뭔가 새로운 형상을 창조하겠다고 했던 자기 의도에도 잘 들어맞았을 뿐만 아니라 빚어진 형상 그 자체도 서로 어울리며 부분들의 조화로운 전체상을 보이고 있었던 까닭이리라. (『고독한 공생』, 143)

무엇보다도 "보기에 좋았다"는 말은 태초의 말씀 또는 창조주의 말씀이 아니라는 점을 지적해야 할 것 같다. 성경을 찾아보면, "하나님의 보시기에 좋았더라"(한글판 개역 성경 전서, 「창세기」 1장 18절)로 되어 있는데, 이는 성경 속의 진술이지 "태초의 말씀"에 해당하는 것이 아니다. 성경에 의하면, "태초의 말씀"은 창조주의 창조 행위 그 자체를 가리키는 것이다. 즉, 말씀이 곧 현실이 되는 놀라운 기적을 창조주가 행했다는 뜻을 전하기 위해 쓰인 표현이 "태초의 말씀"이다. 성경을 아무리 확대 해석하더라도 "보기에 좋았다"를 "태초의 말씀"으로 읽을 수는 없다. 즉, 위의 인용에서 우찬제는 성경을 자의적(恣意的)으로 고쳐 쓰거나 이해하고 있는 것 아닐까. 성경에 대한 자의적인 고쳐쓰기나 이해하기로 글을 시작하는 경우 자칫 이어지는 글의 무게가 그만큼 가벼워질 수도 있다. 또 하나 지적하자면, "뭔가 새로운 형상을 창조하겠다고 했던 자기 의도에도 잘 들어맞았"기에 "창조주"가 "흐뭇했다"는 식의 논리도 어색하다. 이와 관련하여, 「요한복음」 1장 1절에 "태초에 말씀이 계시니라 이 말씀이 하나님과 함께 계셨으니 이 말씀은 곧 하나님이시니라"는 구절이 나옴에 유의하기 바란다. 만일 "말씀은 곧 하나님"이라면, 그리고 앞서 말한 바와 같이 창조주의 말씀이 곧 현실이라면, 창조주의 말씀과 창조주의 의도 사이에는, 나아가 창조주의 의도와 그가 창조한 세계 사이에는 어떤 간극도 있을 수 없다. 다시 말해, 애초에 창조주의 의도가 그대로 현실화된 것이 곧 그가 창조한 세계인 것이다. 이렇게 보면, "뭔가 새로운 형상을 창조하겠다고 했던 자기 의도에 잘 들어맞았"기에 창조주가 "흐뭇했다"는 식의 논리 자체가 성립될 수 없다. 요컨대, 무언가를 만든 다음 의도에 맞았는가 안 맞았는가를 따지는 일은 우리네 인간의 몫이지 창조주의 몫은 아니다. 모든 논의를 종합하면, 위의 인용에서 확인되는 것과 같은 자의적인 고쳐쓰기나 이해하기는, 비록 수사적 전략으로서의 의미를 갖는다는 점을 인정한다 하더라도, 글의 무게를 떨어뜨릴 수 있을 뿐만 아니라 문체에도 부담을 주어 화려함을 현학으로 읽게 할 수 있음을 지적하지 않을 수 없다.

마지막으로 김춘식이 그가 구사하고 있는 문체의 화려함은 유례를 찾아보기 어려울 정도로 대단하다. 미로 속을 헤매는 선을 넘어서 만화경의 세계에 들어와 있는 듯한 느낌까지 줄 정도다. 그의 문체는 새로운 유형의 참신한 문체의 탄생을 예고하는 '하나의 사건'으로 읽히기도 한다. 하지만 너무 많은 이야기가 한 자리에서 서로 고개를 내미느라고 뒤엉켜 있는 듯하거나 쓰고자 하는 욕망을 글이 따라가지 못하고 있다는 느낌을 주는 경우도 더러 있다는 점에서, 앞으로 김춘식은 자신의 문체에 좀더 깊은 관심을 기울여야 할 것으로 판단된다. 특히 다음과 같은 부분은 무엇이 문제일 수 있는가를 보여주는 하나의 예라 하겠다.

그러나 더욱 중요한 사실은 대중화의 측면에서 현저하게 불리한 위치에 놓일 수밖에 없는 '시의 운명'에 대한 추상적인 접근과 이해가 지닌 안일한 현상 유지적 태도의 위험이다. 대중문화의 시대에 선천적 결함을 지닌 장르로서의 자기 인식의 결과가 폐쇄적인 고립이거나 천박한 야합뿐이라고 말하는 것은 지나친 도식임이 분명하다. '저주받은 시인'의 이미지를 낭만적인 자기 치장과 자기 합리화의 수단으로 사용하는 삼류 시인이 되거나 대중적 감수성의 유령을 뒤쫓아 허우적거리는 상업적 인기주의 시인이 되는 두 갈래의 선택은, 천박한 90년대식 시적 아마추어리즘의 야누스적인 두 얼굴이다. (『불온한 정신』, 370)

우선 위에 인용한 세 문장이 모두 어색하다는 점을 지적하지 않을 수 없다. 즉, 각 문장의 뼈대를 간추릴 때 이는 각각 (1) "중요한 사실은 〔……〕 안일한 현상 유지적 태도의 위험이다," (2) '말하는 것은 지나친 도식이다,' (3) '두 갈래의 선택은 〔……〕 야누스의 두 얼굴이다'가 될 터인데, 이들 모두 어법에 맞는 것이라고 보기 어렵다. 특히 둘째 문장은 '무언가가 도식적이다'라고 말할 때의 '도식적'이라는 말이 갖는 의미를 '도식'이라는 단어에 담고자 한 것처럼 보이는데, '도식'과 '도식적'이라는 말이 반드시 같은 의미를 갖는다고 보기는 어렵다. 끝 문장의 경우, 문장이 어색하다는 점뿐만 아니라 '야누스'라는 단어를 잘못 쓰고 있다는 점도 지적될 수 있을 것이다. '야누스'란 전쟁과 평화와 같이 전혀 다른 두 얼굴을 가지고 있는 경우를 가리키는 것인데, '삼류 시인'과 '상업적 인기주의 시인'이 어떻게 해서 서로 다른 두 얼굴을 지시하는지 이해하기 어렵다. '상업적 인기주의 시인'은 '삼류 시인' 안에 포괄되는 개념이 아닐까.

어법에 대해 논의하는 김에 한 문장만 더 문제삼기로 하자. 위의 인용에 이어지는 부분에는 "창작력이 소진된 사회는 낡은 것이 사라지고 새로운 것이 나타나지 않는 타락한 문화의 표본이다"라는 문장이 나오는데, 이 역시 어색하기는 마찬가지다. 이 문장은 우선 "창작력이 소진된 사회는 〔……〕 타락한 문화의 표본이다"로 정리될 수 있다. 이렇게 정리한 문장 역시 어색하다는 지적을 할 수 있거니와, 어색함을 덜기 위해 이를 '창작력이 소진된 사회의 문화는 〔……〕 타락한 문화의 표본이다'로 바꾸기로 하자. 과연 창작력이 소진되었다고 해서 그 사회의 문화를 타락한 문화의 표본이라고 단정할 수 있을까. 혹시 '한 사회가 창작력을 소진하는 경우 그 사회의 문화는 타락의 길을 걸을 수 있다'는 뜻을 전하고자 했던 것은 아닌지? 설사 그렇게 바꾼다고 하더라도 너무나 빤한 말이어서 과연 그런 말을 하지 않으면 안 될 무언가 필연적 이유가 있는가를 생각해보지 않을 수 없다. 마치 '공을 골에 넣지 못하면 점수를 못 따지요' 식의 운동 경기 해설만큼이나 공허하게 느껴질 수도 있는 것이 이런 진술이기 때문이다. 또 하나 사소해 보이기는 하지만 지적하지 않을 수 없는 문제가 있는데, 이 문장의 중간에 나오는 "낡은 것이 사라지고 새로운 것이 나타나지 않는"이라는 구절에 유의하기 바란다. 이 구절은 '낡은 것이 사라져 없어졌는데도 새로운 것이 나타나지 않는다'는 의미를 담기 위한 것인가. 아니면, '낡은 것이 사라지는 것과 새로운 것이 나타나지 않는 것이 동시에 발견된다'는 의미를 담기 위한 것인가. 이렇게 묻는 이유는 이 문장을 그대로 받아들이는 경우 '새로운 것이 나타나지 않더라도 낡은 것이 남아 있으면 그 사회의 문화는 타락한 것으로 보지 않을 수도 있다'는 의미를 이끌 수도 있기 때문이다.

　문체에 대한 논의가 이해의 선을 넘어서 비판 쪽으로 나아가는 지점에 이르렀을 때 문득 떠오르는 의문이 있었다. 과연 누군가의 문체에 문제가 있다고 말할 수 있을 만큼, 또는 누군가의 문체를 문제삼는데 문제가 없을 만큼 이 글의 문체에는 문제가 없는 것일까. 물론 그렇지 않다. 글쓴이의 눈에는 쉽게 보이지 않지만 이런저런 문제점이 가득할 것이다. 하지만 비평이란 완벽한 사람만의 작업은 아니다. 불완전한 사람도 비평을 할 수 있다. 다만 그 비평은 자기 자신의 불완전함을 반성적으로 확인하는 작업이어야 할 것이다. 모든 비평 행위는 궁극적으로 자기 성찰 또는 반성을 위한 것이 되어야 한다는 말—이미 상투적인 것이 되어버린 이 말—을 되풀이하면서 이 글을 마치기로 한다.